边缘的求索
——文坛的态势及走向

段崇轩　著

山西出版集团　山西人民出版社

图书在版编目（ＣＩＰ）数据

边缘的求索——文坛的态势及走向／段崇轩著．—太原：山西人民出版社，2010.12

ISBN 978-7-203-06961-4

Ⅰ．①边… Ⅱ．①段… Ⅲ．①文学评论–中国–文集 Ⅳ．①I 206-53

中国版本图书馆 CIP 数据核字（2010）第 210920 号

边缘的求索——文坛的态势及走向

著　　者：段崇轩
责任编辑：张文颖
助理编辑：高　雷
装帧设计：清晨阳光（谢成）工作室

出 版 者：山西出版集团·山西人民出版社
地　　址：太原市建设南路 21 号
邮　　编：030012
发行营销：0351－4922220　4955996　4956039
　　　　　0351－4922127（传真）　4956038（邮购）
E－mail：sxskcb@163.com　发行部
　　　　　sxskcb@126.com　总编室
网　　址：www. sxskcb. com

经 销 者：山西出版集团·山西人民出版社
承 印 者：山西出版集团·山西新华印业有限公司

开　　本：890mm×1240mm　1/32
印　　张：11.5
字　　数：280 千字
版　　次：2010 年 12 月第 1 版
印　　次：2010 年 12 月第 1 次印刷
书　　号：ISBN 978－7－203－06961－4
定　　价：28.00 元

如有印装质量问题请与本社联系调换

序

张 平

　　山西人民出版社要出版段崇轩的评论随笔集《边缘的求索——文坛的态势及走向》，我感到格外高兴！为作者，为山西文坛。这是作者评论实绩的一次集中展示，也是山西文学的一份可喜收获。

　　崇轩投身评论已有30余年，他的研究方向涉及当代乡村小说、短篇小说以及山西文学创作等多个领域。这部《边缘的求索——文坛的态势及走向》则集中在对当下文坛、文学以及文化等诸多问题和"病象"的揭示与批评上，是他全部评论中的一个重要组成部分。全书共分四辑。第一辑"观察"，以宏观视野，着重解剖了当前文学乃至文化界中一些带有体制、机制性的深层问题与根源。如文学评奖、专业作家体制、文学批评、文学期刊以及教育上的"读经热潮"等方面的突出问题。第二辑"反思"，则深入到现实文学的内部，论述了文学的种种隐患。如文学同大众的脱离、作家的思想匮乏、人物形象的淡化、鲁迅和赵树理精神的失落等等。第三辑"探索"，转而切入一些具体的、紧要的文学理论课题上，作了深入的透视与评论。如文学的现代性与民族性、如何表现当下的农村和农民、青年作家怎样形成自己的创作个性等一系列问题。第四辑"对话"，是作者同一些作家、评论家的自由讨论，涉及乡村小说的发展、文学批评的困境、新时期文学的经验教训等许多主题。四个方面，涵盖了文坛和文学的内部、外部，宏观、微观等各个层面和侧面的一些焦点问题及热点现象。可谓视野宽广、眼光敏锐，直面现实、激浊扬清，使我们看到了一幅真实、严峻的"文坛风景图"，看到了作者对文学的忧患意识和赤子情怀。

新时期以来30年的文学演进，波澜激荡，成就辉煌。但毋须讳言的是，成就背后可谓问题多多、隐患重重。崇轩并没有怀疑、否定30年的文学发展，但他更敏感、更敏锐、更清醒地看到了存在的问题和弊端，并发出了自己的声音，表现了一个评论家的良知和勇气。

我一直以为，做一个称职的、出色的文学评论家，必须有胆、有识、有深度、有灵气。当作家难，当一个评论家更难。正是在这些方面，表现出崇轩的不懈追求和探索。从《边缘的求索——文坛的态势及走向》这部著作中，我们可以看出崇轩的一些写作个性和特征。首先是有直面问题的胆略。崇轩长期在作家协会工作，对作协体制、机制运作中的问题，对文学发展中的症结，有着深切的感受与认识。对这些问题和症结，也许很多作家、评论家都意识到了，但可能没有勇气指出，而崇轩却大胆、坦率地写出来了，使人们看了有所警醒、有所触动。这确实是需要一种胆略的。其次是有研究对象的学识。说出文坛、文学中的问题也许并不难，谩骂一通可能更容易。难的是要从学理的角度，揭示出问题的根源，并指出解决问题的途径。由于崇轩有较扎实的思想文化素养，因此他的分析就更为深入和准确，建议就更带有建设性和积极意义。可以说他是评论家中的"补天派"。最后是有较准确的艺术感觉。文学批评是一种理性活动,同时也是一种感性体验。他在《打造自己的评论文体》中说:"解读文学和作家作品,必须把自己的全部感情投入进去,凭仗它你才能走近、读懂对象,你才能分辨出优劣高下,你的理性和修养才能发挥作用。"由于崇轩注重了批评实践中的感情投入、艺术体验,因此他的评论就做到了既能以理服人,又能以情动人,显得真诚朴实,深入浅出。当然,崇轩的评论也有不足和缺陷,譬如思想视野相对集中还不够宏阔,批评领地钩深致远而有欠多样,论述语言过于精致还不够舒展,不过,换个角度看,这些也许恰恰都是崇轩评论的长项和优点。

在山西文学的整个格局中,文学评论无疑是其中重要的、不可或缺的组成部分。创作与评论的比翼齐飞,才构成了山西文学的强劲发展。山西有一个阵容精悍、梯队合理、素养厚实、学风纯正的评论家群体。崇轩自然是其中的中坚之一。他是从评论山西文学及作家作品起步,逐渐扩展到对全国文学、对当代文学的研究,并进而立足于全国文坛的评论家。从2006—2008年,他多次组织山西评论家,就当下一些重要的文学问题进行交流对话,讨论结果形成文字发表在全国报刊,形成较大影响,就说明了这一点。

我与崇轩上世纪80年代相识,后来又同在省作家协会工作,在长长的岁月中,我深切感到,他在工作中敢于坚持原则、敢于实话实说,在写作中勇于秉笔直书、揭露矛盾,可谓文如其人、人如其文。这种执傲和坚守的个性,既成就了他有时也会给他带来某种局限。80—90年代,他在《山西文学》做编辑,后又主持工作。在编辑工作中,他继承刊物的优秀传统,在推进乡村小说发展、扶持青年作家创作方面,做了大量工作。编辑之余,他坚持评论写作,为山西文学的发展作出了奉献。编辑兼评论,给他的文学批评奠定了坚实的基础。新世纪之后,他离开编辑岗位,转入文学院搞专业写作,一方面关注当下文坛和文学的演变,一面潜心学术研究,在全国重要报刊发表了大量作品,出版了多部著述,在评论写作上实现了新的突破和超越。近年来他致力于短篇小说研究,跟踪当下创作,每年写一篇年度综述;同时溯流而上,梳理新中国成立60年来短篇小说的轨迹,心不旁骛地构筑着一部30余万字的短篇小说发展史。目前这一工程的主体已经完成。在短篇小说走向疲弱、亟待振兴的今天,这一课题是颇有价值和意义的。我相信,以崇轩的实力、才气和坚韧,他一定可以拿出这部沉甸甸的学术著作来的。我真诚而热切地期待着。

是为序。

2010 年 4 月 20 日

(张平:著名作家,山西省副省长,中国作家协会副主席,山西省作家协会主席)

目 录
CONTENTS

第一辑

观

察

第三辑

探

索

第四辑

对

话

第一辑　　观　察

当下的文坛和文学，不断地被质疑、批评乃至"声讨"。譬如文学评奖、专业作家体制、文学刊物、读经"热潮"、语文教学……仔细观察，在种种"病象"背后，其实有着错综复杂的体制、社会、文化乃至"人心"的原因。文化、文学领域的改革任重道远。

文学评奖的功与过

1

在浙江乌镇举行的第七届茅盾文学奖颁奖"盛典"落下帷幕只有三四个月，但却让人有一种恍如隔世之感。一个代表国家最高荣誉的文学大奖，每四年才评选一次，评完之后，关于此次评奖、获奖作家、当选作品，乃至对今后文学的启迪和影响，该有多少话题可议呀。但曲终人散，只听到几声应景的或喝彩或訾议，便戛然而止，悄无声息了。社会、文坛以及读者的这种冷淡态度，令人深思。一个国家级的文学评奖，反响尚且如此，那些等而下之的或部门或民间的文学评奖，结果更是可想而知。报纸、网络上发个消息，小圈子里议论一番，然后就被大家忘得一干二净。文学评奖要投入巨大的人力财力，本是一项十分严肃、重要的文学活动，但现在却越来越丧失了权威性、公信度、影响力。不要说去认真地总结、研究它，现在人们连关注、批评它的兴致也没有了。在这种无声的冷淡中，反映出文学评奖深刻的内在危机，折射出各层面人们对它的成见和厌弃。

新时期文学走过了 30 年历程，从 1978 年举办第一届全国优秀短篇小说评选开始，文学评奖制度也实施了 30 年。文学评奖由单项发展到了所有项目，从国家普及到了各省市、各行业，成为整个国家文学体制中的一项重要文学制度。客观地讲，它在调动广大作家的创作积极性，促进中国文学的发展中，无疑是发挥了积极作用的。但进入上世纪 90 年代之后，文学评奖与市场经济、复杂的人际关系纠缠在一起，渗透了太多的商业化、功利化、人情化因素。奖项名目繁多、急剧膨胀，程序"暗箱操作"、盛行"潜规则"，致使文学评奖名声扫地、备受诟病。可以说，文学评奖发展到今天，它的局限和弊端已充分暴露，它的消极作用已超过积极作用，它正在走向自己的反面。网络作家鲁国平在他的博文中不客气地批评"鲁奖"和"茅奖"：如今十多年过去了，除了极其少的经典力作外，99%评选出来的作品都存在社会影响力、艺术质量低下和不能够代表中国每一时期的最高文学水平状况，随着文学作品与作家离开老百姓生活越来越远现状的每况愈下，评出的获奖作品差强人意，每次评选连大多数专业作家都不再那么热情参与了，与其这么不痛不痒，对中国的文学没有任何推进作用，我看何必费心劳神，浪费社会资源，不如干脆把鲁迅和茅盾等文学奖评选一律停办!

否定文学评奖，建议一律停办，这自然是愤慨、过激之言。但当下的文学评奖确实到了需要深入反思、亟待改革的时候了!

2

批评文学评奖的文章，大多指责评奖的机制和程序如何如何。这自然有其道理，但却没有找到根源。其实文学评奖的根源在文学体制，其功绩和过失都可以从体制上找到原因。洪子诚在论述当代文学"一体化"特征时指出："'一体化'指的是这一时期文学组织方式、生产方式的特征，包括文学机构、文学报刊，写作、出版、传播、阅读、评价等环节的高度'一体化'的组织方式，和因此建立的高度组织化的文学世界。"①文学评奖正是这一链条中的重要组成部分，承担着文学传播、评价的特别使命。作家、作品获了奖就意味着文学体制对其的一种评价和鼓励，动用媒体宣传更是一种有效的传播。评奖制度在新时期文学初期创立时，特殊的历史时期和特殊的文学环境，使它具有一种"唯我独尊"的权威性。但在今天的市场经济社会中，虽然整个国家的文学体制基本未变，评奖制度愈益庞大而完善了，但就评奖制度本身看，官方（或国家）的评奖已不再是唯一、独尊的。因为有了民间性质的文学评奖。洪子诚在一次记者专访时说："一个重要的事实是，相对于'十七年'，文学评价机制已经不可能完全由作协这样的机构垄断、控制。20世纪90年代以来，各种'民间'机构也开展评奖活动；而作协的'经典'评定，即使是茅盾文学奖等重要奖项，也不一定都得到广泛承认。"②但民间的文学评奖也是极为复杂的一块，有的坚守的是精英文学的立场，有的则掺杂了圈子化、功利性、商业性等因素。也就是说，在当下的文坛上，国家意识形态主导的文学评奖依然是主体，但同时涌现了各种各样的民间文学评奖机制。政治的、精英的、民间的等各种文学力量，都在组织文学评奖。这种多元化格局，形成了一种竞争互补的态势，当然有利于文学创作的自由发展，但同时也造成了整个文学评奖的缭乱无序、鱼龙混杂，乃至相互冲突。

在中国近百年的现当代文学史上，文学评奖只是从上世纪八九十年代之后才逐渐兴起，并形成一种制度的。五四时期是现代文学的开创和辉煌期，但却似乎没有举办过什么文学评奖。鲁迅、郭沫若、茅盾、巴金、老舍等一代文学巨匠，你看他们的传记中有过获奖的记载

---

① 洪子诚：《问题与方法》，188页，北京，生活·读书·新知三联书店，2002。
② 转引自张英：《文学是组织出来的?》，载《南方周末》，2006年11月30日。

吗？解放区文学在特定的战时环境中异军突起，曾经搞过纪念五四青年节的奖金征文、纪念抗战的"七七七"文艺征文奖等，但都是目的明确的临时举措，算不得正规评奖。"十七年"时期，举行过戏剧、电影、曲艺、歌曲乃至儿童文艺等评奖，唯独没有举行过作为"龙头"的文学类的评奖。大约文学圈里的情况比较复杂，文学界又是被经常批判的"重灾区"，因此干脆不搞评奖。从历史的经验看，文学评奖与文学发展，其实没有什么密切关系。一个时期有没有获奖作品，并不能反映这个时期的文学发展怎样。有获奖作品，也未必能起到影响和推进文学的作用。

评论家王先霈说："文学、科学奖的设奖、评奖，与社会现代化发展进程密切相关。诺贝尔文学奖、龚古尔文学奖等就是在世界现代化进程中出现的。我国现代化进程落后西方，文学奖在20世纪70年代才开始。现代化进程加快，人们对科学、文学这种精神创造的尊重会越来越强，评奖就是一个标志。"①新时期之后，随着现代社会的推进，文学评奖得到迅速发展。从国家管理文学的层面讲，要加强对文学的领导和引导，要提倡主流思想观念，建立文学评奖制度自然是一种有效策略。从民间力量影响文学的角度看，不管是要倡导一种文学思想和观念，还是要通过文学达到赢得名誉和利益的目的，文学评奖自然也是一种便利方式。文学评奖搞得好，自然可以达到多方共赢。但是文学评奖一旦泛滥，就会成为伤害作家、阻碍文学的一种现实存在。我们的文学评奖制度还很不成熟。

众所周知，从上世纪90年代之后，中国的文学逐渐边缘化，但文学评奖却搞得如火如荼，给疲软冷清的文学打了一针"强心剂"，造出

---

①转引自易飞：《文学评奖怎样"实现公正"》，载《湖北日报》，2003年9月4日。

了阵阵热闹气氛。据一些研究者统计，现在全国能列得出名的文学奖项已超过百种，文学奖的奖金也在不断攀升，现在哪一个像样的作家名下没有一二十项获奖记录呢？文学奖大致有如下几种类型：一是全国及地方的官方奖项，这是最主要也是最重要的奖项。全国性的如茅盾文学奖、鲁迅文学奖、全国少数民族文学奖等；地方性的如北京的老舍文学奖、江苏的紫金山文学奖、山西的赵树理文学奖等。二是出版社、期刊社的文学奖，这类奖可能既有官方色彩，也有精英特征。如人民文学出版社的春天文学奖，众多期刊社的《人民文学》奖、《小说月报》"百花奖"等。三是民间学会的文学奖，如中国当代文学研究会、中国小说学会、中国散文学会、中国报告文学学会等都设有各自的学会奖。四是其他文学奖，这类奖民间色彩更重一些。如华语传媒文学大奖、蒲松龄短篇小说奖等等。应该说这些文学奖在最初设立和评选时，目的是纯正的，评选是公正的，效果是积极的，有些坚持得也还不错。但相当一部分越到后来，政治的、人事的、商业的乃至金钱的种种因素，也会越来越多，使评奖处于尴尬状态。

3

杨剑龙认为："在消费时代的背景中，在文学商品化特征日益突出的当下，文学奖项的设立与评选必然会对于文学创作产生重要的影响，必然促进文学创作的兴盛与发展。"他进一步指出：文学评奖至少在"梳理与评点文坛创作""引导与影响阅读市场""左右与影响作家创作""导引与影响文学生产"等几个方面发挥重要作用。[①]是的，文学评奖作为国家文学体制中的一项制度设计，在 20 世纪八九十年代

---

①杨剑龙：《文化消费语境中的文学评奖》，载《扬子江评论》，2007 (3)。

的确立与形成，可以说是一个了不起的制度创新，在文学体制中发挥了越来越突出的作用。特别是在今天的市场经济社会，功利主义和物质崇拜盛行、人文精神衰落、个人欲望膨胀、国民素质滑坡的情势下，文学评奖对于促进国家精神文明建设、建构健康向上的民族灵魂、创造具有中国特色的当代文学，有不可低估的意义和作用。客观地讲，30年来的文学评奖，主流还是好的，成绩也是主要的，我们应该看到这一点。

80年代前后的文学评奖，生机勃勃，影响巨大，格外值得肯定，令人怀恋。1978年，中国作协委托《人民文学》举办了全国优秀短篇小说评选。1981年，全国优秀中篇小说、报告文学、新诗评选也正式拉开序幕。1982年，首届茅盾文学奖隆重启动。这几项文学评奖，虽然是由官方主办，但评委都是德高望重的文学前辈，又有广大读者的积极参与。如短篇小说评选由《人民文学》随刊散发选票，参与的普通读者人数达数万乃至十多万，成为一种"举国盛事"。尽管当时的评奖有浓重的意识形态色彩，评选的标准、程序也未必完善，但每个参与者都怀着一颗虔诚、公正之心，评出的作家作品往往是众望所归，具有很高的权威性和公信度。90年代之后，社会环境、文化和文学语境发生了巨大改变。文学评奖由"一统天下"变为"多元共存"。官方文学评奖在坚持主流思想的前提下，有了一定的开放性和包容性；而新崛起的民间文学评奖，或侧重对纯文学的追求，或偏向对大众化、可读性的探索，拓展了文学的疆域，囊括了更多样的文学类型和写法。尽管其间的问题和弊端很多，但十多年来的文学评奖所评出的作品，大体上代表了文学的发展和水准，促进了文学的演进和繁荣。只是近年来文学评奖的多次失范和泛滥趋势，损害了文学评奖的权威性和影响力。但这只是发展中的问题，也无须大惊小怪。

文学评奖的积极作用是多重的。从国家的文学体制上看，它有利于对文学的管理、调控和引导。在一个常态的社会环境中，不可能再采用"十七年"那种文艺斗争的方式强制文学，也难以用"新时期"那种行政手法动员作家去写什么；而用评奖的方式引导文学向哪个方向发展，倡导作家写哪类作品，不失为一种便捷而有效的对策。从文学发展的层面讲，官方的、精英的、民间的不同类型的文学评奖，有利于形成多样化的文学态势。各类文学评奖的不断完善，是文学良性发展的一种保障。从作家主体的角度说，文学评奖有利于优秀作家的涌现和发展。今天是一个重物质轻精神的时代，文化创造者越来越被世俗社会淹没。用文学评奖的方式肯定优秀作家的创造，提高他们的地位，传播他们的成果，改善他们的生活，这是现代社会的一种良性机制。因此，建立和完善文学评奖制度，我们还在路上，依然任重道远。

4

任何一项制度设计都会有两面性。预先想象、理性推断是一回事，具体实施、最终结果往往又是一回事。文学评奖同样也是如此。我们在肯定文学评奖的合理存在、积极作用的同时，必须正视它的内在危机和消极作用。近年来关于文学评奖的批评、否定沸沸扬扬，愈演愈烈，反映了这一制度设计局限的严重和实践中的偏差，已走到了一种很困难的境地。而反应冷淡，无人理睬，更显示出形势的严峻。作为一种重要的文学制度，不管是官方的还是民间的，其实都存在各自的局限和问题。前者的症结往往出在它的政治性和计划性上，后者的弊病则常常源自它的圈子化和商业性。最后的结果则是相同的，文学评奖丧失了它的权威性和影响力，损害了文学的生态环境，干扰了作家的心态和创作，不仅推动不了文学创作，反而阻碍了文学的发展。择其要者，我以为当下文学评奖主要有三方面的问题。

首先是文学评奖标准的盲目性、模糊性，导致了评选的尺度失范、结果的难以服众。"不依规矩不能成方圆"。文学评奖，标准是灵魂、是基石，这是一个起码常识。我们的那么多奖项，看似都有各自的标准，但这套标准往往是类同的、模糊的，让人难以捉摸的。你对照一下茅盾文学奖、鲁迅文学奖以及地方性的官方文学奖，评选标准如出一辙、大同小异。标准的模糊不清，必然造成评选时的目标不明、评委的各自为政。同时，我们的评奖总是不能坚守艺术第一的标准，艺术让位于政治、题材、格调的情况时有发生，这更使文学评奖增添了极大的随意性。王彬彬在历数一至七届茅盾文学奖的获奖作品之后，认为有相当一部分作品评得"不伦不类和莫名其妙"，有的作品"获奖之前不为人所知，获奖之后也迅速死去"，"能被人记住的很少"。[1]我想原因除了王所说的"猫腻""暗箱操作"造成的不公正之外，更重要的在于没有坚持坚定的艺术标准和思想性与艺术性统一的标准。其他文学奖项同样存在评选标准模糊的问题，甚至更为严重。空洞而又难以实施的文学评奖标准，已成为现在文学评奖的最大隐患。

其次是文学评奖奖项的多而滥，导致了评奖的泛滥成灾，破坏了文学的良性生态。为什么如今的文学奖项如此之多？国家屡禁不止？因为文学评奖已成为一种无形的文化资源。设一个奖项，众多作家作品获奖，就可以成为某个地区和单位炫耀的政绩，变成一个作家获取名利的资本，化作一大圈人的实在利益。这是全社会运作的结果。平庸作品的大肆宣传，不入流作家的招摇过市，泡沫文学思潮的汹涌澎

---

①参见王彬彬：《获奖作品能被记住的很少》，载《南方周末》，2008年11月6日。

湃，使神圣的文坛变成了喧嚣的市场。在这样一种文化和文学环境中，不少作家乱了方寸，被围困在名缰利锁里，围绕评奖的风向写作，热衷于圈子里的人情世故，放弃了对文学的艰难探索和崇高追求。当年鲁迅获悉有瑞典人斯文海准备推荐他为诺贝尔文学奖候选人，便在给朋友台静农的信中诚恳地说："诺贝尔赏金，梁启超自然不配，我也不配，要拿这钱，还欠努力。"①婉言谢绝了。今天的作家，还有这样的理智和风度吗？鲁迅、茅盾、老舍……我们借他们的大名设立了这样那样的文学奖项。他们创造了一座座文学高峰，但却没有获过什么奖。现在我们用远逊于他们的作品，去拼命争取以他们的名字命名的文学奖，这是不是有点悲哀、滑稽呢？

其三是文学评奖评委的"圈子化"，导致了文学评选的不公正和结果的偶然性。获奖作家和作品需要经得起时间的考验，经得起读者的检验。新时期的文学评奖都有广大读者的有组织参加，专家与读者的结合，保证了评选的公平性和影响力。但现在的文学评奖，就我所知，似乎只有《小说月报》的"百花奖"评选有普通读者的投票选举，绝大部分评奖变成了纯粹的专家奖。尽管各个奖项的组委会在评委问题上煞费苦心，设计出了建立评委库、抽签定评委等多种方式，但不管哪一种哪一次评奖，换来换去，评委都是圈子里的人。运动员、裁判员都很熟悉，甚至既是运动员又是裁判员，这就给评选带来许许多多非文学因素。因此，评委的构成就决定了评选的结果。这样和那样的评委组合，评出的结果肯定不一样，作品的质量反而成为次要因素。我也参加过一些文学评奖，评选时的心境真是错综复杂、变化多端。如果一部作品很过硬、无异议，自然不难通过。如果两部以上的作品

---

①鲁迅：《鲁迅全集》，第11卷，580页，北京，人民文学出版社，1981。

各有千秋，难分高下，那就会有一番思想斗争。个人的审美倾向、与作者的关系如何、作家的身份和影响、有没有说情托付……各种因素，一念之间，决定了手中的神圣一票。众多评委之间的相互影响、暗示、妥协，也决定着最终把票投给哪部作品。在这样一种看不见的"潜规则"之下，评选的结果往往会有失公平、出人意料，不仅会有"遗珠之憾"，也会有"鱼目混珠"。一个正规的、高规格的评奖，倘有几次这样的"偶然性"，这一奖项就会失掉人心。而这样的现象屡屡发生，怎能不让文坛哗然、读者离弃？文学评奖其实是一项要求极高、不容出错的社会事务。

5

文学评奖的要义，在于鼓励一个时期最有代表性的文学创作成果，特别是那种在思想和艺术上有探索价值的作品；在于激励优秀作家的文学创作，扶持有潜质的文学新秀的成长；在于引导文学阅读市场，提升国民的精神文化素质。中国有文学评奖，世界各国也有文学评奖。如瑞典诺贝尔文学奖、法国龚古尔文学奖、英国布克文学奖、日本芥川文学奖等等，都是很有影响的文学大奖。实践证明，文学评奖在现代社会是有重要作用和意义的。

我们的文学评奖有成功经验，也有失败教训。怎样改革和提高今后的文学评奖呢？我以为有如下三点：

一是建立多样化的文学评奖体系，各个层次各种类型的文学奖项要逐步确立自己的评奖个性。官方的、精英的、民间的文学评奖，可以根据自己的思想文化理念，树立不同于他人的评奖标准，评出富有自己特色的文学作品。各类文学奖项之间，要相互理解和尊重，形成多元互补的文学评奖格局。二是文学评奖必须坚持艺术第一和少而精的基本原则。文学评奖首先要强调艺术性。决不能因主题正确、题材重大、可读性强等而忽视了对艺术性的严格要求。凡是艺术性差的作品，都经不起时间、读者的检验，评出这样的作品就是对评奖的亵渎。在一个文学的低谷时代，优秀作品不会多，因此评选数量要少，宁可空缺不评，不能"矮子里头拔将军"，滥竽充数。三是文学评奖要实行专家和读者相结合的方法，用最大的努力争取尽可能多的普通读者参与评奖。普通读者与作家距离远，也无复杂的人际关系，他们的投票会更公正、客观。同时，广大读者的参与，有利于评奖的监督、文学的传播。文学评奖要从小圈子里挣脱出来，走向广大的社会和更多的读者。

早在 15 年前，孙犁就清醒地指出："在中国，忽然兴起了评奖热。到现在，几乎无时无地不在办文学奖。……这种奖几乎成了一种股市，趋之若狂，越来越不可收拾，而其实质，已不可问矣！"[1]他的担心，今天已变成现实，评奖的病症已显露无遗。我们期待着文学评奖的改革和自强！

（原载 2009 年第 11 期《作品与争鸣》）

---

① 孙犁：《孙犁全集》，第 9 卷，365 页，北京，人民文学出版社，2004。

"专业作家体制"面面观

从"作家供养说"谈开去

社会发展中有时会出现一些令人深思的巧合事件。2006 年岁末，新一届作代会在北京召开，知名作家洪峰在沈阳街头"乞讨"，"中国作家富豪榜"在媒体上爆炒，这些有关文学的事件一时间到处传播、众说纷纭。在嘈杂的议论中，涉及一个共同的话题："专业作家体制"问题，而关键词则是"作家供养"。看来这已成为一个要害问题，需要做一些清理和反思。

我不知道在官方的有关文件中有没有"作家供养体制"这样的表述。反正在民间、上层和文学圈子里，"养作家""包养作家""供养作家""取消专业作家"种种说法，近一二十年则是不绝如缕。似乎在从上到下、大大小小的作家协会"庙堂"里，供养着一个个拿工资、吃白饭、干轻活、少贡献的"闲人"和"食客"。以致使专业作家们总是忐忑不安，作家体制风雨飘摇。作家体制究竟是否合理合法？专业作家真是一根鸡肋吗？

中国式的"专业作家体制"已存在了半个多世纪，"文化大革命"前，它是作为整个国家机器的"齿轮和螺丝钉"或者说是一种"工具"

而存在的，它的生存就是自然的、合法的。而现在是市场经济社会了，文学的作用已不那么重要，国家就没有必要再"供养"一批作家了。他们悠闲自在，写一些无关大局、不痛不痒的东西，却要国家提供人、财、物为他们服务，这不是同市场经济规律背道而驰的吗？其实，这是一种主观的、片面的思想认识。持"作家供养说"的人们，潜意识里总觉得作家是不创造财富的。但文明发展史告诉我们，世界上的产品只有两种，一种是物质产品，一种是精神产品。物质产品是有价值的，精神产品同样有价值，甚至具有更高的价值，只是这种价值是无形的、潜在的、长久的。有些精神产品，也能创造出经济价值。就拿当代文学来说，产生过一大批优秀的，甚至是经典性的作品，它对社会、民众的巨大影响和积极作用，我们怎么可能去量化呢？文学是一种原创性、源泉性文本。"文革"前的一些优秀文学作品，至今还在不断重印或者改编成影视剧播放（譬如"十七年文学"中的"红色经典"）；当下一些好小说一印数万、数十万册，改编成电视剧一播再播，从出版社、影视圈到电视台，一系列的经济效应，一圈人的名利收获，能说这样的精神产品没有价值和效益吗？这样的作品又"供养"了多少人呢？当然，能够写出轰动作品、产生重大社会效益和经济效益的作者毕竟是少数。而那些坚持纯文学写作，执著于实验性、探索性的作家，他们的读者群往往是小众，作品自然没有多少印数，更不会有经济效益，甚至需要作者寻求赞助和自掏腰包去出版。但这些作家有时恰恰是文学变革的开拓者、民族灵魂的探索者，他们的写作具有一种形而上的意义，这样的作家难道不应该受到国家的保护和扶助吗？《中华人民共和国宪法》中不是就有"国家发展为人民服务、为社会主义服务的文学艺术事业"的条款吗？

据我所知，专业作家实行的是职称工资制，并不比如教育、卫生等部门的工资高，更无所谓的"灰色收入"，绝大部分作家的稿费收入也很微薄，大致可算社会的中间阶层。最近作家洪峰的街头"乞讨"，那是他没有进入体制，得不到应有的生存保障，反证了专业作家存在的现实必要性。如果没有这种体制，也许更多的作家会流落街头。作家是一种职业，文学是一种事业，它既是作家个人的事业，同时也是社会的文化事业。建构文化事业国家是需要投资的，作家领取应得的薪水，享受职工待遇，获得税后稿酬，应该说是合理合法、理直气壮的，因为他们是精神产品、文化财富的创造者。

既然专业作家的劳动是有价值的，其产品又具有特殊性而不能与物质产品等量齐观，那么"专业作家体制"的存在就具有了现实必要性。1953年到1954年底，中国作家协会为了全面开展工作，陆续成立了一系列机构，第一个就是创作委员会。当时它阵容庞大，名家云集，共有29人。周立波、张天翼、艾青、刘白羽、胡风、谢冰心、赵树理等均是驻会作家。[1]这一体制一直延续到1966年"文化大革命"开始。1979年中国作家协会恢复工作，在机构设置中取消了创作委员会，全国性的"专业作家体制"不再存在。一些在"反右"和"文革"中被下放外地的老作家，返京后依然安排在作协从事专业创作，还有一些因各种原因不再从事作协工作的作家，也被安置在专业作家队伍里。但随着这些作家的退休，中国作协在28年里再没有发展新的专业作家。全国性的"专业作家体制"取消了，地方、行业文联、作协的"专业作家体制"却保留了下来。地方、行业的情况迥异，体制、编制也各不相同，据权威人士讲，地方文联、作协领工资的专业作家大约

---

[1]参见张僖：《筹建中国作家协会》，见程光炜主编：《文人集团与中国现当代文学》，226—228页，北京，人民文学出版社，2005。

有 300 人，一个省平均不到 10 人。这就是说，随着中国社会的发展，"专业作家体制"正在缩减、变小，现存的体制也正在积极改革，寻求发展。

有论者客观地指出："各级作家协会的专门化，各类作家的体制化，在 50 年以来的发展运动之中有得又有失，有利又有弊，很难笼统而简单地予以判定。"[①]"专业作家体制"的实施，"对于作家来说，去除了生活上的衣食之忧，可以专下心来从事创作，但因为创作是在一定的指令下进行，不免在一定程度上限制了作家在写什么和怎么写等方面切合自己所长的自由创造和尽情发挥，使文学创作在保障内容、题材与数量的同时，影响其应有的艺术质量"[②]。任何体制和制度，都是一柄"双刃剑"，不可能完美无缺。"专业作家体制"自然也是如此。既然我们承认文学创作是一种有价值的、社会需要的创造性劳动，那么我们讨论的就不是这一体制要不要存在的问题，而是如何使这一体制与时俱进、焕发生机和生命的问题。我们承认专业作家也是（精神生产）劳动者，为什么又总是用"供养"这样一个暧昧而含有贬义的词来形容呢？我注意到，洪子诚在谈到这一体制时用的是"资助"一词，他说："不论在什么社会制度的国家，'资助'都是普遍现象。不可能什么都靠市场调节。""'资助'制度有可能销蚀作家的'独立性'，滋养依附性，但有时这种制度也能为一些精神生产提供保障"[③]。"资助"显然比"供养"要准确、科学一些。

关于"专业作家体制"的研究，近年来已渐渐增多。陈思和主编

---

①②转引自杨匡汉、孟繁华主编：《共和国文学 50 年》，100、99 页，北京，中国社会科学出版社，1999。

③转引自张英：《文学是组织出来的?》，载《南方周末》，2006 年 11 月 30 日。

的《中国当代文学史教程》，杨匡汉、孟繁华主编的《共和国文学 50 年》，洪子诚撰写的《问题与方法》等论著中，都从文学的外部因素角度进行了客观、理性的论述。我们应在这一基础上展开和深化对这一课题的研究，促进文学制度和体制的变革和发展，而不应盲目助长那些情绪性的言论，进而给文学的改革带来不必要的"噪音"。

中国特色以及现实合理性

整个国家机器是一个庞大的系统，文学艺术只是其中的一个支系统。而在文学这一支系统中，又分文学体制（如文联、作协组织）和文学生产（如出版社、报刊社）两个组成部分。"专业作家体制"又从属于文学体制，有的下属于文联，有的下属于作协，有的又与文联、作协平行。因此正如一些学者所指出的"从 50 年代中期开始，全国文联和全国文协为着适应新的社会和文学的发展需要，不断进行系统化、专门化的组织建设。有影响的专业作家都相继纳入各种文学体制之内，从而形成了组织体系高度规范、作家队伍比较庞大的具有中国特色的社会主义文学体制模式"[①]。"群众团体只是一个组织形式，它的成员都是国家公职人员，它的领导者都是党的文化官员，他们负有的使命和责任，是把文艺家们组织起来，把这些最具自由思想倾向的人，统一到为社会主义事业服务的轨道上来"[②]。这一套文学体制及其运作方式，是效仿苏联的，"文革"中遭受毁灭性破坏。新时期以来，这一

---

①转引自杨匡汉、孟繁华主编：《共和国文学 50 年》，94 页，北京，中国社会科学出版社，1999。

②孟繁华、程光炜：《中国当代文学发展史》，49 页，北京，人民文学出版社，2004。

文学体制再度恢复，并进行了诸多改革，特别是"专业作家体制"改革的规模和力度更大一些，但文学体制的基本性质和特征并无根本改变。

　　如何看待中国当代文学的组织体制、发展道路、创作成就，这是一个十分复杂、很难统一的问题。我的基本观点是，我们既不要迎合主流话语，作出违心不实之论；也不要用西方文学之长量中国文学之短，得出虚无主义的答案。就从执政党的文艺思想来看，我以为是在不断走向开明和成熟。新时期文学之后，把"文艺为政治服务"改为"二为"方向，倡导文艺民主和创作自由，主张主旋律和多样化相统一，强调文学要弘扬民族文化、塑造国民精神……这些都标志着执政党在总结文艺发展经验教训的基础上，对文艺思想以及方针、政策的不断调整和变革。文艺思想的改变必然会影响到文学体制的运行。20世纪90年代之后，随着市场经济的展开和文化思想的多元化趋向，国家的文学体制在变革中寻求发展，民间化的文学形态开始出现。譬如具有民间色彩的文学团体（如协会、学会、研究会等）相继成立；一批创作活跃的青年作家，以民间姿态进行创作，自誉为"自由撰稿人"，与作家协会保持着一定的距离；商业运作介入文学创作活动，有力地推动了"通俗文学""大众文学"的发展。正如杨匡汉、孟繁华指出的"随着民间化文学趋向的良性发展，整体文学局面必然发生相应的变化，社会主义文艺事业也有可能同社会主义的经济基础一样，出现以国家体制为主、多种文学成分并存、互补和共荣的新格局"①。保留国家的文学体制，发展民间的文学形态，形成一种互相激励和竞争的文学态势，这大约是今后相当长时间的一种文学发展趋向。

①杨匡汉、孟繁华主编：《共和国文学50年》，101页，北京，中国社会科学出版社，1999。

文学是文化领域中最敏锐、最活跃、最大众化的一个部分，是文化中的精华、核心，它在社会生活中具有"兴观群怨"的功能，在人们的精神世界中有时则能起到一种宗教式的作用。因此，任何一个国家都会把文学当作文化事业中的"重镇"，格外关注，给予"资助"，只是"资助"的方式和渠道不同而已。新一届中国作协主席铁凝在一次访谈中谈到法国、以色列对作家"资助"的情况时说："我想在当下的中国，'作家供养制度'恐怕一时是不能取消的。我们这么一个大国，国家是可以拿出一定钱来，供养一部分优秀作家的。""创造一个和谐宽松至少是小康的生活，有助于解除作家的后顾之忧，专心写作。我们这样一个大国，如果养不起几个作家，可能就是一种悲哀。"①铁凝沿用了"供养"这样一个不恰当的概念，但她的观点是明白的，理由是充足的。洪子诚则用学者的眼光和深思回答了记者关于"解散中国作协"的提问："解散？相当长时间内不大可能吧？当然，作协的具体运作方式肯定会有一些调整。""文学体制不是孤立的，它是整个国家机器的一部分。现在虽然是以市场经济为主导的社会，但是对意识形态的管理，仍然是一项具有'战略意义'的'工程'，作协这样的机构，还是有其价值的。"②

计划经济时代需要加强包括"专业作家体制"在内的整个文学体制，运用文学这一特殊的宣传、教化方式，推行国家在革命和建设中的思想意志。市场经济时期，同样需要巩固和创新文学体制，发挥它在建构现代民族文化中的有力作用，促进社会的进步和人的全面发展。首先，作为国家机器的一个组成部分，文学体制不可能不受政治意识

---

① 转引自夏榆：《铁凝的"坛经"》，载《南方周末》，2006年11月30日。

② 转引自张英：《文学是组织出来的?》，载《南方周末》，2006年11月30日。

形态的规约。处理好文学与政治、作家与体制、创作自由和社会现实等关系，是摆在文学界乃至作家面前的重要课题。文学绝不仅仅是个人的事情，它是国家进步和社会发展的需要。其次，在市场经济社会世俗化的潮流中，文学具有激浊扬清、净化灵魂、提升人的审美境界的独特功能。而具有这种文学品格的作品，一般是出自生活相对稳定、思想较为超然的专业作家。越是市场化的社会，越需要有一批坚守思想高地、独立精神的优秀作家。其三，文学自身的发展和繁荣需要有一批专业作家来支撑和推动。在文学家族中，有小说、诗歌、散文、报告（纪实）文学、文学批评等门类。只有各种文学门类的百花齐放，才会有文学的灿烂春天。如果说小说家、报告文学家有可能走向市场的话，那么诗人、批评家大约与市场永远是无缘的。"专业作家体制"正是要吸纳各种文学门类中最优秀的作家，以保证文学的全面、平衡发展。最后，"专业作家体制"的实施，是保障作家权益的需要。现在，中国的法制还很不健全，著作权法常常被侵犯，作品被盗版、被抄袭，稿酬、版税被克扣、拖欠等等现象屡屡发生。作家如果没有一个"家"来撑腰说话，就会成为社会的弱势群体。中国作协、地方作协的作家权益保障委员会正是因此而设。

计划模式及其内在"危机"

我们承认"专业作家体制"存在的现实合理性，并不意味着漠视它的局限性乃至深层危机。我们注意到，随着社会的多元化发展，这一体制内在的缺陷表现得愈益突出了。

体制的最初设置决定了它的本质特征以至未来走向。整个文学体制的设置，是建立在计划经济社会的基础之上的。因此，文学与政治成为一种相互依存、相互矛盾、纠缠不清的基本关系。周扬在一次党的宣传工作会议上就执政党与文学的关系作了如下描述："党通过政府领导全国文艺生活，党从思想上、政策上、方针上给予政府文化部门工作的监督和指示，文联是文艺生产的合作社，任务就是组织自己的干部搞创作和学习，党则通过这个文艺团体进行工作。党、政府、文艺团体要共同为发展社会主义、建设社会主义文艺以不辜负党和人民对我们的期望而努力。"①半个多世纪以来，虽然执政党的文艺思想已作了多次调整，文学界以及文学创作发生了深刻变化，但周扬所表述的这种文学与政治"一体化"的模式，基本未变。这一体制的设置，曾经产生过有力的、积极的作用，譬如"十七年文学"和新时期文学。但也产生过消极的、灾难性的作用，譬如"'大跃进'文学"和"'文革'文学"。当前文学发展中的深层问题，也依然是这种"一体化"的文学形态所积淀和酿成的。历史的经验和教训告诉我们，政治可以引导、规约和影响文学，但却不能命令、强制和裁夺文学。文学可以表现、呼应甚至"听命"政治，但却不应盲从、迷信和取悦政治。文学与政治，虽然同属意识形态，但它们却有本质的区别、不同的规律。政治是一定时代的社会、经济的产物，具有当下性、策略性。而文学与文化相通，它虽然也是现实生活的"果实"，但却更与历史、传统乃至未来以及人的心灵、精神等相连相通，因此它更具有普适性、深度性和恒久性。从这个意义上说，文学是可以高于、超然于政治之上的。它可以从理解的层面呼应政治，包容的姿态表现政治，也可以审视的眼光批评政治。如果用这样的理念来处理文学与政治的关系，二者就可以避免一些矛盾和摩擦，多一些沟通与宽容。作家在创作时就能多

---

①周扬：《周扬文集》，第2卷，305页，北京，人民文学出版社，1984。

一些从容与自觉。

　　作家与体制（如文联、作协和文学院等）的关系也很复杂而微妙。应该说，国家提供较优越的条件和环境，保障作家的专业创作，作家理应衣食无忧、潜心创作、佳作迭出了。但事实要比人们的想象复杂得多。俗语曰：天下没有免费的午餐。"专业作家体制"既给作家的生存提供了保障，但也制造了看得见和看不见的规范，它在时时要求和提醒着作家应该写什么和怎样写，在使你获取的同时也要有所失去。现在这种情况比五六十年代改进了许多，但遗风仍在。陈思和指出："在当代文学史上，文学艺术一向是作为国家政治权力的宣传工具而存在的，作家和艺术家都是作为国家干部编制的人员进行写作活动，某种意义上说，长达40年的文学创作中，公开发表的作品只能是国家意志的体现，作家可能在具体创作过程中渗透了有限的主体意识，但不可能持真正的个人立场进行创作。"[1]他在解释现代文学史上的著名作家，如茅盾、巴金、曹禺、叶圣陶、夏衍等，为什么解放后的创作每况愈下时说："这不能完全归咎于个人创作能力的衰竭，而是战争文化心理支配下的当代文化规范不适应并且不能接受他们的精神劳动"。[2]五六十年代是这样，现在创作环境宽松了许多，作家有了更多的创作自由，但这种自由依然是有限度的。由上而下的规定与指令是一种限制，大家约定俗成自觉遵守也是一种限制。任何一个作家进入这种体制，都会有所顾虑、有所自律。这也正是近年来一些青年作家创作成就突出，但却不愿入会，不愿进入体制的根本原因。当然，在现有体制中的专业作家，我以为绝大部分是优秀的、勤奋的、成就显著的。但也不必讳言因体制、因意识形态的深刻影响，给有些作家的创作造

---

[1][2]陈思和主编：《中国当代文学史教程》，321、21页，上海，复旦大学出版社，1999。

成的负面作用。譬如有的作家一旦由业余成为专业，原本生活和艺术积累就很单薄，再加上体制对他的无形约束，创作即刻走向平庸、衰退；譬如有的专业作家多少兼一点官员职务，就把这种官员身份和心态带入创作，艺术个性渐渐模糊，政治色彩却日益突显；譬如有的作家一进入专业体制，自觉功成名就，不思进取，养尊处优，做和尚连钟也懒得去撞了。这些都反映了专业作家体制——这只"铁饭碗"带来的诸多弊端。近年来，湖南、江苏、上海、陕西、湖北、辽宁等地的多位作家分别宣布退出地方和全国作协，暴露了文学体制的内在缺陷，反映出作家同体制明显的离心力。

还有文学体制越来越严重的"衙门化""行政化"趋向，体制内部的名利之争，创作和学术氛围的淡化，专业作家中的贫富两极分化等等，都与文学体制的内在矛盾和改革不力有密切关系。

文学的自身发展与文学体制之间也有着深刻的联系。现在这种行政式的文学体制，有一个优势就是可以采用宏观调控的方法，扶植不发达的文学样式和题材，譬如对儿童文学和少数民族文学的政策倾斜。但这种体制的缺点是，它有时会背离文学的客观发展规律，在倡导某种东西的时候压抑另一种东西。如在强调文学的现实性时忽略了文学的历史和文化内涵，在突出文学表现内容的同时遮蔽了文学的审美性等等。当代文学的历史已经有半个多世纪，为什么中国文学总是难以走向世界？为什么我们的作家总是难以抵达"大师"那样一种思想和艺术境界？为什么我们没有"伟大的"小说、诗歌？原因自然十分复杂，不能仅仅从文学层面上寻找原因，但是否跟我们这种中国特色的文学体制有一定关系呢？这方面的研究现在还是一个盲点，希望有兴趣、有条件的学者去探索。

"解散作家协会""取消专业作家"的说法已屡见不鲜，作协将在多少年之后消亡的预言也不再是新闻。面对这些言论，文学界的人们应当清醒、理智，深入反思，积极变革。否则，坐以待毙，预言倒真有变成现实的可能。

在变革中实现自新、自强

"专业作家体制"乃至整个文学体制的改革已走到一个"关节点"上。中国作协党组书记、副主席金炳华在第七次作代会的报告中说："要通过体制机制创新，进一步明确新形势下作协的工作职能，建立适应社会主义市场经济要求，遵循文学发展规律，符合作家协会特点的组织体制、运行机制和活动方式。""认真总结现有的成功经验，积极推进作家管理体制的改革，改进专业作家体制，总结签约（合同）作家体制的经验，把专业作家制与签约作家制结合起来，增强激励机制，探索一种专兼结合、进出互动的新路子"。新任中国作协主席铁凝则在访谈中更坦率、形象地说："作家体制的变革势在必行。""我要替中国的优秀专业作家说一句话——专业作家制度并不意味着吃闲饭，也不意味着铁饭碗。"①他们的话既体现的是执政党的文艺思想，也代表的是作家协会的改革思路和构想。

就我所知，各省市文联、作协的"专业作家体制"，探索、改革的步伐早已迈开，只不过改革的力度有大有小，效果有好有差。譬如专业作家管理体制，已纳入了全国的职称评定系列，采用了五年一次的聘任制；譬如各省的创作中心、文学院，基本都增加了合同（签约）制作家体制，且方式方法多种多样。现在的问题是，我们在作家管理

①转引自夏榆：《铁凝的"坛经"》，载《南方周末》，2006年11月30日。

体制上的认识还不够深刻、到位，在体制的改革上还缺乏紧迫感、科学性，改革的效果还不够明显，导致了这一体制的改革在整体上的滞后和缓慢，引来了众多的批评之声。

关于作家体制改革的宗旨和目标，如果通俗地表述那就是：通过改革最充分地发挥作家的艺术创造力，使中国的文学变得更活、更新、更强。各地的创作中心、文学院不应办成只是"供养"几个专业作家的深宅大院，而应成为以专业作家为核心，团结、联络各种作家群体，带动地方和全国创作的文学基地。创作中心、文学院，要为作家营造更浓厚的创作和学术氛围，鼓励作家在思想和艺术上的探索，提倡创作上的精益求精，使作家能够创作出引领文学潮流、代表艺术标高的力作和精品。

作家管理体制的改革是多方面的，首先要确实搞好"专业作家体制"的改革。有关专业作家这只"铁饭碗"，人们议论最多，取消的呼声也最高。这里笔者想强调的是：专业作家是整个创作队伍中的核心和中坚。过去是这样，现在基本还是如此。新时期文学以来，那些代表性的优秀作品，大部分出自他们之手。他们的创作，带动和引领了全国的文学创作。如果没有专业作家的创作，中国文学将会失去标高，没有主潮，更加无序化。作家协会的"权威性"也会大大降格。北京作协是全国最早停止发展专业作家的，1986年开始实施合同制作家体制，引发了其他省市的纷纷效仿。但松散的合同制作家，由于诸多原因，创作成就并不能令人满意。于是在2002年，中断了20年的专业作家制度又得到了恢复。刘恒、刘庆邦、阎连科等成为新一代驻会专业作家，重新撑起了北京市的文学。对"专业作家体制"，我们不能因它脱胎于计划体制而简单地否定它，而要仔细地弄清它的优势与劣势、问题与症结、现状与走向。然后寻找对策，创新机制，真正激活这一文学体制。我想改革的目标无非有两个方面：一是真正建立一支境界高远、实力雄厚、富有创新精神的少而精的专业作家队伍；二是真正建立一套充满活力、奖罚分明、进出自由的作家管理机制。体制的变革和创新，必然会给文学创作带来活力和生机。

创作中心、文学院是文学机构，但运行的却是两种体制。如果说专业作家是计划体制模式的话，那么签约（合同）作家就是市场体制模式了，可以称为"一院两制"。两种体制的并存与竞争，有助于推动文学体制的变革和激发两类作家的创作积极性。签约（合同）作家是新时期以来文学界的一大新生事物。近年来，地方文联和作协普遍实施了"签约（合同）作家体制"，因地制宜，签约方式、资助办法多种多样，收到了良好的效果，积累了丰富的经验。这一体制的实施，发现和培养了大批的优秀青年作家，营造了更年轻的文学创作梯队，他们的创作丰富和刷新了当下的文学面貌。但是，这一体制也有它的局限、弊端。一方面是签约作家大抵生活、工作在基层，创作环境和时间难以保证，即便有好的创作选题，最终的产品也常常难以尽如人意。另一方面是这种"签约式"体制，关注更多的是作品，而不是作者。在约定时间内完成作品就行，至于作者的进修、提高等，往往难以顾及。因此"签约（合同）作家体制"一般是造就不出优秀而成熟的作家来的。这正是它不及"专业作家体制"的地方。"签约（合同）作家体制"改革的突破点是既要收获作品，更要扶植作家，解决好"养鸡"和"生蛋"的关系。湖北作协在这方面的经验值得借鉴，它探索了多种类型的作家管理体制，即在驻会专业作家和兼职合同制作家之间，又尝试了一种"驻会合同制作家体制"，即按五年一期的方式，聘用有较大影响和知名度、从事严肃文学创作且德才兼备的年轻作家，签约期间与专业作家同等待遇。这就融合了专业作家和合同作家两种体制的优势，想来更有利于出作品和出人才。

　　在文学组织和文学生产构成的文学系统中，作家管理体制无疑是一个关键部位。它的改革和创新，将对整个文学产生深刻的影响。只要我们激活和更新了这一部位，中国文学就会出现新的突破、新的超越。

（原载 2007 年第 3 期《扬子江评论》）

"文坛"不等于"市场"

　　有一则笑话，说有位诗人路遇熟人，熟人热情地同他握手，并向身旁的朋友介绍："这是著名诗人×××。"不想这位诗人勃然怒道："你才是诗人哩！"因他的作品进入不了市场，出版社屡屡退稿，所以他觉得熟人称呼他诗人是在嘲弄他。另有一个案例，一位行政官员喜爱写诗作文，茶余饭后、出行之际，笔耕不辍，作品集出了数本，且通过手中的权力自印自销。文名加上政绩，仕途畅通，官至一个市的市委常委、宣传部长。于是变本加厉，书出得更多，印数更大，获利更可观。他又不失时机地自我炒作，如召开研讨会、请人写评论、报纸发专访，弄得沸沸扬扬。身边的和文坛的人们不断地给他加冕"著名作家""杰出诗人""部长艺术家"……他也自觉真的"著名"起来。后来因腐败案件事发，他被捕入狱，经查证，强行推销书籍所得就达数十万元。前面的笑话，自然是虚构的，但流传甚广，形象地画出了我们一些作家（诗人）迫切地想进入市场分一杯羹，愿望不达就心态失衡的自卑心理。后面的案例是真实的，令人深思，典型地反映了一些为官者如何把文学事业转换成经商行为，从中牟取权、钱、名等多重暴利的畸形现实。两个事例，性质不同，但背后都有一只无形的、强劲的手在作祟：市场规则及市场意识。

　　市场经济社会自然需要市场经济规则来规范和统领。但市场经济规则——哪怕是很成熟的——也绝不是放之四海而皆准的普遍真理，它适应于经济领域，却未必适应于其他领域，譬如教育、文艺等等。甚至可以说，市场经济规则与文学艺术规则有着本质的不同，有时则是水火不容的。因为前者是功利的，追求的是利润的最大化，而后者是精神的，固守的是真善美的境界。可悲的是，我们的文坛和作家，在某种程度上已经在用市场经济的规则和思想来看待、经营、支配文学了。表面看文学是大发展大繁荣了，某些团体某些作家也名利双收了，但事实上，繁荣的背后隐藏着苍白，庞大的文学 GDP 中充斥着泡沫和垃圾，一顶顶"著名作家""优秀作品"桂冠下常常是假冒伪劣……这就难怪胎毛未褪的韩寒敢说"文坛是个屁，谁也别装逼"的浑话；德国汉学家顾彬称有些作家的作品是垃圾被媒体放大成"中国当代文学是垃圾"的狂妄断言。其深层原因，不正是市场经济的思想和规则无情侵蚀文坛造成的后果吗？本应是崇高的、纯洁的文坛，弥漫着浓浓的铜臭味，长此以往，"文坛"真的要演变成"市场"了。

实事求是地讲，上世纪 90 年代至今的文学，确有不小的发展和实绩。我们依然有一大批忧国忧民、坚守艺术、不向世俗妥协的优秀作家；文坛上不时会涌现出思想深刻、艺术精湛、深受欢迎的力作和精品，小说、诗歌、散文、评论等每种文体都可以数出一长串。特别是当下文学数量之众多、题材之丰富、品种之齐全、形式之多样，更是前所未有的。当我们把当下文学同 80 年代文学进行比较阅读后，许多人都会得出这样的结论：现在的文学确实成熟多了、艺术多了。我们应该承认这是市场经济推动的结果，显示了市场经济积极的一面。但一个吊诡的现象是，当我们评价一个或几个重要作家、一部和几部优秀作品时，我们就会觉得当前文学真是灿若群星，如何了得；而当我们连看几部低劣之作，要在浩如烟海的文坛上挑出几部经典作品时，我们便会觉得当前文学真是一地鸡毛，空空荡荡。这就像沙里淘金一样，淘出一大把金子，我们会说这沙子含金量很高，而在金子还混杂在沙里时，我们可能还看不上这一堆灰秃秃的沙子呢！当下文学的问题，就是市场经济催生出来的沙子太多，而凝结天地之精华自然形成的金子太少。这又显示了市场经济负面的影响。看一个时代的文学，自然要看代表性作家以及高端作品，这是一个时代文学高度的标志。但更要看一个时代文学的平均水准，看文学的基本精神倾向。文坛上沙子或"垃圾"太多，掩盖了金子的光辉，抵消了金子的价值。而随处可见的功利化、商业化现象，又使真正的作家受污，整个文学蒙羞。近年来人们不断地"寻找""呼唤"大师，但结果令人失望，在这样一种文学生态和氛围中，大师是难以产生的。为什么五四文学作为一座峰巅无可比肩？为什么80年代的文学人们"情有独钟"，就是因为那两个时期沙子或"垃圾"的比例较少，整个文学的精神倾向是纯正的、刚健的。当下文学大量的平庸、低劣甚至有害之作，败坏了广大读者的胃口，使他们误以为当下文学真的腐败了、死亡了，从而远离了文学，导致了文学的衰落和边缘化。

如果说80年代的文学是在政治意识形态的引导下又顺应了时代潮流和民众的愿望，形成的一个文学的奇迹的话；那么90年代之后的文学，就是在市场经济的摆布下，构成的一个多元繁盛、鱼龙混杂的文学景观。文学是时代的产物，要避世独立其实是很困难的。市场经济比之政治，更有力量，是一种温柔的暴力，它用利诱加威胁的手段逼迫人们认可它、听从它。譬如对那位诗人用的就是威胁，而对那位官员使的就是利诱。可以说从作家到读者、从文学组织到出版发行部门，都受到了市场经济的冲击和影响。只有一小部分真正的作家有清醒的头脑和足够的定力，可以抵御市场经济的挑战，或出污泥而不染，坚守着一种特立独行式的思考和写作，绝大部分作家都或多或少、或轻或重地受到了市场经济的侵蚀。为什么有些成名作家不再珍惜自己的声誉，像一部写作机器一样胡写滥写？因为只有多写才有源源的稿费和持续的名声，报刊社、出版社正是要利用他的声誉挣名赚钱。为什么一些"作家官员"热衷于自费出书？因为出书的费用对他来说不是问题，自会有人抢着为他支付，而一本书会给他带来一连串的荣誉、金钱乃至权力，最不济也能给自己的仕途之外留条退路。这是空中取水式的生意。为什么那么多青少年、中学生都涌向文学这座独木桥，毫无顾忌地暴露他们的忧闷、隐私、叛逆，因为这是一条可以通向意外成功的途径，出版社已为他们打造了这样的样板，尽管成功的几率很小。请想一想，抱着赚稿费、挣名声、为升官、找出路等动机和目的的写作，不生产文学垃圾又能生产出什么呢？更严重的是，我们的文学文化圈子为这种"垃圾"的生产、推销提供了热情周到的服务。譬如一位名作家或一位"作家官员"要出书，出版社自然竭诚欢迎，书稿质量搁置一边，名作家稿费当然要高，"作家官员"只要"出血"也一路绿灯。书出来了，随之就是记者采访、评论家吹捧、官方开研讨会……只要有钱到位，方方面面都会全力操办。因有利益、人情、关系在里头，平庸作品升格为优秀，稍好一点提拔为杰出，有缺点可以回避，有特色尽管夸大，每部作品都几乎完美无缺。请看看现在一些报纸和杂志，甚至国家级的报刊，大版大版的作品专题评论、研讨发言，但有几部是名实相符、禁得起广大读者检验的？但在整个运作链条中，作家有了名利，出版社有了效益，评论家（还有编辑、记者等）有了"红包"，官员有了政绩。彼此彼此，大家都是其中的受益者。如今的文坛很忙碌，包括作家、评论家、工作人员和领导者等等，但究竟是为什么而忙？是为了文学还是别的？真值得深长思之！

　　追求以"低成本"获取"高效益"，或者说追求"利润的最大化"，是市场经济的基本法则和核心理念。在这种思潮的激发下，作家的积极性调动起来了，文学作品极大地丰富了，一些优秀作家的作品也被纳入市场了，有一些年轻有为的作家被成功地推出了，这自然是好事。但在这一思潮的诱惑下，不少作家陷入了为名利而写作的怪圈，快速地消耗着他们宝贵的激情和才华；杂志社、出版社为了营利而不顾社会效益，生产着大量媚俗、芜杂甚至有毒的文艺作品，破坏着文学的生存环境，消解着文学的崇高本质。倡导诚信为本和公平竞争，是市场经济的重要规则，它适用于商人、企业家，同样也适用于作家。出版社乃至一些杂志社的企业化，使文学生产直接面向市场和读者，使任何作家都不再享有特权，站在了同一个平台上，用自己的作品去公平竞争，赢得读者。近年来我们确实看到了这种体制变革带来的积极效果。但另一方面，由于旧有体制的存在和现实生活中人际关系的复杂性，公平竞争的市场经济往往被扭曲和利用，官员的权势、富人的金钱和投机者的人情网，都可以转化成竞争的砝码，使他们在堂皇的市场规则下推出自己的垃圾文学，新闻媒体和出版社还要不遗余力地为他们包装、炒作。表面看来，这是一种市场行为，但实质上是违背市场经济规则的。

　　新时期文学走过了 30 年历程，经验和教训昭示我们，文学既不应臣服于政治，更不能屈从于市场，它应当有独立自足的审美世界和鲜明独特的发展规律。它无须去敌视、抗拒市场，但它必须承担起洞察世情、激浊扬清，启蒙民众、塑造人格的使命。把属于市场的还给市场，把属于文学的还给文学。

（原载 2008 年第 8 期《延河》）

文学批评的"三分天下"及内在缺失

　　文学批评是干什么的呢？是对当下文学（包括现象、思潮和作家作品等）进行解读和评判的，它有点像运动场上的裁判员和实验室里的质检员，其职责的性质决定了它应该是严肃的、公正的。然而，近十多年来，文学批评在外在的压力和内在的焦虑的双重困扰下，越来越失去了自己独立坚贞的品格，随波逐流，良莠不辨；越来越放弃了自己的思想能力和批评权力，画地为牢，自说自话；越来越远离了社会和读者，形成了一种新的"八股批评"，要不苦涩难懂，要不肤浅落套……应该说市场经济时代的文学变得更加红火也更加现代了，而文学批评这一翼却愈显疲软无力了，它引起全社会的不满和指责也是"罪有应得"。而文学批评走到这样的境地，又与它自身逐渐分化、形成"三分天下"的局势有直接的关系。"三分天下"并不是坏事，它有助于文学批评向深化和细化的路径上发展，形成多元互动的格局。问题是这三种批评模式各自为政，把自己封闭起来，"一条道走到黑"，而每一种批评模式又存在着严重的内在局限和缺失，这就不能不让人忧虑了。

　　我们知道，在中国，文学批评作为文学史和文学评论学科中的一个分支，它兴盛于上世纪30年代的左翼文学，发轫之时就与意识形态有不解之缘。40年代在革命根据地和解放区独特的政治文化环境中，文学批评与主流意识形态高度融合，直接影响和引导着新的文学的诞生和发展，同时成就了一批以文学批评为职业的权威评论家。50到60年代，是中国的文学批评最风光的时期，现实主义文学批评理论和方法逐渐形成，一大批以批评为己任的文学评论家拥有话语权力；但后来"左"的文艺思想占据了主导地位，竟演变成了极左政治思想中的一把利器和重要组成部分。70年代末至80年代的新时期文学批评与新时期文学创作比翼齐飞，互激互励，共造了一个灿烂辉煌的文学时代。但我们却不能不看到，此时的文学批评依然有强大的主流意识形态的支撑，它并没有真正获得学理上的自由和自觉。从50至80年代的几十年间，高等院校对当代文学经历了一个逐渐重视的过程，文学批评一直较为薄弱，批评的重镇始终在作家协会系统。到了90年代，随着市场经济社会的展开和推进，随着文化、文学的多元化发展，大一统的社会思想已不再可能，人们的思想、价值观念空前地多样化起来。在这样的社会、文化背景下，文学批评终于失去了它的思想靠山和话语霸权，一时间孤苦无依、手足无措起来，继而在生存的焦虑中分化成几种类型。作协系统的批评不断萎缩，高校和媒体的批评悄然兴起，各自经受着外面世界的风吹雨打，惨淡经营，艰难地突围。应该说，文学批评在今天的命运遭际，是它自身演变之必然，是时代发展之使然。

　　我以为，文学批评从"一统天下"走向"三分天下"，不再依附于某种思想和潮流，这是文学批评的一次解放。它的分流使批评本身变得开阔、细化了，形成了批评自身的多元互补，有利于文学批评的发展。具体划分大致有如下三种批评类型：一是学院派（包括文学研究所等机构）批评，二是作协派（包括文联的研究部门）批评，三是媒体派（包括刊物、报纸、网络等）批评。几类批评各有千秋，形成了不同的批评声音，也创造了不同的批评模式。但是，这三种类型的批评，每一类的发展都不理想，存在着诸多外在的制约和内在的缺失，导致了今天文学批评的疲软状态。譬如学院派批评，在高等院校和文学研究部门，文学史和文学理论才是学科的"老大"，文学批评被认为是缺乏学术含量的"急诊科"，因此从事文学批评的教授、学者，总觉得不那么理直气壮，在潜意识中把文学批评当作副业看待，不愿把全副的精力投入到当下的文学批评中。而他们的批评文章，往往理性、概念太多，感性、形象太少，作家作品在他们那里成了全部论述中的一个"顺手牵羊"的例证，同复杂鲜活的文学隔着一层。我们搞评论的人读起来都觉得苦涩冗杂，又怎么能让更广大的读者群认同和喜欢呢？譬如作协派批评，这曾经是当代文学批评的主体，它是体制化的一种批评，过去占有举足轻重的位置，所谓的文学批评实际上主要是指这类批评，但它今天却遇到了前所未有的外在和内在的挑战。商品经济的冲击、意识形态的制约、人际关系的围困等等，都使这一派的批评只有招架之力，没有还手之功。无奈之下他们不得不说些大话、空话、假话。同时由于他们普遍存在着文化修养不足、思想体系薄弱等缺陷，再加上超量的阅读与写作，就难免使他们的批评思想匮乏、人云亦云、粗制滥造。作家协会的批评家，改换门庭到高校从事教学和研究，40岁以下的作协派批评家寥若晨星，正说明了作协派批评面临的困境。譬如媒体派批评，这是90年代以来的一种新型的批评，作者大抵是一些文学编辑和记者，他们把自己隐藏在批评的背后，用综述、访谈、对话等文体，不断地制造着一些文学的热门话题，给文坛平添了许许多多生气。但是，这种批评带有很大的广告、宣传、炒作之嫌，缺少批评标准和理性分析，有时不免误导作家和读者。此外还有一类批评，尚未引起更多人的关注，可以称之为"自由撰稿派批评"，作者大抵是一些自由写作者和业余批评者，他们把对文学、对作家作品的看法，用随笔、杂文、短信、帖子等形式，发表在小报、网络上，表达和传递着某个群体的批评声音，这类批评现在还未成气候，但却是值得我们重视的。

　　文学批评"三分天下"的势态已经走过了十多年时间，现在该是梳理、总结、融合的时候了。所谓"合久必分，分久必合"。有人怀疑，文学批评是否还能存在下去，文学批评能否成为一种职业（如作协派批评）。这确实是值得我们深思的问题。我以为，中国社会正处于一个十分艰难复杂的转型时期，文学会在很长的一段时间里呈现膨胀、多端、无序状态，它将深刻地影响人们的思想、心理和情感。面对这样的文学状态，不能没有文学批评的宏观调控和有意识的引导。越是多元化的文学时代，越需要强大而清醒的文学批评。批评家应当肩负起裁判员、质检员的神圣职责，眼观全局、洞幽烛微，分辨是非、扶正祛邪，解读文学、提升读者，点燃国民精神前行的灯火。然而，要真正营造一个有利于批评家生存和发展的良好环境，需要全社会的共识和合作。从文学批评的主体看，"打铁先须本身硬"，批评家要切实加强自己的整体素质，特别是要强化思想能力和批评意识。几种类型的批评家应认真总结批评实践的经验和教训，打破门户之见，看看别的批评模式有哪些长处和短处，取人之长补己之短，使自己的批评变得更丰厚、成熟一些。如学院派批评，就应借鉴作协派批评那种直觉判断、情感渗透的论述方式，使板结的批评变得鲜活、个性起来；作协派批评则应学习学院派批评那种学术的纯正和论述的严谨，使感性的批评蕴含理性的逻辑；而媒体派批评家一定要重视批评标准和理性分析，让带有新闻色彩的批评生命更长久一些。外部环境的改善加上批评家自身的努力，中国的文学批评就会走向"柳暗花明"。

（原载2005 年6 月16 日《文学报》）

扶植底层作者的深层意义

今天，我们还需要花大力气、下大本钱去发现和扶植底层社会的文学作者吗？从一贯的文学传统看，从特有的文学体制讲，似乎不难回答：当然需要。但是，从上世纪 90 年代以来，这个不是问题的问题渐渐被变动的时代和浮躁的文坛给淡化了、遮蔽了。试想想，现在出版社、期刊社的白领编辑们，还有谁去关注下面那些可怜巴巴的文学青年？广大的底层社会，孕育文学苗子的土壤还存在吗？一上一下两头生变，扶植底层作者还不成为一句空谈、成为一个问题吗？

时下的文学真是繁荣了。都市生活、官场内幕、历史烟云、民情风俗、神话传说、婚爱活剧……题材内容包罗万象、无奇不有，人类生活涉及的旮旮旯旯，都被作家们尽收笔下。庄重的现实主义、典雅的古典主义、飞扬的浪漫主义、诡异的现代主义以及魔幻现实、黑色幽默、意识流等等，古今中外的种种表现方法和手段，都悉数拿来、各显其能。老一代、中一代作家还在不懈坚持，更年轻的"70 后""80 后"，又一批一批涌现，我们的作家队伍也年轻化、知识化、白领化了。但是，在这一台精彩的文学盛会中，我们不难发现，来自广大的底层社会的内容太少了，来自普通民众的代表几近缺席了。这台盛会是城市人操办的，也是演给城里人看的。我自然知道，在当下的文坛，依然有关注底层社会的作家，也不缺乏表现底层民众的作品。譬如周大新的《湖光山色》、关仁山的《白纸门》，是描写现实农村变革的；譬如刘庆邦的《红煤》，是反映煤矿工人生存现状的，均是现实主义力作。但这样的作品实在太少，掺杂在浩荡的文学潮流中，真有点沧海一粟的感觉。近年来还有不少很火爆的作品，如贾平凹的《秦腔》、莫言的《生死疲劳》、铁凝的《笨花》等，虽然写的是农村生活，但焦点不是现在，而是历史。以上说的是长篇小说，中篇、短篇小说的情况也大抵如此。报告文学、散文、诗歌的创作，似乎还不像小说乐观。更让人焦虑的是，现在有相当一部分反映底层生活的作品，其思想、情感以及形式、语言等，越来越城市化、精英化了。城里人也许觉得耳目一新，底层读者却感到云里雾里，于是干脆拒绝阅读。可以这样说，现在的文学整体上"悬浮"在城市，已与底层读者"风马牛不相及"了。当代文学逐渐丧失了把握底层社会的能力。

造成这种文学状态的因素也许很多很多，值得深入研究。如果用"顺藤摸瓜"的办法，根子也不难找到。作品是作家写出来的，有什么样的作家群体，就会生产什么样的文学作品。在现有的作家队伍中，中年作家自然是中坚力量。他们有的来自城市，有的出生在乡下，大部分是新时期初、中期登上文坛的，现在已是天命甚至耳顺之年了，与当下的底层社会渐渐隔膜了。而在新生的庞大的青年作家群体中，多数出生、上学、工作在城市。也有一少部分出生在农村，通过上学进入城市、上层，虽然"故乡还在心中"，但人却是陷在"围城"里了。那种仍然生活在贫困的农村、艰难的厂矿中的青年作家，我没有作过全面的调查，肯定是少而又少了。底层作家这一方阵正在不断缩小，后继乏人了。底层社会本来就是一个沉默的世界，没有人为它叙述、代言，它怎么能凸现出来、发出声音呢？

历史的经验（包括反面的）值得回顾。关于"十七年文学"，近年来成为重新解读的热点。有一段时间把它说成"豆腐渣",现在又说是"一朵花"。我倒以为这是一个精华与糟粕共存、价值与局限兼有的文学时期。这是一个被称为"工农兵文学"的时代,它的病症在于有太多的政治意识形态色彩,在突出主流文学的同时压抑了多样化文学,在表现方法上设置了过多的清规戒律。我们不必把这一时期的文学估价太高。但是,它的卓著成就和独特贡献,就在于创造了一种全新的人民大众的文学,象征国家形象的文学。为了建构这样一种文学,国家在发现和培养工农兵作家方面,做了大量工作。众多知识分子作家,付出了痛苦的代价和艰辛的努力。读一读当时那些"红色经典",你可以强烈感受到急风暴雨式的时代变革、作为社会主体的普通民众的喜怒哀乐,作家、作品与民众达到了一种水乳交融的境界。

"新时期文学"是要努力告别当代,回归五四的,但它也承袭了"十七年文学"的诸多观念和做法。在文学的表现对象上,基本上是以底层社会和底层民众为主的。在作家队伍的建构上,特别注重从基层发现和扶植文学新人。10 年"文革",在农村、工矿储备了大批的文学青年,整个社会和文学的复苏,为这批人的脱颖而出提供了最佳契机。现在五六十岁的重量级作家,哪一个不是这时走上文坛的呢?当时的扶植措施也很有效,只要你发表了几篇好作品,显示了一定的才华和潜力,不管地位、身份和学历,就能得到重视和培养,直至破格提拔,进入文学体制。正是当时的老一代作家、"归来者"作家和新生的青年作家,构成了一个人才济济、前呼后拥的作家队伍,共同描绘了那个时代底层的社会生活和民众的生存状态。当时的出版社、期刊社的文学编辑,对下面的文学新人,有一种很朴素的感情,把对他们的扶植当作自己义不容辞的职责。记得《人民文学》《上海文学》《青年文学》等名牌期刊的编辑,不请自来,常常跑到山西的县城,甚至乡村，找那些刚露头角的文学新人，交朋友、谈创作、改稿子，一步一步把这些文学新人引进"艺术殿堂"，直到他们走向全国成名成家。至今想来，依然让人感动！

我们的作家队伍阵容壮观、人才荟萃，多一些或者少一些底层作家，似乎无足轻重。但是，底层作家代表的是一个更广大的社会和更庞大的人群，没有他们强有力的声音，我们的文学岂不就变质、变味了吗？

30年的改革开放发展到今天，人们越来越理智地认识到，在中国金字塔式的社会阶层结构中，居于最下层的依然是占人口总数80%以上的工人和农民，他们用劳动、血汗甚至生命，支持、推动了国家的现代化建设，但却在物质和文化上依然是一个弱势群体。没有底层民众经济上的富裕和文化素质的提升，就没有整个国家的现代化和全民族的自强自立。而要改变这种现状，将是一个艰难而漫长的历史。但底层社会和底层民众，向来是一个沉默的世界，它缺乏表述的能力，也没有表述的平台。文学是社会的良知和精神的灯火，它理当承担起"为天地立心，为生民立言"的使命来。为此，我们一方面要倡导专业作家走出城市，深入民间，把沉默世界的社会和人生展现出来，晓谕世人，赢得关注；另一方面则要努力发现和扶植底层作家，精心培养，提供园地，推出作品，把来自社会下层的源头活水引入文坛，送向社会。扶植底层作者绝不仅仅是文学的点缀和需要，而是时代、社会、历史的需要。

我知道扶植底层作者是一项困难的事情。今天的农村、工矿以及城镇街道，滋长文学萌芽的水土已严重流失，人们都在为生存和利益而奔波，精神文化生活日渐萎缩。在广大的农村，有文化的青年大批涌向城市打工，坚守土地的已越来越少。对于底层作者来说，由于基础的薄弱、视野的狭窄和环境的闭塞等原因，走文学之路变得格外艰难。但我依然认为，扶植底层作者是可能的。我们的文学传统源远流长，不管哪个时代的青年都会有自己的"文学梦"，在农村、乡镇、县城，在工矿、企业、街道，依然可以看到众多孜孜以求的文学青年，有些已硕果累累，成为青年作家；在沿海城市，进城青年组成文学社团，创造了令人瞩目的"打工文学"，底层社会在他们手里，掀开了新的一角。同时我更相信，中国特有的、自上而下的文学体制，有很强的凝聚力和号召力；现在又有了众多民间的文学组织，其作用不可低估。而发现和扶植底层文学作者，又是我们一以贯之的文学传统。因此，扶植底层作者主要是一个理性认识问题，如果我们真正意识到了它的深层意义，其他困难也许不难解决。

（原载 2007 年 11 月 29 日《文学报》）

文学期刊忧思录

'98 话题：文学期刊的"突围"

文学期刊的"突围"，成为'98文坛一个引人注目的话题。别小看一本薄薄的文学期刊，编辑不过一二十人，每年的费用仅仅几十万元，但它在变革进程中的艰难与复杂，似乎不亚于那些身陷困境的国有企业。因此关于文学期刊的话题一旦被人提出，就骤然热闹起来。《文艺报》以头版头条的位置，多次刊登关于文学期刊的述评文章，又从4月开始，开辟"主编如是说"专栏，约请文学期刊的主编，尽诉酸甜苦辣。《中华读书报》也不时发表关于文学期刊的讨论文章和综合报道。有关文学期刊生存与发展的专门会议，据我所知就有成都、杭州、新疆等三四次，听说会议开得十分热烈，七嘴八舌，却没有结论。面对社会生活的急剧转型，文学期刊的"突围"与变革，显得步履蹒跚。

从全国到各省、市作家协会，都主办着一二份甚至三四份纯文学期刊，累加起来足有一百多家。它们大抵是为了发展本地区的文学创作，扶植本地区的作家队伍而创办的，有固定编制，有政府拨款。在数十年的社会发展中，为建造各地乃至全国的文学大厦，培育了一代又一代作家群体，作出了卓越的贡献，在今天的精神文明建设中，依然发挥着不可估量的作用。但毋庸讳言，这些文学期刊是计划经济模式的一种产物，它自身所显示出来的依赖性、封闭性等局限，同市场经济社会的运行规律是不相吻合的，因此它陷入困境也就势所必然了。首先是经济上的困窘。政府拨款极为有限，但纸价、印刷费、稿酬、办公费用等却扶摇直上，有些刊物还"赡养"着越来越多的退休编辑，日子之难过为圈外人所不知。其次是稿源短缺。由于文学刊物太多（与作家协会平行的出版部门也办着一大批文学刊物），而名作家又有限，不仅好稿子供不应求，且名家的稿子也有很多平庸之作；做"作家梦"的青年日见其少，致使稿源大大减少，这就使一些文学期刊不时发生稿荒现象，极大地影响着刊物的质量。再次是编辑力量的削弱。文学期刊风光不再，编辑队伍大量流失，有的去做专业作家，有的调往报社、电视台，固守清贫的文学编辑也有点心不在焉，没有稳定的高素质的编辑队伍就不会有高档次的文学刊物，这更给文学期刊的"突围"增加了难度。文学期刊的处境，真有点像国有企业，负重累累，产品滞销，真不知路在何方？今年3月17日，《文艺报》发表了一篇令文学界振奋的综合报道《人大代表为文学刊物争"口袋"》，广西作家何培嵩等33位代表，在九届人大一次会议上大声疾呼：对省级文学刊物要给予经济倾斜和扶持政策。但"雷声"早过，至今未见"行雨"。相反，国家对纯文学期刊"断奶"的信息却不断传来。事实上，有的文学期刊业已缩减经费，有的因坚持不住被迫停刊，众多的办刊人也逐渐意识到：完全依赖政府决非长久之计，只有面向市场，突破重围，自强自立，才有可能起死回生。真有点"刀架在脖子上"的感觉了。

文学期刊的"突围"，早已有不少的先行者，但成功者却寥寥无几。这里需要把两类文学期刊划分开来：一类是出版社主办的文学期刊，如《当代》《花城》《十月》《大家》等，它们从创办伊始就是面向市场的，出版社的机制就决定了它们必须考虑刊物的市场效益、读者需求，时时刻刻的危机感促使它们迅速融入了市场大潮；另一类就是我要在这里着重谈论的各省、市作家协会主办的文学期刊，它们虽然与出版社的文学期刊面目相似，但性质却迥然有别，它们更多考虑的是繁荣文学事业，扶植作家队伍，它们承担的是建造文学大厦的"基础工程"，这给它们的"突围"和转型形成了巨大障碍。"突围"的缺口无非有这样几个，一个是千方百计"争口袋"，譬如向政府讨要、争取企业赞助，联系协办单位，以保证刊物的正常运行，进而提高刊物质量。《上海文学》《萌芽》就是寻找了两家不大知名的报纸作"养母"。实践证明，这样的做法虽然有效，但并非长远之计。另一个"突围"缺口是自身变革，努力挤入市场，如《天涯》由最初的"大路货"式的文学期刊，蜕变为具有思想文化品位的文学刊物，终于走进了阅读市场；但我们也同时注意到，它的成功是以牺牲文学为代价的，文学在刊物中萎缩为一个栏目，它实际上已变成了一个文化型的刊物。再如《作家》，执著追踪文学新潮，受到了全国文坛的注目，但它的订数与努力不成正比，依然难以进入市场，还需要政府拨款，还得去搞董事会寻求资助。另一种"突围"是向通俗文学、文化靠拢，《佛山文艺》几经努力，获得成功；而《河北文学》变为《当代人》，没有挤入地摊刊物，文学的归途也已变得模糊。先行者的成败，让人清醒也让人反思，面向市场，走出困境，自然是时代的呼唤、自身的需求，但文学期刊的真正转型，还需要艰难的探索、长时间的实践。

危机更源于自身，我们需要反思

文学期刊陷入困境，有着强大的外因，也有着深刻的内因。从外因方面看，整个社会向经济生活方面倾斜，金钱、物质无情地吞噬着人们的生命与精神，文学被冷落、被忽视，逐渐滑向了社会边缘。同时，曾是大一统的文化市场也发生了全新的变化，影视文化迅猛发展，生活报刊异军突起，面向大众的社会科学与自然科学图书也蜂拥出版，多种多样的书刊市场吸引和拉走了一批批读者，忠实的文学读者群越来越小。应该说这是文学期刊订数锐减，读者越来越少的直接原因。但正如《钟山》主编赵本夫在他的"主编如是说"中一针见血指出的："其实我一直认为，纯文学刊物真正的危机并不在钱上。刊物真正的危机在于自身：大同小异，缺乏特色。我们只要粗略地浏览一下全国的纯文学刊物特别是那些比较有名气的刊物，就会发现彼此的面貌并无大的区别。"①这些话可谓一语中的。是的，危机更源于文学期刊自身，我们需要的是反思。为什么作家协会办的文学期刊大同小异，没有个性呢？根子还在体制上，作家协会是计划经济模式的产物，文学期刊是计划经济产物的结果。作家协会给期刊规定的办刊宗旨是发展文学、培养作家，它面向和服务的对象首先是文学和作家，这样的办刊宗旨决定了刊物的非市场性。每个省市的文学期刊都办成了本地区的"小《人民文学》"。客观地讲，具有中国特色的作家协会体制以及办刊思路，在已经翻过的历史中，是成就卓著、符合规律的，但面对日益完善的市场经济社会，它的弊端就日见明显了，文学期刊所面临的困境，

①赵本夫：《真正的危机》，载《文艺报》，1998年7月2日。

正是这种体制的反映。

　　办刊宗旨支配、制约着刊物的基本面貌以及运行规律。几十年来，作家协会主办的文学期刊大都是千篇一律的四大块模式，小说、散文、诗歌、评论这四大块，哪一块你都不能偏废、舍弃，每一块的背后都有一个庞大的作家群，你只能把刊物弄成一道样样俱全但又难见特色的"拼盘菜"。而作家协会主办的一些非综合性期刊，如河南作协办的《散文选刊》、天津作协办的《文学自由谈》，由于品种单一，就有可能办出特色，有可能走向市场。由于省级纯文学期刊的服务对象首先是文学、是作家，因此长期以来它是在一个封闭系统中运行和操作的。成为一个作家，特别是名作家，你的稿子就有了随到随发的"通行证"，不管你的稿子写得好与差，也不管你的稿子有没有人读。一个老作者、老作家，辛苦笔耕一辈子，现在人老才穷了，但他一次一次给你送稿子，你能不给他一点面子吗？尤其是刊物还有一个扶植文学青年的使命，新人的稿子自然会嫩一些、粗一些，为了他的未来，你常常得降格以求……"拼盘菜"使刊物难见个性，照顾稿、情面稿、关系稿又使刊物芜杂平庸，这样的刊物自然不会吸引读者去掏腰包的。

　　近年来对文学界的批评时有耳闻，如抱怨现在的创新之作太少而平庸作品太多，如批评目前一些作家远离尘世，只会写一些小圈子的生活……其实文学界的这种萎靡现象，文学期刊要负主要责任，因为文学期刊作为作家的创作园地，对作家进行着无形的暗示和有意的引导，其作用是不可低估的。文学期刊作为计划经济模式的一种产物，很容易成为社会生活中的一座"孤岛"，从而远离现实，脱离民众，自然也拒绝了市场。譬如前几年一些文学期刊无限度地鼓吹新潮作家在艺术形式上的所谓"革命"，使不少青年作家在形式上走过了头，最后不得不退回原地重新起步。又如近年来几个刊物大捧所谓的"小女人散文"，把这样一种狭隘的文学吹得神乎其神，但终因广大读者的不买账，而成为短命的文学。这都是文学期刊对作家的误导形成的结果。还有一种情况如《当代》副主编常振家等所说：长期靠政府拨款容易养一帮假文学人，甚至是些文学混混，还免不了发表一些"垃圾"作品，[①]文学期刊不考虑市场，没有危机感，就容易办成圈子刊物、关系刊物，养出一批形形色色的冒牌作家来，这样的作家又扼制着刊物质量的提高和走向市场的可能，形成一个恶性循环的怪圈。

在计划经济模式中生存了数十年的文学期刊，今天是到了非改革不可地步了，否则它就永难走出困境，最终只能自我消失。努力改变文学期刊的外部生存环境自然重要，但根本出路还在改革自身。面对新的时代要求，文学期刊要把发展文学事业和面向市场结合起来，以读者的审美需求设计刊物面貌，改革栏目配置，精选文学作品，引导作家创作；在满足读者需要的基础上，把提高和开阔读者的审美境界作为自己的"特殊使命"；要加强文学编辑的自身建设，建立竞争机制，提高编辑待遇，确实形成一支力量雄厚、富有活力的编辑队伍。唯有这样，文学期刊才会置之死地而后生。

面向文学与面向市场

我曾经在一篇《文学期刊面向谁》的文章中说过：作家协会的文学期刊，首先应该面向文学建设和作家的培养，在充分体现办刊宗旨的同时，要努力面向市场，走向读者。[②]苏华先生不同意我的看法，断

---

①参见高小立：《文学期刊你的未来不是梦》，载《文艺报》，1998年6月16日。
②参见段崇轩：《文学期刊面向谁》，载《中华读书报》，1998年6月3日。

然说："我的文学期刊面向谁的观点，毫不含糊地是：应该面向读者，优胜劣汰。"①我以为，苏华先生的观点貌似"很改革"，其实是一种盲目的、偏激的，甚至幼稚的观点。照苏华的观点，政府下一纸文件，所有的文学期刊一律"断奶"，推向市场，问题岂不是就迎刃而解了？但这样一来，文学园地将大量丧失，文学事业也会大伤元气。今天是一个物质化、商业化的时代，越是在这样的时代，越需要真正的文学和文学精神。揭示和批判现实生活中的假丑恶现象，引导民族灵魂向强大和完美发展，文学的世纪使命显得更加沉重。对于文学，我们不仅不能放弃，相反，要更加注重它的建设。何培嵩等人大代表在他们的提案中说：从文学是一切艺术的母体这个意义出发，省一级的文学刊物在承担了中国当代文学作品主渠道传播作用的同时，亦辐射或改编成不少的电影、电视、戏剧、音乐、舞蹈等其他门类的作品，它们在积累地方文化、民族文化及在社会主义精神文明建设中有着不可替代的重要作用。文学作品不能视为简单的一般化商品，亦不应该简单地推向市场，而应当实行经济扶持，并加大扶持力度。我以为这33位人大代表对文学期刊、文学作品的性质、作用、价值的理解和阐释是准确而深刻的。文学期刊所承担的，是文学建设中的基础工程，它的价值是潜在的、长远的，往往没有直接效益，却需要先期投资。它难以进入市场，与它所依存的体制以及这种体制所带来的内在局限有关，但更与它所承担的文学使命以及文学作品的超功利性有关。因此，文学期刊的志士仁人们，多年来努力拼搏，但成效甚微，成功者只有寥寥数家。广州是一个喧闹的商业城市，《广州文艺》近年来处心积虑，多方改革，企图进入市场，但最终还是失败了，主编张梅感慨地说：

①苏华：《也说文学期刊面向谁》，载《中华读书报》，1998年7月1日。

"文学杂志要想得到市场的宠爱只会是一种梦想。……在清楚地了解了我们面对的形势之后，我们就只有一个想法：只要还能坚持住，我们就尽我们的可能做一本高质量的文学杂志……"①

但是，如上所述，绝不意味着文学期刊要远离市场，拒绝市场。恰恰相反，在今天的市场经济社会中，文学期刊必须有勇气、有信心去面对市场，挑战市场，庶几才能克服内在危机，有效提高质量，赢得广大读者。过去众多的文学期刊所以陷入困境，就是因为它只盯着文学，而忽视、拒绝了市场，使刊物办得越来越封闭、陈旧、平庸。市场与读者，实际上是一把无情的标尺，文学期刊质量如何，有无创新，定位准否……都将在它面前原形毕露。但是我们又不能把市场效益当作衡量文学期刊的唯一标尺，因为省级文学期刊还承担着特有的文学使命，因为文学作品并不是一般的商品。一份圈内圈外都称道的高品位的文学期刊，发行也许只有几千份，而普普通通的一本通俗文学刊物，发行量均在几万份以上，二者是不能相比的。因此，我毫不含糊地以为，文学期刊的标准，必须坚持社会效益与经济效益两把标尺，刊物要努力实现两个效益的统一，但更要把社会效益放在第一位。

——由此对文学期刊的定位可以这样表述：在面向市场中建造文学。

弄清了文学期刊在社会生活中的位置、价值以及它的内在"病灶"之后，文学期刊的出路、发展对策并不难找到，但这是需要文学期刊以及有关部门合力去做的。针对目前"供大于求"的状况，首先是要对文学期刊作宏观整顿，重叠出版、质量低下、编辑薄弱的文学期刊下决心砍掉，压掉1/3乃至更多的文学刊物，保留下来的刊物就会好办

①张梅：《市场与品牌》，载《文艺报》，1998年7月28日。

得多。其次是政府要实行灵活多样的文学政策，重点文学期刊要加大扶持力度，保证办刊经费；对有可能走向市场的文学期刊，要创造条件，增加投入，限期"断奶"，使刊物实现转型。第三是作家协会以及主管部门；要给刊物更大的自由度和更多的自主权，不必要求刊物都搞成样样都有的地方"拼盘菜"，要把刊物放在全国文坛的大格局中去竞争，鼓励刊物办出特色和个性。从刊物自身来讲，必须具有市场意识和读者意识，以市场为出发点和生长点，来寻找自己在文学和文化市场中的位置、价值、优势以及读者群，要广开思路，找准定位，坚持下去。你可以办成一份以扶植文学青年为主的"摇篮刊物"，也可以办成一份以名家为阵容的"大家刊物"，你可以走纯而雅的"阳春白雪"之路，也可选择面向大众的通俗化途径；你可以坚持以现实主义文学为主，也可以着力扶持先锋派小说；你可以搞成文化品位的文学期刊，也可以与历史、哲学等结缘孕育出新的品种；你可以把多品种搞成单品种刊物，自然，如果你的"地方拼盘"很拿手，也大可不必去另换花样……文学期刊一旦松绑，它的出路会非常广阔，也许它才能更轻松地肩负起自己的使命，更自信地面对读者和市场。

（原载 1998 年 10 月 31 日《文艺报》）

少一点门户之见

在文学领域里，门户之见由来已久，今日尤甚。新时期以来的文学，经历了近 20 年的历程，已进入了一个丰富灿烂、多元并存的时代。但各种创作方法、派别、形式之间的门户之见却并不珍惜这种多元并存的文学格局，总是以我独尊、划疆分土、贬抑他人，甚至互相攻讦，引出一场场无谓的争论和笔墨官司来。

就说文学中的"大哥大"——小说吧，从 80 年代中期到现在的十几年间，新潮迭起，旗号林立，各领风骚，涌现出多少引人注目的作家、作品。文学发展中的这种群雄崛起、大浪淘沙的现象，本来是一种正常的"生态平衡"，但不正常的是各种主义、派别、写法之间各自为政，互相拆台。譬如现实主义小说，90 年代前后曾经一度沉寂，近年来它直接伸入到转型期的现实生活中，表现了广大民众的生存、奋争和愿望，受到了人们的关注和欢迎。于是一些非现实主义作家、批评家，就在一旁说话了，说当前的现实主义是一种平庸的现实主义、浅薄的现实主义。再如近年来"新生代小说"异军突起，把城市化的历史进程和奇异景观逼真地展现给人们，刻画了一批"随波逐流式"的现代城市人形象。随之就有一些"九斤老太"说"新生代小说"是一种"颓废文学""媚俗文学"。又如 80 年代后期以来顽强生长且不断更新自己，今日终成气候的通俗小说，它所遭受到的"围追堵截"，就不仅仅是文学界的，甚至是全社会的。"粗鄙""庸俗""肤浅"等词语，虽然今天已不大被人使用了，但它们依然像隐形的帽子一样，紧箍在通俗小说头上，以致一些很有成就的通俗小说作家一听"通俗化"几个字就像受了胯下之辱一样。这是来自"山门"之间的相互批评，再看一看出自"山门"内部的自我感觉和自我标榜。一些坚持文化探索的小说作家，远离现实，苦思冥想，说他的探索是在回答"人类面临的永恒主题"，什么现实主义小说、通俗小说，都是形而下的；一些固守"私人化"写作的女作家，总以为她那个"小我"蕴含着"大我"，表现"个体"即是表现"群体"。感觉如此良好，别人还能说话、还能评论吗？一面是文人相轻、瞧不上他人，一面是自我欣赏、以我为尊，构成了文学界的门户之见和山头主义。要么扯一面旗子，聚几多同仁，搞"圈子文学"，圈子与圈子之间"鸡犬之声相闻，老死不相往来"；要么各守"山门"，相互轻贱，有意揭短，爆发一些无谓的纷争。一个成熟的、有个性的作家（包括批评家），自然应该坚信自己的文学主张、审美思想，他站在自己的角度去理解、评论别人的创作，也无可厚非，甚至偏激一点也情有可原。但是如果自信到自己就是某种潮流的代表，偏激到不能容忍别一种创作，那就已从真理滑向了谬误。这种门户之见，不仅会阻碍自己的创作，同时会影响整个文学的发展。

我们曾经历过梦魇般的阶级斗争，把文学界正常的争鸣、讨论都划入政治斗争。现在，那个时代结束了，但我们却深切地感到，文学界出现了另外一种门户现象。一些作家、批评家之间的关系隔膜很深，几乎没有交谈、对话的可能。对作家作品的评论，常常带有浓烈的火药味，几个词使用不当，就会引起多方混战。这种门户之见，不仅给文学界带来了无意义的混乱和人为的"冷战"，而且直接阻碍着一些作家的创作。囿于门户之见的作家，他们的创作心态和思想往往是封闭的、狭窄的，不去主动地容纳更广大的世界和其他表现形式，他的思想和艺术源泉就会逐渐枯竭，创作的短命也就势所必然了。80 年代中期以来，从"寻根文学"到"先锋派小说"，由纪实小说到新状态创作，走马灯似的演示了一番，出场时总是轰轰烈烈，收场时往往冷冷清清，其艺术生命的短暂令人惊讶和深思。我想主要原因就是这些"山门"里的作家们太固守自己的艺术追求，而排斥别的创作思想和手法，以至于使创作的路子越走越窄，直到山穷水尽。许多创作实践表明，凡是艺术生命长久的作家，都是既能坚守自己，又能转益多师，从而超越自己的门户局限，走向创作坦途的。

90 年代的文学，从分化走向多元，是整个思想文化领域共同作用的结果，它根植于当前的多元文化形态。当前的文化领域，决不是六七十年代时期的铁板一块，它至少由三个板块构成：一块是知识分子为代表的精英文化，它具有一种自主性和超然性特征，它融汇中西，贯通古今，对现实作着独立而深远的思考，它对社会的运作和发展、对人的精神与道德建设，往往起着校正和引导作用；另一块是政治文化——政治意识形态，它具有一种权威性和操作性特征，它根据国家的现状、历史和未来，提出一整套指导思想、政策策略，它更关注的是社会的协调发展和全面进步；还有一块是民间文化，它的内涵极为庞杂，也鲜有专门的理论著述和分门别类的资料积累，中国源远流长的传统文化、几十年来的政治意识形态及现实社会生成的各种思想意识、行为规范等等，都融汇在民间文化中，并经过选择和重构，形成了一种属于民间社会的文化形态。文化构成的这种划分和界定，现在已被许多人取得了共识。而文学作为一种特殊的文化样式，它自然要受文化的这种分化的驱使和支配，如果对当前的小说进行一番大致的梳理，我们就不难发现，许多小说都有自己的文化归属。如韩少功、张炜、张承志等的小说，就具有精英文化的特征，作家在他们的作品里作着痛苦的形而上思考，他们深切地关注着传统文化的命运、人的异化、人与宗教等等一些恒久的主题；他们的作品犹如常鸣的警钟，叫人警醒，叫人深思。如刘醒龙、何申、谈歌等人的小说，就带着某种政治文化的色彩，他们对社会生活往往抱着宽容、乐观的态度，既能看到生活中的阴影、腐败，又能看到生活中的光明、希望；他们以一个作家的使命感和责任感，在作品中提出一些敏锐的社会问题，同时努力回答这些问题，带给人们一份温馨和希望。由于这类小说紧扣时代脉搏，关注普通人的生存，因此容易引起社会的轰动，也容易得到来自官方的支持。与民间文化相对应的民间文化小说有两种类型，一种是蕴含了深厚的民间文化，表现形式雅俗共赏，且有很高的艺术品位的一类小说，如刘玉堂的"沂蒙山系列小说"。另一种是当前大量流行的通俗小说，它的题材范畴极为宽广，表现形式注重故事性、传奇性、可读性，而作品的倾向和主题都要努力迎合大众的思想感情、道德观念，在这些作品的深层，灌注着厚实的民间文化。精英文化小说、政治文化小说、民间文化小说，三种小说构成了当前小说领地里的多元动态格局。三种小说"三足鼎立"，既相互独立，都有自己不可替代的存在价值；又相互依存，在不断地靠拢和互补中发展自己，共同构成丰富多姿的"小说共同体"。在这样一种小说格局中，每一种小说，其位置都应该是平等的，并没有高低、贵贱、大小之分，每一种小说都可以产生出它的力作、精品、代表作。面对新的小说格局，谁搞门户之见，恰好说明了谁的保守与狭隘。而只有那些真正敢于敞开自己、借鉴他人的作家，才会保持长久的艺术创造力，不断写出超越自己的新作品。其实在三种文化形态之间，并不存在一条鸿沟，许多作家常常是以一种文化为思想基地，同时横跨另一种文化，才使自己的作品变得博大而丰富。张炜是一个执拗地坚守知识分子立场的作家，同时他又从民间文化、广袤的乡野汲取灵感、激情，创作出一部部内容厚实而格调高远的优秀小说。刘醒龙、何申等的小说，其思想内容和叙事态度同当前意识形态有诸多契合，但如果他们的小说仅仅滞留在这一步，只不过是在重蹈当年李準、浩然的路子，他们的聪明和高明之处就在于把当下的意识形态同民间生活和民间文化有机地融为一体，使他们的小说饱含了浓郁的民众性和民间性，这是他们的小说成功的奥秘。在许多优秀的通俗小说作品里，我们也可以看到，它们既植根于民众生活和民间文化，同时又成功地融汇了或政治文化或精英文化。由此我们可以这样说，一个有建树的作家必然有他的思想文化资源，而这一"资源库"又应当是开放的、兼收并蓄的，庶几才能保证他的创作充满活力，富有生命。

批评当前的现实主义小说平庸和浅薄，指出"新生代小说"的颓废、媚俗，责备通俗小说的粗鄙与肤浅，如果这些评论不带偏见和成见，是站在客观的立场上去看待作家作品的话，这些评论是有它的道理的，甚至可以说是深刻、尖锐的。需要指出的是，持门户之见的作家、批评家往往以己之长度人之短，看自己"一朵花"，瞧别人"豆腐渣"，他的评论就会显得片面、偏激，也会惹得对方恼火、对立起来，于是门户之见就会愈益深厚，如同隔了高墙铁网。面对门户之见，我们需要的是冷静、宽容，多一些冷静和宽容，门户之见就会逐渐消融。譬如说对当前现实主义小说的批评吧，它确实存在着平庸、肤浅（说浅薄就有点过头）、庞杂、类同等等明显的不足之处，但是我们更应该看到，这批现实主义作家把他们的笔触毅然地伸入到中国变革的最前沿，真实地展现了市场经济大潮下各种各样人物的生存与动向，敏锐地记录了历史转型期间的社会图景。文学面对现实的无力状态，在他们手里得到了扭转，这难道不是最值得肯定的吗？只有在这个前提下，我们再来谈这些小说存在的问题，讨论现实主义的发展，才是客观公正和建设性的。确实，这些小说普遍存在着肤浅的通病，这是由于我们面对的现实生活变幻莫测，作家还一时对它判断不清；同时也是由于作家缺乏足够的思想文化修养，对生活的洞察就显得力不从心。肤浅的现实主义决不是成熟的现实主义，现实主义小说所面临的突破，首先是理性把握上的突破。当然，如怎样塑造转型期的人物形象？怎样使用典型化手法？怎样变革现实主义小说的叙事方式和叙事语言等等，都是现实主义小说所面对的新课题，它迫切需要的是建设性的意见、批评和探讨。

都说今天的时代是一个对话的时代，对话就意味着开放、体现着互补。处在世纪之交的当代文学，既积累了许多珍贵的经验，又存在着不少亟待解决的问题，特别是小说领域所形成的多元并存格局，标志着一个新的小说时代的开始，我们有什么必要固守门户，去做一只孤独的蜗牛呢？

（原载 1998 年第 1 期《长城》）

京城的"躁气"

　　我又回到了面目沧桑、水波不兴的古城太原，回到了悠悠然然、读书写作的生活轨道中。静静地坐下来，追想不久前为时两个月的"鲁院生活"，那一方地处京郊、安详美丽的"袖珍校园"，竟叫人怀念不已。宽敞明亮的大教室里日日涌动着的知识、思想、文化之河，是那样让人心潮难平。但面对那条学问之河，又隐隐感到了过多的喧嚣、泡沫和不真实，感到了京城学术文化界的一种浮躁之气。也许久在漩涡中的人，习以为常，感受不到河流中心的喧闹和力量了，而从边缘游入中心的人，一下子就感到了这"躁气"的无处不在和咄咄逼人。

　　在闭塞、寂寞又有点保守的文化环境中，我孜孜矻矻读书写作几十年，虽然文章发过数百篇，书出了好几本，但驻足回首，却感到心虚汗颜。不用别人去"把脉"，我也深知自己学养不厚、视野不宽、观念不新、方法不多。正是抱定呼吸新鲜空气、开阔文化视界、寻求突破路径的初衷，才决然去鲁迅文学院理论评论家研讨班当一回小学生的。我知道这里聘请了京城众多的一流学者、教授、作家和评论家担任客座教授，展示的是中国学术文化最前沿的思想风采。我知道这里的课程设置是综合式、开放式的，政治、经济、文化、艺术、文学等门类样样俱全，宛如一桌丰盛的中西大餐。

　　来自全国各地的50位学员，其中很大一部分有高级职称，有的是高等院校里的硕导、博导，但大家虚怀若谷，放弃自我，像一个个嗷嗷待哺的婴儿，吮吸着"神圣"讲堂里的思想文化乳汁。短短两个月，学院安排了29次课程，教学互动，每次半天，其中确有许多精彩的、扎实的、叫人回味无穷的讲座。学员们用"醍醐灌顶""收获丰盛"来描述自己的听课感受，此言不虚！譬如王蒙先生讲的是《文学的期待》，他用自己特有的开放、机智、幽默的思维和语言，提出了一连串的文学现象和问题，在悖论中蕴含了自己对文学的深思与期望，让人在这些文学命题中展开思想的翅膀。"大隐隐于市"，70岁的王蒙不愧是一个大家，不愧是一个智者，在熙熙攘攘的文学潮流中，依然保持着清醒而睿智的头脑。譬如叶舒宪先生讲的是《神话哲学——全球文化寻根思潮透析》，他立足于自己深厚的神话哲学修养的基础，返观人类的文明发展史，反思今天的现代化、全球化以及市场经济，让人们的眼前豁然洞开，思想发生裂变，心灵出现震颤，这才是一个真正的学者的力量和声音。

客座教授的主体自然是中青年——特别是青年学者和评论家。他们有的是我的同行，有的是我熟悉的朋友。他们置身在京城这样一个政治、文化、学术的中心，以他们年轻的生命和充沛的激情，呼应着中国和世界的脉动，努力作出自己的判断，发出自己的声音。我从内心里羡慕、敬重他们，深深感到了自己与他们的差距。他们的视野、思考、论断也使我颇受启迪。但在他们庞杂、急切的判断和声音中，你不时听得云遮雾障愈加困惑，并进而生出一种怀疑来，颇有点"以其昏昏，使人昭昭"的感觉。他们总是力图把握当前全球化和市场经济背景下的文化、文学现象及走向，但又往往力不从心、捉襟见肘，于是便出现了生吞活剥、以偏概全、判断失误、匆忙定论的诸多现象。我并不反对青年学者、评论家们去把握当前，对复杂的现状作出怀疑、辨析、冲击的"历史使命"，总是要由青年们来承担，任何一个转型时代都是这样。但当你向现实挑战时，你首先要掂量一下自己有没有足够的知识储备、思辨能力，有没有把眼花缭乱的现实转化成学术问题的境界和智慧；否则，你的讲演、文章以至学术，就会是一种大而无当、误己误人的东西了。

他们热衷于研究大问题，制造新话题，命名新现象，在文化、文学界造出一个个响动，他们也因此成为理论"明星"。但对这些问题、话题、现象的研究，并不是建立在学理基础上的深思熟虑，而是对庞杂现实的一种表层感受和感觉，或者三五同仁对话时撞击出的思想火花。譬如他们所乐道的"精神叙事""消费意识形态""殖民、后殖民文化"等等，我至今不得要领。许多年来，他们制造出那么多新概念、新名词、新理论，但又有多少落地生根，被人们广泛接受了的呢？而对那些文化、文学的基本理论、深层理论、微观理论等等，他们却不屑于涉猎和探讨，成为一个个待填的"空白"。他们白天穿梭于各种各样的会议和讲台，晚上熬夜读书写作。在文化圈里常常看到他们匆忙的身影，在各种媒体常常读到他们应急的文章，但却难得静下心来读一读经典著作，想一些较深入的理论。他们拥有话语权力和广阔的学术平台，他们的思想和行动影响着全国的文化、文学走向，但他们自己也深感疲于奔命，干的常常是一些无奈而违心的活儿。我为他们的精神和辛劳感动，觉得中国学界和文坛不能没有他们，但对他们这样的治学和活法真有点怀疑、担心。

在北京，常和同学们去逛书店，买到不少授课老师的学术著作，静心细读，你会发现，书中的许多思想如出一辙，甚至论述语言也那样相似。十几年前写的东西，其观点已经显得陈旧而苍白，甚至漏洞百出。不是说"文章乃不朽之盛事"吗？三五年就速朽了，这样的书籍出版了又有什么价值？不是白让大家掏腰包吗？

中青年学者、评论家是学术文化群体中的主体和主力，他们的精神境界和治学状态影响着整个学术文化的风貌和高度。如果青年学人中的相当一部分，在学术实践中存在着普遍的浮躁之气的话，那学术文化的建设就不能不让人忧虑了。时下学术界愈演愈烈的虚肿繁荣、假冒伪劣、重复空泛、剽窃抄袭等种种现象，是不是跟这种浮躁之气有关呢？

北京的朝阳区八里庄一带，还是一个城乡混杂的地方，中国作协的所谓"黄埔军校"——鲁迅文学院，就默默无闻地隐藏在这里。进了造型别致的大门，你会看到郁郁葱葱的花草树木，新颖精巧的凉亭刻石，朴素的楼房和洁净的院落。逃离尘世的作家、评论家们来这里学习，开始都会有置身桃花源的感觉。但你徜徉在安静的院子里，又分明可闻四通八达的大街上那喧嚣的车声和市声，分明可感小小的院落连接着京城学术文化界的每一根神经。

市场经济、全球化、现代化、奔小康……以合谋的方式把中国推上了一条经济发展的高速路。每一个人都无可逃遁地被裹胁其中，为了生存和利益而奔忙着。市场经济社会就是一个功利的社会、浮躁的社会。我们的学者、评论家们自然也难以免俗，把严肃的学术文化事业悄悄转换成一种职业，运用自己的职业以赢得现实的利益和好处，分享更多的现代化成果。追赶新潮的背后，也许是为了标新立异，取悦社会，进而塑造自己的形象；不断地制造话题，可能是害怕寂寞，想引人注目，争取话语权力；拼命地写作、发言，大约想得更多的是实际的报酬。追求利润的最大化的市场经济本质在这里同样体现得淋漓尽致。其实在现实处境中，我也常常被卷入其中，为了生存和利益说一些违心的话语，写一些违心的文章，但京城的学者、评论家们确乎显得更匆忙、更浮躁。

由近及远，我想到了两位真正的学者说的话，一句是陈寅恪先生1929年作《清华大学王观堂先生纪念碑铭》中所言："士之读书治学，盖将以脱心志于俗谛之桎梏，真理因得以发扬。思考而不自由，毋宁死耳。"①另一句是钱锺书先生晚年的治学心得，云："大抵学问是荒江野老屋中二三素心人商量培养之事，朝市之显学必成俗学。"②两位大师的话道理同一，那就是说要做学问，必须摆脱世俗的束缚，甘寂寞，有定力，把心静到极处，始有真建树、真学问。对于青年学者来说，现在更需要的是回到书斋、回到学术，认认真真思考一些基本的、内在的、深层的问题，一点一滴，聚沙成塔，集腋成裘，在学术上拿出自己禁得起历史检验的东西来。如果一味地随波逐流、心浮气躁、贪图热闹，最后的结果只能是耗费自己的青春和生命，贻误我们的学术文化事业。

我又想起1934年郁达夫在当时的北平写的一篇散文《故都的秋》。这位南方的才子作家，他在杭州、上海、广州等大都市生活得如鱼得水，放浪形骸，但那里商业的、功利的、世俗的气息常使他有一种混混沌沌、不能自拔的感觉。为了饱尝故都的秋味，他不远千里，几度辗转，来到北平，只有这里独特的自然景观和浓郁的文化环境，才使他感觉到了一种"清"——空气的清爽、环境的清爽；一种"静"——人文景观的宁静，传统文化的静穆；一种"悲凉"——颠沛流离数十年所产生的人生的悲凉、沧桑感。于是他体验到了在南方都市没有的精神上的安宁、充实和满足。在作品的结尾他慨叹道："秋天，这北

①转引自陆键东：《陈寅恪的最后二十年》，516页，北京，生活·读书·新知三联书店，1995。
②转引自郑朝宗：《钱学二题》，载《厦门大学学报》，1998（3）。

国的秋天，若留得住的话，我愿意把寿命的三分之二折去，换得一个三分之一的零头。"为了得到一份纯净的自然、文化的氛围和心灵的宁静，他愿拿出生命去换取，可见这种东西对一个文人来说是多么重要。

这种自然的、文化的氛围，在今天的北京还有吗？我们年轻的学者、评论家们还需要吗？

（原载 2005 年第 5 期《文学自由谈》）

是学术平台，还是"私家花园"？

——直面社科期刊现状

"如今搞现当代文学研究，路子是越走越狭窄，文章是越来越难发表了。你煞费苦心弄出一篇东西来投到刊物去，不是泥牛入海无消息，就是回复'积稿太多'发不出，或者告你'办刊思路调整'不宜采用……现在的社科刊物究竟是怎么了？"

在某大学任中国现当代文学教授且颇有建树的一位老朋友，一天沮丧地对我说。我默然回想近年来的几次投稿遭遇，颇有同感。其实何止是现当代文学研究，古典文学、外国文学乃至哲学、历史、社会学研究等等，每一个研究者，对这样的遭遇和景况，大约都会有所经历，大约都有深切的困惑。

时下，知识界关于学术规范和学风建设的讨论正烈，表现了当代学者对学术文化外在的热闹和内在的危机的深深忧虑，反映了对重建真正的中国现代学术文化的呼唤与努力。但窃以为这种现象很有点"剃头挑子一头热"。因为在整个学术文化的建构中，研究者的原创仅仅是其中的一环，只要求他们的自律是远为不够的。他们的原创作品还要经过媒体——主要是人文社科期刊（出版社此处不论）——的审阅、选择、编辑和发表，才能成为钤有"合格"印记的学术成果。就像流淌在山间和地层中的矿泉水，只有经过工厂的化验之后的加工才能成为市场上的矿泉饮料一样；就像农民地里的水果蔬菜，摆不到菜摊上就变不成商品一样；学术成果的诞生最终取决于这些各式各样的人文社科期刊的"生杀予夺"，它同样是学术文化建设中的重要一环。因此它也必须有一套学术法规，必须有严格的自律。经过期刊发表的学术成果才能流行于学界，汇入学术文化的长河中。学者原创—期刊发表—文化成果，构成了学术文化发展中一个完整的"三维结构"生产模式。我们现在批评研究者的抄袭、剽窃、重复、平庸、泡沫等等学术失范现象，自然都没有错，但仔细想来，这些学术上的"假冒伪劣"产品，不正是众多的学术期刊堂而皇之地生产出来的吗？不正是因为它们的把关不严不正造成的吗？说得更透彻一点，学术期刊的内在失范与"黑洞"，对研究者的不端行为和学界的浮躁混乱直接起了推波助澜的作用。学术期刊同样存在着强化规范和端正编风的问题。

中国的人文社科期刊星罗棋布地分散在从上到下的大专院校、社科院所、文联作协等各种系统里，数量之多据说有二三千种。它肩负着发展和繁荣中国学术文化的神圣使命。它是千千万万人文社科研究者一个广大的学术平台。但在当前社会、政治、经济、文化的大转型时期，这些期刊都遭逢了诸多困难和挑战，特别是经费不足造成的困难更为严峻，处于一种艰难而尴尬的境地。在这数千种期刊里，自然也有不少能够坚持学术规则、精心办刊、与时俱新的期刊。就我所知，文联作协系统主办的一些文学评论刊物，就办得很有境界、很有生气，我对这些期刊的编辑始终深怀敬意和感动。

然而，当前学术期刊存在的诸多问题，又是我们不能掩盖和回避的。问题自然是多方面的，牵扯到许多领域，我这里难能也无力一一论及，我只想说的是现在某些学术期刊把学界平台演变为"私家花园"的现象。这种演变现象近年来十分明显而快速，其不良后果日趋严重，不能不引起我们的警觉和反思。现在所有的学术期刊都姓"公"，是由国家下属的有关部门、团体主管的，也是由国家财政来支持的。它们在创刊伊始，都一律标举着促进学术文化事业的旗帜。但曾几何时，市场经济裹挟下的功利主义、化公为私乃至拜金主义等观念，无情地侵蚀了学术期刊纯洁的肌体，使这些学术期刊在"改革""改刊"的旗号下，不显山不露水地演变成了某些人和某些小群体、小团体的"私家花园"。"私家花园"自然姓"私"，它是属于个人和小团体的，修建什么样的亭台楼阁，种植什么样的树木花草，完全是个人和少数人的事情，是容不得别人来插手的，也是不想请他人来观赏的。现在经济领域不是有"花园经济"的提法吗？"私家花园"也可以产生经济效益，收入自然也归个人和小群体所有了。学术期刊的"私家花园"现象，给某些个人和群体创造了莫大的世俗利益和研究成果，但它对整个学术文化的建设几乎是釜底抽薪式的。

学术期刊经费短缺，捉襟见肘，制约刊物的发展，已成为一种普遍现象。怎么办呢？收取"版面费"以维持生存，这是许多学术期刊不得已采取的下策。我并不一概地否定这种无奈之法，只要学术论文达到质量要求，作者又有力量付出一点代价时，这种做法是可以理解的。但此门一开，大大刺激了主编和编辑们的胃口。文章质量不论高低，一律收取"版面费"，且价码不断上涨；中国的社科研究人员众多，又有庞大的在校研究生群体，他们都在创造着自己的社科作品，都要寻求发表，据说现在的很多高校，硕士生不在省一级的正式期刊上发表一篇"论文"，就不能取得毕业答辩的资格，博士生不在国家或者核心期刊上发表一至几篇"论文"，也同样不能获得毕业答辩的资格，即使有的学校不作这样的强硬性规定，但也仍然是把研究生在校发表"论文"的数量作为其培养研究生水准的最重要的考核标准，更不要说全国各个高校还有着无数的讲师、副教授为了晋升职称，每年都有着在正式期刊上发表"论文"的巨大需求，还不要说为了评博士点、硕士点、重点学科等等，为了评学科带头人等等，还有着那么多的教授有着在各级刊物上刊发"论文"的巨大需求，不知道有关部门是否计算过最简单的连小学生也可以计算出的相关数字，在这样的巨大的需求面前，全国应该有多少学术期刊，才能使各类人员达到上述的种种标准。能否达到暂且不论，但我所知道的是，在这样的巨大的"市场需求"面前，学术期刊的行市还能不看好吗？只要有钱，什么样的"假冒伪劣"产品都一路绿灯。看似学术繁荣，实乃学术泡沫，徒然败坏了学术的声誉。对于此种令人寒心的局面，学术期刊难辞其咎。据我所知，一些学术期刊已把"出租版面"当作生财之道，即使经费够用，也照收不误，刊物质量每况愈下，但编辑们的日子却过得很滋润。这岂止是把刊物当"私家花园"？这是在搞"花园经济"呀！

把学术期刊变为"私家花园"的另一种表现样式是，划定一个作者的圈子，如思想倾向一致者、同属某种学派者、出自一个师门者等等，把一个刊物变为这些"同仁"的学术"自留地"。凡是圈内作者的稿子，来之必发，不论优劣；非圈子作者的文章，写得再好，也难进入编者的视野。我承认，每个学术刊物，由于人文的、历史的、地域的等等因素，都会有它的思考倾向和办刊追求，这是办出学术期刊个性的一种需要。但如果把这个圈子锁定得太小、看得太重，办成了纯粹的"圈子刊物"，而拒绝汲纳新的作者和新的思想，这个刊物就会逐渐萎缩，丧失生机。譬如有一份创刊较早的综合类文化刊物，上世纪80年代风行知识界，其思想的敏锐和开放在知识分子中激起一次次的心灵涟漪。但若干年过去了，这个刊物的作者圈变化甚小，他们的年龄大了，思想老了，研究的问题琐碎了，文章也鲜有生气了，因此这个刊物也渐渐淡出了知识分子的视域。至于某些专门发表一个学术团体、群体研究者文章的学术刊物，倘若没有一个阵容较大、水准较高，且能不断吸收后继人才的作者队伍，这个刊物的学术生命力就令人担忧了。它也许会不断地为这个小团体、小群体产生出学术成果，但这成果难免是一种重复劳动和学术泡沫。

还有，如果我们现在办刊自由，不同的学人可以依据自己的学术尺度，办不同类型的彰显自己学术观点的刊物，那么，我前面所说的将刊物办成小圈子的"同仁刊物"的危害还不是太大；因为，你的文章不能在他办的与你学术观点不一致的"同仁刊物"上发表，你完全可以在你所办的彰显你的学术观点的学术刊物上发表呀。但现在的实际情况是，目前的学术刊物大部分都是国家机构所办，或者是半国家机构的学术团体所办，如是，将刊物办成小圈子的"同仁刊物"，而不能容忍不同学派不同学人的观点彰显其中，就有着化公为私之嫌。

我们的学术期刊林林总总，我们的人文社会科学五花八门，而二者又各行其道，缺乏统筹和兼顾。近年来，一些学术期刊意识到了走大而全的综合办刊之路的弊端，开始探索走更专业化的办刊路子。这本来是一种有益的探索，但在探索中却出现了另外一种局限和问题，即一些全国性的权威学术期刊，放弃了自己全面推进本学科发展的重大使命，把办刊目标限定在了某一狭窄的专业领域内，成为这一专业研究人员的"私家花园"，它对这一专业的研究无疑大有裨益，但它又会削弱大学科的整体发展。譬如有一份文学研究刊物，过去一直是引领这一学科的学术潮流的，代表了这一学科的研究水准。但现在据说"办刊思路调整"，以发表某一类研究成果为主。这一调整对这一学科的某一类型的研究者来说是一种福音，但对本学科的整体发展并不见得是一件幸事。

学术期刊演变为某些个人、圈子、小团体的"私家花园"，对学术文化事业的损害是致命的。它不再坚守学术的道德和良知，把严肃的学术刊物变为牟利的"发财树"，任凭"假冒伪劣"的所谓学术文章大行其道，充斥学界，而把真正有建树的学术成果挤出门外，这是一种变相的"权力寻租"和学术腐败！它消解了学术刊物的崇高职责和宽阔胸怀，把眼光只盯在一个狭小的研究者圈子里，成为小圈子自产自销的"自留地"，导致了学术研究的封闭和萎缩。它放弃了推进整个学术发展的长远追求，缩回到狭窄的专业渠道，使本来就疲软的学术文化研究更加萎靡难振。我在本文开篇所说的那位学术界朋友所遭遇的学术刊物的置之不理、"积稿太多""办刊思路调整"等等，正是学术刊物"私家花园"化的直接反映。它不仅伤害了无数社科研究者的心灵，更戕害了整个学术文化建设。为什么学术刊物如此之多，学术成果汗牛充栋，而我们的学术文化建设却令人担忧？我们从这里是可以找到一种答案的。

学术乃天下之公器，学术期刊更是公器之公器。学术期刊不能真正成为广大学者的治学平台，中国学术文化的振兴就是一句空谈。这使我想到五四时代《现代评论》创刊时（1924 年）"本刊启事"中的一段话："本刊内容，包涵关于政治，经济，法律，文艺，哲学，教育，科学各种文字。本刊的精神是独立的，不主附和；本刊的态度是研究的，不尚攻讦；本刊的言论趋重实际问题，不尚空谈。……本刊同人，不认本刊纯为本刊同人之论坛，而认为同人及同人的朋友与读者的公共论坛。"① 五四时期所以形成中国现代学术文化的一次高峰期，其根源就在有一批纯正的学者把学术当作自己的生命，把姓"公"姓"私"的刊物统统当作任人驰骋的"公共论坛"，才在一个千疮百孔、

---

① 转引自杨义等：《中国现代文学图志》，260 页，北京，生活·读书·新知三联书店，2009。

动荡不安的时代耸起了一座现代学术文化的丰碑。我们要重建 21 世纪的中国现代学术文化大厦，我以为首要的是要学习五四学人的那种学术境界、胸怀和视野，才有可能走出困境，获得新生。

（原载 2005 年 2 月 22 日《中华读书报》）

语文教学中的"技术"与"艺术"

　　还是在 1988 年，我写过一篇重评茹志鹃《百合花》的文章，题目是《青春与生命的挽歌》，发表在《名作欣赏》1989 年第 1 期。当时所以心血来潮写这样一篇"重评"，是因为我看到颇具权威的人民教育出版社的《语文教学参考书》中把《百合花》的主题思想概括为这样几句话："塑造了通讯员和新媳妇这两个平凡而又感人的人物形象，歌颂了他们为革命甘愿献出一切的崇高品质，表现了军民之间和革命同志之间纯洁真挚的深厚感情。"《百合花》发表于 1958 年，是茹志鹃的代表性作品，后来成为脍炙人口的短篇名作，一直是中学生、大学生语文教材的必选篇目。对于这样一篇经得起历史检验的"红色经典"，把它的主题思想限定在"歌颂人民战士""塑造感人形象""表现军民关系"这样一个框子里，似乎已经盖棺论定了。评论家这样阐释，老师们这样讲授，学生们这样理解，大家都坚信不疑。这样的概括对吗？没有错。但它深入吗？艺术吗？可就令人生疑了。于是我根据自己的感悟和解读，根据茹志鹃本人的创作谈，认为作品的主题思想在于作家"从人道主义的角度，讴歌人的青春与生命，揭示人在战争中被毁灭的情景，哀悼生命的死亡"，同时表现了"那个年轻通讯员与那两位年轻女性之间那种纯洁、美好而又微妙、含蓄的关系"。表现死亡与爱，是文学的一个永恒主题，与许许多多世界文学名著相通的主题。我想这正是这篇小说具有长久的艺术魅力的奥秘所在。但想不到我的这番解读，却遭到了一些语文教师善意的、坚决的批评，有的老师口头上向我表述不同意见，有的老师在刊物上发表文章同我商榷。他们要维护的就是《语文教学参考书》上那些几十年不变的教条，他们坚信的是那些貌似很纯正、很革命的大道理。

当时我没有同这些我尊敬的老师们去探讨、去争论，他们有他们的道理，我有我的道理，对文学作品的理解从来就是见仁见智的，但我相信我的理解是一种更接近艺术的、比较深入的理解。多少年来，我们的中学语文课本中的选篇都是坚持政治标准第一的，对作品的概括与解读，也逐渐地政治化、简单化、标准化、程式化了。80年代，中学语文老师手边似乎只有薄薄的《语文教学参考书》，到90年代，参考书升格为厚厚的16开本的《语文教师教学用书》，为语文教师提供了一套完备而规范的教案，教师上课只需照本宣科就行。而这套教案的最大特点就是把语文课变成技术课，按照一套既定的程序，把每一篇作品进行分解，让学生知晓、背诵，然后去应付考试。语文课从性质上讲应该是一门艺术课，它是最生动活泼、丰富有趣甚至神秘莫测的，它当然需要掌握一些基础知识，但这不是语文课的核心；语文课的核心是语文教师用艺术的方式把一篇作品的艺术蕴含展现出来，去点燃学生那颗含苞待放的艺术慧心。技术课与艺术课，虽然只是一字之差，但前者是功利的，后者是审美的；前者是在训练工具，后者是在塑造人。长期以来，我们的中学语文教师在各种各样的考试大纲、教学大纲、教学用书的包围与操练下，也变成了驯服工具，变成了"技术课"专家。这是多么令人悲哀的事情。

有一句话叫作："语文教师最好当，语文教师又最难当。"所谓最好当，是说语文课没深浅，谁都可以去糊弄，特别是现在有了那么完备、标准的教学用书，奉行"本本主义"保管没有错。所谓最难当，是说语文课的高度无止境，你有多大的才能使出来都不够用，三尺讲台无限广阔；而现在语文教学的条条框框太多，戴着镣铐跳舞，又要跳出艺术个性来，何其艰难！有那么多清规戒律管着你，你怎样去发挥你的个性？有现成的、规范的教学模式摆在那里，为什么不用？于是我们的绝大多数中学语文教师都把语文课上成了技术课。技术课自然最好讲，一有现成的教案，二有固定的程式。无非是先读两遍课文，然后认字解词——扫除"拦路虎"，再介绍作家作品背景，归纳段落大意，概括主题思想，分析写作手法……

把一篇作品"大卸八块"，让学生一一地去认识、记住，教学任务就算完成了。不管是大作家的经典之作，还是科学家的说明文；不管是小说，还是诗歌……这样的教学模式统统适应，屡试不爽。我们的中学语文教学真像一个幼稚的孩子在拆卸一只钟表，他一件件地把钟表拆开，认识了表盖、齿轮、发条、指针等等，知道了每个部件在上下左右的位置，但却不知道它为什么会走？为什么能走得这样精确？语文课上成技术课，自然省心省力，但它是违背语文课的本质的。把一篇丰富复杂的文学作品概括成几个干巴巴的概念，它还有什么魅力可言？把一篇鲜活的、有机的文学作品解构得七零八碎，你怎么能把握到它的艺术个性和特征？现在的中学生所以觉得语文课索然无味，正是这种技术教育结下的苦果。当然，把语文课上成技术课，责任也不全在语文教师身上。其实这些年来，由上至下、从内到外，大家都把语文课认定为"工具课"，既然语文是一种工具，那就要重基础知识、分析能力、操作手段、功利效果。于是，从课本到教学到考试，把语文教育变成了一条技术教育生产流水线，你语文教师也是这条流水线中的一个齿轮或螺丝钉，你能有什么奈何？

在我十多年的求学生涯中，给我记忆最深、影响最多的，是从小学到大学的几位语文老师，但这影响绝不是来自他们按照教学参考书对作品的概括分析，而是来自他们授课时的独到阐释与见解，或者是课下师生之间对作家作品的随意交谈。也许就是那样一段动情的描述，也许就是那样一句言简意赅的议论，使你醍醐灌顶、豁然开朗，仿佛走进了一种澄明的艺术境界，走进了作家的心灵深处。因此我认定语文课是属于艺术的，用艺术的心灵去感悟艺术。其实，把语文教育的性质界定为艺术的、文学的、审美的、美育的教育理论，古已有之，源远流长。譬如蔡元培在 1912 年就明确提出了"五育并举"的教育思想，"五育"中的重要"一育"就是美育。既然语文课不是技术课，而是艺术课、美育课，那么它的重心就应当是对作家作品的背景介绍，对作品的整体感悟，对作品丰富复杂的思想内涵的逐渐深入，对作品艺术表现的独特感受与把握。它不排斥对作品字词的理解和对内容与形式的剖析，但这些都是辅助性的，是在对作品宏观把握的基础上展开的。艺术与技术，有如西瓜和芝麻，首先要抓住西瓜然后再考虑芝麻，绝不能抓住芝麻大做文章而丢了西瓜。这样的语文课拒绝那种千篇一律的《语文教学参考书》和《教师教学用书》之类，它要求教师有较扎实的文学修养，有良好的艺术悟性，有自己的艺术见解，还要有同学生交流对话的能力，用你的心去诱导、点燃学生的心。做语文教师之难也就难在这里。

人们都普遍认为，语文课是最重要的，但在所有的课程中，语文课又是最不幸的。我们曾经把语文课上成"政治课"，变为"阶级斗争的工具"，扭曲和毒化了无数纯真的心灵；我们曾经把语文课上成"文学课"，偏废了基础知识，使老师和学生的教与学变得混混沌沌、无规可循；我们又把语文课变成"工具课"，一味追求它的知识性、操作性、功利性，窒息和异化了广大教师和学生的思想情感与心灵世界。语文课的独特性和重要性在哪里呢？在于它不仅仅要传授知识，更要开发和塑造人的情感、思想和精神，为社会造就大批高素质的人才。数学、物理、化学乃至政治、历史等课程，自然也包含着育人的任务，但它们的主要作用还是在于传授知识。语文课的特殊地位与使命，决定了它的教学方法不是理性的、单向的，而是艺术的、双向的；决定了语文教师不仅要有艺术的教学手段，还要有较高的思想文化修养。语文教学艺术化，艺术在这里既是形式——艺术的方法和手段，又是内容——展示一篇作品独一无二的艺术个性。但一篇作品所蕴含的，还有感情、思想、精神等，譬如《百合花》中所表现的一个年轻生命的爱与死、作家对青春与生命的哀悼之情，这些都是需要教师向学生一一揭示和讲授的。因此，语文课既是艺术课、审美课，又是人文教育课，它是以人为中心、以文化为精髓的一种教育。中国博大精深、绵延不绝的文化传统，西方姿态纷呈、灿烂辉煌的文化思想，都应该在从小学到大学的语文课本中循序渐进、由浅入深地有所体现，以滋养、丰富学生的思想和感情，培养、塑造学生的情操和人格。五四时期，曾经涌现了一大批杰出的思想家、文学家、教育家，如瞿秋白、鲁迅、叶圣陶等等，他们都是从苦读"五经四书"开始，后来又接受了各种各样的西方文化思想，形成了他们独特的世界观、人生观，他们的思想文化成果至今仍让我们叹为观止。而我们 50 年的语文教育究竟培养出多少大师级的文化巨匠呢？这种现象、这种反差，不值得我们很好地反思吗？

那么，如何提高语文教师的艺术素质呢？这个问题十分复杂，需要全社会的协调努力，更需要每个教师按照自己的情况，"对症下药"去解决。我想，首先是语文教师要转变观念。要清醒地认识"技术教育"的保守、落后和僵化以及它对教师和学生的思想情感、创造力的极大束缚。要敢于突破《教师教学用书》之类的"紧箍咒",充分发挥自己的艺术感觉、悟性、想象,把呆板的"技术课"变成鲜活的"艺术课"。现在教育界正在改革应试教育,强化素质教育,为语文教育的变革创造了一个很好的历史机遇。其次是语文教师要加强自身的文学修养。文学创作和文学理论在世纪之交已经发生了深刻而巨大的变化,语文教育同文学现状的严重脱节已成为制约语文教学发展的一个很大障碍。语文教师要努力读一些新的美学、文学理论、文学研究等方面的书籍,更新自己的文学观念,掌握文学创作、文学鉴赏的一些基本规律,培养自己的艺术感悟能力,把新的文学观念和思想方法带到课堂教学中去。不要轻视今天的中学生的接受和理解能力,他们对艺术的判断往往更具有直觉性和超前性,语文教师只有适应时代、学在前面,才能胜任现代语文教学的要求。此外,语文教师要关注当前的文学创作,多读一些新的、好的文学作品,有意识地把文学发展态势以及一些优秀作品介绍给学生,扩大他们的视野,丰富他们的阅读。有兴趣的语文教师,还可以带头搞一些文学创作和文学批评,这对于提高教师自身的艺术素质、带动学生的学习和写作,作用不可估量。语文的教与学,是一个天高地阔的领域。

（原载 2001 年第 1、2 期合刊《中学语文教学参考》）

职称之痛

参加全省的出版系列高级职称评审工作已有数年，不知为什么，心情竟弄得越来越沉重、困惑起来。翻罢厚厚一册申报人员名单，看过一份份既无毛病又无个性的答辩论文，评委们总会议论一番。A 说："这高级职称真是评滥了，弄得谁都觉得自己够得上正高、副高。这几十个人中间竟有一小半是'二进宫''三进宫'（即第二、第三次申报评审），我看有些人是朽木不可雕，弄一辈子也不够格的。"B 说："评审职称本来是为了调动知识分子的积极性，可现在该评的有时评不上，不该评的有时给评上了，评上的不觉得是一种光荣，没评上的就有情绪。而且一年一年评下来，绝大多数人都有了高级职称。真成了'正高满街走，副高不如狗'。我看积极性没有调动出来，反而弄出许多消极性来。"C 说："想不到现在的风气变得这样快。80 年代评职称基本没人找评委。90 年代有人开始找评委，说说情况，拎点烟酒之类。现在倒好，人人都找，乱塞红包，而且动用各种关系给你打电话，写条子。为摆脱'围剿'，我只好关了手机，去朋友家里借宿……" 说到这里，大家会心一笑，于是取得了共识：不管情况如何复杂，风气怎样腐败，我们还是要坚持原则，严格评审。

我也是从事专业工作的，上世纪 80 年代评中级，90 年代初期上副高，末期成正高。15 年时间，一个个台阶，反映了我的工作成绩，见证了我的治学生涯。我没有为评职称伤脑筋，我觉得心里很踏实。但现在轮到我来评审别人了，竟发现这件事情变得如此复杂、艰难。

有句话曰：不想当将军的士兵不是好士兵，不求做官的干部不是好干部。引申开去，不愿评职称的专家也未必是好专家。置身于无所不在的体制内，谁也没法逃避。对从事自然科学和社会科学的知识分子来说，相应的职称是其能力和成就的体现，是其社会地位和个人价值的象征，同时也是国家对其的专业贡献的肯定和回报。特别是教授级的正高、副高职称，是一种很崇高的荣誉和职务。因此国家在行政职务和专业职称的划定分类中，把正高职称同正、副局级归为第一类，也就是说正高职称享受局级待遇。依此类推，副高职称享受处级待遇。评审职称，不仅是中国的一项重要人事政策，同时也是西方各国的通行制度。只是外国的评审方法与中国的很不相同，职称待遇据说也比中国要高。请想一想，一个知识分子，一生献身他所钟爱的事业，皓首穷经，别无所求，贡献多多，默默无闻，国家给予他一个相应的职称，解除他的油盐柴米之虞，使他活得自尊而体面，这实在是一项合情合理的制度安排啊！

中国的职称评审，上世纪五六十年代就开始实行了，"文革"10年一度中断，80年代又重新恢复。在我的记忆中，80年代评审职称比较简单，也不大正规。但整个社会风气较为纯正，人际关系也较简单，人们都有一个起码的价值标准，因此评审的结果基本公正能够服众，教授就是教授，讲师就是讲师，二者泾渭分明。90年代之后，我们的职称评审越来越制度化、科学化、程序化、细微化，有了许多硬性的规定和要求。譬如评审正高职称，必须有大学本科学历，必须通过外语等级考试，必须有国家级的专著和论文，必须经过严格的论文答辩，等等。而且要求评审者在本学科领域具有全国影响和水准。评审的范围不断扩大，涵盖了26个学科数十种专业。应该说，20多年来的职称评审，使数千万的知识分子各得其所，调动和激发了他们的工作积极性，推动了社会各项事业的发展。但是，任何一种制度设计，当它变得越来越庞大、复杂、琐碎的时候，它反而会走向保守、僵化、脆弱。如今职称评审成为人事部门的工作难点，也成为一些知识分子的心灵之痛。

复杂的职称评审程序，看似严格而又严密，但却存在着诸多问题。在它的惯性运行中，各方面的"共谋"又创造出许多的"潜规则"。评审工作的核心机构是评审委员会，这是一个由专家组成的临时组织，申报者的命运由他们投票决定。形式上是集体负责，其实是谁也不用负责。如果一个申报者通过各种方式做通了每位评委的工作，即便他不合格也可顺利过关。这正是近年来找评委成风的根源所在。譬如在我参加的出版系列职称评审中，每次都有条件不合格者，但票数够了，谁也无可奈何。有些"二进宫""三进宫"的申报者，评委们出于同情，也便绿灯放行。评审工作的关键是指标比例，这是人事部门掌控的，但年年高比例，再加上评委们的"本位主义"思想，一来二去绝大多数申报者都成了正高、副高。所谓"在本学科具有全国影响"的要求，只能是一纸空文。评委们在评审前都坚决说要"坚持原则、严格评审"，但在评审中面对一个个具体的人的时候，就慈悲为怀、网开一面了。评审职称的标准自然是一个硬杠杠，譬如要有几本专著、几篇论文，分别是什么样的级别。现在掏钱出书发论文，请"枪手"代写代发，已成为一个庞大的"地下市场"，你需要什么，申报者就会弄出什么来。至于专著论文的真伪以及质量，谁会较真呢？为了评职称要花不少银子，但评上了就会有加倍的回报，这个账谁都算得来。更要害的是一种普遍的"分蛋糕"社会心理，似乎那么多职称就是国家的一块大蛋糕，不要白不要，自然有人要，不要是傻瓜，要了归自己。因此申报者不惜代价要争取，评委们想方设法要多评。至于申报者的能力和业绩，评审的种种标准，都被淡化了、变通了。担任领导的、年龄偏大的、有钱有势的、后门过硬的、投机钻营的……都可以纳入"关照"范围。我不否认评上高级职称的绝大多数人是有能力有成就的，他们不需要做任何"工作"也可顺利通过。大部分评委还是有良知和眼光的。我也不否认在数十个职称评审系列中，有些如高校的教授、科研院所的研究员等系列，程序谨严、把关认真、风气纯正，但也确有不少不合格者进入了高级职称的行列，确有一些系列把职称评审当作了"游戏"。而正是这种现象消解了职称评审的权威性，降低了高级职称的崇高性，同时也给知识分子造成了心理上的混乱和失衡。

我一直以为，一个好的制度和政策的健康实施，不仅需要科学合理的机制保障，更需要坚定有力的思想和精神的支撑。因为制度、机制只是一种外在的东西，只有思想和精神才是决定成败的核心。上世纪 20 到 40 年代的大学，实行的是校长负责制，校长大都由一些学术成绩卓著、德高望重的知识分子来担任。聘请教授、副教授和讲师，想来也会同学校的学术委员会协商，但基本上是校长一人做主，他不管你是何校毕业、多高的学历、有多少专著论文等等，他只要认定你的学识、能力够一个教授、副教授的水准，就会毫不犹豫地下聘书，甚至"三顾茅庐"去相请。譬如 1920 年，时任北京大学校长的蔡元培，聘请鲁迅为国文系的讲师。鲁迅只是一个医学专科学校的大专生，文学上的造诣是自学自修的，但蔡元培慧眼识人，把鲁迅放在那样一个重要的位置上。譬如 1929 年，担任上海公学校长的胡适，经徐志摩推荐聘请只有小学文化水平，也没有发表过学术论文的沈从文为讲师，从此沈从文从武汉大学、青岛大学的讲坛一直站到西南联大的讲坛，直到北京大学的教授。在这里，不管是蔡元培还是胡适、徐志摩，他们坚守的只有一点：任人唯贤，学术至上。他们不仅要为学校的教学负责，更要为中国的学术文化负责。上世纪五六十年代的职称评审我们所知甚少，但从一些学者的回忆中可以窥见一斑。说的是中国社科院文学所评职称，担任所长的是何其芳。"那年评职称文学所就是何其芳一个人说了算。何其芳对钱锺书说：你是一级研究员。钱锺书点点头。何其芳又对某某人说：你是二级研究员。某某人说：知道了。"没有什么评审程序，也没有什么评审机构，何其芳独自一人用了一个晚上的时间，就把十分复杂的评审工作弄妥了。而且众所公认，没有争议，也没有留下遗憾。当然，这是特殊时代的一个特例，今天不可能效仿。但它给我们一个启示：制度和政策是要人去执行的，只有人，特别是主要负责人具有学术良知、公正意识和承担精神，好的制度和政策才能结出好的果实。反之，假评委民主投票之名行推卸责任之实，而评委又各自打着自己的小算盘，再好的评审制度也有可能办坏。

中国的职称制度已实行了20多年，现在人们都已注意到了它的局限和弊端，都在呼唤着对它的改革。对这样一个庞大而复杂的制度"动手术"，自然需要综合治理，不断探索，但我以为不管怎样去改，有两个基本点是必须坚持贯彻的。一是坚持严格的评审标准，责成专人负责。正高、副高职称代表了国家专业技术的最高水准，每个聘任者都应名副其实，不能以这样那样的理由动摇这个标准。在评委民主投票的基础上，要由主要负责人进行集中，保优汰劣，确保评审的权威性和公正性。二是坚持少而精的评审原则，突出学术中坚。近年来高级职称门槛的降低，使大量的不称职者进入这一行列，优秀者积极性受挫，平庸者不思进取，削弱了科技文化队伍的整体实力和创新能力。因此高级职称评审必须重申少而精的原则，严格把关，宁缺毋滥，使高级职称群体成为真正的精兵强将，从而带动整个学术队伍的进步和科技文化事业的发展。评审职称制度事关重大，只有深化改革，我们的社会事业才会有强盛的希望。

（原载 2008 年第 12 期《黄河文学》）

且说"国家级论文"

　　有母校的张老师来家里小坐，稍事休息，话题便转到了我所熟悉的一些先生、老师的近况上。毕业20余年了，人到中年，诸事纷杂，但心却常常回到那满是绿树的校园，回到那些慈祥的老师的身边。现在，他们有的年事已高，但还在潜心治学；有的提前退休，又被返聘回了系里；有的身体多病，整日与药物为伴了……让我吃惊的是，讲授外国文学的戴老师也已到龄退休了，但他直到退休前还只是副教授，原因是他始终没发表过一篇"国家级论文"，晋升教授便与他终生无缘了。我上大学时，戴老师还是青年教师，是中文系有名的才子，他功底厚实，讲课有方，著述虽然不多，但有几篇发表在重点大学学报上的论文在外国文学领域颇有影响。戴老师竟评不上一个教授，真是咄咄怪事了！讲授写作课的曹老师也是在副教授的位子上退休的，他倒不缺"国家级论文"，只是学校有土政策，58岁的女教职工"一刀切"，她没有等到评教授的机会。张老师说：曹老师赋闲在家，但却忙得很，常常帮助留校的青年教师炮制各种各样的"国家级论文"。快人快语的张老师不禁愤然慨叹："这成什么世道了，堂堂的高等学府也不是一片净土了！"

　　"国家级论文"，这是一个什么样的怪物？决定着那么多知识分子的命运，搅动着大学教师的生活和心灵……

评定职称，特别是高等院校的职称，要求有一定数量和质量的学术论文，以此来衡量一个教师的专业基础和研究能力，这原本没有什么错，甚至是十分必要的。具有国家最高职称的教授、副教授，要求你在国家级报刊上发表文章，这也该是合情合理的。评定职称是为了建立规范的竞争机制，促进教师提高自己，推动高等学校的教学和科研发展。大学是真正的"清水学府"，比不得社会，搞行政不吃香，当官也似乎没什么油水，因此绝大多数教师一心一意所奔的，唯有助教、讲师、副教授、教授一级一级地往上攀登。职称显示着你的能力和价值、身份和待遇。大学教师评职称，考核的无非有两项，一是教学二是科研。教学水平自然有高有低，效果有好有差，但仁者见仁、智者见智，很难客观，更不好量化，因此越来越成为评职称中的"软指标"，甚至可以忽略不计。你要想在教学考核上把住关，那是墙上挂门帘——没门儿。唯一能见出高低的，是论文发表的数量和质量。数量就在那儿摆着，没什么可说；质量问题呢？可就复杂了，也是见仁见智，不好评说。于是就按报刊的级别，分出了国家级、省级；国家级报刊又分特类（如《中国社会科学》）、A类（如《文艺研究》《文学评论》《文学遗产》《中国语文》等）、B类（如《人民日报》《光明日报》《文艺报》《文艺理论与批评》等）。在哪一级哪一类报刊上发表作品就算哪一级论文。不管论文的长短和质量，只要发表了就可算数。譬如评副教授职称，必须有两篇以上的国家级论文，不分A类和B类。评教授职称呢？则要有三篇以上的国家级论文，且其中必须有一篇A级的。一般来说，国家级报刊，特别是一些研究机构的学术刊物，对文章质量的要求是严格的；但也有一些报刊，其文章质量就参差不齐了。而省级报刊，尤其是一些重点高校的学报，高质量的文章可谓屡见不鲜。正所谓尺有所短、寸有所长，这样一来，评定职称在论文考核上有了"硬杠杠"，省去了许多麻烦，但也埋下了一大把"祸根"。所谓国家级、省级论文，就能真正衡量文章水平的高低吗？评职称成了评论文，岂不是要偏废教学？通过种种"途径"发表的"国家级论文"，怎么能代表一个人的学术水平？评职称的这一"误区"，会把大学教师（特别是青年教师）带到一个什么样的路子上去？

有道是上有政策下有对策。有些大学教师比较注重科研，又有一定的实力，也已陆续在国家级报刊发表过论文，水到渠成，评职称自然不会有障碍。但多数大学教师更重视的是教学，有的无暇去搞科研，有的不具备搞科研的能力，"国家级论文"这一"硬杠杠"，可把他们弄惨了！但"天无绝人之路"，在今天整个庞大而复杂的社会机器的运行中，人情、金钱、造假等等完全可以成为某些链条、齿轮之间的润滑剂，发表几篇"国家级论文"，实在算不得费难之事。像讲授外国文学的戴老师那样，因一篇论文而断送了教授头衔的"傻事"，在今天的中青年教师身上是不会再发生了。尽管大家心明如镜，知道你那"国家级论文"能打多少分，是怎么弄成的，但不少人都这样，法不治众，也就无所谓了，能评上高级职称，就是你的运气、你的本事！发表"国家级论文"，途径很多，就我所知，有这样三条：一条是靠人情，找一位与国家级报刊某编辑有交情或有关系的人，把你的论文转过去，人情关系在其间起作用，你的平平之作就会发出去，升格为一篇"国家级论文"；另一条是靠金钱，如果你实在找不到一个关系，那就带着论文，提上礼品（物化的金钱），找一位有权力的编辑，陈述评职称之艰难，诉说发论文之重要，编辑也会感而化之，把你的论文发出来，据说有些省级报刊，为了满足教师发表论文的需要，扩大版面，明码标价，款到发稿，倒也干脆利落；还有一条是造假，你深知自己水平不达，弄一个初稿，然后请老师修改乃至重写，稿子脱胎换骨，达到了国家级水平，老师的学识转化成了你的成果。有的则做得更利索，干脆请高手捉刀代笔，署上自己的大名拿出去发表。还有的不好意思把别人的成果全部据为己有，就在人家的署名后面"搭乘"，搭上两次，就具有了评职称的资格。我坚定地相信绝大多数教师的正直和淳朴，他们这样做也实在是迫不得已、有苦难言。

这真是一个"播下龙种、收获跳蚤"的时代吗？评定职称，考察论文，规定细则，用心可谓良苦。但在操作的过程中，却把鲜活的政策变成了僵硬的教条。一个"国家级论文"，卡住了许多大学教师，而其中又不乏佼佼者；"放行"的教师中，平庸者、造假者又会混迹其间。只看形式不看内容的"国家级论文"，其本身的制定，就显出了荒唐的一面，同时它的"后患"也是无穷的。

首先，它模糊了学术研究的价值标准。不分青红皂白，粗暴地将学术成果分等划级，国家级报刊上的文章就一律是"贵族"，而省级报刊上的作品就统统是"平民"，这有点 20 多年前的那种"唯成分论"的味道。社会科学同自然科学研究一样，它同样是有自己的价值尺度的，一篇有建树的论文，它的价值在其自身，而决不在它发在哪一级报刊。我们不能设想，发表在一份高档次学报（高校学报均视为省级报刊）上的论文，还比不上发表在一份行业性国家级报纸上的随笔式短论！模糊了学术研究的价值标准，也就等于取消了学术研究本身。前些年社会上就有"教授满街走，讲师不如狗"的说法，如今高校评职称似乎更滥了。常常耳闻"该上去的没上去，不该上去的上去了"，原因大抵出在论文考核上的机械与不公。"国家级论文"这一"硬杠杠"，对高校的学术研究和教师本身，究竟起了什么作用呢？其次，它会"误导"一代年轻教师。有一次我跟曹老师通电话，她说正忙着给留校的青年教师加工论文，我问那青年教师干什么呢，她说："人家正忙着玩呢，现在愿意坐冷板凳的年轻教师是越来越少了……"教师的奋斗目标是职称，评定职称主要看论文，而"国家级论文"依靠各种方式、渠道就可获得，谁还有心思皓首穷经地去做学问呢？治学是一项寂寞而清贫的事业，在今天纷繁复杂、诱惑颇多的时代，国家更应该关注、扶持那些把学术当作安身立命之本的青年。而"国家级论文"这一"硬杠杠"的作用，只能是适得其反。此外，它极不利于高等院校的学术发展和人文建设，一个学校的学术和校风建设，是一项长远而艰巨的文化工程，容不得急功近利、弄虚作假、心浮气躁。职称评定应当成为促进教学和科研的动力，而决不能用"国家级论文"这样的"紧箍咒"，乱了教师的心性，坏了学校的学术氛围。

据说五四时代大学的教授、副教授都是由具有权威的大学校长直接提名、聘任的。也没有听说弄出什么事端来。我们现在这套评职称的办法，费力而不落好，是不是也该改革一下了？

（原载 2000 年第 1 期《读书》）

"读经热"的冷思考

有报纸称：在全国的许多中小学校，"四书五经"又重新走进课堂，成为一门要求学生必须熟读、背诵的必修课程。据说，北京目前已有25所学校开展了"读经"活动，广州市的五一小学等学校，早在1998年就试行"读经"，全国计有100万孩子加入了"读经"行列。据闻，在去年的北京市人大会上，有代表提出一个"大力推进经典诵读工程"的提案，颇受各方关注和重视。据悉，在教育部2000年制订的中小学语文教学大纲中，明确推荐的古诗文背诵篇目有140篇之多，《论语》《孟子》《庄子》《荀子》《诗经》等选篇比过去有了明显增加。现在语文课本还在不断修订中，将后古典诗文比重还会逐渐加大。还有消息说，山东曲阜办起了"诵经班"，挑选入学儿童中的聪慧者，进行专门教育，执教者是国学功底深厚的七八十岁的老先生……

不知为什么，获悉这样的消息，我的心就像平静的湖面被投入一块重石，有一种振奋、欣喜，但也有一种困惑和忧虑。

"读经"，这久违了的字眼，这淡忘了的传统，在今天世界一体化、市场经济快速推进的背景下，它的突兀萌发，真让人有点"惊心动魄"的感觉。它表明我们的民族现在终于可以正视自己的历史、正视自己的传统文化了。要知道我们的传统文化在过去的近一个世纪以来，一直是一个不光彩的角色，"封建""腐朽""没落"等一项项帽子紧紧扣在它的头上。而今我们终于明白，历史最悠久、生命力最强劲的中国传统文化有着极为优秀、美好的特质，越是在现代化的时代越显示了它独特的价值和魅力。其实，西方人从来就没有鄙薄过我们的传统文化，90年代以来中国文化研究更成为西方的一门显学。譬如英国著名历史学家汤因比就认为，中国古代文化是美好的，它蕴含着无与伦比的伟大力量，它将在未来的世界中作出更杰出的贡献。西方人的看法更增长了我们的自信心和自豪感。对这样一种民族文化，我们没有理由不去继承和发展，不去发扬光大，倡导中小学生"读经"只是一个现象，它反映的是全民族对传统文化的一种重新认识和积极重建的雄心。

"十年树木，百年树人"。重建中国的民族文化，最终要落实到人——人的心灵塑造上来，落实到培养具有文化根底的青年上来。一代一代薪火相传，中国文化才可以生根发芽，茁壮成长，变为民族的精神资源和强大动力。可悲的是，培养青年的文化人格的教育机制我们已经废弃得太久了，至少已有七八十年了罢。遥想五四时期的文化先驱们，他们的文化教育是在私塾和类私塾的学堂中完成的，当时尽管引进了不少新学科，但修身、国文是所有课程的重中之重，他们在"不情愿"的接受中夯实了丰富的文化根底，成就了他们辉煌的文化建树。他们是传统文化的承传者，同时又是传统文化的叛逆者。但没有承传，何以叛逆？又遑论建树？其实他们倒是应该感恩传统文化对他们的馈赠。陈独秀、鲁迅、胡适就是最典型的例证。之后，从战乱频仍到新中国的建立，从社会主义改造运动到"文化大革命"，中国的传统文化始终处于被批判、贬斥、扬弃的处境，直至传统文化教育被彻底扫除，"四书五经"之类在中小学课本中消失殆尽，一代一代青年学生丧失了应有的文化根底。现在，60岁、50岁、40岁的人群中，你能找到几个有文化根底的人？许多人抱怨数十年来没有产生大师级的学者、作家，其根源不是不证自明的吗？现在有一句流行的口号是"学计算机要从娃娃抓起"，那么，"承传中国文化也要从娃娃开始"。我以为，这后一句话对中国来说更为重要。只要我们把"文化种子"给一代一代的青年撒下去，中国的民族文化总会有振兴繁荣的那一天。

然而，我依然要说："读经"行动应该缓行！

我绝不反对"读经"，我举双手赞成"读经"。几年前，有幸见到人民教育出版社专门编写语文教材的资深编辑张必锟先生，我曾冒昧地对老先生说："我觉得几十年来中学语文课本的编写是失败的，它缺乏文化含量，中国数千年来的传统文化在课本中基本没有得到体现。"老先生频频点头，若有所思。我感觉他是赞成我的看法的，但他"身在庐山"，自有隐衷，又能说什么呢？现在，"读经"活动自下而上地展开，颇有"星火燎原"的势头，这无疑是对中小学语文教材编写的一个严峻挑战。推广"读经"，承传文化，这似乎已成大家的共识，现在的问题是，"读经"究竟是为了什么？这"经"应当包含哪些内容？就目前"读经"的势态看，好像"读经"无非是读一点"四书五经"，扩而大之，再读一点古典文学作品，使青年学生有一个较厚实的文化和文学基础。窃以为，这是一种"差之毫厘，谬以千里"的做法。我的看法是："读经"应当读的是中国源远流长的文化经典，不仅要读儒家"四书五经"之类，还要读一点道家、佛家、墨家、法家，更要读五四新文化。中国的传统文化犹如一条奔腾不息、百川汇聚的大河，只读一些"四书五经"，岂能领略和把握这条大河的全貌？岂能悟到中国文化的真谛？特别是五四新文化，它不仅刷新了中国的古代文化，注入了刚健、鲜活的西方文化特质，同时也保留了中国文化中富有生命力的精华，铸就了一种崭新的中国现代文化，已经成为中国文化长河中最辉煌的一个乐章，我们怎能舍近求远、弃之不顾？

因此，全面地、准确地审视和把握中国的传统文化，理应成为我们"读经"的主导思想；慎重地、精心地遴选文化发展史中的那些具有代表性的经典作品，应该成为中小学语文教材的编写宗旨。几十年来，我们的语文教材始终摆不脱政治功利主义的支配，变成了一个没有定性的"骑墙派"，一会倾心"工具性"，一会钟情"文学性"，改来改去，越改越复杂，越改越糊涂，但就是没有把"文化性"放在心上。我坚定地认为，教材应该以"文化性"为核心、为主线，承担起文化承传的使命来，在"文化性"的前提下，再顾及"工具性"和"文学性"。事实上，中国传统文化的经典作品往往是三性合一的，编写一套高质量的、兼收并蓄的语文教材并非难事。这里的关键，还是编写的主导思想。

中国传统文化丰富灿烂，拥有无与伦比的价值，这是毋庸置疑的。特别是它对人的道德修养的重视、主张"天人合一"以及极富辩证法的"中庸之道"思想等，对中国乃至世界都是一份很有价值的文化遗产。但是，它的僵化、陈腐和落后也是不必讳言的。它精华与糟粕并存，且二者相辅相成，很难剥离。在中国现代化的历史进程中，它可以补救和化解现代社会出现的某些弊端，但它同时也能阻碍和瓦解中国的现代化进程。对这一点，我们必须有清醒的理性认识。早在1925年，中国处于混乱、动荡、贫穷的历史时期，时任教育总长的章士钊，一面压制学生运动，一面提出"尊孔读经""读经救国"的主张。鲁迅在他那篇著名的《十四年的"读经"》杂文中针针见血地指出："古国的灭亡，就因为大部分的组织被太多的古习惯教养得硬化了，不再能够转移，来适应新环境。若干分子又被太多的坏经验教养得聪明了，于是变性，知道在硬化的社会里，不妨妄行。"①鲁迅在青少年时期"几乎读过十三经"，他对中国的历史和文化了如指掌，他以洞幽烛微的眼光，看透了封建文化如何"硬化"了中国社会的肌体，在"仁义道德"背后掩盖着的"吃人"本质，那些"聪明人"在旧文化的教养下的"变性"与"妄行"。斗转星移，时代变迁，21 世纪的今天自然大不同于 20 世纪初期，中国文化历经五四风暴也有了质的变化和飞跃，但在中国传统文化庞大的生命体中，依然隐藏着种种病毒，这些病毒在今天依然不断滋生着负面的作用，鲁迅以及文化先驱们的"警世"之言仍然值得我们记取和深思。譬如在中国传统文化中，专制思想、等级观念、宗法说教、人治传统、保守主义、封建迷信等等，我们还能继承和弘扬吗？它还能推动我们的现代化步履吗？我们还能把这样的"文化种子"撒播在青年一代的心田中吗？陈独秀、鲁迅、胡适等一代文化先驱，正是吸纳和借助了西方文化，特别是西方文化中的民主、自由、科学思想，才建构了他们的现代文化思想，实现了中国传统文化的现代转型。因此，中小学生的"读经"，不仅要读五四新文化经典，同时还要读一些西方文化经典，庶几才能塑造出一代青年一种健全的、现代的、开放的、深厚的文化人格，中国文化才有可能真正走向现代。

重建中国的现代民族文化，是一项庞大的、长期的、细致的"特大型工程"，盲目不得、操切不得，它需要几年、几十年甚至几代人的努力。时下中小学生"读经"虽然问题多多，但毕竟是一个好的开端、好的切入点，在重重的忧虑中我依然看到了希望、感受到一种振奋。

（原载 2002 年 12 月 4 日《中华读书报》）

---

①鲁迅：《鲁迅全集》，第 3 卷，130 页，北京，人民文学出版社，1991。

警惕时尚读物

　　城市街头林立的报刊亭展示着新出炉的报纸、杂志的绚丽面孔，小到衣食住行，大到国家世界，内容无所不有。新华书店摇身一变都成了超级书市，畅销书、热点书不断更新，摆在最抢眼的位置。还有越来越普及的电脑网络，坐在家里，点击鼠标，你就可以进入宇宙黑洞一般的信息世界，出入美国白宫，观光大英图书馆，自然还可以浏览一下世界各地发生的奇闻轶事……中国商品短缺的时代已经成为历史，卖方市场变成了买方市场，商家、商店的降价风潮叫人心惊肉跳。文化市场呢？也由昔日的单调匮乏，变作了今天的丰富多样，要什么有什么。我们早就期望有一个文化建设高潮时代的来临，现在这个时代果然来到了，我们自然应当欢欣鼓舞、额手称庆。

　　但是，当我们冷静地、仔细地审视一下当今的文化阅读市场，我们就会发现，在如火如荼的文化市场中充斥着大量新鲜而刺激的时尚读物，在这些时尚读物中，蕴含、灌注着的是一种世俗化、浅薄化、快餐化、商业化的市场文化精神，这种市场文化不仅天然地包含在生活类书刊中，同时也大面积地向文学类甚至社科类著作蔓延、渗透，几近成为今天文化读物中唯我独尊的精神主宰。我们好不容易跳出了"忽左忽右"的文化怪圈，现在却又落入了市场文化的陷阱。前几年，思想文化界热烈讨论过"人文精神失落"的问题，近年来，不时有人提出知识分子的位置和职责话题，都是对这种文化市场化带来的严峻现实的反思和抵抗。但反思归反思，抵抗归抵抗，市场文化依然像来势凶猛的蝗虫一样，强悍地侵入了我们的文化阅读市场。看一个时代的思想文化状况及其价值，阅读市场无疑是一个最真实、最鲜明的窗口。当前泛滥成灾的时尚读物，它究竟反映了什么样的社会文化问题？它有什么样的思想文化价值？它会给广大读者带来什么？它对我们的情感生活、精神探求又有哪些影响？面对汹涌而来，重重包围着我们的时尚读物，我们应当认真思考并作出回答。

现在，书籍、报纸、刊物乃至一些网络读物是空前地活跃和繁荣起来了，其分类也越来越细。按照思想文化读物的价值和作用，我把所有的书报刊分为两种类型，一种称为"刚性读物"，一种称为"软性读物"。所谓刚性读物，是指那种实用的、严肃的、长久的、精深的思想文化读物，如哲学、美学、历史学、文化学、心理学、文艺学等各种社科类著作，如古典、现代、中国、外国的文学名著以及今天严肃文学中的优秀之作。这类读物是著者倾注了毕生的知识、经验和思想而创造出来的，是人类思想文化史中的一个个重要链环。它对于读者来说，不仅是专业知识的源泉，同时也是滋润心灵的甘霖、熔铸思想的熔炉。但阅读这样的书籍，往往是艰难的、枯燥的，需要花费力气的，特别是古代的、外国的一些理论经典，读者必须有一种宁静的心态、坚韧的毅力和长久的坚持精神。一个人要想有卓尔不群的世界观和人生观，或者要建构自己的思想文化框架，并期望在专业领域有所建树，必须过好"苦读"这一关。应该说，近年来的出版界在积累思想文化经典方面作出了很多努力，功莫大焉。但这些刚性读物的艰深难懂和非功利性与现代读者的阅读趣味颇为不合，所以市场行情并不理想，这类刚性读物也就显得冷冷清清。而另一类软性读物却顺应了市场文化的实用原则和大众读者的阅读趣味，神速而蓬勃地发展起来了。如纪实性的时事政治读物、五花八门的生活类书刊、格调不高的通俗文学作品（包括一些打着严肃文学旗号贩卖低级趣味的作品）等等。我们所置身的是一个多元的、开放的现代社会，人们的阅读需求也越来越多样化，并希望读到一些轻松愉悦的时尚读物，这自然反映了社会的进步和大众阅读心理的成熟。但正如真理再往前跨进一步就变成了谬误一样，时尚读物从羞羞答答的出笼到毫无节制的泛滥，已酿成今天的一种文化灾难。揭露政治内幕，炒作名人轶事，"钩沉"封建迷信，传授当官秘诀，宣扬色情暴力……成为时尚读物的主要内容，而传播世俗思想、享乐意识、金钱至上、解放欲望等变为时尚读物的主题思想。更令人忧虑的是，这种时尚风潮同时大举入侵了我们的严肃文学和社科领域。为了迎合市场和读者，一些颇有成就的作家，也转向了通俗小说的写作，读者想读什么就写什么，刻意搜集一些阴暗的、丑陋的、畸形的社会文化现象，不加分析和批判地和盘端给读者。文学评论向来是一块严肃的地盘，现在也变成了投机家们冒险的乐园，想出名的、想赚钱的、想捞取资本的……尽可以在这块场地上肆意驰骋。在种种利益驱动下炮制出来的时尚读物，不管它的外表多么漂亮、精致，旗号多么庄严、鲜艳，我们怎么能够不有所警惕？

优秀、健康的社会文化读物，不仅要满足人们各种各样的阅读和知识需求，更要提高人们的思想文化素养、丰富人们的情感心理、升华人们的审美境界。它承担着塑造现代读者和建设现代文化的双重使命。而现在的时尚读物，不能说没有积极的、有益的东西，但从整个倾向上看，它迎合的是人们形而下的生存和生理需求，助长的是人们各种各样恶的欲望，它全力"塑造"的是消解文化、思想、道德的"愚昧的现代人"。我曾经在一篇文章中说过："时尚读物是一个美丽的陷阱。"它像一个妖冶的妙龄女子，显得那样亮丽、娇媚、温柔，让你在不知不觉中堕入她的诱惑，难以自拔。最流行、最豪华的生活类书刊，教你怎样穿衣、怎样烹调、怎样居家装潢、怎样旅行出游，乃至怎样钓鱼、怎样健身、怎样养花、怎样收藏……在提高人们的生活档次和质量的同时，也在诱发着人们不可遏止的物质欲望、享乐思想。我们越来越陷入现代商品的包围挤压之中，但思想情感世界却变得越来越贫瘠、轻浮起来。物质与思想情感，有时是统一的，而更多的时候则是矛盾的、分裂的，物质的丰富并不等于思想情感的丰富；对于思想情感贫乏的人们来说，物质占有得越多，思想情感越容易空虚、堕落，这是现代生活中的一个怪圈。在市场经济社会中，高雅文学越来越边缘化，通俗的、低级的文学作品却大行其道。通俗文学自然可以达到很高的境界，寓庄于谐、寓教于乐，给人以纯正的审美享受。譬如金庸的《天龙八部》，譬如柯南道尔的《福尔摩斯探案集》，譬如中国古代的《三国演义》《西游记》等，则是由通俗话本小说的形式进入高雅文学的行列的。但现在大肆流行的通俗文学作品，有相当一部分刻意编造荒诞不经的故事情节，竭力渲染凶杀色情等刺激性场面，运用芜杂直露的写作语言，思想内容要么浅薄空洞，要么宣扬陈腐、颓废的东西。通俗文学的发展已经有一二十年，但至今依然在低水平的轨道上滑行，无论在思想内容还是艺术形式上都没有大的长进，这不能不说是中国文学的悲哀。当前一些通俗文学迎合的是读者的好奇心、窥视欲和娱乐心理，对于提高读者的思想文化修养和审美鉴赏能力，可以说是有害无益的。贴着"新新人类小说""后现代小说""私人化小说"标签的纯文学作品，反映了部分城市青年的生活和心理状态，是世纪之交文学的一种客观存在，是一种"过眼云烟"式的文学现象，我们对它不能一概抹杀。但正如一些评论家指出的，他们缺少"文革"或者思想解放的背景，他们的作品只是表现自己的自在状态：流浪艺人、酒吧生活和性爱，没有底蕴，没有根基，自己都把握不住自己，像行云流水一样在社会上流淌、漂泊。这类文学实际上降到了庸俗文学的层次，注定是昙花一现，不会有长久的艺术生命。但现在一些出版商、评论家却无理智地推崇、炒作这种文学，其实这是一种毒害读者（特别是青年读者）的"精神鸦片"。比之生活类书刊、流行文学来，人文科学领域似乎还恪守着它的庄重和贞操，严肃的社科杂志还在坚持出版，也常常可以看到一些真正有学术价值的著作摆上书店的书架。但时尚风潮并没有放过这块清静的领地，一些东拼西凑、粗制滥造的伪学术著作时有出笼，一些匆忙地从西方人那里贩运来的生涩理论和观念被奉为学术研究的圭臬，一些炒作的理论书籍堂而皇之地招摇过市。譬如什么《审视余秋雨》、什么《十作家批判书》，虽然不能说其中的观点一无是处，但它压根就不是一种学术行为和学术成果，而是出版商和投机者合谋共造的商业举动。可怕的是，这种时尚社科读物大有群起效仿之势，并诱导了不少年轻的读者。这是一种典型的学术堕落现象。我们面对的就是这样一个时尚读物圈、这样一个个"美丽的陷阱"。它在温情脉脉、轻松快乐、痛快淋漓的幻景中，简化着我们的情感心理，解构着我们的伦理道德，阻滞着我们的思想探索，剥蚀着我们的人生理想，最终的目的就是使我们变成一个个简单、浅薄、冷漠，有知识而无文化、有欲望而无理性的现代人。我们亲手制造了丰富多彩的时尚文化读物，而时尚文化读物又反转来改变、异化着我们自己。

根植于市场经济文化的时尚读物，从本质上讲是一种实用主义、利己主义、享乐主义的文化形态。在亮丽、精致、豪华的包装背后，其实隐藏着的是商家按动计算器的手指和著作人迫切的名利欲望。它的流行与泛滥，必然给中国的文化建设带来难以预料的损失，必然给进入现代社会的人们的思想情感带来深刻的破坏性影响。面对时尚读物，我们要有清醒的头脑和有效的对策。我们要确实重视精神文化工程的建设，用健康的、纯正的精神文化成果来抵御、取代时尚文化读物。从读者的角度来说，回到我们置身的真实生活状态中去，回到自己深切的内心体验里，去理解、把握社会人生的真正内涵，是抵制时尚读物误导的有效方式。我们不能把宝贵的光阴和生命都耗费在这些时尚读物上，我们不能让时尚读物总是牵着自己的鼻子走。如果我们总是浸泡在时尚读物中，我们将永远是随波逐流，我们将永远没有自己。时尚读物作为一种流行文化，它的思想和观念有一种极强的传染性和蒙蔽性，它往往把人们带入一个虚幻的、浅薄的现实世界，把众多人的大脑当作流行思想的跑马场。我们只有回到真实的生活和深刻的自我体验中，才能获得对世界的真知和对人生的领悟，在变幻莫测的现实生活中保持澄明的思想和独立的人格。坚持不懈地从刚性的文化经典中吸取思想、精神、智慧，滋养我们的大脑和心灵，使我们变得成熟和强大起来，才能使我们真正超然于流行读物之上，自觉地抵制和批判一些时尚读物对社会和读者的侵蚀。时尚读物只是特定历史时期的一种潮流，它鱼龙混杂、充满了泡沫，来也匆匆、去也匆匆，真正富有价值流传后世的只是凤毛麟角，因此我们要把阅读视野转移到中国古代、现代、当代那些大浪淘沙后真正留下来的哲学、美学、历史、文学等经典著作上去，转移到外国从古到今那些文化典籍上去，用蚂蚁啃骨头的精神，甘于寂寞、锲而不舍，一点一点地建造我们的思想文化堡垒，并用我们自己的思想构筑现代中国的文化大厦。

（原载 2000 年 12 月 30 日《文艺报》）

短论三则

语文课要"返璞归真"

语文课真不幸，现在竟变得这样复杂、沉重、尴尬，且众说纷纭，备受责难。学生课桌上的语文课本越出越厚重、庞杂，除必修课本外，还有成套的选修课本。学生要写作业、背课文，还要应付一次接一次的小考、大考。这考试更严酷，考题出得让大学教授也一头雾水。真是社会各界大联合，都"把学生当敌人"了。

因此语文教改的呼声不绝于耳，一浪高过一浪。但改来改去，成效甚微。

语文教改怎样就算成功了？标准很难定，但有一条是肯定的，看你培养出来的学生质量如何？有道是"十年树人"。新时期已经 20 多年了，培养出来的学生大约有二三代了（从小学至高中）。就现在 20 岁和 30 岁左右这两代人来看，其语文功底和修养实在让人怀疑。他们中的一些佼佼者能否在未来成为文化领域中的一批"大师级"人物，我们谁都没信心。大多数人都似乎同意这样一种看法：这 20 多年来的中小学语文教育并不成功，问题很多。

我想到清末民初的国文教育，那时的教育方式自然是私塾教学，我们在鲁迅的散文、一些史料记载中可以窥见一斑。一个国学功底颇深厚的先生，带一群孩子，在那里咿咿呀呀又念又背，课本基本是以"四书五经"为主。那教学内容和方法极简单，但就是那样的语文教育，却培养了璀璨群星般的一代文化巨匠。我又想到20世纪50年代至60年代上半期的语文教学，那时课本很薄，内容虽然有渐渐"政治化""时代化"的倾向，但学生似乎总体上没有厌倦感，教师的讲授也较简洁、随意。现在活跃在人文、教育领域的一批卓有建树的专家和学者，不正是那时培养出来的吗？

由此可以得出这样一个结论：语文教学可以是简单、朴素的。越是简洁的方式，越能发挥教师学生的主观创造性，越可以引导学生进入知识的、文化的海洋。这就如同美丽浩瀚的宇宙，在牛顿、爱因斯坦手里变成了"万有引力"和"相对论"这样两条定律一样。

语文教学是到删繁就简、返璞归真的时候了！

编一套熔文化、文学和基础知识为一炉的语文课本，扫除一切选修教材、自读课本和教辅用书之类。让学生在学了语文课之后，主动地选择课外读物，进入他喜欢的世界。简化中考、高考中的语文考试，突出检测学生的文化积累和写作能力。语文课教学要从"技术分析"的模式中突围出来，真正变成一门有趣味、有内涵的"艺术课"。

（原载2004年第4期《中学语文教学通讯》）

"外行"的"软肋"

科技、文化、学术等领域的怪现象频频浮现，令人深思。诺贝尔奖一年一度，我国有世界上最庞大的科学家群体，而无一人折桂；尽管吃不上葡萄可以说它是酸的，但我们不得不承认自己距离科技创新还远。已经和还在进行的"高校评估"，其实是助长了"弄虚作假"之风，对教学与科研并无实质上的推进，但依然在"认认真真走过场"。教授专家的"抄袭""剽窃"事件一次次曝光，屡屡受到惩处，但邪风不仅未见煞住，反而愈刮愈甚，这些教授专家喊冤说：被逼无奈呀！不抄不剽怎能完成任务？饭碗也保不住啊…… 这些现象背后，自然有诸多社会的、经济的原因，但更与从上而下的科技文化部门的当权者有关。这些部门大都由行政领导当家，在专业上是外行，他们擅长的就是抓工程、订规划、下任务。工作也许搞得轰轰烈烈、井然有序，但往往劳而无功，苦了那些心系事业的内行们……

是由外行管理内行，还是由内行管理内行？历来争论不休，也有过多次反复，但基本实行的是外行管理或者说领导内行的模式。这已成为一种中国式的体制设置。但由于各个行业自身性质和特点的不同，其内部机制也有所区别。譬如高等院校，上世纪80年代曾实行过校长负责制，校长是学术造诣深厚的内行。但到90年代之后变成了党委领导下的校长责任制，外行的书记成为"一把手"。譬如科研院所，党务、业务合二为一，党组书记、院所长"一肩挑"，当权者可能是内行，但大多是外行。譬如文联作协，党务、业务"双轨制"，书记由上级委派，一般是外行，主席由民主选举，自然是有成就的内行，但协会的工作由党组书记主持……不管机制如何变幻，外行领导内行的原则是不变的。内行领导内行的失误我们见过，比如内行一旦成为领导，就容易在学术上唯我独尊，压抑不同学派和观点；比如内行往往缺乏管理协调能力，把一盘棋下得没有章法。因此从反面证实了外行领导内行的必要性。而外行领导在把握全局、兼顾百家、协调关系方面确有优长之处。再且说，外行与内行也不是绝对的，外行领导通过学习进修也可以成为熟悉专业、管理有方的内行领导。

但是，这些事实并不能掩盖外行领导内行的深层矛盾和潜在的软肋。首先是外行领导惯用行政思维和行政方法来统领工作，而复杂的专业和学术有其自身的特殊规律，这就很容易造成行政强迫、压抑、削弱专业的状况。其次是外行领导很难真懂内行们的工作、追求以及他们的个性、心理，外行领导辛辛苦苦的工作也许恰恰挫伤了内行们的事业积极性和创造性。这里根本的症结是，外行领导谋求的是任内工作的成效、影响乃至政绩，而内行执著的是事业的建树、创新和发展。如果是真正的内行领导，则更有利于事业的推进和专业人员才能的施展。

外行领导内行已成为根深蒂固的管理机制，内行进入机制也要服从它的游戏规则。于是我们看到：科技文化单位行政化、衙门化的倾向逐渐严重，人与人之间要以职务相称，召开学术研讨会要"英雄排座次"，学校、协会、科研机构越来越像是官场了。日常的科研工作、学术活动演变成了社会行为、"政绩工程"，要请领导人参加，要做全方位宣传。表彰奖励的举措多如牛毛，专业人员深陷在名缰利锁的竞争中，对学术事业的长远追求已置之脑后。学科和学术建设上的"大跃进"高烧不退，专业人员如牛负重，深知生产的是泡沫、废品，但却无可奈何……行政思维和管理方法使中国的科技文化建设像一辆超重的老式汽车，以失控速度行驶在狭窄的山路上。用现行的话说，就是背离了科学发展观。

改革和创新行政管理体制，已成为人们的共识。要克服当前外行管理内行的局限和弊端，对策大约有两条。一是要把那些真正知识化、专业化的领导干部放到事业单位的岗位上，绝不能把事业单位当作安排干部的空席，外行干部也要通过学习进修等方式尽快成为内行。二是从内行中选拔、培养更多的领导人才，凝聚学术骨干，逐渐形成教授治校、专家自治的文化气候，庶几中国的科技、文化、学术才有振兴、昌盛的希望。

2008 年 11 月

身教为何重于言教？

从小学到大学，亲历的语文老师有几十位。有哪几位老师的哪些方面给自己留下了深刻、美好的记忆，并在漫漫岁月中影响着自己的人生、事业和生活呢？仔细想来，却似乎不是这些老师所讲的某一堂课、所说的某一句话、所授的某一种知识等等，而是他们独有的思想个性、人生方式、治学经验、人格人品乃至传说的故事、轶闻……

于是想到那句耳熟能详却无可靠出处的古话：身教重于言教。

每个教师，不管从事的是哪一科，都肩负着"传道、授业、解惑"的职责。但语文教师的特殊之处是，他不仅要把语文课的基础知识准确而全面地教授给学生，同时要用自己的生命和人格把其中的人文精神传达给学生。把言教融入身教，用身教引领学生。语文教师天生难当，它在思想、道德、人品等方面，比其他学科的教师有更高的要求。语文教师要首先学着做君子，然后才可能教好书。

伟大的教育家孔子既重视言教更注重身教，他因材施教，把礼、乐、射、御、书、数六艺精心传授给他的弟子，并对为人师表的君子定出了极高的标尺："己欲立而立人，己欲达而达人"，"其身正，不令而行。其身不正，虽令不从"，"君子讷于言而敏于行"，"敏于事而慎于言"，"仁者，其言也讱"，"听其言而观其行"，"君子正其衣冠"，"君子有三变：望之俨然，即之也温，听其言也厉"……所有这些，都是在鞭策自己和教导学生，要努力成为一个有道德、诚信、气节、人格的人。孔子身教重于言教的为师之道，成就了从古到今的无数杰出教育者，但今天却被相当多的人民教师淡忘了、背离了。

如今，教育界的一些乱象相令人触目惊心，师道尊严早已风流云散，师生关系"剑拔弩张"，教与学间散发着铜臭味。其中社会的、文化的根源自然错综复杂，但一个主要的症结是，作为"灵魂工程师"的教师，普遍忽视了对自身人格的塑造、道德的约束和学问的追求，把自己降格为一个"教书匠""普通人"。一个语文教师，既不去夯实本学科的基础知识，也不去了解当下的文学态势，只是急功近利地借助教辅、网络，玩弄一些花拳绣腿式的"新观念""新方法"，怎么能教化和引导学生的学习？一个语文教师，课堂上要留一手，把关键内容放在晚上自办的辅导班讲授，美其名曰"提高班"，去赚取大把的"昧心钱"，这种"奸商"式的教师又怎能让学生听从你、尊重你？我们的语文教学，败在弱化了教师的身教示范，败在放松了教师的自身修养。

我常常怀念上世纪五六十年代、七八十年代的语文老师们，他们也许学历不高、思想守成，也不懂新方法，但他们淳朴、好学、正直，以仁爱之心待学生，师生有如父子、兄弟。许多年来，每逢节日长假，总要摆脱琐事，回到他们身边，呆上一会，看着他们渐老的形象、慈祥的面容，听着他们暖心的话语、爽朗的笑声，在无形的身教中，你就会觉得心灵得到了净化，人生也变得充实……

（原载 2010 年 2 月 10 日《中华读书报》）

第二辑　　　反思

文学要与底层民众休戚相关、小说既要好看也要艺术、文学须塑造鲜明深刻的人物形象、作家必须有丰富博大的精神世界……这些古老的基本的文学理论常识和命题，在今天竟变得模糊、扭曲了。我们需要重新反思这些理论问题，从鲁迅、赵树理等众多大家的思想和创作中，汲取精神和营养。

好看：一个"危险"的小说标准

"好看小说"的口号叫喊了 10 年，都说现在的小说真的"好看"了，我的感受也是这样。小说好看不好看是一个老课题，但也是一个一直解决不好的老问题。现代文学史上，前 20 年的小说主要是写给知识分子看的，大众就觉得不大好看。后来提出文艺为什么人的问题，其目的也是要解决作品的"好看"问题。于是有了大众喜闻乐见的解放区通俗小说。"十七年"时期，你的小说能不能普及到民众中去，则是一个政治问题。10 年前，小说在"小众"圈子里打转转，有识之士大声疾呼：要"好看小说"。于是作家们努力冲击"好看"目标，小说从"小众"走向了"大众"。但 10 年时间过去了，这"好看"却渐渐变了味。不知人们有没有意识到，为了"好看"，我们以及我们的文学付出了很大的代价，而且还要继续"支付"下去。因此有必要对"好看"作些反思了。

现在，读者买书、买杂志，劈头一句就是：好看吗？编辑（出版社的、刊物的）向作家约稿：写一部"好看"的小说吧！不好看卖不出去呀！作家从构思到写作，首先会考虑故事好看不好看，有没有"卖点"。时下，包括一些品牌杂志，纷纷树起了"好看"的旗帜，设有"好看小说"专栏，铺天盖地的网络中有多家"好看小说"网站，还有一家出版社曾悬赏 20 万元，征集一部"年度好看小说"……

"好看"已成为久盛不衰的热点，成为衡量一部作品的最高尺度。大势所趋，人心所向，历史的潮流不可逆转。我也认为提出小说要"好看"，并没有什么过错，把"好看"作为一个标准，也不是一个坏标准。但是，任何事情说过了头、做过了头，好事就会变为坏事，真理就会走向谬误。播下龙种，收获跳蚤的事有的是。我看"好看小说"的现象也是这样。

"好看小说"的提法由来已久，专利权属于谁，无可查考。直到1998年《北京文学》杂志郑重地、隆重地提出"我们要好看小说"的口号，并把"篇篇精彩，期期好看"作为办刊宗旨，"好看小说"才成为一个概念、标准、旗帜，在文坛和读者中炒热炒爆。作为倡导者，《北京文学》的初衷自然是好的，甚至是具有远见卓识的。它正是看到了当时的小说有疏离现实生活、无视读者趣味，文学的路子越走越窄的严峻现实，才适时地提出"好看小说"的口号。杂志社社长章德宁说得明白："'好看'应该首先涵盖一切好小说的品质，在这个基础上考虑'可看'这个因素。"其间一些青年评论家如李建军、邵燕君等也多次提出："好看小说"绝不仅仅是故事情节的好看，更要有深广的思想内容和精美的艺术形式。应该说有些作家对这个口号是心领神会了，及时地调整了自己同现实、同读者的关系，创作出了既好看又有品位的力作和精品。但是，也有一些，甚至是更多的作家，误解了这个口号，以为"好看"就是故事，就是市场，其他都无足轻重了。而出版社、杂志社的编辑，更把"好看"当作了小说畅销的灵丹妙药。众多的读者受"好看"观念的蛊惑，在"好看小说"的故事中尽情逍遥。几方面的合力，共造了一个"好看小说"的神话时代。

是的，比起10年前文学的冷落状况，当下的小说"好看"了、市场了，有些作家也名利双收了。然而我们不禁要问：年产量逾千部的长篇小说，有多少部禁得起品读、能够成为"经典"流传下去呢？都说作家是"灵魂工程师"、思想先行者，但我们在滚滚而来的小说作品中，又能读出多少让人沉思、震惊、感奋的思想激流来？小说是一种不断生长、创新的艺术，然而在当下的作品中，你能看到在艺术形式上有哪些执著探索、戛戛独造？"好看"如一柄华丽的大伞，吸引了人们的眼球，却遮蔽了小说自身的发展和提高。"好看"是一个危险的口号，它在制造小说神话的同时，却埋下了葬送小说的陷阱。

热衷编造离奇曲折的故事，淡漠对社会人生的思考，是"好看"口号最容易导致的创作倾向。小说是写给读者看的，自然需要"好看"，这无须论证。但是，"好看"的内涵却是迥然不同的。一类是故事层面上的"好看"，它以编织引人入胜的故事为目标，在情节中蕴含一些朴素、直观的思想理念，有益无害，寓教于乐，譬如市场上畅销的言情、武侠、传奇、侦探小说，便是这样的"好看小说"。另一类是纯文学意义上的"好看"，作家不以故事情节取胜，但却赋予了作品深刻、独特的思想内涵，塑造了鲜活、丰满的人物形象，它是依靠思想和形象吸引、征服读者的。这是更高层次上的一种"好看"。鲁迅、沙汀的小说，韩少功、史铁生的小说，从故事情节的角度讲，不仅"不好看"，甚至是苦涩的，但从思想内容的层面说，也可以说是"好看"的。但现在众口一词的"好看"，已演变为"好故事"的代名词。怎样编造一个离奇、曲折、煽情的故事，已成为作家创作时最煞费苦心的事情。我并不反对小说要有好故事，但如果作家的创作一味盯着故事，必然会影响、削弱他对社会人生的深入探寻和思考。故事自身的发展逻辑，也会冲淡、淹没作品思想内涵的充分表达。当下那些十分畅销的长篇小说，都程度不同地存在着这些问题。

竭力渲染低俗、丑陋的"看点"，放弃文学的审美、陶冶功能，这是"好看"要求极易诱发的一种创作"症候"。现在是一个世俗化、欲望化、享乐化的时代。一个作家虽不应成为超凡脱俗、好为人师的圣徒，但也绝不能沦为随波逐流、浑浑噩噩的俗人。他一方面要满足读者的阅读需求，走进读者的心灵深处；另一方面要像一位可亲近的老师，"传道、授业、解惑"，提升读者的情感、思想、审美境界。用心换心，共同燃烧，一道成长。但"好看"的文学要求一出，有些作家"轻松"地放弃了"提升读者"的职责，"快乐"地选择了"满足读者"的任务。暴力、凶杀、色情、复仇等情节，向来是普通读者喜欢的，于是一些作家移花接木，把这些情节从通俗文学中搬到纯文学小说里，大大强化了小说的可读性。人们对神秘莫测的官场有一种好奇心、窥探欲，"官场小说"就一部接一部地应运而生。读者对历朝的宫廷斗争，有一种求知欲和探究欲，于是，演义和戏说清朝、明朝、宋朝、唐朝的小说就纷纷出笼。还有一些作家打着表现地域文化、民间生活的幌子，着力渲染一些落后、陈腐的民间风俗、封建遗传、迷信仪式等，也不去作理性辨析和价值判断。也许这些小说确实有"卖点"，但却污染了读者的眼睛和心灵，搅混了文学的本性和操守。

　　一味追求小说内容的花样翻新，忘却艺术形式上的精心探索，这是"好看"标准必然要带来的文学"苦果"。我说过，现在是小说艺术形式最缺乏创造性的时代，艺术探索基本处于保守甚至停滞状态。新时期文学十几年，小说在表现形式上锐意探索，极大地推动了小说文体的发展和变革。但进入多元化文学时期已有近20年，我们在艺术形式上又有多少进步、多少成果呢？其中的原因自然非常复杂，但一个很重要的原因，就是"好看"口号对创作的消极影响。"好看"意味着什么呢？意味着故事情节、读者兴趣，乃至市场效应。尽管倡导者的本意不是这些，但作家，特别是那些未成名的作家满眼全是这些，至于表现形式上的探索创造、苦心经营，都置之脑后了。应该说，当下的现实是如此复杂而多变，小说的内容是那样的丰富而瑰丽，小说形式上的创新是水到渠成的事情。我们需要挣脱"好看"标准的紧箍咒，多一点艺术上的自觉和执著，创造出更多内容和形式俱佳的小说精品来。

如果说 10 年前提出"好看小说"的口号有其历史和文学的必然性、合理性的话，那么在今天的小说变得"好看"的同时出现了泡沫化、快餐化、低俗化的态势下，这个口号就应该"叫停"了。因为小说不仅要"好看"，更要"艺术"。

（原载 2007 年 4 月《文学自由谈》）

文学：距离底层民众有多远

20 世纪 90 年代中期之后，我们的文学像一条没有航标的河流，左冲右突，浩浩渺渺。随着"小康社会"的逐渐显现和世界经济一体化的推进，文学也进入一个多元化、个性化、世俗化、现代乃至后现代时代。整个社会都在发展，但重心却在向经济、向城市、向社会上层倾斜。文学逃不脱社会的制约，表面看它是多元化的，仔细观察就会发现，那河流的许多支脉都在向一个地方拥挤——社会上层，在那儿构筑了一个五光十色的"浮华世界"。这并不奇怪，有什么样的经济社会基础，就会有什么样的文学形态。但我们要问，文学创造的这个"浮华世界"，是一个真实的中国吗？中国有庞大的底层社会和底层群体，为什么在文学中"淡出"了呢？文学在整个社会生活中的日趋"虚化"和"边缘"，是不是同它疏离了最深广的社会土壤和地气有关呢？

今天，包括作家在内的每一个人都强烈地感觉到：21 世纪初期我们面临的最大课题，就是底层社会问题。怎样让千千万万的普通工人、农民解决温饱，进入小康，同时提高他们的精神文化素质？怎样打破城乡二元体制，实现农民的第三次解放，促进整个社会进入全面发展的现代小康？这不仅是一个严峻的社会课题，也是一个严峻的文学课题。在未来的几十年乃至一百年，中国的社会变革将紧紧围绕这个主题展开，中国底层社会将要发生剧烈而深刻的变化。这个课题解决得如何，将决定中国未来的前途和命运。对于这样一个时代、社会、民族的重大课题，中国文学怎么办？能绕得开吗？当然，文学的多元化、多样化是文学发展的基本规律，作家写什么、怎样写是他个人的创作自由；我们不能要求文学都去表现社会的焦点、热点、难点课题，也不能要求作家都去关注底层社会，但倡导更多的有条件的作家去关注底层社会和民众，表现更广阔的社会变革生活，文学应该是责无旁贷的，因为文学是被称为"社会良知"和"精神灯火"的。

80年代的新时期文学，在今天看来，确有泛意识形态化的倾向，艺术形式上也有诸多旧的小说模式痕迹。但它表现了社会变革的主潮，把握住了时代精神，与社会底层的普通工人、农民休戚与共，息息相通。在社会意识形态、民众诉求和作家思想情感三者之间，实现了较好的协调与融合，因此才赢得了社会的认同和那么多读者的"痴迷"。新时期文学的许多优秀作品，已成为久传不衰的经典。许多作家回首当时的文学，依然充满了怀念和激情。蒋子龙的《乔厂长上任记》、李佩甫的《学习微笑》、谈歌的《大厂》等等，表现了工厂、工业变革与转型期间，普通工人的改革诉求和他们的艰难突围。周克芹的《许茂和他的女儿们》、高晓声的《陈奂生上城》系列中短篇、贾平凹的《浮躁》、张炜的《古船》等等，展现了中国农村和农民数十年来的历史演变。这些作家和作品所以能让我们永记不忘，就是因为它的根深扎在广大的社会底层和民众之中，文学有一种崇高和博大的精神品格。文学关注现实变革，表现底层民众，才会成为富有生命力的文学，这是新时期文学留给我们的一条基本经验。

90年代的文学实现了传统文学向现代文学的转型，强调"纯文学""向内转""小叙事""日常化""个人化"乃至"私人化"等等，这些文学新观念有效地刺激了"上流文学""城市文学"的生长。它顺应了经济社会和现代生活的发展要求，把中国文学推向了一个更加自由、开放的境界。应该说这是中国文学的一大进步。在多元化文学的发展中，反映城市的、历史的、上层社会的文学确实产生了不少优秀作品。但是当我们解构了传统文学的一些基本要素之后，文学却陷入了另外一种"泥淖"。它拒绝了思想深度和宏大叙事，淡化了文学使命和文学良知，疏离了底层社会。它变得软、薄、轻、绵、精，就像一块奶酪、一件名牌衬衣一样了。说透了，这是一种小资文学、上流文学、都市文学。看一看这些年来文学所青睐的人物：有玩弄权术的官场官员，有为钱奔命的大小商贾，有心灵变异的知识分子，有踌躇满志的白领人士，有为钱为情为性所累的城市女性……我们绝不排斥文学表现社会上层的各种人物，写得好，同样有价值，同样可以成为杰作。但当文学的目光一味盯着社会上层和成功人士的时候，不就意味着文学出了问题吗？许多作家、批评家都注意到了这种现象，并从不同角度发出了批评声音。

当然，在文学的版图上，也不缺乏浓重、壮美的色块。事实上，20多年来，我们始终有一批实力派作家，关注现实生活，表现底层民众的生存，用他们的作品带给文坛一股阳刚之气。譬如殷慧芬多年关注工厂和工人生活，在她的长篇小说《汽车城》中，表现了汽车行业的产业工人在社会转型中的生存状态以及他们对美好人情人性的坚守。譬如张平的《抉择》，描述国有大型企业在改革阵痛中，普通工人的艰难生活和他们同腐败行为的坚决斗争。张平的创作，在普通民众、社会腐败、政府作为这三者之间，找到了一个恰当的结合点和平衡点，他的成功绝不是偶然的。譬如关仁山的长篇小说《天高地厚》，描绘了冀东平原一个村庄、三个家族、三代农民近30年的历史变迁，较深入地反映了当代中国农村从人民公社到农村改革到市场经济的一系列变革，揭示了中国农民所走过的精神历程。近距离地反映现实变革和底层民众的生活，其实是很困难的。它要求作家对现实生活迅速作出一种既深入又超然的理性判断，要求作家在表现方法上突破陈规、有自己的独创。文学史的实践证明，只有那些具有某种"大家"素质的作家，才能真正把握和表现好现实生活。正因其难，所以表现现实生活的小说总是进步缓慢，概念、雷同、浅露、粗糙等缺陷总是如影随形，如上所述的作品也或多或少存在这些问题，这也正是人们不大看好现实题材小说的缘故，而评论界对现实小说也多用苛求的眼光去审视和批评。

在表现现实变革和底层民众的小说中，有两部长篇小说是值得格外关注的。一部是尤凤伟的《泥鳅》，作家饱含深切的同情和忧虑，逼真地展示了进城打工的农民工的生存境遇和精神困境。他们在由钢筋水泥构筑的陌生城市中，经受了一般人没有经历过的生活磨难和精神变异。他们身上既有真诚、善良、勤劳的品格，又有在社会不公、强权、利益面前的反抗、堕落和无奈。在表现底层民众的精神蜕变和人性世界方面，这部小说达到了一个新的高度。第二部是李佩甫的新作《城的灯》，作品描写在壁垒分明的城乡分割的大背景下，中原农民是如何"逃离"乡村、"挺进"城市的。农村青年冯家昌为了成为城里人，逆来顺受、压抑感情、苦心编织权力之网，最终完成了他和整个家族"挺进"城市的"夙愿"。而农村姑娘刘汉香在情感的折磨中站立起来，用自己的一颗心点亮了"挺进"城市之灯。作品质朴、深厚、富有诗意，表现了作家对改革城乡分割、解放农民的热切呼唤，也折射出作家遥远而美丽的理想之光。《泥鳅》和《城的灯》直接切入当下的社会底层，而作家又能站在一个很高的思想文化层面去观照生活。

在艺术表现上既能承袭现实主义创作的精髓，又能吸纳新的表现形式和手法，熔铸成作家自己独特的艺术风格，为表现现实生活的创作提供了成功的范例。

长期以来，中篇小说特别是短篇小说，因它的敏锐、快捷的特性，在表现底层生活方面成为作家们最得心应手的文体；每个历史时段，都留下了许多脍炙人口的中短篇精品。但现在中短篇小说已不被作家们青睐，作为文体已然有衰落之势。诚然，在这一领域仍有值得称道的收获，如毕飞宇的《玉米》、北北的《寻找妻子苦菜花》、刘庆邦的《到城里去》、熊正良的《我们卑微的灵魂》、胡学文的《走西口》等等，这些作品表现了奋争在底层社会的农民和工人，他们一方面向往、追求着眼花缭乱的现代生活，一方面又品尝着现代生活带给他们的始料不及的"苦果"，在物质与精神的多重挤压下，经历着痛苦的蜕变。遗憾的是，这样的作品太少，难以构成一定的文学态势，他们往往被湮没在铺天盖地的都市文学中。中国的底层社会深厚广大，无数普通民众在默默地承受和奋争，我们的文学显得多么苍白无力。

如果说80年代的文学所以有那么强烈的社会效应，是由于作家对底层社会了如指掌，在作品中表达出一种真诚和真情的话；那么90年代中期之后的文学，它整体上的失衡与虚肿，则是因了相当一部分作家不再熟悉底层社会，更谈不到有力地去把握和表现了。这是一个比较复杂的社会和文学现象。从作家群体的层面看，80年代出道的作家，较早地相继进入城市，现在已成或中年或老年作家了，除少数作家还在坚守自己的创作路子外，多数作家无论在地理上还是在心理上，都同底层社会有了较远的距离。90年代之后，青年作家群中，城市青年成了主体，从底层社会走出来的作家少而又少，底层社会已不大具有孕育文学青年的土壤和气候了。从编辑出版的角度看，现在出版社、杂志社的年轻编辑绝大多数来自城市，他们对工厂文学、农村小说甚为隔膜，天然地喜欢反映上层社会的文学作品，这对时下文学的"诱导"作用也不可低估。从社会层面看，随着市场社会的推进，中国的工厂和工人、农村和农民经历了一系列变革的阵痛，其变化之剧烈、深刻、快速，使作家的把握和表现变得越来越困难了。

我们的作家应当从社会发展的宏观角度认识今天的底层社会。一些社会学家调查研究后指出：改革开放 20 多年来，经济体制转轨和现代化进程的推进，促使中国社会阶层结构发生了根本性的改变。改革前的数十年间，我们只有"两个阶级一个阶层"（工人阶级、农民阶级和知识分子阶层），而现在按照组织（政治）、经济、文化三种资源占有的状况，分化和形成了 10 个社会阶层和 5 种社会经济地位等级。这个阶层结构目前还是金字塔形的，而合理的社会阶层结构应该是橄榄形的。在十大社会阶层中，普通农民、工人居于第八、九、十三个层次。在五大社会经济等级中，农民、工人处于中下层和底层。这个硕大无比的社会底层，人口有八九亿之多。专家们说："调查还表明，在改革和利益分化的过程中，一些阶层由于拥有种种便利和优势条件而能够获得较多好处，另一些阶层则难以获得多少好处，甚至其原有的利益也在改革过程中受到损害。20 世纪 80 年代中期以后的农业劳动者和 90 年代中期以后的产业工人阶层，各有相当一部分成员的利益不同程度上受到损害。"[①]特别是农业劳动者阶层，"1997 年以后，由于大宗农产品从卖方市场转变为买方市场，销售困难，价格显著下降，乡镇企业不景气，进城做工变得更加困难，以农业为唯一收入来源和

---

①转引自陆学艺主编：《当代中国社会阶层研究报告》，93 页，北京，社会科学文献出版社，2002。

以农业收入为主的农民的收入，实际上是减少的，而各种税费负担却没有减轻。所以，这个阶层利益受损的状况表现得更为明显"[1]。中国的现代化发展速度是惊人的，但发展不可避免又是不平衡的。城乡差距、贫富悬殊现象，在部分地区不仅没有明显缩小，甚至还有拉大的趋向。现在已到改变这种局面的时刻了。

我们已经为社会的全面发展付出了巨大的努力，在一些东南沿海发达城市和地区形成了较合理的阶层结构。但在中国薄弱的经济基础上建立现代社会，将会是一个艰难、漫长、曲折的进程，不公正、不平衡的现象难以避免，新的社会问题和危机也会不断产生。一个公正的社会，要奉行"人人生而平等"的原则，要有公平竞争的机制，要尽量缩小贫富差距。社会理应给强势阶层提供足够的生存空间和较多的经济收入，同时又要保证弱势阶层的基本生存，分享到社会发展的成果。

底层社会和底层民众像冰山一样浮现和呈现在全社会的目光中，凸现在文学的视野里。从社会发展的角度讲，一个庞大的贫困群体将会引发社会危机和动荡，没有"最广大人民群众"的小康生活，就不会有整个国家的小康社会。从文学职能的角度讲，它代表的是社会的、人类的良知，它关注的是人，特别是普通人（如弱者、失败者）的生存和心灵，它是以审美的形式去丰富人和引导人的。因而，关注和表现底层社会和民众，是任何一个时代的文学不能回避的。

中国从古代文学到现当代文学以至新时期文学，向来就有关注底层社会和普通民众的深厚传统，并形成了一条坚实而丰富的现实主义

---

①转引自陆学艺主编：《当代中国社会阶层研究报告》，23页，北京，社会科学文献出版社，2002。

路子，在这条路子上走出了数不胜数的伟大的、杰出的作家。这是稍有点文学史常识的人都熟知的。这里我们不必重温鲁迅、老舍、赵树理等关于文学的民众性的论述——这是我们耳熟能详的，且来看看当代世界文坛上的一些文学大家是怎么说的吧。日本作家大江健三郎，2002年同中国作家莫言有一次很有意思的对话，他说："我更关心的是现在这个时代，因为时代在急速地变化，一个作家不应该回避他每天所生存的这个变化的空间。"① 他对莫言表现现实生活的长篇小说《天堂蒜薹之歌》评价甚高，说："你考虑的题材正是农民最关心的问题，这是一件非常好的事情，民众与作家所关心的不仅要接近，甚至要重叠。"② 苏联作家亚历山大·索尔仁尼琴一生坎坷，屡遭当局迫害，而他对文学为大众创作的信念却坚定不移，断然地说："一个作家必须，而且可以为大众作出极有意义的事。"③ 德国作家君特·格拉斯在一次演说中透彻地指出："作家就其本意而言，是不能把历史描绘成太平盛世的，他们总是迅速揭开被捂住的伤口……在他们拒绝与历史的成功者联手的一切事务中，最惹麻烦的是，他们乐于与失败者，与那些有很多话要说却没有讲坛诉说的失败者搅在一起，评点历史的进程，通过为失败者代言，他们对成功者质疑，通过与失败者联系，他们站在了同一阵线中"。这三位外国作家，都是诺贝尔文学奖得主，他们的文学观点与我们中国一些作家的论述何其相似！他们所以能荣膺世界级文学奖项，与他们的文学主张一定有深层的联系。当然，外国作家的文学观是多种多样，甚至千奇百怪的，但大江健三郎等作家的为民

①②转引自《文学应该给人光明》，载《南方周末》，2002年2月28日。

③转引自崔道怡等编：《"冰山理论"：对话与潜对话》，上册，412页，北京，工人出版社，1987。

众代言的观念无疑更有代表性、主流性。这说明，文学表现底层社会和普通民众不仅是中国文学的一种重要传统，也是外国许多作家的共同追求。

我们的文学在表现上层社会和强势群体的探索中，不仅没有找到活力和生机，反而画地为牢，缩小了自己的圈子，丢掉了底层的读者群。我深信，文学只有走进更广大的社会空间，走进底层社会和底层民众，才可能获得鲜活而强劲的艺术生命。多元化的文学格局已经形成，在这格局中应该有更多表现底层社会和民众的力作，文坛太需要清新刚健的空气了。中国广大的社会底层将在以后的 20 年、50 年乃至 100 年，在政治、经济、文化、道德等方面实现全方位的变革与转型；千千万万的普通农民和工人将从社会边缘返回中心地带，成为这场历史长剧的主角人物，他们不仅要建设一个新的家园，还要重新塑造自己的形象。面对这样一个底层社会，文学还怕没有用武之地么？还怕找不到精神和力量么？也许有人会说："现代社会，谁还看冒土气的乡村小说、工厂文学呀？"其实，文学作品有没有人看，不在你写了什么，而在你写得怎样。李佩甫、尤凤伟的小说写的是农村和农民，但作家已把土气升华为浓郁的诗意。赵本山编导的《刘老根》，环境、故事、人物土得不能再土，但作者把这些放置在时代变革的大背景下去处理，让人们在乡土味中感受到了更丰富深远的东西。在社会的大变革、大调整中，中国的文学一定会变得更加成熟、强大起来的。

（原载 2004 年第 4 期《文艺理论与批评》）

精神世界贫乏的乡村小说作家

早就有评论家断言：城市小说"击败"了乡村小说，正在成为文学的主潮，而乡村小说无可奈何地衰落了。但时至今日，这一断言并未成为现实。不久前公布的第三届鲁迅文学奖获奖作品，"龙头"自然是中篇、短篇小说，在 8 个获奖的中短篇小说中，竟有 6 个属于乡村题材。4 部中篇全部被乡村小说包揽，4 个短篇乡村小说占了一半。乡村小说大获全胜，反倒又一次"战胜"了城市小说。不仅如此，乡村题材在长篇小说中也表现不俗，如近年来涌现的《城的灯》(李佩甫)、《泥鳅》(尤凤伟)、《天高地厚》(关仁山)、《水乳大地》(范稳)、《受活》(阎连科)、《石榴树上结樱桃》(李洱)等等，已成为深受青睐、代表长篇小说标高的优秀之作了。我们怎么能说乡村小说衰落了呢？城市小说自然红火热闹、繁花似锦，但在乡村小说面前，还真有点心虚气短呢！

我曾把上世纪 90 年代的乡村小说概括为多元并存的动态格局。它表现了传统农业文明同现代工业科技文明在最初的冲突和交汇中，作家的思想困惑和多向度求索。现在中国的市场经济已基本确立，乡村的现代化、城市化已走上了一条举步维艰的不归路。在这样的大背景下，乡村小说适时调整，把目光聚焦在乡村城市化的历史转型上，表现了这一转型中农村、农业、农民以及农民工（所谓的"四农"）的种种复杂情状，真实地记录了一个时代的风风雨雨。概而言之，当下乡村叙事有如下几方面的深刻变化。一是乡村小说作为一种题材样式，它的边界正在不断扩展和模糊，与城市题材互相延伸，形成犬牙交错的态势。这与当前城乡交融、乡村城市化的社会变动是一致的。二是乡村小说直面当下农村的现实困境与现实问题，深刻而细微地揭示了农村现代化、城市化进程中所面临的种种挑战和艰难。比之上世纪90年代的乡村小说，近年来的乡村小说更加现实、更加沉重，也更富有作家的忧患意识和人文关怀。三是乡村小说中的农民形象也在悄悄演变，作家采取了平视的角度看取农民，揭示了他们在市场经济社会中人格、人性的蜕变以及精神困惑与命运轨迹，同时又发掘着他们性格底层中那些闪光的、富有生命力的东西。应该说新世纪以来的乡村小说变得更加丰富而深沉了，在艺术上也更开阔圆熟了。如前所述的那些优秀长篇小说以及第三届鲁迅文学奖获奖中短篇小说，均证明了这一点。

但是，当前的乡村小说并没有得到较为一致的好评与赞扬，相反，文坛内外的不满和批评之声不绝于耳。刚刚揭晓的第三届茅盾文学奖，5部获奖长篇小说中没有一部是乡村小说。第三届鲁迅文学奖遭到了众多媒体的冷遇，有媒体称之为"国家大奖""无人喝彩"，原因盖在6个中短篇小说质量欠佳，少有创新。我们总觉得这些长、中、短篇小说缺些什么？对社会现实的关注与解剖、对乡村历史的熟悉和展示、对农民性格心理的把握与表现、对乡村小说文体的驾驭和营构，好像都不缺。细细品味，缺的似乎是一个形而上的无形世界，譬如思想、精神、理性、理想之类，譬如激情、气度、视野等等。一个斑驳陆离的现实乡村世界，失去了丰盈鲜活的精神王国，自然难以激动人、震撼人和陶冶人。而根源则在乡村小说作家主体精神的贫困。

在这些小说中，只看到当下农村的穷困衰落而看不到农村的历史走向和文化演变，是最普遍的一种创作倾向。《玉米》(毕飞宇)描述了一个乡下弱女子在政治强权面前从反抗到妥协的宿命悲剧，凄婉哀怨，催人泪下，我们在绝望中看不到一点生活的亮光。《好大一对羊》(夏天敏)写政府官员的扶贫方式与农民生存环境的严重错位，那个小小的黑凹村如何脱贫致富以及贫困的根源，作者似乎没有深入地去思考和探索，使这一作品变成了一篇单薄的"问题小说"。《天高地厚》写冀东平原一个村庄近 30 年的历史变迁，但它着力描述的是政治、生产体制等等方面的变革，却没有深入揭示民间社会、民间文化在历史变革中的破碎、聚合和重构等等。中国农村走到今天，在"八卦阵"中左冲右突，走现代化、城市化道路步步喋血，退回到传统的老路又分明是死路一条。筚路蓝缕，开启一条什么样的中国乡村的新生之路，是全民族最大的难题，而我们的作家在这一难题面前停止了探索，或者说无力去探索。在这些乡村小说中，只关注农民的精神困境和悲剧命运，而看不到他们精神人格的蜕变和自新，是另外一种典型的创作倾向。那位在南方小城镇以"半良半娼"的方式苦苦挣扎的章姓乡下女人(魏微《大老郑的女人》)，作者关注的是她的善良、勤劳、爱心等种种美的人性与品德，却忽视了她内心的熬煎、矛盾和对人生道路的思索。东北黑土地上两个优秀的乡村女子(孙惠芬《歇马山庄的两个女人》)在市场社会中找不到自己的位置，却陷入了同性的情感纠葛中，令我们扼腕叹息。神秘的神农架深处的憨厚农民伯纬(陈应松《松鸦为什么鸣叫》)目睹公路上一桩桩惨烈的车祸，开始了对人与自然、乡村与现代化等问题的思考，但他的思考是封闭的、狭隘的、小农经济式的，作者无力把这种思考提升到一个新的广度、高度上去。作家的写作是对现实的勘探。我决不否认那种展示式、暴露式、批判式的创作，但如果我们的作家只停留在这样一个层面，缺乏对生活深层规律的透视，对乡村未来走向的探寻，对农民精神演变的把握，对市场化、城市化、全球化下的农村农民现状的鸟瞰，只是一味地同情、叹息和无奈，我们的文学还有多少意义、力量和价值呢？这种现象再次暴露了我们的作家精神世界的严重贫乏。

乡村叙事必须建构自己的形而上世界：它不仅要揭示和提出问题，还要努力探索和回答问题，为我们的时代和民众点燃前行的灯火；乡村叙事不能拘泥于对当下农村农民真实现状的表现，它应该多方拓展，追寻生活深层各种文化的冲突、融合和演进；表现民间社会和民间文化在历史潮流中的遭遇和命运；把握底层农民全部的精神、心理、性格等的微妙变化……使乡村叙事变得更加深广、宏大起来。乡村城市化是一个漫长而痛苦的历史进程，乡村叙事又面临着一个发展自己的最佳机遇。我们有充足的理由相信，乡村小说在不久的将来还会有一个新的鼎盛期。高尔基在《俄罗斯文学史》中说过："现代俄国文学的基本主题，就是俄罗斯向何处去。"这句话值得我们众多的乡村小说作家去深思。

（原载 2005 年 6 月 8 日《中华读书报》）

人物退隐的九十年代小说

仔细回想一下 90 年代的小说创作，谁都会承认这样一个事实，它摆脱了过去政治、社会的僵硬制约，在思想内容和审美形式上走向了一个更加开阔、自由、多元的境界。但同时我们又发现，孑然前行的 90 年代小说，却忽视或者说淡化了人物塑造这样一个重要的文学课题。环顾近年来的小说，你能看到多少丰满而强有力的人物？真正能震撼你、让你不能忘怀的人物又有几个？那种个性与共性有机融合的所谓"典型"你还能看到吗？我们在当前小说创作中看到的，是一种色彩斑驳、急速旋转的世俗生活、物质世界，而置身其中的"人"却萎缩了、退隐了。

以今天的眼光来看，80 年代的小说（特别是初期）自然有许多旧的胎痕，显得粗浅、稚拙了一些，但新时期文学发轫之时，就特别注重对人的发现与塑造，刻画出许多崭新的形象，有的达到了典型的高度，如谢惠敏（《班主任》）、香雪（《哦，香雪》）、冯幺爸（《乡场上》）、陈奂生（《陈奂生上城》）、乔光朴（《乔厂长上任记》）、李铜钟（《犯人李铜钟的故事》）、许茂（《许茂和他的女儿们》）等等，至今依然活在读者的心中。90 年代的小说也不能一概说没有人物，《分享艰难》中的孔太平、《年前年后》里的李德林、《学习微笑》中的刘小水等，刻画得还是相当真实感人的；《孕妇和牛》里的那位农村少妇、《白鹿原》中的白嘉轩、《年月日》里的先爷等，则具有一种独特的文化品格，富有一定的典型性。但孔太平们的性格特征，多了对现实的认同与屈从，少了人的主体精神；而先爷、白嘉轩们的文化性格，虽然上升到了一种象征高度，但同现实拉开了一定距离，因此也难以同今天的读者产生强烈的心理共鸣。90年代小说中的人物，要么现实化，要么哲理化，从总体倾向上看，呈现出一种解构和淡化的趋势来，这不能不说是90年代文学的一个严重缺憾。

自然，小说的表现模式是多种多样的，小说的人物类型也是不拘一格的。小说，特别是短篇小说，不能一概要求都去塑造人物：抒情小说侧重作家或者人物情感的抒发，意境小说着力渲染和营造一种情调、氛围，故事小说则要努力编织出曲折动人的故事来，而一些新潮小说呢？则把作家的叙述语言当作写作的重心，叙事者成了小说的隐形人物。小说中的人物，今天也多样化了，除个性化人物形象外，还有侧重人物心理、精神、理念刻画的各种人物形象，只要具有独创性、纵深度，都可以成为成功的人物形象，乃至达到典型的高度。90年代小说，在具体的写法上和人物类型的探索上，无疑有许多突破之处，但在塑造人物上却走进了一个误区。我们须要明白，小说尽管天地广阔，可以做成各种样式，但刻画、塑造人物无论如何是它的独特使命，也是它的拿手之处。如同诗歌善于抒情，散文长于记事，杂文适宜讽刺，它们各有千秋，虽能取长补短，但却不能相互替代。如果小说淡化甚至放弃了人物塑造，那就等于阉割了小说的本性。在整个小说园地里，可以也应该是"百花齐放"的，但倘若淡化人物成了一种整体倾向，那小说的生命也就潜伏着危机了。

其实，小说人物的淡化有着深刻的思想文化背景，且由来已久。80年代中期之后，西方思想文化的蜂拥而入使作家们大开眼界，在看取人生、社会中有了许多崭新的视角，这自然是中国作家的一次进步和超越。譬如尼采的非理性主义、弗洛伊德的潜意识理论、加缪的人生"荒谬感"、萨特的虚无主义等等，都对我们的作家产生了或多或少或深或浅的影响，而且改变着作家对"人"的观察与认识，乃至创作中的人物塑造。譬如在早期的先锋派作家笔下，我们可以隐约感到一种虚无主义的气息；譬如在"文化寻根派"作品里，看到"人是文化动物"（恩斯特·卡西尔）这一理论对人物塑造的深刻影响；譬如在新写实作家那里，能够窥见米兰·昆德拉式的"对'存在'的勘探"……既然人性中隐藏着黑暗的"潜意识"，人是"非理性"的，人是一种"文化动物"，创作只是对"生存状态"的展现，那么，作为"万物之灵长"的人的"神性""灵光"就是虚幻的了，他只是社会的一种被动、"荒谬"的存在，而作家的创作只是对这种存在的真实揭示。小说人物在西方文化思想的烛照下"原形毕露"、渐渐萎谢。尽管西方思想文化热已成为过去，但它对中国作家的影响却是深刻的、长久的。

　　当然，我们不能把小说人物淡化的责任，全归咎于西方思想文化的引进，它更来源于中国作家对人生、社会的感受和认识。请看看两位作家颇有代表性的人生体悟吧！池莉在一篇创作谈中说："人类真是最聪明的动物。发展到现在，台阶与门已经将人类社会格式化。这种格式化由表及里，由物质到精神，常常渗透了人类的生活，它们让你觉得，只有当你具备了某种资格，你才可以继续登上高一级的台阶，直至进门。"[1]池莉用"台阶"和"门"这样两个意象，表达了她对社会的领悟，既然社会是由高高的"台阶"与森严的"门"构成的，那么人生的过程就是不断的攀登台阶、跨越门槛，人在这个"格式化"

---

[1]池莉：《虚幻的台阶和穿越的失落》，载《小说选刊》，1996（6）。

的社会里，显得多么艰难、多么无奈。这种对人生与社会的认知，贯注在池莉的大部分小说中。再看看张欣的人生感受："大街上人头涌涌，你去问他们哪个没有努力过、奋斗过，可成功者毕竟是少数人。都市人内心的积虑、疲惫、孤独和无奈，有时真是难以排遣的。所以我希望自己的作品能为他们开一扇小小的天窗，透透气。"①在张欣的意识里，人与社会化为"大街"与"人流"的意象，化为"疲惫、孤独"的现代人，这与池莉的人与"台阶""门"的意象又何其相似。我们从这两位作家的形象感受里，不难看到一些当代作家的人生观、社会观，也不难嗅出一些西方存在主义哲学的意味。"烦恼人生""热也好冷也好活着就好"（池莉），"岁月无敌""爱又如何""深陷红尘，重拾浪漫"（张欣），从两位作家的这些作品题目中，我们就可以领略到她们笔下的人物的生命状态了。这是一种真实的人生、世俗的人生，但也是一种无奈的人生、黯淡的人生。近年来再度崛起的现实主义小说创作，直面当下的变革生活，着力描写人物在艰难困境中的坚韧与奋争，给小说创作注入了一股阳刚之气。但这些现实主义小说作家依然没有塑造出多少坚实、独特的形象来，达到典型标尺的人物更为鲜见。孔太平虽然取得了一时的胜利，但他凭借的是权力、权术甚至不合法的手段；李德林面对官场的污浊，放弃了跑官，但他的内心并不平衡；下岗女工刘小水依靠自救得以自立，但她的个人努力丝毫无助于濒临倒闭的食品厂……这些人物坚韧正直、敢于抗争、富有智慧，但他们在现实面前依然是被动的、脆弱的，充满了矛盾与危机的现实世界像重重大山、像神秘的沼泽……现实主义小说把人物从新写实小说的世俗生活中拉回到了时代生活中，但人物在环境中的

①张欣：《岁月无敌·代跋》，366页，武汉，长江文艺出版社，1997。

被动状态并没有得到彻底改变。更值得注意的是，近年来的一些现实主义小说过分注意了对社会现象的展示、对故事情节的铺陈，而忽略了对人物内在情感、精神世界的开掘与表现，人物被淹没在事件之中，导致了人物形象的模糊与单薄。近年来活跃的城市小说、新生代小说呢？似乎更痴迷的是对大都市五光十色生活的展现，对小说的叙述语言、叙述技法的操作，小说中也有人物，但大都像模特儿一样，虽然潇洒亮丽，却大抵一样的姿态、一样的面孔，要记住他们中的哪一个，还真是不容易。现代小说更注重叙述语言，作品突出的往往是幕后的那个"叙事者"，这自然是小说的一大进步。但是，如果那个"叙事者"或是作家自己，总是以一种情感、一种语调去讲述不同的故事，那个"叙事者"的形象也会因不断重复而变得机械苍白，甚至令人生厌。

我总觉得，我们的一些作家同置身其间的时代生活实际上处于一种非正常状态，一种是隔膜，另一种是沉陷。同时代隔膜的作家，深居书斋、远离尘世，依然用80年代的思想、感情，感受和理解转型期变幻莫测的社会生活，对生活作着偏颇的判断、发着空洞的议论，他们看不到生活中孕育和成熟着的各种人物，更不相信生活中还会有什么"英雄"诞生。今天，中国社会正在从计划经济向市场经济艰难转型，它必然会带来政治、经济、文化、道德乃至生活方式的全方位变革。在这一急剧变动的历史背景下，人们的生活位置、人生命运、心理世界势必会发生许多新的变化，也自然会涌现独立潮头的强者以至英雄人物。作家只有直面这一历史变革，他才能发现和写出各式各样的富有时代特征的人物形象来。而深陷生活涡流的作家呢？他们以社会的普通一员，感受和经历着时代的一系列变迁，时代的变迁同他们的人生命运紧密相关，他们熟悉各种各样的人物，对各个领域的生活也有着很深的体察。他们的作品真实鲜活，但却总是给人一种"皮相"之感；他们的人物生动丰满，然而显得琐碎肤浅。这种现象普遍地存在于当前一些青年作家，特别是生活在基层的青年作家的创作中，我以为原因就在于这些作家对生活做到了"入乎其内"，而难以"出乎其外"。一个人物要想站立起来，不仅需要生动的细节、有力的情节，更需要一种丰富而深远的精神内涵，这样他才能骨肉丰满，具有强烈的普遍性和概括性。而人物身上的精神内涵，是作家的慧眼发现、是作家的赋予。这就需要作家跳出生活的、自身的局限，站在时代意识的高度，去审视人物在时代潮流中的位置以及他的价值，从而赋予他应有的思想内涵和审美意义，现在现实主义作家笔下的一些人物，人物本身已经具有了很丰厚的生活基础，但作家却没有去做一种形而上的观照，致使人物停滞在生活原型的壳子里，这是令人遗憾的。

一个时代的小说，如果不能直接深入到当代社会的主流生活中去，那将是软弱的甚至病态的文学。但是，小说对社会的深入，不是对社会全方位的占有，那是它力不能及的。而最有效的途径是深入各种各样人物的性格和心理中去，因为人是社会的主体，拥有了人物也就等于获得了社会。面对转型期的社会生活，表现"新的世界、新的人物"，是小说不能推卸的责任。如何使小说人物更富有时代感、涵盖力，创造出更多丰满有力的人物形象来，是当前小说创作面临的新课题。这里有一个绕不过去的理论问题，那就是现实主义的"典型人物"理论。马克思主义的典型化理论是现实主义文学的精髓，它提出现实主义文学"要真实地再现典型环境中的典型人物"，典型人物应当是个性与共性的高度融合，这些基本论点，对今天的现实主义文学也依然具有典范意义。但是我以为，我们不能用现实主义的理论去度量、要求所有的人物形象，那只能是一种削足适履的做法。我倒觉得，典型化理论中关于特殊性、普遍性的论述，独立出来，引申开去，同样适用于阐释各种类型的人物形象，可以有性格化典型，也可以有心理典型、精神典型、象征典型……马克思主义的典型化理论可以发展成一种普遍性的审美理论。当然，这是一个十分复杂的理论与实践问题，需要深入研究、大胆探索。

（原载 1999 年第 2 期《文学自由谈》）

文学的立场

　　文学，特别是小说的萧条、落寞，已受到文坛和广大读者的关注与思考。尽管新的小说、散文、诗歌等还在源源不断地发表和出版，但让文学圈和读者自觉自愿地拍手叫好的作品却越来越少。有两种情景值得注意，一种是一些久享盛名的作家的精心之作，未等出笼就被炒作一片，但出版了却反响平平，这些作品似乎固守着一种清高，与读者、与时代的距离那样遥远，让人望而却步、亲近不得；另一种是不少作家，尤其是青年作家的作品，平面化、世俗化的气息越来越浓，这些作品倒是好看，或离奇曲折、或灯红酒绿，让你拿起放不下，但"过后不思量"，随手一扔绝不可惜，成为一种文化快餐、文学泡沫。前者是一种清高的拒绝，后者是一种献媚式的迎合，这两种情景虽不能说就反映了目前文学的基本状态，但至少可以说透露出值得警惕的一种文学倾向。

　　文学究竟是在什么环节上出了问题？有人说是由于人文精神的失落，有人说是市场文化的侵蚀，有人说是文学环境不佳……这些看法均能言之成理，但也显得大而无当。我以为，文学的萧条、落寞从文学的内部层面来看，问题出在文学的立场上。何谓立场，即是指在观察事物和处理问题时所处的地位和由此而持的态度。而文学立场，就是指文学在表现生活时所站立的位置以及显示出来的情感态度。不管是清高地拒绝，还是献媚式地迎合，其中的关键首先是一个立场问题，拒绝与迎合的姿态正表明了立场上的失误。每一部文学作品都有特定的立场，不论这立场表现得怎样客观中允、怎样隐晦复杂。文学作品作为一种凝固了的文本，它所显示的立场是确定的、独立的、自在的，尽管不同的读者会有不同的感受和理解。而文学作品的立场，又来源于作家的思想立场，二者是息息相通的，但作家的立场往往更为复杂、活跃一些，只有在作品文本形成之后，作家的思想立场才"水落石出"、自成一体。因此，文学的立场又不完全等同于作家的立场。

90年代以来，大一统的文化思想逐渐解体，市场经济迅速展开，直接促成了现代中国的多样化文化格局。文化是文学之根，多样化文化又顺理成章地导致了多样化文学。就像一条大河流着流着突然遇到了众多走向不同的河床、山谷，它自然而然地分流开来，形成了一条条姿态各异的新河流，构成了一幅更加瑰丽多姿的自然景观。每个作家生存环境、文化背景的不同，文化和文学的多样化流向，促使庞大的作家队伍实现了一次空前的大分流和大组合。这一分流和组合，实际上就是作家立场的选择和确立。每一种不同类型的作家都在不同的文化形态中找到了自己的立足点，找到了自己的文学立场。我以为在这多元化的文学格局中，至少有四种类型的文学：一种是以知识分子精英文化为旗帜的精英文学，这种文学依然以鲁迅的启蒙、批判精神为主旨，站在现代思想文化的前沿，启迪民心、直面现实，同时在艺术形式上作着艰苦的探索；第二种是以民间文化为根基的民间文学（不是指那种民间故事、笑话之类的民间文学），这类文学的情形较为复杂，但它基本的倾向是表现民众生活，发掘民间精神，在艺术上追求雅俗共赏的境界；第三种是以当前政治意识形态为思想背景的"现实主义文学"，这种文学直面中国的变革现实，既揭示生活中的黑暗腐败以及矛盾冲突，又展示改革带来的无限活力和光明前途，把政府的意志和民众的愿望熔为一炉，显示了传统现实主义文学的新变和潜力；第四种文学是近年来所谓的"私人化写作"，它是个性解放、人的解放的产物，也是市场文化的果实。如上所述的四种文学，是多样化文化的成果，它滥觞于90年代初期，收获于90年代中后期。

然而文学并没有在多样化的航道上一帆风顺地成长、壮大起来。相反，在世纪交替时期，它倒显得有些萎缩了、消沉了、落寞了，在如火如荼的市场经济社会中，形成了巨大的反差。如果从文学的外部环境看，市场经济对文学确实是一种巨大而无情的冲击，在一切以功利目的为轴心的市场社会中，人们的注意力都聚焦在了金钱、物质等方面，精神空间被挤压而越来越狭小。正如一些评论家所指出的，这是一个物质的时代，而不是文学的时代。如果从文学的内在层面看，则是文学的立场——这一环节发生了故障。面对越来越复杂艰难的社会、政治改革，面对腐败现象的蔓延剧增，面对人文精神的一片片塌落，面对广大读者对文学的世俗化需求，面对全球化、网络化、数字化的科技风暴……我们的作家一时间头晕目眩、混混沌沌、身不由己，刚刚站稳的那块立足之地，眼见得动摇了、陷落了，甚至丧失了。立场的突然迷失，自然导致了作家激情的衰减、态度的暧昧、说话的无力，这正是当前文学创作又一次下滑的深层原因。以审视、批判为特征的精英文学，由于对社会生活的隔膜和无奈，固守着越来越小的阵地，收敛了昔日的锋芒，要么不再发言，要么对社会、读者采取了拒绝态度，文坛上具有高度和富有活力的一种文学呈现出退隐的态势。90年代中期颇为活跃的民间文学，由于思想资源的匮乏，有的作家的创作难以为继，有的作家继续讲着不再新鲜的故事，有的作家创作势头未减，但平面化、世俗化的味道是越来越浓了。"私人化写作"最初在表现人的解放、个体生命的丰富和鲜活方面有着独特的贡献，但由于它是一种封闭的、纯个人的写作，终于滑向了热衷暴露个人隐秘、展示现世狂欢的狭路，它的意义和价值正在消失。现实主义文学对文坛和读者形成了一股强劲的冲击波，但因了它对现实的生吞活剥和思想的肤浅，热闹一阵之后，也显出了退潮之势，它的四面讨好，其实质是另外一种形式的媚俗。我并不否认当前的文学中依然有旗帜鲜明、清新刚健的好作品，但这样的作品实在是太少了，与整个文学几乎不成比例。如果一个时代的文学被社会潮流所左右，世俗化倾向成为一种时尚，那这个时代的文学就很让人忧虑。

我们需要重新审视我们的文学立场，坚定我们的文学立场。中国的市场经济才刚刚起步，要形成一个健全的、活跃的、良性的现代市场经济社会，需要漫长的时间和艰苦的努力，在这样一个历史进程中，文学肩负着不可替代的使命，它依然是"国民精神前进的灯火"。揭露和批判社会发展中滋生的形形色色的假、丑、恶现象，发掘和弘扬中华民族的真、善、美品格，重塑国民的现代文化性格和精神，这是文学责无旁贷的职责。文学自然要满足读者的多种需求，但它更需要丰富和升华读者。越是市场化、现代化，越需要文学创造一个强大的精神世界，这才是社会的全面进步。在整个社会格局中，文学不可能像过去那样处于"唯我独尊"的位置（那是一种不正常现象），但也绝不是一个可有可无的角色，它在社会生活中的"份额"并不大，但它的作用却是无形的、强大的。人们都说文学边缘化了，但你看近年来那些真正优秀的、杰出的文学作品所引起的社会关注和轰动，就足以说明文学依然是有价值、有力量的。文学属于人们的精神世界，文学属于整个民族。多样化文学是中国文学的一个进步和超越，也是文学走向强大和成熟的一条坦途。每一种文学都有自己存在的位置和价值，都有自己的用武之地，各种文学相互竞争和借鉴，才能形成多姿多彩、富有生机的文学世界。因此，每一种文学都要坚信自己的存在，坚定自己的文化立场。丧失了立场，就等于丧失了生命。我们所以说当前的文学在立场上出了问题，就是指作家对自己的立足点发生了怀疑，六神无主、手忙脚乱，导致了作品的苍白无力。精英文学对现实的消极回避，民间文学对世俗生活的随波逐流，症结都在作家的思想立场上。怎样改变当前文学立场的"迷失"现象呢？我想可以从两个方面去探索和努力：一是作家不仅要坚定自己的立场，而且要逐渐建立自己的思想堡垒，没有坚实丰富的思想堡垒，是无法洞察和表现我们所置身的变化莫测的现实生活的，这对青年作家来说显得尤为重要；二是作家要以积极的姿态融入市场经济社会，努力把握时代的脉搏和走向，以作家的勇敢和良知，对社会、对民众发出自己的声音，这对坚守精英文学的作家而言似乎十分必要。改变文学的萧条、落寞现象，还需从作家自身做起。

（原载 2000 年 7 月 20 日《光明日报》）

走过世纪的文学

共和国 50 周年的庆祝爆竹响过不久，新千年、新世纪又接踵而来。敏感的文学界早已开始了对 50 年、100 年文学的回顾与"结账"以及对新世纪文学的前瞻。十多年前就有学者提出了"20 世纪文学"的概念，把近代、现代、当代整整 100 年的文学作整体观。但多数专家还是依照惯例，把新中国成立后的 50 年文学作为相对独立的一块进行研究，乃至提出了"共和国文学"的新观念。因此，对文学史的回眸与反思，是依循 100 年、50 年两条轨迹进行的，且把 50 年的文学作为重点。也许是历经沧桑的学者们更有了一种睿智的历史眼光，也许是面对一个新的世纪给他们平添了一种紧迫感和使命感，因此，这一次的文学"大结账"，评论家们的心情并没有显出多少轻松和欢欣来。"中国当代文学半个世纪的行程，给人们留下了欲说还休的纪念。它仿佛是行进在榛莽与泥泞途中，一路艰难地走来，把泪水、血水以及更多的汗水洒在那绵长而悠远的路上，有许多的狂热与悲愤，也有许多的悔恨与醒悟，苦难曾如头顶挥之不去的阴云，而突破层云之后的灿烂阳光，更让人感到了生活毕竟还是美好的。"①透过这诗化的评述，我们感受到的是一种复杂而沉重、焦灼与执著的情绪。我们已站在世

①谢晃：《文学的纪念》，载《文学评论》，1999 (4)。

纪之交的门槛上，回望过去自然是必要的，但更需要的是面对新的世纪，筹划一下文学的未来。历史、现实、未来，本是一脉相承的，以史为鉴，从古观今，其中自有一些共同的规律。因此，拂去历史的迷雾与尘埃，总结经验与教训，找到一些文学的基本规律（包括外在的和内在的规律），提出一些建设性的文学话题乃至构想，以建造新世纪的文学大厦，我以为倒是今天更需要做的事情。

百年中国文学就像巍峨峥嵘的山脉，就像波澜壮阔的长河，它是一个巨大的历史存在，它同 20 世纪中国革命的历史进程休戚与共。对于五四时期和二三十年代的文学，文学史家们的评价似乎没有太多的歧义，那是一个大变革时期，那也是一个产生巨匠的时代，孕育了鲁迅、郭沫若、茅盾、巴金、老舍、曹禺等一大批大家。倡导民主与科学、改造国民性、创造新文化，世纪之初提出的历史命题依然是我们今天正在进行的事业。新中国成立后的"十七年文学"，曾经有过一段明朗、向上的时期，产生了文学界所称道的"三红一创""青保山林"等一大批长篇杰作，它们作为社会主义文学的经典作品载入了历史史册。但"左"倾文艺思潮已在此时露出端倪，且愈来愈甚。10 年"文化大革命"时期，是百年中国文学史上最昏暗的一页，极左文艺思想主宰了文坛，文学被紧紧捆绑在政治的战车之上，作家丧失了最起码的人身和创作自由，文艺园地只剩了 8 个样板戏和几部充满了阶级斗争硝烟的长篇小说。20 年新时期文学继承了五四文学的思想传统，自觉地纳入改革开放的社会大潮，以博大的胸襟容纳着西方的、古典的文化和文学的思想及方法，在广阔的艺术领域里锐意探索，涌现了层出不穷的优秀作家和作品，创造了百年中国文学的又一个活跃期和兴盛期。尽管我们还不能说新时期文学已超越了五四文学，但新时期文学无论在气势、规模上，还是在表现的广度上和深度上，它是完全可以同五四文学相媲美的。整整一个世纪的这一头一尾，就足以令我们自豪和骄傲了，足以让世界文坛为之瞩目了。百年中国文学的实绩让人欣慰，但其间的种种曲折、失误、教训也让人沉痛，催人反省。我以为，我们应当永远记取的大教训有这样两条，一条是政治乃至意识形态对文学的"横加干涉"，必然导致文学的衰落乃至死亡。文学作为整个意识形态中的一部分，它自然脱离不了对政治、社会的反映，但它决不应当变成政治的附庸、工具、传声筒，变成社会现象的复制品、衍生物。在很长一段时间，特别是"文化大革命"时期，我们的文学紧紧追随政治、政策，最终被引入了一条绝路，这不仅是文学的悲剧，也是整个民族的悲剧。有鉴于此，邓小平在20年前就断然否定了"文艺从属于政治"的创作教条，提出了十分宽泛的文艺的"二为"方向。另一条是中国作家身上表现出来的那种根深蒂固的功利主义、实用主义文学观，中国古典文化、文学向来就有"文以载道""文为世用"的传统，这本来是一个好的传统，但如果把它奉为创作的圭臬，一味追求政治性、社会性，必然扼杀文学特有的审美属性和作家主体的艺术个性，造出无数的短命作家、短命文学现象。从现代文学到当代文学，从普通作家到一些卓有成就的作家，这样的例子数不胜数。从某种意义上说，文学是一种宗教，中国作家身上最缺乏的就是把文学当作宗教去信仰的精神。这是不是数十年来产生不了大师级作家的一个深层原因呢？

　　新时期文学也并非是顺利而完美的，特别是进入90年代之后，随着整个社会的变革与转型，文学也发生了一系列微妙而深刻的变化，隐藏了诸多的病灶乃至危机。90年代文学所面对的是一个复杂多变而又极不规范的市场经济社会，社会重心的根本性转移迫使文学从中心逐渐滑向了边缘地带，笼罩在文学头上的光环已然消逝，众多的文学读者大批地退潮和分流。就是在这样一种社会背景下，文学顺应时代，寻求新变，执著探索，终于走出 90 年代初期的低谷，渐渐形成了一个适应市场经济社会的"众声喧哗"的文学局面。应当说，突围与奋争中的文学，其实绩是丰厚而卓著的。比如长篇小说的质量在数量的骤增中得以提高，已涌现了多部令人耳目一新的长篇佳作；比如散文的疆域得到了前所未有的扩张，文化散文、学者散文、女性散文几年来长盛不衰；比如文学理论与批评也渐趋成熟，推出了一部部扎实而开阔的学术专著。文化的分野直接促成了多元化的文学格局，精英文学、先锋派文学、现实主义文学、民间性文学等平分天下、多样共存，标志着世纪末文学的一种气度和重振。但是，外在的、整体的兴盛并不等于文学内在的强大和成熟，一股世俗化的潮流正在文学的肌体中潜滋暗长、四处蔓延。称霸文坛的通俗文学中充斥着大量的色情、暴力成分，"回归"生活的市民小说中弥漫着浓郁的世俗情调，备受推崇的现实主义小说里夹杂了许多新的功利主义和实用主义色彩，在所谓的新生代小说中呈现的是一种"现世的狂欢"……如果说 80 年代的文学追求的是一种价值、精神的话，那么 90 年代的文学则渗透的是一种世俗、享乐和功利。90 年代文学潜在的这种危机是不容忽视的。

不是说要把一个健康向上、繁荣活跃的文学新局面带入 21 世纪吗？但在这活跃、繁荣的文学现状中却存在着许多问题、矛盾，乃至危机，有不少需要探讨、解决的课题。譬如我们需要进一步创造一个宽松、自由、和谐的写作环境；譬如要准确地处理好文学创作中主旋律与多样化的关系；譬如作家要加强自身的思想文化素养问题；譬如新的世纪的文学，应怎样集各种文学流派、方法中的成功经验，创造一种既博大精深又丰富多彩的具有民族特色的现代中国文学；譬如要用"宏观调控"的手段，强化文学理论和批评的建设等等。除此之外，我以为还有三个方面的突出课题亟待深入研究，并努力注意在创作实践中去解决，我们的文学才可能克服自身的缺陷和弱点，得到蓬蓬勃勃的发展，以新的姿态面对新的世纪。

首先是深刻认识文学的本质，确立文学的独立品格。50年、100年的文学证明了这样一条规律：当文学按照自身的规则和形式，艺术地去表现社会、表现人生时，就会结出丰硕的艺术之果，具有长久的艺术生命力；反之，如果文学听命于政治、政策的调遣，盲从一时的社会思潮，匆忙地去描摹、图解社会现象时，文学就会丧失自己的生命，甚至成为错误政治的掮客。40年代、50年代以至"文化大革命"，都有过这样的沉痛教训，我们必须牢牢记取，以警示我们在新的世纪不要重蹈覆辙。应该说，这样的教训、这样的规律已成为一种文学常识，但我们的作家一旦面对新的政治气候、社会潮流，又往往会旧病复发。譬如当前的市场经济社会，正像有些理论家指出的，已派生出一种"市场话语霸权"，在它面前，我们的一些作家又乱了方寸，在创作中不加分析、批判地去宣扬市场经济运行中所暴露出来的恶的一面，如拜金主义、欲望放纵、残酷竞争等等，完全同商品大潮"同流合污"，制造着一种新的精神鸦片，使高尚的文学堕落为商品化文学。19世纪巴尔扎克对资本主义的批判依然值得我们今天的作家去深思、去效仿。德国古典美学家黑格尔对艺术美给出一个精辟的定义："美是理念的感性显现。"朱光潜先生这样阐释道："据定义，美是显现理念即绝对精神的，所以它是无限的、自由的、独立自在的；而自然却是有限世界，它是相对的、没有自由和独立自在性的。"[1]文学——真正的文学作为一种艺术美，它是一个有机的生命体，具有一种自由的、

---

[1]朱光潜：《西方美学史》，下卷，486页，北京，人民文学出版社，1979。

独立的品格，它遵从的是作家的心灵创造，表现的是作家的社会、人生、生命体验。只有这样的艺术创造，才会培育出文学的参天大树，才有可能进入中国和世界的文学之林。文学从来不排斥对政治以至社会、历史、经济等等的表现，但它必须是一种审美的表现、心灵化的表现，它包容万象，但又绝不屈从于自然现象。从这个层面上讲，它是超越政治和现实的，是去创造一个形而上的艺术世界的。80年代中期之后，文学界曾提出"向内转""回归文学"的口号，它的内涵是指回到文学的自身特征和表现形式上去，在今天看来未免显得狭隘。历经50年、100年的中国文学，应当以更开阔的胸襟和气度，更自由、独立的品格，去面对新的世纪。

第二是作家要有文化意识，努力寻找文学的文化之根。我以为，新时期文学在思想内容探索上的一个重要收获，是一部分作家具有了自觉的文化意识。80年代中期，西方文化思潮的大量引进直接引发了中西文化的一次碰撞、比较和交融，也直接导致了"寻根文学"的异军突起。"寻根文学"是从两个不同的角度切入传统文化的，但作家们的立足点都是中西文化这样一个大背景，有些作家所着力的是对传统文化中腐朽的一面的揭示与批判，另外一些作家所钟情的则是对传统文化中富有生命的部分的发掘与弘扬，二者的角度、姿态不同甚至截然相反，但殊途同归，都是在面向世界中力图重建中国的现代文化。寻根小说被评论家们称为"文化小说"，也就是说这类小说具有了文化之根和文化品格。之后，文化小说风行一时，并得以长足发展，不断有精品力作问世。近年来，《白鹿原》《马桥词典》《羊的门》等长篇佳制均蕴含着浓郁的地域特色、文化积淀以及深广的文化反思与批判，成为90年代文学中的独特景观，它与80年代中期的"寻根文学"是前呼后应的。当代学者杨义这样评价文学中的文化现象："文化意识的崛起，是新时期小说走向开阔的另一种重要特点。由热心向外借鉴现代技巧（形式上的'良规'），到真挚地向内开掘本土文化的沉积（带本质性的'血脉'），这是文学思维重要的转向和突破。文学史必将记载这一点：新时期的小说审美地发现了文化。文化意识的崛起，必将使我们这个文化传统悠长深厚的文明古国的艺术创造潜力源源不断地释放出来。"①同时我们也遗憾地看到，具有文化意识的作家在整个作家群中还是凤毛麟角，多数作家文化修养不足而又不注意弥补，文化意识淡薄而看不到现实运行和脚下的土地中所渗透的文化，因此只能浮光掠影、就事论事地去描写现实和人生，导致了不少作家创作的贫血现象。中国有世界上无与伦比的博大而漫长的传统文化，每个地域、民族又有自己独特的文化形态，它既是我们中华民族生生不息的生命之根，也是拖累我们的民族难以振翅高飞的枯朽之根。我们既要发现儒、道、释交融互补的古代文化中的精华，也要以现代改革意识革除传统文化中的糟粕，还要借鉴融汇西方文化中的阳刚精神，以重铸中华民族的现代文化。面对这样一个文化时代和这样一项文化使命，文学有着广袤的表现领域和巨大的探索空间，也只有把自己的根深植在文化的土壤上，才能根深叶茂，才能在文学的长河中找到自己应有的位置。

最后一个文学课题是，辩证地看待转型时代，在市场经济社会中建造新的文学。谢冕在《文学的纪念》一文中，不无忧虑地指出："无可置疑的是，文学也正大幅度地被放置在商品经济运行的原则之下。世俗的欣赏趣味的扩张、广告和传媒的炒作、市场的诱惑——使得写作者和出版家都乐于使自己从这种新的秩序中得到好处。以往听

---

①杨义：《中国现代文学流派》，651页，北京，人民出版社，1998。

命于意识形态驱遣的、失去自由的作家，如今在市场经济和商品的支配下，同样地失去了自由。"①他的话自然不无道理，但也有一定的片面性。如前所述，在今天处于初级阶段的市场经济社会中，文学毫不例外地受到了商品大潮的冲击、渗透、支配；文学被当作商品去生产、炒作和买卖，文学创作一味迎合读者的阅读趣味、蔓延着一股世俗化的潮流，这些现象确实是值得反省和警惕的。但同时我们也要看到，市场经济社会与文学也并非水火不相容，相反，它为文学提供了一种新的机遇和自由。在过去的数十年间，我们的文学一直是在计划经济模式中运行，由政府管着、养着，这样的机制也曾产生过许多优秀的作家和作品。但随着市场经济的逐渐形成，这种机制的不适应以及诸多弊端也就暴露无遗了。政治意识形态与作家之间的关系处理不好就会束缚创作，作家因被养着而缺乏压力往往容易导致创造力的衰退，文学刊物不关注读者和市场势必要办成"圈子刊物"。而市场经济社会是一个充满了自由和活力的社会，市场经济是以大众需要和经济利益为核心的一种体制，在大众的阅读需求中，自然不排除世俗乃至享乐的东西，但更需要健康、向上、启人心智的作品，我坚定地相信对后者的需求远远超过前者。这是一个多层次、多侧面、多元化的广大无比的阅读空间，各种各样的作家在它面前都有用武之地。面向读者、面向市场的文学创作有助于作家走向广阔的现实生活，有助于作家同民众保持血肉相连的关系，同时也有助于形成更加多样化的文学风格。这难道不是文学的一次机遇和自由吗？近年来，一些作家自觉地扩展自己的生活领域，深入地体察民众的生存状态和他们的心理世界，在艺术上博采众长而又熔为一炉，创作出一批具有浓郁的时代气息和超

---

①谢冕：《文学的纪念》，载《文学诗论》，1999（4）。

拔的思想境界的精品力作，受到了文坛的关注和读者的喜爱，作品一版再版，充分地说明了市场经济不仅是经济的推动力，同时也是文学的生长点。当然，文学作品要进入流通、交换领域，它就具有了商品属性，但它是一种特殊的精神产品，我们还不能武断地宣称：把文学统统推向市场。特别是一些高雅的阳春白雪式的文学作品和文学理论批评著作以及具有代表性的严肃文学刊物，在短时间里甚至长时间内都难以走向市场而具有经济效益，政府就应该加大投入、积极扶植，以保证它们的出版发行。计划经济体制中的宏观调控，在高雅文学的生产和发展中依然要发挥能动作用。事实上，在一些市场经济高度发达的西方国家，也从来没有放弃对高雅文学的关注与扶持，因为它关系到整个社会的文明和进步。

从计划经济过渡到市场经济，是中华民族历史上的一次伟大创举，也是一次艰难而痛苦的蜕变，它标志着从古老的农业文明向现代工业科技文明的转型的真正开始，它必将极大地解放人的聪明才智和创造性，极大地促进经济发展和社会的全面进步。但市场经济社会又是一个险象环生的不稳定社会，蕴含着许多从胚胎里带出来的恶的本性，容易导致政治动荡、腐败滋生、生态恶化、贫富悬殊、伦理道德滑坡等等，市场经济的这种毒副作用，已引起了一些西方社会学家和中国有识之士的关注和思考。文学从本质上讲就是批判的，它的使命就是揭露和鞭挞假、丑、恶，发掘和弘扬真、善、美，成为"国民精神前进的灯火"。面对这样一个转型时代，它一方面要深入地熟悉、洞察市场经济社会，另一方面要以艺术家的良知揭露和批判市场经济社会中的阴暗、丑陋现象，肩负起重建中国现代文化、文学的重任。文学在市场经济社会中依然是大有可为的。

我们已经有了50年、100年的宝贵经验和深刻教训。面对21世纪,文学能否承担起它的历史使命?文坛能否涌现出更多无愧时代的大家和杰作来?这些大家的杰作能否自信地走进世界文学之林中去?我们殷切地眺望着。

(原载 2000 年第 4 期《钟山》)

大师还没有现身

80 年代中期之后，中国作家、评论家开始热烈地谈论起诺贝尔文学奖来，并在每年的金秋十月，期待着斯德哥尔摩传来的获奖消息。这个世界性的文学奖项，颁发了近一个世纪了，但始终与中国作家无缘；而诺贝尔奖的其他奖项，已经有多位华人折桂。这让中国作家脸上挂不住、心里不服气。久而久之，便郁积成一种"诺贝尔情结"。斗转星移，又是 10 年。1998 年，中国文坛上空穴来风般地兴起了一个"寻找大师"的文学行动，起事的两家刊物经过精心策划，推出了王蒙、余华等 19 位候选"大师"，让大家遴选、评说或者另选举荐。20年新时期文学中的这两件事情，相隔 10 年，似无瓜葛；但实际上折射出中国作家一种始终如一而又十分复杂的集体意识：一面在急切地呼唤中华民族的"大家""巨匠"；一面又心底发虚，企图"炒作"出几个文学大师来。本世纪最后一个诺贝尔文学奖，终于又揭晓了，荣膺者是德国作家君特·格拉斯。对这位 72 岁的德国老人，中国作家还不算太陌生，他的小说十几年前就有了中译本，《世界文学》还曾推出过他的专辑，特别是根据同名小说改编的电影故事片《铁皮鼓》，更让观众目睹了格拉斯独特的艺术风采。于是中国作家长舒了一口气，但这一呼一吸却是沉重的。对格拉斯，我们不能不服。中国作家摘取诺贝尔文学奖桂冠，只能等待下一个世纪了！

回首 20 年新时期文学，我总觉得中国作家的那颗心有点像"十五只吊桶打水，七上八下"，不得安生。80 年代的文学，可谓披荆斩棘，生气勃勃，万众瞩目。那份文学的辉煌，自然是作家创造的，但也是时代和民众造就的。在今天看来，它不免带着幼稚、偏激和粗糙，但沉浸在丰收和颂歌中的中国作家，以为中国文学又达到了一个历史的"鼎盛期"，涌现了一批走向世界的文学大家。瑞典文学院诺贝尔文学奖的评委们，也把他们高傲的目光扫射到了一些中国作家身上。这使踌躇满志的中国作家平添了许多骄傲、自信和希望。但一个又一个秋天过去了，"百年梦想"终于还是一个泡影。于是中国作家把希望变做了抱怨，认为诺贝尔文学奖只是一个"欧美中心奖"，它并没有什么国际代表性；认为诺贝尔文学奖有严重的政治偏见；认为我们拿不了奖是由于没有好译本。但抱怨归抱怨，我们又不得不承认，诺贝尔文学奖毕竟是世界文学的权威奖项，目前世界上还没有任何一个奖项可以同它比肩，绝大多数获奖作家在世界文坛上都是第一流的。中国文学进入 90 年代之后，市场经济的逐渐展开和建立，使文学发生了根本性的变化，文学从中心滑向了边缘，从"神坛"坠落到了民间。阵痛中的文学在边缘地带获得了更多的自由，在世俗的民间社会发现了自己的生长点。文学又再度振作，并走上了一条多元化、个性化、现代化的路子。在这样一种活跃的态势中，思想敏锐的王蒙先生提出了一个"今天的大师在哪里"的时代话题，于是便引出了一个"寻找大师"的文学行动。但"悲壮"的"寻找"，引发的却是诸多的非议，有评论家甚至断然宣称："大师还没有现身。"一年来的"寻找"果然也显得没精打采、虎头蛇尾，大有"此地无银三百两"的嫌疑。而透过这一场热闹的"寻找"，我们深切感受到的是中国作家一种深切的无奈、心虚和自我安慰。中国作家既然走不向世界、拿不了诺贝尔奖，那就关起门来，降格以求，"创造"几个我们自己的"大师"吧！这样的集体意识，让我们感动，更让我们悲哀！我们为什么要发起"寻找大师"的行动，而不敢提出"我们离诺贝尔奖有多远"的时代课题？被封为精英知识分子的作家，看来也是不敢直面现实、拷问自个的灵魂的。

　　在世界各国中，中国的当代作家人数最多，这大约是不必考证的。可以称之为优秀的、著名的、杰出的作家，大有人在。但随着一些解放前就已经奠定了文学地位的文学巨匠的相继去世，50年新中国文学孕育出来的文学大师又在哪里呢？这实在是令我们尴尬的问题，也是很值得我们深思的问题。我们曾经有过一批文学大师，譬如鲁迅、茅盾、郭沫若、钱锺书等，假如诺贝尔文学奖授予他们，我们也会觉得当之无愧，但他们已化为灿烂的文学历史了。其实文学大师是不必去寻找的，这是一种自然的涌现和自然的认可。就像五四时代的那一批作家一样，他们一出现就显得卓尔不群，一路写下去就在民众的心里成长为一位大师了。而我们今天的许多中青年作家，由于生活、思想、艺术等诸方面的准备不足，任凭你怎样努力，也只能遥望大师的项背。有些作家出手不凡，处女作中就蕴含了大师的潜质，但艺术创作是对一个作家综合素质的考验，如果有一个方面难以达标，你也会同"大师"擦肩而过。自然，时间可以成就一个富有潜力的作家成为大师，但他必须付出自己全部的辛勤、智慧和生命。就我看来，新时期文学中的众多优秀作家，特别是那19位候选"大师"，尽管个别已经充分显示了他们独特的艺术个性和才华，但大师的桂冠似乎还不能戴到他们的头上，因为他们每个人又有着明显的缺陷。至于衡量大师的标准，有不少专家、评论家煞费苦心，假设了许多条标准，譬如作家良知、先锋意识、艺术创新、文体风格等等，可我觉得这些先生有一些"骑着毛驴寻毛驴"的味道，虚拟的标准在实际操作中是没有用处的。其实大师的标准就是一个"大"字和一个"师"字。所谓"大",就是思想博大、情感深广、艺术开放;所谓"师",就是融汇百家、自成一格,具有典范、表率意义。譬如君特·格拉斯,他在代表作《铁皮鼓》等"但泽三部曲"中艺术地揭示了德国法西斯的残暴罪行,审视和剖析了德意志民族的文化性格;在创作方法上熔现实主义、象征主义、荒诞手法等为一炉。1959年他的《铁皮鼓》一出版,就受到了文坛的高度赞扬,被称为"联邦德国50年代小说艺术的高峰"。在他身上充分体现了一"大"二"师"两个特点。这不正是他获得诺贝尔文学奖的深层原因吗?成为大师就会影响一个时代的文学和无数作家的创作,也才有可能进入瑞典文学院诺贝尔文学奖评奖委员会的视野之内。

中国作家正置身于一个伟大而艰难的变革时代,市场经济社会对作家来说,既是一场严峻的考验和挑战,同时又创造了更大的自由和空间。我们不能期望在社会与文学的痛苦蜕变中立马就产生出多少文学大师来,但我们坚信有5000年深厚文化传统,同时又自觉地接纳着欧风美雨滋润的中国文学,一定会在不远的将来——比如下个世纪的初期到中期,造就出几位中华民族的文学大家乃至大师来。

(原载1999年11月2日《山西日报》)

仰望鲁迅的"理想"

　　鲁迅所处的时代距离今天已经有一个多世纪了。积贫积弱、备受欺辱的古国，已然成为一个独立自主、举足轻重的强国。但鲁迅的精神、思想和文学，依然有着长盛不衰的魅力。在鲁迅丰富、精深的文化遗产中，我以为他的社会理想和文学理想是格外亮丽、深邃、动人的一部分。理想照亮了他对灰色的社会人生的无情解剖；理想消解了他的绝望和虚无，支撑着他永不停歇地工作、写作和战斗。他的理想，绝不仅仅是个人的愿望，而是一代知识分子共有的理想。因此它穿透了时间和空间，不只点燃了同代人的思想火花，同时也照亮了后代以至我们的精神世界，照出了我们整个心灵空间的贫乏和平庸。我们已经丢弃了精神创造者应有的社会和文学理想，同世俗主义潮流同流合污，在自造的艺术之塔中自娱自乐，这样一种精神状态，怎样能创造出大纛、丰碑式的作品呢？

　　长期以来，在人们的印象中，鲁迅是一个清醒、深刻、坚定的现实主义作家。这认识没有错，但不全面。其实鲁迅还是一个高迈、浪漫、执著的理想主义作家。现实与理想在他身上既是水火分明的两极状态，又是相反相成的统一机体。鲁迅所处的清末民初时期是中国历史上一个前所未有的"大变局"和"大时代"。在那样一个黑暗、落后、混乱的社会环境中，却涌现出一批忧国忧民、目光远大、寻求真理的知识分子群体。鲁迅、胡适、陈独秀等正是其中最杰出的代表。他们以深厚的古代文化学养，毅然回身"捣毁"着整个封建制度和文明，他们又以先进的西方思想观念，探索和构想着现代中国的理想蓝图。以鲁迅个人的曲折经历和敏感性格，他本是一个悲观主义者，他满眼看到的是世态炎凉、民族劣根、人心叵测，甚至自己内心的"阴郁"和"鬼气"，因此对社会人生深感失望乃至绝望。正是这种对现实世界的洞幽烛微能力，使他成为一个杰出的现实主义作家。但作为一个背负历史使命的思想者和先行者，他又必须苦苦地探索、寻求救国强民的理想之路。他在达尔文的进化论里，找到了历史进步的依据；他在西方的思想文化中，汲纳了民主、自由、科学等现代理念；他在苏联的存在和成功里，看到了"新的社会的起来"；他在中国无产阶级身上，感受到了"人类和中国的将来"。在漫漫长夜中，他不倦地探寻和构筑着自己的也是一代知识分子的美好理想。对理想的憧憬，确实在安慰、激励着他，使他有时能站在理想的高度，去观照和表现社会人生；有时则在沉重的生活画面中，投下一束温暖的光明。为什么鲁迅的作品哀而不怨、悲而不伤？就是因有理想精神的垫底，因有明丽阳光的照耀。

鲁迅把自己的社会理想化为艺术形象和诗的语言，融入了他的各类文学作品，特别是中短篇小说中。小说从来就是体现一个作家社会思想最有力的载体。他的第一篇白话小说《狂人日记》，就是"遵奉"前驱者的"将令"，为"毁坏"封建制度的"铁屋子"而创作的。作家通过主人公狂人之口，发出了振聋发聩的呐喊："将来容不得吃人的人，活在世上。""救救孩子……"因为此时的鲁迅已经相信"希望是在于将来""人类眼前，早已闪出曙光"。《药》表现了夏瑜壮烈而寂寞的死和华老栓们的愚昧麻木，格调冷峻而悲凉。但作家刻画了一位铁骨铮铮的革命志士的形象，又在他死后的坟头安排了一个红白相间的小小的花圈，在阴冷的图画中让人感受到了革命力量的萌动。《阿Q正传》对辛亥革命作出了批判性反思，对国民劣根性进行了辛辣的针砭，但小说同时真实地表现了底层农民阿Q带有原始性质的"造反"冲动和"革命"行为。鲁迅以先觉者的敏锐，开始思考辛亥革命失败的深层根源是什么、农民的出路在哪里、中国民主革命的力量是哪个阶级。《故乡》是一篇充满了怀恋、沉思、畅想的抒情诗。探索了农民命运的过去、现在和将来。鲁迅殷切地期望下一代的水生、宏儿们"应有新的生活，为我们所未经生活过的"生活。他教导人们要勇往直前："这正如地上的路；其实地上本没有路，走的人多了，也便成了路。"鲁迅的社会理想是一种诗人式的愿景。在那个时代，他也不可能有清晰、具体的社会理想。他的理想是想象的、朦胧的、遥远的，但又是明亮的、坚定的、崇高的，其中包孕着他全部的感情、思想、愿望乃至生命。

今天是一个崇尚物质和欲望、鄙弃精神和理想的世俗主义时代。作为知识分子的作家，本应肩负起激浊扬清、启蒙民众、引领精神的历史使命。鲁迅一个世纪前憧憬的社会理想，似乎已经实现，但他所思考的社会人生课题并没有终结。在社会问题上，旧的封建残余、专制思想等远远没有消除，而新的贫富悬殊、腐败现象、道德失范等问题又蜂拥出现。我们距离一个真正的民主、自由、公正的现代国家还很遥远。在人生问题上，固有的愚昧麻木、奴性意识等劣根性没有得到根本改变，而新的纵欲主义、功利至上、丑陋人性等又不断滋生。要把国民培育、塑造成文明、独立、自尊的新人，道路又是何其漫长。所有这些课题，都需要作家认真面对、潜心探索，点燃理想的火炬，照亮社会以及民众的前行之路。

　　鲁迅的文学理想与社会理想是一脉相通、相辅相成的。社会理想孕育、衍生了他的文学理想，文学理想丰富、具化了他的社会理想。当年，鲁迅所以要弃医从文，就是因为他痛感国人的愚弱麻木，"而善于改变精神的是，我那时以为当然要推文艺"①。后来他走上小说创作道路，但那时的小说还算不上真正的文学，停留在街谈巷语、稗官野史的层次。他说："我也并没有要将小说抬进'文苑'里的意思，不过想利用他的力量，来改良社会。"②"为人生""改良社会"的宏大理想，对当下中国社会人生的深刻把握，广博深厚的思想文化积淀，使鲁迅厚积薄发、横空出世，彻底改变了中国传统小说的休闲地位，开拓出一条前所未有的现代小说的壮阔先河。鲁迅一出道就给自己、给新文学制订了一个高远的追求目标。他说："采用外国的良规，加以发挥，使我们的作品更加丰满是一条路；择取中国的遗产，融合新机，使将来的作品别开生面也是一条路。"③他说：新的文化和文学"外之既不后于世界之思潮，内之仍弗失固有之血脉"。④他以艰苦的文学创作实践，创造了一种熔中国与西方、传统与现代为一炉的文学境界和高度。

　　中国的现代文学已经跨越了近100年历史，新时期文学也走过了整整30个年头，我们的文学无疑发生了巨大的变化，创造了可观的实绩。但我们要清醒地看到：当下的文学同急剧变革的时代相比，存在着很大差距，文学在把握和表现现实生活方面显得软弱无力。在商品

①鲁迅：《鲁迅全集》，第1卷，417页，北京，人民文学出版社，1981。

②鲁迅：《鲁迅全集》，第4卷，511页，北京，人民文学出版社，1981。

③鲁迅：《鲁迅全集》，第6卷，47页，北京，人民文学出版社，1981。

④鲁迅：《鲁迅全集》，第1卷，56页，北京，人民文学出版社，1981。

化、功利化、世俗化的潮流中，文学或是沉醉其中，或是隔岸观火，或是孤芳自赏……文学本应承担的载道、言志、立人等诸种职能渐渐衰退。文学作品思想匮乏、理想缺失成为一种普遍现象。文学自身的边缘化、粗浅化、低俗化已越来越引起了读者的不满和指责。文学的出路和前景在哪里？正在困扰着文坛和作家。鲁迅的身影渐行渐远，但他的精神文化遗产依然葆有强劲的生命力。我们只有回到他的起点、重新出发，面对当下、探索新路，才会有文学的真正振兴和强大。我以为。

（原载 2009 年 1 月 22 日《文艺报》）

赵树理的文学理想与"新农村"理想

在人们的印象中，赵树理是一个清醒的、坚定的现实主义作家，但深入解读他的小说和理论文章，多方探索他坎坷、传奇的人生经历，我们就会发现，他同时又是一位理想主义者，他的心中始终孕育着一个壮丽的"乌托邦"式理想。这理想，是波澜壮阔的时代变革催生的，与无数志士仁人的社会理想是相通的。但赵树理的理想是根植于社会底层和广大农民的，具有很强的现实性，绝不类同于那种激进的、浪漫的乃至极左的社会理想，这就必然使他的理想与那个时代格格不入，成为他的悲剧根源。赵树理的"乌托邦"思想主要表现在两个方面：一是以民间文艺为主的"文学理想"，二是"以民为本"的新农村"社会理想"。

赵树理一生都在为文学的通俗化、大众化而努力，但他绝不是一个固守农民文化，排斥其他文学思想和方法的农民作家。他在年轻时期就接受了五四文化和文学的洗礼，并在最初的创作中运用的就是新文学那种惯用的欧化方法和语言。只是到上世纪 30 年代初期，他痛感新文学并没有在农村和农民中生根发芽，农村的文化阵地被"封建小唱本"占领着，才立下志愿要为广大农民写作，并甘愿做一个"文摊文学家"。他改变了自己的立场和追求，但五四文学的启蒙思想和反封建主题依然坚定地承传着，这正是他高于同时代、同类型作家的地方。

20世纪40年代之后，他的《小二黑结婚》《李有才板话》等一批杰作的发表，证实了他孜孜探求的通俗化、大众化是一条坚实而宽广的文学之途，圆满地解决了新文学以来所呼唤的"文学大众化"的历史难题，从而改变和拓展了新文学的发展道路，被认为是"毛泽东文艺思想在创作上实践的一个胜利"（周扬语）。面对炫目的成功和如潮的好评，赵树理其实是诚惶诚恐的，他并不认为自己的创作有那样的高度，有那么丰富的政治内涵，但也无疑坚定了自己的创作信念，增强了为农民写作的自觉性。他在同美国记者贝尔登的谈话中称自己是"志愿文化人""我为人民创作完全是出于自愿的"。在《艺术与农村》一文中，赵树理历数农村文化生活的极度匮乏，期望文艺工作者努力创作，"满足大众的艺术要求""弥补农村艺术活动的缺陷和空白"。此时他已不再是30年代那种民间文学家的心态，而是一种革命文艺工作者的思想境界了。

全国解放后，赵树理进入北京，他同老舍、李伯钊等一批同仁成立大众文艺创作研究会，创办《说说唱唱》杂志，推出大众文艺丛书，亲自改编和创作戏剧、曲艺剧本。而这一切都源于他逐渐成熟的"乌托邦"式的文学思想，那就是在民间说唱文艺、话本小说的基础上，建构一种具有民族风格和大众语言的新文学。他不仅全力以赴地投身这一事业，而且在理论上也形成了自己的体系。他在《"普及"工作旧话重提》等多篇文章和多次讲话中，阐述了自己的思想。他认为中国当时的文艺有三个传统，一是中国古典文艺传统，二是五四文学传统，三是民间文艺传统。而事实上现行的文学是以第二种传统为主体的，把"大部分群众拒于接受圈子之外"了，这不符合毛泽东关于"从普及的基础上提高"的文艺思想。他认为当代文学如果"以民间传统为主"，就会是另一番景象，就会真正走到民间。这是一个多么大胆的想象，一个多么诱人的理想！但若干年后，赵树理悲哀而沮丧地说道："我在这方面的错误，就在于不甘心失败，不承认现实。事实上我多年所提倡要继承的东西因无人响应而归于消灭了。"

如果说赵树理40年代的大众化文学创作历史地吻合了特定的政治文化需要和文学发展潮流的话，那么他在五六十年代的"乌托邦"文学理想，面对的则是来自多方面的排斥和挤压。激进的、"左"倾的作家群觉得这是一种小农经济式的"保守""落后"的文学，承袭了五四传统的知识分子作家群则以为这是一种"低级"的"下里巴人"的文学。而当时的政治意识形态又判定这样的文学是"右倾"的、"暴露"的、违背时代潮流的。从1948年的《邪不压正》到1955年的《三里湾》，从1958年的《"锻炼锻炼"》到1965年的《十里店》等，赵树理的作品不断受到质疑和批评，说明了他的文学探索和文学理想是多么困境重重、不合时宜。而赵树理又恰恰是一个"一条道走到底"的人，因此他的悲剧就不可避免了。

从上世纪五六十年代到今天，数十年时间过去了。我们曾经为"文学大众化"和"文学为农村、农民服务"进行了不懈的努力，取得了卓著的成就。但在市场经济快速发展的时代，文学与农村、农民再一次发生了隔膜和断裂。依我的观察，当下农村的文学市场，比之五六十年代乃至80年代，是愈显沙漠化和贫困化了。农民不仅不买小说、散文、诗歌之类，而且他们也不喜欢今天与他们"离心离德"的新文学。赵树理当年的文学思想和理想，依然需要我们重新认识和继承。我们要坚定"为农民写作"的目标，高度关注他们的生存状态和精神文化生活。我们要认真研究今天的农民在文化和审美心理上有什么新的变化和发展，努力从民间文艺和古典文学中吸取营养，为广大农民创造更多喜闻乐见的精神食粮。

美国著名马克思主义学者莫里斯·迈斯纳说："毛泽东主义的未来观得到最充分的理论阐释，是在'大跃进'时期。也正是在这个时候，出现了在社会实践中实现这种憧憬的最雄心勃勃的尝试。这是个以积极的乌托邦主义和高度乐观的未来观为标志的时代。"①赵树理是一个中国农村革命和建设的亲历者与参与者，从抗日战争到解放战争、从减租减息到土地改革、从互助组到人民公社，他与广大农民同舟共济，筚路蓝缕，一路走来。他是一个清醒的现实主义者，更关注的是农村工作中的现实问题，而不愿作那种浪漫的展望和想象。但他所关注和力图解决的现实问题，无一不是通向他的"社会理想"的。他在具体的农村工作中，一步一步地朝着理想目标迈进；他在自己的创作中，一点一点地构筑着新农村的图景。长篇小说《三里湾》里，画家老梁精心画了三幅画，标志了过去、现在、未来的发展图景。1959年他以阳城县委书记处书记的身份，回到故乡潘庄公社尉迟管理区搞农村试点，组织和引导干部、群众在政治、政策、经济、生产等方面进行了大胆的改革和探索。这些都表现了赵树理的理想情结。在他的理想中，社会主义新农村是由广大农民当家做主的，党和政府的农村政策一定要实事求是、符合农民利益，农林牧副各行业要全面发展，还要有丰富多彩的科技、文化生活，还必须有一个真正为农民服务的基层政权。由此我们不难看出，赵树理的新农村构想是建立在现实基础之上的，是"以民为本"的。这同那种盲目的、空想的、"一步跨入共产主义"的"乌托邦"是有本质的不同的。

为了维护和实现自己的社会理想，赵树理进行了可以称之为"坚

---

① 〔美〕莫里斯·迈斯纳：《马克思主义、毛泽东主义与乌托邦主义》，177页，北京，中国人民大学出版社，2005。

苦卓绝”的斗争。1951年秋天，他在华北局召开的农业合作化问题座谈会上，与加快实现合作化的会议主题大唱反调，受到了陈伯达的严厉批评。1959年春天，在阳城县召开的春耕生产誓师大会上，他与县委主要领导在制定"跃进指标"上发生激烈冲突，他怒不可遏地说："我们做工作，不是为了向上边交账，更重要的是向人民负责"！同年秋天，他给《红旗》杂志、中央领导等多次上书，反映人民公社存在的种种问题。他被召回北京接受批判、勒令检查，被认为言论是跟彭德怀"一唱一和""攻击三面红旗"。他坚不认错，几乎被打成右派。在创作上，他用曲笔写出了《"锻炼锻炼"》，含蓄地揭示了基层政权中极左工作作风的蔓延、干部与社员的尖锐矛盾、弱势农民在高压政策下的非正常生活。赵树理在他的农村工作和文学创作中，竭力捍卫的正是广大农民的根本利益，奋力反抗的则是那种背离现实的"乌托邦主义"。他的"乌托邦"社会理想本来是植根于现实土壤，可以一步一步去实现的，但在一个失去了理智的时代，反而成为一个美丽的、易碎的泡影。这是赵树理的悲剧，更是时代的悲剧。

　　回顾文学，回顾历史，不管是肯定者还是批评者，都认为赵树理是一个独特的、伟大的作家。何以会有这样的共识？就是因为赵树理不仅有独创的文学，还有高尚的人格；不只有现实主义精神，同时有理想主义激情。文学理想与社会理想，在他那里是高度统一的。他首先是一个农村工作者，然后才是一个作家，文学是为他的社会理想服务的，而在为社会理想的奋斗中又产生了他不朽的文学作品。他是一个把自己的才华、智慧和生命无私地奉献给农村和农民的杰出作家！当前，新农村建设再一次成为中国现代化进程中的重要战略目标，这是一项长期的、艰巨的历史任务，当代作家，特别是写农村题材的作家，如何在新的形势和环境下，继承赵树理的思想和精神，学习他的生活、工作和创作经验，创造条件深入农村和农民，把自己融入伟大的农村变革和建设中，写出更多更好的力作和精品来，这些都是需要我们认真思考和解决的课题。

（原载 2006 年 10 月 27 日《光明日报》）

第三辑　　探索

世界在变，文学在变。作为知识分子的作家，既要读懂社会人生这部"大书"，也要读懂文学艺术这本"小书"，才能站在时代潮头，写出经得起历史检验的作品。怎样处理"现代性"与"民族性"的关系？怎样确立好小说的标尺？怎样写出自己的艺术个性？怎样使作品走向市场和读者？都是需要深入探索和实践的。

要"现代性" 更要"民族性"

—— 对当前文学的一点思考

中国文学又临选择

中国的文学与社会，总是宿命般地唇齿相依、难分难解。今天，当和平崛起的中国，置身在全球化的浪潮和语境中，决心探索一条具有自己特色的发展道路的时候，中国的文学也走到了一个岔路口，又一次面临新的选择。这个路口一面的路标是"现代性"，另一面的路标是"民族性"。在漫长的文学发展路途上，我们已经数次遭遇了这样的选择，而这一次的选择似乎格外严峻和艰难。因为中国的文学和社会一样，已进入整个世界格局中，选择什么样的路径已不再是自己的事情；因为新时期以来文学已有30年的历史，巨大的惯性容不得人的主观改变。文学既是个人的也是社会的。对于一个作家来说，他要写什么、怎样写，完全是他个人的自由，有着广阔的空间。但对于一个民族、一个国家来说，文学则是它的形象的体现和精神的象征。它需要有一个总的主题、总的精神和总的风貌。这是当下文学应当作出选择并不断实践的课题。

从1977年到今天，中国文学30年的历程其实是可以划分成两个阶段的。1977年至1989年是为"新时期文学"。1990年至现在，有学者把它称为"后新时期文学",我把它叫做"多元化时期文学"。这30年的文学历史,正是一个在现代性与民族性之间不断选择、探寻、实践,然而二者又时而冲突、时而融合、时而分流的历史。新时期文学的十几年,是以现代性为目标的一个时段,但却始终背着历史的重负。多元化时期的近20年,是以回归现实、回归"本土经验"为走向的一个时期,但市场经济文化使文学的形象变得暧昧不明,多元化格局中缺少一个具有民族气派和个性的文学主潮。我们肯定30年文学成就煌煌,但它存在的问题也是毋庸讳言的。而问题的症结,正是出在对现代性、民族性二者关系的把握上。

对于文学的现代性与民族性问题,从上世纪80年代之后,就逐渐成为研究界的一门显学了。对其概念的内涵和外延,对文学应当如何处理二者的关系等等,自是见仁见智。鲁迅早在1934年就说过"采用外国的良规,加以发挥,使我们的作品更加丰满是一条路;择取中国的遗产,融合新机,使将来的作品别开生面也是一条路"[1]。鲁迅的思想和创作证明,"外国的良规"和"中国的遗产"都是不可偏废的,只有把二者进行融合,实现创造性的转化,才是文学的兴盛发达之路。所谓文学的现代性,是以西方文学所体现的文化思想和审美形式为标高的一套艺术规范。它是现代的、先进的、精致的,是具有普遍价值的。中国100年来的文学孜孜以求的正是这样一种境界和属性。现代性已成为中国文学的一种精神、一种传统。自然是"中国化"了的。关于文学的民族性,是一个民族的文学所具有的基本属性和个性特征,它同样包括思想内容和艺术形式两大部分。中国文学的民族性,在世界文学中也是最具有特点和魅力的一种。但在长期以来不间断的文学

---

[1] 鲁迅:《木刻纪程·小引》,见《鲁迅全集》,第6卷,48页,北京,人民文学出版社,1991。

革命、创新、实验的过程中，文学的民族性渐渐断裂、式微，导致了在某些时段文学的无根状态和无序发展。

一个时代的文学总要有一个表现重心和发展取向。对于当下文学来说，它的探索、追求应是双向的。一方面要继续新时期文学的现代性轨迹，坚持知识分子的启蒙立场，倡导人文主义精神，汲纳西方文学的审美方式方法，推进中国文学的现代性进程。另一方面，则要坚定地探索、拓展文学的民族性道路，回归传统文化和文学，发现和创新民族文化思想以及审美经验，鼎力促使传统向现代的转换，实现民族文化和西方现代文化的交融，用中国的文化和文学丰富世界的文化和文学。从这个角度讲，促进文学的现代性和坚持文学的民族性，是可以并行不悖的。我们需要现代性，我们更需要民族性。文学就像一棵大树，以民族性为深厚根基，以现代性为发展目标，它才会根深叶茂、茁壮生长。

现代性：未竟的工程

上世纪 90 年代初，受一些西方学者的影响，中国的个别学者曾经宣判了"现代性的终结"和"后现代文学"的开始。舆论一时哗然。但人们又马上注意到，德国当代著名的哲学家和社会学家哈贝马斯，早在 80 年代初期的一系列论著中，就反驳了后现代主义者"全面告别现代性"的理论，毫不含糊地指出：现代性"不仅没有完成，而且有待继续""现代性：一项未竟的工程"。既然西方国家的现代性还没有完成，现代文学也在继续，作为后发的现代中国，自然不能抢在头里，匆忙定论。于是"现代性终结"理论偃旗息鼓。

不管是中国的经济现代化战略，还是精神文明建设，抑或文学艺术发展，我们还都不能说现代性已经完成。尽管我们为此而奋斗了一个多世纪，已进入一个现代国家的行列，但现代化的目标依然遥远。也许经济、科技的现代化在不远的将来能够实现，而属于意识形态范畴的政治、文化、思想、道德的现代性，无疑是一个极为漫长的过程。既往百年的现代性，主要是以西方国家的价值体系为标尺的，而在全球化越来越变成现实的今天，各民族国家特别是东方各国（如日本、韩国、中国）的文化思想、价值理念，也将成为现代性系统中的组成部分，从而成为一种更加鲜活、丰富、博大，也更具普世意义的人类理想。对中国来说，它要用西方的价值理念改造和提升自己，同时把西方的东西中国化，以适应现实的需要。它还要把自己的传统实现现代转换，参与世界的现代性建构。这是一个多么复杂、浩大的工程。中国文学向来就有"经世致用"的传统，它不仅要参与、推动社会的现代化进程，在历史的发展中承担改造国民性和建构民族精神的重任，与此同时，它还要在现代性和民族性之间，不断地求索、实践，努力形成一种具有现代品格的民族文学。文学的现代性历程将与国家的现代化历史相随相伴、携手同行。

回顾30年的文学发展，我们可以清晰地看到一行追寻现代性的艰难脚印。新时期文学中的"伤痕""反思""改革"文学，是在决裂"文革"文学、重续五四精神的潮流中迅速崛起的。民主、自由、科学成为文学的突出主题，启蒙、批判、立人成为作家的自觉担当。王蒙、蒋子龙、高晓声、张洁等成为引领文学潮头的重要作家。但是，在今天看来，新时期文学其实包含了许多陈旧、保守甚至是"左"的东西。譬如庸俗的道德评价标准："造反派"都是一些"坏人""奸臣"，而老干部、知识分子一律是"好人""忠臣"。譬如带有封建色彩的人治思想、"青天"意识：一个厂子、一个村子，"改革家"登高一呼，就会群起响应，旧貌换新颜；冤假错案，扑朔迷离，"好官"一到就会"水落石出"。这些观念和描写，在五四作家那里都不会出现，但在80年代作家身上却屡见不鲜。80年代中期起步的先锋、现代派作家，正是看到了前辈作家不彻底的现代性，看到了文学还在旧有的模式中滑行，于是另辟蹊径，开辟出一条在他们看来是真正的现代派路子。他们直接受西方现代、后现代文学的影响，更关注的是个人的内心世界、生命体验，思考的是一些人和人类的形而上问题，在艺术表现上借鉴了诸如意识流、荒诞派、象征主义、原叙事等种种方法和手法，推出一批新颖而怪异的现代作品。然而，这些年轻的作家对现代派文学的理解并不深入，他们更多借鉴的只是一些皮毛。他们表达的感觉、体验和思想，也很难与绝大多数读者沟通。特别是在艺术表现的形式上，常常变成一种技巧和文字的游戏，在中国的文化环境中很有点"水土不服"。先锋、现代派作家的文学实验是有价值的，但也注定是短命的。此后，余华、苏童、马原等作家都逐渐向现实主义、"本土经验"回归，才真正立足于文坛。

在一个文学遗产悠久深厚，现实主义文学根深蒂固的国家，文学的现代性必然是曲折而艰难的。但中国的文学必须有一个现代性的远景目标，这是激活它的生机、提高它的品格的必经之路。

民族性：漫长的回归之路

在中国近百年的文学发展史上，现代性始终是一个主旋律。因此上世纪90年代中后期，有些学者提出要以现代性作为发展主线和整体框架，重写20世纪文学史。我们并不否认，现代性作为一种价值体系和审美理想，给中国文学带来根本性、革命性的变迁。但同时我们也看到，中国文学在现代性的进程中，有时是以压抑、排斥、牺牲民族性作为代价的。然而，中国文学的民族性并没有因此断裂和消失。相反，它以顽强的精神、多样的形态，在文学发展中生生不息、开花结果，丰富和成熟着中国的现当代文学。今天当我们面对全球化浪潮、面对各种文化风云际会，才更加强烈地感受到：中国的传统文化和文学是多么伟大和珍贵，百年文学在继承和发展民族传统中走了多少弯路，中国文学只有坚定地回归和重建传统，才能自立于世界文学之林。

近年来学界正在重新解读"延安文学""十七年文学"。如果用80年代的眼光审视，就会认为这是一种政治化的、功利化的文学形态，但现在学者们站在民族性的角度去观照，就发现了其中蕴含的文化价值。今天我们并不需要美化当时的文学，它确实存在着历史局限和诸多失误，但在继承、改造古典文学和民间文学方面，却是开创新局、卓有建树的。譬如赵树理小说对民间文化和民间说唱文学的积极借鉴，譬如梁斌《红旗谱》对民族文化精神的深刻展示，譬如《林海雪原》《铁道游击队》等对古典侠义、传奇小说从思想内容到表现形式的巧妙汲纳……毛泽东的文艺思想是40到60年代文学的指导思想，作为一个具有浪漫气质的政治家，他对新文学的构想自然有"乌托邦"的幻想成分。但作为一个高屋建瓴的思想家，他对文学的种种规定和要求，却是具有深远的历史、文化意义的。他的文艺思想的核心，一是人民性，强调"我们的文艺是为了人民大众的"；二是民族性，要求文艺要有"民族的形式，新民主主义的内容"，要真正体现出"中国作风和中国气派"。今天我们重温毛泽东的文艺思想，回顾文学的坎坷发展，依然有着很强的启迪作用和很深的现实意义。

在新时期以来30年的文学中，我们同样可以看到一个强劲的民族性潮流。汪曾祺的《大淖记事》《受戒》等一系列小说，淳厚的传统文化韵味和娴熟的古典小说技巧，冲击了当时喧嚣的文坛，影响了许多作家的创作。孙犁的《芸斋小说》，继承了古典笔记小说的写法，灵动、含蓄、凝练，展示了传统叙事方法的无穷魅力。二位前辈作家，以他们深厚的修养和精湛的创作，承传和光大了中国古典文学的文化精神和表现形式。

更有标志性的文学现象是，80年代中期的"寻根文学"和近年来回归"本土经验"的创作思潮。与先锋、现代小说出现同时或更早，"寻根文学"突兀而出。这是一个有理论主张和创作实践的文学流派，其主体是一些"知青作家"，代表性的作家有阿城、郑义、韩少功、郑万隆等，他们那些古朴而奇异的小说至今我们还记忆犹新。韩少功的言论集中代表了这些作家的文学观念。他说："文学有'根'，文学之'根'应该深置于民族传统文化的土壤里，根不深，则叶难茂。……我们的责任是释放现代观念的热能，来重铸和镀亮这种自我。"① "寻根文学"是在西方文学特别是在拉美文学的激发下萌生的，表现了这一代作家寻找民族之根、"与世界对话"的一种雄心。尽管他们在理论上还很混杂，创作上坚持的时间也不长，但这是新时期文学第一次自觉地、大规模地向民族性的回归，其意义是深远的。新世纪以来的文学，依然是以多元态势向前发展，但人们又明显地感受到一个回归"本土经验"的文学思潮正在潜滋暗长。贾平凹的《秦腔》、莫言的《生死疲劳》、铁凝的《笨花》等，或表现乡村文化的衰落，或反思农村历史的变迁，或展示独特地域的民情风俗等等，都蕴含了一种民族文化精神，发掘着一种"本土经验"。这些作品在一个时期内的同时出现，绝不是偶然的，它反映了我们的作家在全球化的大背景下，对现

---

① 韩少功：《完美的假定》，2页，北京，作家出版社，1996。

代化的重新审视，对民族性的再度观照。

鱼与熊掌须兼得

泰戈尔说过："每一民族的职责是，保持自己心灵的永不熄灭的明灯，以作为世界光明的一个部分。熄灭任何一盏民族的灯，就意味着剥夺它在世界庆典里的应有位置。"①一个民族的文学就是一个民族心灵的明灯，它属于民族自己，也属于全人类。因此，一个民族的文学要想在世界文学中独放异彩，就必须在民族文化精神的深厚根基上坚守自己和发展自己。今天，世界经济一体化已经渐次展开，各民族国家之间，科学技术的普及、政治体制的借鉴乃至文化思想的渗透，都成为"水到渠成"的事情。在这样的情势下，一个民族被"他者"全面"殖民化"和"格式化"，进而丧失自己的文化和精神，就变得十分容易。因而，强化文学的民族性，努力在世界文学中占有自己的位置，就不仅仅是文学领域的事务，更是关系到塑造民族形象和文化精神的大事。

中国传统文化和文学的博大精深和现代价值，近一个世纪以来越来越受到了西方学者的关注和推崇。是的，在传统的文化和文学中，确有许多与现代社会格格不入的糟粕，譬如封建迷信、等级观念、愚忠思想、男尊女卑、奴性心理等等。五四文学以来，这些均属于"革命"的范畴，今天我们依然要坚定地批判、扬弃。值得警惕的是，这些陈腐的东西，在今天的文学中有沉渣泛起的迹象。同时，我们要更自觉地发掘和弘扬传统文化和文学中那些富有生命力的精华，把它们

---

①转引自〔印度〕克里希那·可里巴拉尼：《泰戈尔传》，334页，桂林，漓江出版社，1984。

转化成今天文学的生命、血肉和精神。譬如传统文化和文学中的"天人合一"思想、和谐理念、中庸之道、修身养性观点等等；譬如中国古典小说丰富而独特的叙事方法和方式，古典诗词的格律和技巧；等等。现在国学研究和普及的热潮，就显示了人们民族精神的觉醒。有人担心这些传统的东西能否适应现代社会，能否被广大读者接受，这里的关键在于现代转换。著名历史学家余英时指出："在我看来，所谓'现代'即是'传统'的现代化；离开了'传统'这一主体，'现代性'根本无所附丽。"①中国古代丰富的文化和文学传统，有许多是可以实现现代转化的，是可以成为现代性中的核心价值理念的。我们已经在回归民族性的征途中迈开了坚实的步子，但依然任重道远。

如上所述绝不意味着要放弃现代性。中国文学的现代性远远没有终结。中国将后的文学仍要以现代性作为自己努力的目标。但现代性应该是一个动态的、不断建构的概念。西方文化和文学的价值体系，有些部分仍有旺盛的生机，有些部分则显示了它的历史局限性，理应扬弃。让我深思的是，新时期以来30年的文学，我们口头上大讲要现代性，但对现代性的追求总是虎头蛇尾。在当下的文学中，坚持现代探索的作家竟然越来越稀少，这是极不利于中国文学的健康发展的。现代性应当海纳百川，现代性应当与世推移，熔铸一种面向新的世纪、新的世界的价值体系，可以说我们还在路上。

现代性与民族性，有如鱼与熊掌，我们需要兼而得之。

（原载 2007 年 10 月 27 日《文艺报》）

---

①余英时：《文史传统与文化重建》，8 页，北京，生活·读书·新知三联书店，2004。

聚焦新的农民形象

一 不该"淡化"的农民群象

从上世纪 90 年代直至新世纪的今天，乡村小说始终以执著、沉重的步子探索前行。都市小说虽然灿烂依旧，但乡村小说不仅没有像有人预言的那样走向终结，反而显得愈加顽强和富有底气了。我们在缓缓展开的"乡村画卷"中，看到了乡村社会的艰难和困境，城市现代文化对乡村文化的温柔"殖民"，千千万万农民工在城乡间的疲惫奔波……看到了城市与乡村的对峙、冲突和交融，一个家族、一个村落上溯几十年上百年的民情风俗和历史变迁……看到了作家在他们的笔下所寄寓的思想批判、文化反思、情感矛盾以及在乡村叙事方式方法上的种种努力……但在徜徉、沉醉之余，我们忽然发现，在这幅斑驳陆离的乡村图画中，作为乡村和土地的主人、主体——农民形象，却似乎被淡化了、虚写了、缩小了。这个在 80 年代还生龙活虎的人物群体，如今在新的现实环境中处于被支配、剥削、扭曲的状态；他们的性格心理似乎比过去更加复杂矛盾，但凸现出来的大都是生存欲望和传统性格，剧烈的乡村变革激发出来的时代精神性格却很难看到。90 年代以来乡村小说写了那么多农民形象，要不灰头土脑，要不似曾相识，那种原创性的、丰满坚实的称得上"典型"的农民形象却少而又少。农民群体，在小说中也成了文学的"弱势人群"。

人物形象在文学创作中的淡化乃至隐退，绝不是乡村小说的独家现象，都市小说、女性文学、成长小说等等，都相似相仿，问题普遍存在，只不过在乡村小说中更惹人注目罢了。淡化人物形象，有着十分复杂的社会、文化、文学的根源。80年代中期之后，西方文化和文学蜂拥而入，其中对"人"的无情解构，直接动摇了"人"的主体地位，也深刻地影响了中国作家的人物观和对人物的塑造。当时有作家就倡导"三无小说"，"无主题、无情节、无人物"中的核心就是"去人物"。人在现实社会中的生存处境更给作家一种暗示和启迪，随着商品化、市场化形成的滚滚洪流，人被物化、命运难卜，特别是广大农民在市场经济中的到处碰壁、利益受损的严酷现实，使作家再难以刻画"大写的人""大写的农民"了。此外，现实主义"典型观"不仅在理论上没有创新，反而遭受了种种诟病，使作家逐渐扬弃了这一经典创作传统，也是导致人物形象淡化的重要原因。

新世纪以来的短短数年，乡村小说收获颇丰，众多实力派作家拿出了他们的长篇小说力作。但一个值得注意的倾向是，这些作品多数写的是历史的乡村生活，写的是传统的农民，在人物塑造上还没有出现那种独特的、强有力的农民形象。贾平凹《秦腔》中的重要人物夏风、引生，有评论家称他们是"一种文化符号"式的人物。毕飞宇《平原》里的主角端方，被认为"缺乏充足的现代意识，端方甚至没有超越高加林的思想高度"[1]。余华《兄弟》（上）中的宋凡平是一个过分理想化的人物。刘醒龙《圣天门口》里的亢九枫，铁凝《笨花》中

---

[1]雷达：《2005年中国小说一瞥》，载《小说评论》，2006（1）。

的向喜，莫言《生死疲劳》里的洪泰岳等，虽然作家倾注了很多心血，但很难说已经超越了既往乡村小说中的那些兀然屹立的农民形象。

在中短篇小说创作中，虽然塑造的多是现实生活中的农民，但却似乎显得更单薄、软弱，鲜有新意。我们且以第三届鲁迅文学奖获奖作品为例，来说明这种现象。如毕飞宇《玉米》里的农村姑娘玉米，她在强权面前的反抗与妥协，令人感叹唏嘘，但却看不到一点生活的、人性的亮光；如夏天敏《好大一对羊》中的德山老汉，他的依附意识、愚忠性格，几乎是封建时代"闰土"的后代；如陈应松《松鸦为什么鸣叫》里的憨厚农民伯纬，他对人与自然、人与现代化等问题的感悟，完全是小农经济式的狭隘观念；如魏微《大老郑的女人》中那位章姓乡下女人，她在城里选择的"半良半娼"式的生活方式，其实是人格、人性的可怕扭曲；如王祥夫《上边》里那两位年老夫妇对养子的一片亲情，虽然感人肺腑，但它毕竟是一种正在消逝的乡村人伦，作者吟唱的也是一首无奈的挽歌。我坚定地认为，这些作品都是优秀之作，都是我们需要的。我们也决不能要求每一篇（部）作品，都塑造出一个成功的人物形象来。但如果乡村小说过多地拘泥在农民贫困无奈的生存状态描述上，停滞在农民传统文化性格的开掘上；人物成为故事情节牵着鼻子走的木偶人，成为作家理性思索的符号或象征。那么这种普遍的淡化人物倾向，就值得我们警觉和反思了，在这种倾向的支配下也很难产生出具有典型意义的农民形象来。

乡村小说从五四到现在，已创造了一个多姿多态、绵延不绝的人物画廊，阿Q、闰土、老通宝、翠翠、李有才、二诸葛、梁生宝、梁三老汉，以至新时期的陈奂生、冯幺爸、李铜钟、许茂、隋抱朴等等。90年代之后，也出现了白嘉轩（《白鹿原》）、呼天成（《羊的门》）等一些成功的人物形象。但总体上看农民形象的塑造处于一种被忽视、被淡化的状态。中国的现实和中国的文学，期待着乡村小说作家，为壮观的人物画廊续写更多的新的农民形象。

二 塑造"新的农民"是否可能

一时代的文学要出现称得起"典型"的人物形象，需要有两个起码的条件：一是现实生活中新人物的孕育和生长，二是作家新的人物观的确立和在生活中的发现。回想一下如前所列的那些不朽的农民形象，无不是在二者的遇合中经过作家的艰苦营造才诞生的。

中国是一个"乡土社会"，农业文明延续了数千年。中国农民是传统的小生产者，直到今天绝大多数依然身份未变。半个多世纪以来，从土地改革到集体生产，从人民公社到"分田到户"，又到农民"被迫"走上市场经济道路。几代人的梦想，数亿人的奋斗，但乡土中国的性质和传统农民的身份并没有本质的改变。而每一次农村社会变革和农民命运的转变，都在乡村小说中留下了鲜活的记忆，如果把从阿Q开始的农民系列形象逐个进行深入解读，就会看到一部长长的农民精神史、心灵史、性格史。上世纪 90 年代以降，中国从计划经济向市场经济艰难转航，又继而融入世界经济一体化大潮。从农村城市化（包括城镇化）进程的加速，又到今天"新农村建设"的战略调整。中国的"乡土社会"性质才真正开始转变，传统的农业文明向现代工业科技文明的过渡才刚刚启动。在这样一场历史的巨变中，传统农民无疑是最不能适应、最受伤害、最感到痛苦的弱势群体。但他们已被推到市场经济中摸爬滚打了十多年，他们的人生命运在变，他们的精神心理世界也在变。他们将在这种化蛹为蝶的蜕变中成为具有现代意义的农民。这一变化是极为深刻复杂的，是我们坐在书房难以想象的。

近年来的乡村小说已经展现了一些农民精神、性格方面的变化，但往往侧重于表现他们的传统文化性格——不变或变化甚少的一面，热衷于揭示他们在两种文化冲突中人格人性的变异和扭曲，而对于他们逐渐走向新生、现代因素潜滋暗长的一面，却表现很少或者浅尝辄止。至于那种在市场经济社会中脱胎而出的现代式"新农民"，我们似乎还没有看到。

其实，当我们的视野投向广袤的土地、一个个村庄的时候，就会发现那里有许多震撼心灵的故事，有不少可歌可泣的人物。譬如带领村民奋斗几十年使华西村率先实现城市化的吴仁宝，譬如把南街村治理成"各尽所能，按需分配"的"共产主义小社区"的王宏斌，譬如从"旗帜"到凡人再到商海女强人的郭凤莲，譬如顺应民心在当下中国组建起第一个"农民协会"的永济市蒲州镇的女青年郑冰……他们曾经是传统的农民，有着小农经济意识，有的甚至还有"左"的思想观念，但现在的他们不管思想深处有多么复杂，新的农民的现代思想和市场意识无疑已成为他们的主导精神。这些农民自然是群体中的极少数，但他们是中国农民的先行者，昭示着广大农民的未来之路。这样的新农民可不可以进入我们作家的视野中呢？

这里我们需要厘清一个概念。所谓"新的农民形象"，并不是指那种超凡脱俗的"高大全"式的英雄人物，而是泛指一种农民群体——处于变化成长中的，不断滋长新农民元素的各式各样的农民形象。那么新农民元素又包含哪些东西呢？譬如开拓精神、科学头脑、市场意识等等。这是中国传统农民最缺乏的，但却是市场经济社会最需要的，也是旧式农民走向现代农民应该具有的精神素质。乡村社会的那些成功（如商人、企业家等）农民，无不具有这种现代精神素质。黑格尔认为：典型人物"性格的特殊性中应该有一个主要的方面作为统治的方面"。这种在市场经济社会中生成的新农民元素，正是一种时代性格特征，它已然成为一小部分农民精神世界中的重要的方面，我们的作家应该努力地去发现它、表现它。

　　农民的精神心理世界，是个极为复杂矛盾而神秘的领域。其中既有封建落后的部分（如保守、狭隘、迷信、奴性等），也有传统文化精华的部分（如忠厚、诚信、仁义、勤俭等），还有改革开放近30年来滋生的新农民元素。而且是精华、糟粕和新质犬牙交错、相反相成、此消彼长，构成一个错综复杂的矛盾体。这就为作家塑造多种多样的农民形象提供了永不枯竭的生活源泉。我们可以继续刻画那些在时代转型中落伍、彷徨、失败的农民，也可以依旧描绘那些坚守农民的文化传统的静观、守望、智慧的农民。但更需要塑造那种在"新农村建设"中勇于开拓、探索、创造的新农民。中国农民精神人格的建构，是一个比经济、政治建设更为漫长的历史，因此作家对农民的走近、熟悉、探索、塑造，也是一条艰难、无尽的路程。

　　了解了中国农民在现代化进程中的位置、作用、发展路向，追溯了乡村小说在人物塑造上的演变轨迹，对于作家确立什么样的人物观以及如何塑造农民形象，就几乎是不言自明的了。首先我们要重新反思塑造农民问题上的成败得失。杜书瀛指出："要真正把文学看作'人学'，就必须'以人为本'，以作为'一切社会关系总和'的人、充分体现着他的'本质力量'的人为本。"[①]近年来乡村小说在塑造人物上的淡化倾向，正是因了作家在创作中是以故事、现象、问题为本了。其实人物才是小说的主体、焦点，写活、写透了农民，故事、现象、问题等等都可以蕴含其中，都有了各自的归宿。陈忠实、李佩甫等作

————————

①杜书瀛：《文学原理——创作论》，59页，北京，人民文学出版社，2001。

家的创作实践证明了这一点。此外，我们需要重新研究、创新现实主义"典型观"理论。乡村小说与现实主义创作方法有一种天然的联系，美国著名文学理论家韦勒克说"'典型'这一概念对现实主义理论和实践"具有"关键意义"①。乡村小说中的那些杰出的农民形象，绝大多数是运用典型化手法创造出来的，这就证明"典型观"理论依然具有强劲的生命力。因此，文学理论家要结合创作实际，深化"典型观"理论的研究，赋予其新的内涵。乡村小说作家要潜心探索，塑造出更多具有新特征的农民典型来。

三 俯视、仰视还是平视

中国作家对他所表现的农民，其情感、思想和姿态的复杂，真是一个"剪不断、理还乱"的麻团。但不管作家的内心深处有多少矛盾，你在观照人物时必须选择一种基本的角度和姿态，这一姿态关系着你能看到什么，关系到你能写出怎样的人物来。

从五四文学到新时期文学，乡村小说的演变气象万千，但从作家观照人物的姿态看却大体有两种。一种是20世纪二三十年代的俯视姿态，以鲁迅为代表的现代知识分子作家们，认为在农民身上集中了国民的种种劣根性，应该进行"启蒙"和"疗救"，采取了一种居高临下的俯视姿态。另一种是从40年代的解放区文学到五六十年代的当代文学中的仰视姿态，中国农民成为历史舞台上的主人，赵树理、孙犁、柳青以至浩然等主流作家，以政治意识形态作为思想文化立脚点，采取了一种尊崇歌颂式的仰视姿态，努力发掘他们身上的优秀品格，塑

---

① 〔美〕韦勒克:《文学研究中现实主义的概念》,236 页,北京,中国社会科学出版社,1989。

造一种带有理想色彩的新型农民。尽管每个作家的情感、思想迥然有别，且掺杂着或深或浅的民间意识，但这种仰视式的观照姿态则是确定无疑的。

上世纪 90 年代初中期，一股强劲的"现实主义冲击波"把乡村小说推进到一个新的境地。而变化的根源就在作家观照姿态的变革上，即一批年轻的乡村小说作家采取了一种平视姿态。代表性作家刘醒龙断然说："真正承传中国文化的恰恰是这些乡村农民，从文化角度上讲，这世界上没有谁比谁高明。一个人的人格高大主要表现在人性的宽容、悲怜、慈爱、和善上，完全不是语言上的深刻和优越与目光的尖锐。我现在特别鄙视'审视'这一东西的运用，这只是自我吹嘘的一种堂皇的形式。"[①]另一位实力派作家谈歌则坦言："作家在心灵感觉上，应该是平常人。"强调要"站在大众的角度上"，表现一种"平民意识"。[②]作家这种自觉的立场转换和姿态调整，表现了他们对农民的重新认识，对作家与农民关系的深刻反思。所谓平视姿态，即一个作家在观察和表现农民时，要以平等的态度、平起平坐的位置，对农民不抱偏见、成见，不先入为主，用一颗真诚的心走近农民，这是一种知识分子向民间立场的位移。正是在作家这样一种平视观念的驱动下，当时的乡村小说呈现出一种完全的开放状态，农村现实生活中的巨澜微波，农民生存以及他们性格心理的各个侧面，在作品中得到了原生态式的呈现。出现了陈源斌《万家诉讼》中的何碧秋、关仁山《九月还乡》里的九月等一些具有新农民特征的崭新形象。应该说，平视姿态对于乡村小说作家来说，是一个思想观念和创作实践上的进步

①转引自段崇轩：《关于农村题材小说的备忘录》，载《新华文摘》，1996（10）。

②转引自董健等主编：《中国当代文学史新稿》，594 页，北京，人民文学出版社，2005。

和超越，它给我们的启迪是丰富的。

今天，时代和文学给作家提出了塑造更多样化的尤其是具有时代特征的农民形象的课题。我以为作家努力采用平视姿态去观照和表现农民，不失为一种更理想的选择。因为俯视式姿态的创作，往往看到的是农民身上落后、保守、愚昧等的一面；仰视式姿态的创作，常常会不自觉地夸大农民身上诸如淳朴、善良、仁义等的一面。都给人一种"剑走偏锋"的感觉。而那种平视式的观照姿态和视域，就像一部高像素、广角度的数码相机，可以使我们看到现实中的农民的"全人"，可以发现他们身上犹如"春芽"一般的新绿，可以更真实、客观地描绘出千姿百态的农民群像。

然而，平视姿态中尽管蕴含了思想观念上的新变，但它毕竟还是一种看取生活、人物上的角度和态度，更具有方法论的意义，并不能代替作家的思想探索、情感体验和审美创造。其实作家在观照生活和人物时，往往运用的是一种复杂而矛盾的多重视角。看到什么自然可以写出什么，但并不等于能够理解它和升华它。"现实主义冲击波"中的众多作家曾经竭尽全力描绘了那么多"原汁原味"的农民形象，但经得起时间检验富有生命力的人物形象并不多。原因就在他们注重了人物的现实丰富性，用流行的思想观念去把握人物，而没有从文化、人性、生命的层面去透视人物，反映了他们思想资源的匮乏。而一些具有知识分子文化立场的作家，他们在塑造计划经济时代和历史生活中的传统农民时，显得游刃有余，人物形象十分突出，有的甚至达到了典型的高度，而一写到市场经济时代的农民，就显得捉襟见肘，形象苍白，显示了他们对当下农村的隔膜和生活资源的贫乏。思想资源、生活资源的缺失，是当前乡村小说创作需要突破的两大障碍。这使我们不禁想到了赵树理、高晓声两位乡村小说大家，他们不管是从政治意识形态的角度仰视农民，还是从现代思想的角度去俯视农民，当他们一进入现实生活以及具体创作时，就自然而然地回到了民间立场，保持着一种平视的姿态。在他们的作品中，作家的理性思想和人物形象构成了一种巧妙的张力和复杂的结合，凸现出一个个新颖独特而又意蕴深远的农民形象来。他们在人物塑造上的独到之处，是值得我们深入探究和总结的。

（原载 2006 年 4 月 11 日《文艺报》）

打破文学与农民之间的"坚冰"

从当下文学状况看赵树理的文学理想

在"新农村建设"的现代化战略任务全面启动的背景下，"农村题材文学"或者称"乡村文学"，再一次受到了文学乃至文化界的高度关注和深入反思。在检视它的发展与走向、现状和问题的时候，人们强烈意识到：当下成果丰硕的乡村文学，原来只是在城里热闹着，农村的文学市场却几近成了一片沙漠，有报纸打出这样的题目：文学与农村要"破冰"！我们的作家怎样应对和改变这种局面，已成为当前文学界面临的时代使命。同时，鲁迅、沈从文、周立波、柳青，特别是赵树理的小说创作以及文学思想，又一次成为人们重温和解读的对象。

上世纪 90 年代之后，中国文学进入了一个多元化时期。都市文学、女性叙事、青春写作等异军突起，而乡村文学依然是一方重镇，并代表着文学的思想深度和艺术标高。在数届茅盾文学奖和鲁迅文学奖获奖作品中，乡村题材所占比重最大，就说明我们的文学和作家依然在关注和思考着农村和农民。乡村小说的重量级作家贾平凹、陈忠实、莫言、韩少功、张炜、李佩甫等奉献了他们具有探索性的长篇小说精品。现实主义代表作家刘醒龙、刘玉堂、关仁山、何申等创作了他们紧贴现实的力作。这一时期的作品，题材内容丰富了，主题思想深邃了，人物形象多样了，叙事方法纯熟了。客观地讲，它比新时期文学的小说要厚实、成熟得多。然而，这样的作品却难以走进农村，难以被农民读者所接受。问题究竟在哪里呢？大家普遍的印象是：现在乡村文学历史叙事多了，而现实叙事少了；揭露的、批判的作品较多，而正面的、讴歌的作品较少；凭印象编造的东西呈泛滥之势，而体验深切精心提炼的东西却日渐稀少……这些感受自然是对的，但我以为更深层的原因是，我们的一些作家已变为深陷城市的观察者甚至旁观者，在思想、感情、心理上疏离了农村和农民，导致了思想认识上的模糊、狭隘乃至偏差。择其要者主要有如下四个方面：一是缺乏对农民主体地位的充分认识，在近30年的改革历史中，数亿农民始终是变革的动力和主体，强有力地推动了中国的现代化进程，但由于他们在社会利益的分配中处于弱势状态，使我们轻视了他们的社会和历史地位，因此表现在作品中就使这一庞大的群体渐渐萎缩和虚化了。二是缺乏对农村改革历史的整体把握，从土地承包责任制的实行到乡镇企业的兴起，从农村民主选举的探索到农民工进城的创举，一步一步构成了农村壮阔而艰难的历史长卷。但由于我们的作家没有深入跟踪农村的变革步履，把握不住时代的脉动，因此在作品中只能表现历史的片段、表象之类。由于整体把握的软弱无力，表现横截面也显得力不从心。而在五六十年代的乡村小说中，农村的历史是以完整的形态表现出来的。三是缺乏对新的农民形象的发现和塑造，从传统的小生产者到进入市场大潮的新的、现代的农民，在思想、感情、心理以至言行、外表上，农民经历了多么痛苦、曲折的蜕变，而在我们的乡村小说中大抵还是那些似曾相识的旧式农民，这种新的农民形象却寥若晨星。四是缺乏对文学民族风格的自觉探索，赵树理等一代作家为文学的民族化、大众化风格进行了艰苦的实践，今天我们自然不能停留在他们的基点上，但怎样满足农民读者的审美心理，怎样吸取民间文艺、古典文学中富有生命力的东西，还没有成为更多作家的有意识追求。乡村文学因了这些深层的、内在的"缺失"，便从整体上与农民读者发生了错位和脱节。

从新时期文学到新世纪文学，我们确实更多地承传了五四文学传统，但在承传过程中，我们不仅没能有效地克服五四文学同农民的隔膜这一盲点，甚至把忧患意识、"立人"思想等也给丢弃了不少。而大众化文学传统，由于同政治意识形态的复杂关系和在"左"的时代的被扭曲，早已被我们的作家所冷淡和忘却。这就导致了今天的文学同农民的渐行渐远，农村文学市场的快速"沙化"。

当然，今天的农村"缺失"新文学，农民"拒绝"新文学，问题也不全在文学和作家方面。现在是市场经济时代，实用主义和功利主义已成为人们普遍的价值取向，为生存和生活如牛负重的农民已无力和无暇顾及精神文化生活。同时我们也不能理想化地期望农民都去读小说、散文、诗歌之类，他们的文化需求是多方面的，文学只是其中的一小部分，那种把文学普及到农民中去的想法只是知识分子的一厢情愿。从文学自身的社会价值看，我们也不能再偏激地强调文学"为工农兵服务"。文学是全社会各个层面读者的文学，即便是乡村文学也完全可以以城里人、知识分子为读者对象。譬如鲁迅、周作人、茅盾等写乡村生活的小说和散文，本来也不是面向农民的，大约也永远深入不到农村去。然而，一个时代的文学，特别是写农村和农民的文学，如果在整体上悬浮在城市，拘禁在文化和文学圈子里，而与那块广袤的土地、与数亿底层农民不相往来，在"新农村建设"中找不到感觉和方向，让文学和农民之间的坚冰冻结得越来越深厚，那这样的文学无疑是出了问题，无疑是值得我们警醒和审视的。

在中国的现当代文学史中，始终有一个强劲的"大众化文学"传统，赵树理就是这个传统最坚定的实践者。他在上世纪40年代，以《小二黑结婚》《李有才板话》等一批杰出作品，不仅从深层上继承了五四文学的启蒙精神，同时又创造性地解决了文学走向民众的最大难题，丰富和拓展了现代文学的发展道路。解放后的五六十年代，他一方面在小说、戏剧、曲艺等创作上身体力行，另一方面又坚持不懈地构筑和实践着自己的文学理想。他在这一时期的《"普及"工作旧话重提》等多篇文章和多次讲话中，反复阐述了自己逐渐成熟的文学思想。他认为当时的中国文艺面对的有三个传统，一是中国古典文艺传统，二是五四新文学传统，三是民间文艺传统。而事实上现有的文学是以第二种传统为主体的，"把大部分群众拒于接受圈子之外"了，这不符合毛泽东关于"从普及的基础上提高"的文艺思想。他认为当代文学如果"以民间传统为主"——即在民间说唱文艺、话本小说的基础上建构一种具有民族风格和语言的新文学，文学就会真正走到民间。他是痛感五四新文学"在农村中根本没有培活"①的现实，才又深入民间建构他的文学思想的。这是一种具有挑战性的文学思想，是一种切合现实的文学理想。但是，他的文学思想和创作追求，遭到了来自文艺乃至政治等多方面的冷遇和挤压，最终导致了他的人生和创作悲剧。他在"文化大革命"中的"自我检讨"里悲哀地说："我在这方面的错误，就在于不甘心失败，不承认现实。事实上我当年所提倡要继承

---

① 赵树理：《艺术与农村》，载《人民日报》，1947年8月15日。

的东西因无人响应而归于消灭了。"①

现在我们重温赵树理的文学思想和创作追求，深刻认识到：五六十年代是一个企图建立"大众化文学"的时代，也确实产生过一批有代表性的优秀作品，但这种文学是深受政治"乌托邦"思想和"左"的思想影响的，它与赵树理的文学理想有着根本的不同。赵树理反对那种激进的"高大全"式的文学，自然是对的，但他"矫枉过正"地抵制以五四传统为主体的文学，这就显示了他的某种狭隘和偏激，反映出他对民间文化和文艺的过度痴迷。以民间传统为主的文学毫无疑问应该发扬光大，但它应该是多元文学中的重要一元，而不应以此来取代他元的文学。但偏激的思想常常会显出独到的深刻和远见。半个世纪过去了，当我们面对"大众化文学"传统走向衰微、难以为继，农民读者又出现无文学可读的窘境，当我们面对五四文学传统在继承中出现了某种偏差，乡村文学变成了作家自娱自乐的文体试验的时候，才又一次感受到赵树理文学思想的坚实和深邃，他的文学理想的生命力和寓言性。

农村、农民需要什么样的文学

农村的文学空间在萎缩、在虚化，但并不是说就完全消失、无影无踪了。文学作为人类的文化精魂、精神灯火，它会永远伴随着人们的生活。不管是在战争年代，还是和平岁月；不论是在发达的农村，抑或贫困的山村。我们在一些经济还很落后，依然保留着五六十年代

---

①赵树理：《回忆历史 认识自己》，见《赵树理全集》，第5卷，391页，太原，北岳文艺出版社，2000。

面貌的晋北农村看到，农民的文化生活主要是电视节目和民间文艺。电视机已经普及，有线电视线路也通到了村里，电视里丰富多彩的文艺节目和连续剧吸引着青、中、老各个年龄层的农民，他们在电视里感受着外面的世界和城里人的生活。民间文艺如戏剧、秧歌、踩高跷、八音会等，近年来也开始复苏，内容和形式依然是过去的一套，但农民兴趣不减。此外就是打麻将了，不为输赢，只为聚在一起，传递新闻，说说笑话，俨然成了文化场所。农民的文学生活呢？不仅远不及五六十年代，同80年代也不能相比。在中老年读者那里，我们还可看到《三国演义》《水浒传》《杨家将》《三侠五义》等古典小说，也偶然能见到《金庸武侠小说》等。出版于"文化大革命"前的《林海雪原》《铁道游击队》《创业史》《三里湾》等，也还有流传。出生成长在解放前后的中老年农民，在内心中还保留着一片文学的绿地。而在青年农民那里，他们偶然浏览一些时尚生活、科技文化读物，与文学却很是隔膜了。新时期文学留下的名著，当下文坛炒得火爆的城市、乡村小说，我们却几乎见不到踪迹。至于现在流行的《当代》《收获》《人民文学》《小说月报》等名牌杂志也很难看到它们的身影。这样的晋北农村，自然不能代表中国各式各样的农村，我们的了解调查也不够准确全面，但农村文学空间近十多年的急剧萎缩，农民读者对当下文学的整体性放弃，确是铁板钉钉的事实。

生存的压力和危机无情地磨损了农民对精神文化生活的追求。既往农村孕育青年文学爱好者以及文学作者的文化环境已不复存在。传统的乡村文化早已破碎不堪，新中国成立初期的社会主义文化构想也在农村变成了美丽的梦幻。在现代乡村文化处于缺位的状况下，异质的城市文化乘虚而入。那种以忠孝、仁义、伦理等为核心的乡村文化，正在被实用的、功利的、欲望的城市文化"殖民化"。农村不仅处于经济困境状态，同时也处于文化匮乏境地。

农村和农民并不是不需要文学，农民读者需要的是跟他们血肉相连、"知脾合性"的文学。农民读者的阅读眼界并不狭隘，古代历史小说、革命历史小说、武侠小说、城市小说、侦探小说等等，都是他们感兴趣的。但他们更希望看到表现农村生活以及自己的命运的乡村小说。《红旗谱》《三里湾》《艳阳天》等在农村的风行一时，就是最好的例证。但他们喜爱的乡村小说，必然是反映了他们最关心的问题，描写了他们最感兴趣的生活，表现了他们最真实的思想、情感和愿望的作品。赵树理在创作谈中多次谈到他每一篇小说的创作意图："我的作品，我自己常常叫它是'问题小说'。为什么叫这个名字，就是因为我写的小说，都是我下乡工作时在工作中所碰到的问题，感到那个问题不解决会妨碍我们工作的进展，应该把它提出来。"① 赵树理小说中所提出的问题也许是一些具体的政策、工作问题，即与农民利益紧密相关的问题，但这些问题的背后又往往牵动着农村的一些复杂现象和重大主题，譬如农村的基层政权建设、干群之间的矛盾冲突、农村政策中的严重失误、农民的当家做主问题等等，而表现的又总是当下农民的生存状态、喜怒哀乐、困惑和期望等等。这样的文学作品，农民怎么能不抢着去买、去读呢？而时下的一些乡村小说，也许在思想上很高深，在艺术上很新颖，但它所表现的主题、内容、情感等，与农民"风马牛不相及"，因此就只能成为圈子里的文学了。

农民其实是一个很挑剔的读者群，只有那种"对脾胃"的作品他们才会阅读和喜欢。但他们的审美趣味也不像我们想象的那样单一、

---

① 赵树理：《当前创作中的几个问题》，见《赵树理全集》，第4卷，424页，太原，北岳文艺出版社，2000。

封闭。他们钟情的自然是那种具有民间文艺、古典小说韵味的文学，但对那些把欧化形式和语言民族化了的作品，也并不排斥。譬如柳青的《创业史》就借鉴了许多西方小说的艺术手段，如抒情笔调、心理描写等；再如周立波的《山乡巨变》，浸透着知识分子特有的思想、感觉和情调。但这两部作品同样被农民读者认可和喜爱，这就说明农民的鉴赏心理也是丰富的、开放的，作家的艺术创新依然有广阔的用武之地。当然，农民的审美心理有丰富、开放的一面，但更有代代相传、自成系统的一面，这是我们必须把握住的。

文学是反映社会风云的风向仪，是感应时代脉动的探测器，是解剖民众灵魂的手术刀，是烛照国民精神前行的航标灯。它的敏锐、精微、深邃是其他文艺品种——如戏剧、曲艺、电视剧等不可比拟的。在"新农村建设"中，如何承传传统文化、民间文化中的精华部分、批判封建文化和西方文化中的糟粕部分？如何建构具有本土特色的现代乡村文化？怎样启蒙和改造农民的小农经济思想意识，倡导和注入民主、自由、科学的先进思想观念？怎样促进传统农民向现代农民的蜕变和成长？都是当下文学应当关注、探索和表现的时代内容。今天的农村和农民期待着这样的文学，在"新农村建设中"成立起来的千千万万个"农民书屋"等待着这样的作品。

关键词：文学传统、作家立场与民族风格

我们的文学，特别是乡村文学，要真正表现农村和农民，成为"新农村建设"中文化建构的思想资源和精神动力，成为广大农民文化生活中的重要组成部分，需要从文学的外部环境和内部机制两方面入手，形成多方合力，进行艰苦探索，"坚冰"的打破才有可能。从文

学本身和作家主体来说，则要着力解决整合文学传统、转换作家立场和创新民族风格的一系列难题。

关于整合文学传统。今天我们应该理智地认识到，五四文学传统和"大众化文学"传统，各有自己的优势也各有自己的盲点。前者注重思想深度和艺术创新，把启蒙民众当作创作宗旨，但它的着眼点在作家方面，在一定程度上忽视了广大农民读者的阅读和接受。后者强调题材的现实和写法的大众化，其实是对五四文学传统的纠偏与扩展，然而在思想和艺术表现上较为粗放。在中国现当代文学史上，有思想有远见的作家都在努力克服自己的盲点，融合两种传统，作出了成功的实践。如丁玲、周立波，他们的思想、文学体系都属于五四传统，但他们努力深入农村变革和农民生活，孜孜探求为农民读者喜欢的艺术形式和语言，创作出了《太阳照在桑乾河上》和《暴风骤雨》等现实主义佳作。如赵树理、高晓声，他们坚定地立足于为农民写作，但在思想上继承五四启蒙传统，在通俗化、大众化的叙事文体中，蕴含了闪光的现代思想意识。高晓声的《陈奂生进城》是两种传统结合的最好例子。他们的创作是值得我们深入探讨和借鉴的。乡村文学应当是多样化的，为不同层面读者阅读的。它完全可以坚守五四文学传统，去描述历史故事、民情风俗、地域特色，去揭示生活的阴暗面、农民的劣根性，创作出鲁迅式的作品来，让全社会各种读者了解、认识农村和农民，促进农村的变革和农村现代化进程。如韩少功的《马桥词典》、李锐的《厚土》等，就属于这一类型的精品。但同时我们更需要那种立足于民间和古典的文学传统，吸收和融合别一种文学传统，思想内容紧贴现实，表现形式雅俗共赏的力作和精品。五四文学传统和大众化文学传统，只有"双水合流"、相辅相成，才会有广阔的文学前景。

　　关于作家的立场转换。立场问题是一个老生常谈、让人腻烦的话题，但又是一个客观存在、无法回避的问题。赵树理曾经一针见血地指出："所谓'大众立场'，就是'为大众打算'的意思，但这不是主观上变一变观念就可以解决的问题，因为各阶层的生活习惯不同，造成了许多不易理解的隔阂，所以必须到群众中去体验群众生活。劳苦大众的生活，比起洋房子里的生活来是地狱，我们必须得有入地狱的精神。"①作家不深入农村和农民，你就很难描绘出今天急剧变革、变化莫测的现实生活，你就很难表现出与农民产生共鸣的思想、心理和情感来，你的作品就绝不可能得到农民读者的认同与欢迎。但作家从知识分子立场转换到农民立场，并不意味着要放弃知识分子的思想观念，而是要以平起平坐的平视姿态走近农村和农民，同时又能跳出来以俯视的现代思想和眼光观照你所表现的对象，这样作家才会实现"入乎其内"又"出乎其外"的自由，作品才能既具有形而下的血肉又具有形而上的风骨。平视与俯视是矛盾的，但又是可以统一的。杰出的作品就产生在二者的张力和协调中。

　　关于创新文学的民族风格。文学风格是作家的创作个性、知识修养、艺术追求的综合体现，同时又是一个民族社会生活、文化传统、审美心理的自然显现。中华民族的文化脉流根深叶茂，在各个时代的文学中都有鲜明的呈现。就拿现当代文学中的乡村小说来看，赵树理对于民间文艺的创造性继承，孙犁之于古典文学的巧妙融合，汪曾祺在古代散文、绘画基础上的文体创造，都显示了一种独特、丰富的民族风格和神韵。新时期文学以来，贾平凹、莫言、刘玉堂等中年作家在承传民间文艺、古典文学传统方面也作出了宝贵的探索和实践。但

---

①赵树理：《小更正》，见《赵树理全集》，第4卷，191页，太原，北岳文艺出版社，2000。

从整体上看，民族风格的继承和发展，呈现出一种衰微趋向。为什么农民读者不喜欢今天的新文学，自然跟作品表现的思想、内容有关，但更与文学逐渐流失了民族风格和韵味紧密相连。在探索性的乡村小说作家那里，他们痴迷的是现代文学上那些已有的叙事模式和西方作家的艺术风格和形式。在现实主义作家那里，他们更关心的是写了些什么，还没有自觉地去创造一种民族风格和语言。赵树理和周立波等苦苦探索的、为中国老百姓喜欢的民族风格和艺术形式，包括故事讲述、结构安排、人物刻画、语言运用等等，还没有引起我们的作家的足够重视。现在是世界经济一体化、思想观念普泛化的时代，文化和文学丧失本土化、民族化是一件极为容易的事情。在这样的情势下，文学怎样从民间文艺、古典文学中大量地吸纳营养，形成我们独树一帜的现代民族风格和民族神韵，就显得格外重要。

早在上世纪 30 年代，在"左翼"作家讨论文艺大众化问题的时候，鲁迅先生高瞻远瞩地指出："所以在现下的教育不平等的社会里，仍当有种种难易不同的文艺，以应各种程度的读者之需。不过应该多有为大众设想的作家，竭力来作浅显易解的作品，使大家能懂，爱看，以挤掉一些陈腐的劳什子。"① 中国作家的使命还很沉重，中国文学的道路依然曲折。

（原载 2007 年第 2 期《新华文摘》）

---

① 鲁迅：《文艺的大众化》，见《鲁迅全集》，第 7 卷，349 页，北京，人民文学出版社，1991。

当乡村成为我们的"精神家园"

——近年小说创作的一种取向

　　城市在神速地膨胀、发展，无数的农民、农民工义无反顾地投入它的怀抱；乡村在急剧地萎缩、衰落，一个个村庄成了老人、孩子留守的"空巢"。这就是中国当今的现实，我们已进入一个城乡一体化、城市高速发展的时代。然而，被誉为时代的镜子的文学，却呈现出一种迥然不同的景象。在整个文学创作中，乡村小说依然长盛不衰、一路飘红。2008年举行的第七届茅盾文学奖评奖，4部获奖长篇小说就有《秦腔》《湖光山色》《额尔古纳河右岸》3部作品写的都是农村题材，即是明证。城市小说虽然热闹，但总是难成正果。这是一个有点蹊跷、值得探究的文学现象。而在全部乡村小说创作中，又似乎有两种创作走向：一种是秉承既往现实主义创作路子，反映当下农村社会的变革、困难以及各种问题，突出的是农村"变化"的一面，可以称作现实乡村小说；另一种则是超越现实，从形而上层面选取和表现乡村世界的自然风景、传统文化、民情风俗、人伦亲情以及农民的精神品格等等。侧重的是乡村"凝固"和"渐变"的一面。这是一个自然的、历史的、人文的乡村世界；也是一个纯洁的、美好的、精神的乡村世界。这样的乡村在漫长的农业社会中普遍存在，但在今天已然难以寻觅，因此它更是作家的一种回忆、想象和创造。我们似可把它名为精神文化乡村小说。

20世纪90年代以降，中国社会加快了从传统农业文明向现代工业科技文明的历史转型。伴随着这样的社会进程，那些敏感的、有思想、有实力的作家，就开始了他们重新发现和书写乡村的创作之旅。这一探索一直持续至今，产生了一大批力作和精品。其实这一探索从新时期文学就开始了，但到90年代之后才成为一股强劲的潮流。从表面上看，这样的精神文化型乡村小说，似乎同历史发展是疏离、对峙甚至"反动"的。但从深层看，它恰恰是对现代工业文明（包括城市文明）的一种质疑、审视和校正，是对传统文化（包括乡村文明）的一种开掘、重构和弘扬。它所呈现的乡村，已不再是对现实、对历史的简单摹写，而成为精英知识分子乃至全民族的精神家园，其思想内涵和精神指向是极为丰富和深远的。现实的乡村需要改变贫穷、落后，实现现代化。而精神的乡村，需要从故土中汲取精华，以建构一方心灵的绿洲。诚然，对那种诗化和美化乡村贫穷、愚昧和苦难的矫情写作倾向，我们也要保持足够的警惕！

城市是由乡村孕育和催生的，是更高一级的文明形态。但城市膨胀到一定限度，就变成了一个庞大的、冷酷的、机械的"怪物"，背离了自然特征和人的本性。在这样的时候，人就会重新返身自然、回归乡村，即便是"肉身"回不去，也要作"精神"的"皈依"。进入市场经济时代以来，我们的不少作家都表现了人们的这种精神动向。1993年张炜发表了散文体短篇小说《融入野地》，就敏锐地表现了一个精英知识分子对城市文明的批判、对自然和故乡的寻找。他明确地指出："城市是一片被肆意修饰过的野地，我最终将告别它。"他坚定地宣称：他要追寻的"野地"是一个具有自然性、原始性的人类家园，在那里"无数的生命在腾跃、繁衍生长""泥土滋生一切，人将得到所需的全部"，是一个真正的"天人合一"的自然之境。张炜所探求、想象的

"文明的野地"当然是一个虚幻的"乌托邦"，当时遭到了一些批评家的质疑和批评，但却昭示了一个"先知先觉"的知识分子对人的精神家园的苦苦求索。从鲁迅开始的乡土小说创作，近100年来绵延不绝、不断新变，代有佳作，构成了一个绿水长流的文学传统。乡土小说的最主要特色，是对地域性的"风景画"和"风俗画"的描写。但对这种地域特色的表现，是随着时代的变化而变化，也是随着时代的深化而深化的。现在我们已经很难看到如沈从文、汪曾祺的作品那样具有原汁原味的地域色彩的小说了，这不能不说是一种遗憾。但也有不少作家依然钟情于乡村自然环境和风俗的描写，并深入探索着人与自然的密切而复杂的关系，这同样是令人欣慰的。红柯的《大漠人家》描绘了一幅令人惊叹的大西北风景画：辽阔的沙漠、壮丽的日出、万物的生长。一位孩子由爷爷带领在神圣而有趣的起土豆劳动中，情感、心智和人格在不知不觉中葳蕤成长，写的是人与自然、人与劳动的关系。范小青的《蜜蜂圆舞曲》叙述的是一个叫笠帽岛上的养蜂人的故事。在这个花香鸟语、蜜蜂成群的小岛上，人与蜜蜂可以对话，蜜蜂有自己的思想、感情和语言，花、树、鸟与鸡、鸭、狗各安其所、融融乐乐。作家把自然、村落写成了一种有生命、有个性、有感觉的活的存在。人只是自然中的一个种类，他只有顺应自然才能生存，违背自然就会受到惩罚。在这里，不管是红柯的大漠，还是范小青的笠帽岛，都同钢筋水泥构建的现代城市形成了鲜明对比，其中寄托了作家对自然、乡村的情感与怀恋，体现了作家在现代社会背景下对人与自然、乡村的新的思考和认知。

乡村是一方自然之境，也是一个文化载体。中国乡村历经数千年，形成了自己独特而庞杂的文化传统、民情风俗。尽管近现代以来的战争、革命、运动已把它冲击得支离破碎，但它或变异或沉潜，余脉不断。对这种传统的东西，现当代文学中多持审视、批判的态度；但20世纪90年代之后的文学却发生了戏剧性的变化，虽然还有审视和批判，但更主要的却是一种发掘、保护、复兴的姿态了。乡村中的文化传统，既有来自历代统治阶级的正统文化思想，如儒、道、释，是为"大传统"。也有源自民间的思想、习俗、艺术等，称作"小传统"。贾平凹1990年发表的中篇小说《美穴地》，写的就是中国乡村中的看风水文化，这种古老的文化来自《易经》，它不仅盛行于民间，也流传于统治阶层，在今天依然有重新复活的势头。作品中的苟、姚、柳三家，都在用心良苦地找"吉穴"。坟地的选择竟神奇地影响了三个人家的兴衰沉浮、人物命运。这自然有一些封建迷信的嫌疑，作家的态度也有点暧昧，但墓穴的确定与家族的兴衰之间的神秘关系，确实是一个值得破译的文化之谜。郭雪波的《天音》发掘和表现的则是草原上的民间文化，说唱艺人老孛爷弹唱的民歌《古风》，深情、悲怆、激越，象征了蒙古族人的精神性格，但它已不再有传人和听众了。它同要沙化的小屯将一齐消失，但作为一种民族的精神文化遗产，却值得后人铭记和珍藏。

汪曾祺说："风俗是一个民族集体创作的生活抒情诗。"中国乡村的民情风俗是极为丰富多样的，它是一个地方精神文化的形象显现，是一方乡民生存、智慧、审美的结晶。铁凝《砸骨头》中居士村一带的"砸骨头"风俗，是一种"乡村版"的"决斗"方式。一桩纠葛难决高下，两位男人就奔赴河滩，用鹅卵石做武器互相猛砸，以此来决定输赢，显示了燕赵乡民好胜斗勇的精神性格。温亚军《成人礼》里孩子的"割礼"风俗，既是促使一个孩子身体上的成长，也是激励一个孩子精神上的自强的隆重仪式，它对于一个乡村孩子来说是人生中的一个重要分界。乡村中的节日风俗，近年来在小说中多有表现，最突出的是郭文斌的节日系列小说：《大年》写春节，《点灯时分》写元宵节，《吉祥如意》写端午节，《中秋》写中秋节，作家逼真而完整地描述了西部农村这些重要节日的具体内容和详细程序，不仅具有思想和审美意义，同时具有民俗价值。这些民情风俗是美丽的，也是永恒的。

城市是一个以个体为单元的组合社会，乡村是一个以家庭为单位的群体社会。城市可以培育人的独立自主精神，但同时也可以造成人的自私、寡情和孤独。乡村的群体社会也许会压抑、扼制人的个性和创造，然而也有助于塑造人真诚、仁义、奉献的精神性格。作家们痛感现代社会的冷漠、虚伪，人的精神、心理的异化，把他们的笔触深入乡村社会，表现了民间可贵的人伦亲情，塑造了农民淳朴的精神性格。广袤土地上的一个个乡村，不管走到哪里，你都会感受到一种温暖的人间亲情。河南作家张宇的《乡村情感》，表现了两位曾经舍生忘死闹革命的老农民，晚年时期对国家的深深忧患、对朋友的无私相助，可谓忠肝义胆。黑龙江作家迟子建的《亲亲土豆》，讴歌了农村夫妻之间面对绝症，那种刻骨铭心、相依为命的亲情和爱情。广西作家东西的《没有语言的生活》，描述了瞎子、聋子、哑巴一门三残，相濡以沫，用爱心共度艰难人生的感人故事。江苏作家毕飞宇的《哺乳期的女人》，礼赞了小镇女人惠嫂对非亲非故的孩子旺旺的那种纯洁的母爱情怀。山西作家王祥夫的《上边》，刻画了刘老汉夫妇对已成为大学生的"养子"拴柱的那种贴心贴肺的爱子之情。这种人伦亲情是平凡的、世俗的，但又是珍贵的、博大的，是现代社会最为匮乏的。乡村社会也许是贫困、落后的，这正是今天我们要努力改变的。但乡村社会独特的自然和人文环境却形成了农民丰富多样的精神、心理和性格。铁凝《孕妇和牛》中那位俊俏、温顺的怀孕少妇，从未走出过平原，又不识字，但她的淳朴善良、她的殷殷母爱，她对文化的敬仰，却使我们心生感动和敬意。韩少功的《乡土人物》里的剃头匠、风水先生、蛇贩子、杀猪佬等，是乡村社会的边缘人物。他们身上也许缺乏传统农民那种正面的性格，但他们的生存方式、敬业精神、做人准则、处世智慧等蕴含了丰富的民间文化和民间习俗，同样值得我们关注和研究。阎连科的《年月日》是一部充满诗意的象征小说，主人公先爷与他的那条瞎狗，面对千古大旱、粮尽水绝、村民逃散的生存绝境，竟奇迹般地活了下来，并用自己的生命养育、保存了一棵玉蜀黍，他依赖的就是中华民族那种顽强、机智、勤劳、固守土地的精神品格。中国农民身上的这些精神品格是永远不朽的，它同样可以成为今天的精神资源和力量。

在建设新农村、城乡协调发展的时代进程中，乡村作为现实的和精神的重镇，确有许多值得我们发掘、承传、重构的东西。乡村的现代化需要城市拉动，城市的人性化也需要乡村滋养。城市与乡村的互补与融合，才可能构成人们最理想的家园。作家在这个领域，依然大有可为。

（原载 2009 年 12 月 15 日《文艺报》）

重树好小说的标尺
——兼评 2006 年中国小说（短篇）排行榜

亟须有一个严格、超然的文学标准

今年 3 月，2006 年中国小说排行榜又如期出炉了。按理说，打着"中国小说"的旗号，又由中国小说学会这样的民间组织来操办，应该有一定的公正性、准确性吧？其实不然。即便是茅盾文学奖、鲁迅文学奖那样的国家级奖项，评出的结果也很难让人心服口服，又遑论民间组织的评奖？现在人们越来越感到时下的文学观念太多样了、文学标准太宽泛了、文学内幕太微妙了，因此不管什么样的文学评奖、作品排行等，都难免以偏概全、鱼龙混杂。这次年度排行依旧涵盖了小说家族中的 4 个种类，长篇、中篇小说我涉猎不多，不敢妄言；短篇小说、小小说（微型小说）还是略知大概的，我敢说它并不具有多少代表性和权威性，有些作品颇有"滥竽充数"之嫌。当然这只是我个人的判断。误差这样大的原因自然十分复杂，譬如评选的范围不广、评委的工作不细等等，但我想一个更主要的原因是小说的标准问题。我们没有一把清晰、严格、超然的标尺，评委们一人一把尺子、一架算盘，评选的结果怎么能具有公信度和权威性呢？

关于文学的标准问题，夏志清先生说过一段话："我的'教条'

也只是坚持每种批评标准都必须一视同仁地适用于一切时期、一切民族、一切意识形态的文学。"①这话说得有点绝对，但它也恰好说明了文学是有一个稳定、超然的标准的。文学史家、批评家、文学评委正是掌握这一"批评标准"的特殊群体，而他们的标准又应该与大多数读者的阅读判断基本吻合。现在的问题是，由于人们观念的多样化、文学思潮的多元化以及文学界多种非文学因素的干扰，在好小说的标准上出现了严重的模糊和混乱，导致了评奖、排行的变异乃至堕落，削弱了这些活动的积极作用。现在应当是重树文学标尺的时候了！那么，什么是好小说的标准呢？道理说透了也很简单，那就是以经典小说的高度为标准，以文学的尺度为准绳。

艺术境界是决定作品成败的关键

一篇（一部）小说是一个完整的艺术生命体，但这一生命体是由两个层面构成的，就像人是灵与肉组成的那样，小说也是由形而下的形象层面和形而上的精神层面合二为一的。形象层面包含了题材、情节、场景、人物等，精神层面包含了主题、情调、风格等，二者的相辅相成构成了我们所谓的表现内容，或称艺术世界。对短篇小说、小小说来说，文体空间的狭窄使它很难在形象层面上玩出多少花样，它只能在看不见的精神层面上下工夫、做文章。王国维曾经把"境界"作为鉴赏和批评的标准，说："词以境界为最上。有境界则自成高格，自有名句。"他所谓的"境界"就是指作品中的精神层面，只有有境界的作品才能够得上上乘之作。王国维讲的是诗词，但这一理论具有普

①夏志清：《中国现代小说史》，329页，上海，复旦大学出版社，2005。

遍性，特别适宜短篇小说。而艺术境界同样是一个十分复杂微妙的世界，我以为它主要包含了情感境界、思想境界、审美境界三种元素。请想一想，鲁迅、沈从文、孙犁、汪曾祺、林斤澜等的代表性短篇小说，所写的事件、人物等，是那样平凡、微小，但为什么脍炙人口、经久不衰？还不是其中蕴含了一个独特而深广的艺术境界吗？因而有无艺术境界应当成为衡量短篇小说的重要尺度，正是在这一点上我们现在糊涂了、放弃了。

上世纪 90 年代以来，短篇小说长期处于疲软状态，读者锐减。在表现的内容方面，存在着疏离现实生活、现实精神的倾向。但更重要的是作品境界方面的问题。有的只是一个故事，无境界可言；有的情感虚假冷漠，难以打动人心；有的思想浅薄，空洞一片；有的缺乏审美创造，未构成一个艺术世界。它反映了作家思想匮乏、审美退化的严峻现实。譬如入榜作品中的苏童的《拾婴记》，众多选刊转载，批评家评价甚高。但我细读 3 次，却怎么也品味不出它的高明来。自然，苏童是一个富有才情的作家，在这篇作品中表现了他细腻、雅致的语言个性，舒展、井然的结构创造。但作品写一个弃婴因无人收养而变成一只羊，其构思并没有独创性。中国的蒲松龄、外国的卡夫卡不是早把这种构思用到极致了吗？苏童把作品主题表现为"人心比煤还黑""人心是冰凌子长的"。更重要的是作品的情感境界，对一个弃婴的辗转无着，作者竟然表现得那样从容、优雅、淡漠。正如李美皆一针见血指出的："其实苏童丧失的不仅是悲悯，更是面对苦难和发现苦难的那种勇气。这个苦难包括内在的和外在的。苏童的贵族气，地道看来应该是中产阶级气味。中产阶级的最大特征便是从精神到物质的自足性。"① 丧失对底层民众的悲悯、挚爱之情，以自足、茫然的姿态看待社会、人生，现在已成一些作家的精神痼疾，这种精神状态下写出来的作品，能感动人、陶冶人吗？魏微的《姊妹》应该说是 2006 年的一个重要作品，但也是有缺憾的。作品写一个男人同两个女人围绕爱情、婚姻、家庭展开的一场无休止的"战争"，写得细致入微、动人心魄。三个人物的性格和心理像浮雕一样深刻有力，表现了作家对人生、人性的深邃洞悉。但作者写的这些芸芸众生，没有人生目标、理性思维，完全听凭欲望、意气、私心的支配，是一种盲目的自然主义描写。作者对这种无价值的人生，更多的是困惑、无奈和虚无，折射出的是作者理性能力、批判意识的薄弱。社会、人生是混沌的，文学的意义就在于辨析真假、善恶、美丑，作出价值判断。缺乏思想力量和境界的小说，同样算不得成功的、优秀的作品。

当然，在入榜的短篇小说中，不乏优秀之作，如温亚军的《成人礼》、郭文斌的《吉祥如意》，而这些作品都有着丰富、优美的艺术境界。前者以细腻、纯净的叙述语言，展示了今天的乡村社会依然流传着的古老风俗——割成人礼，并围绕这一礼仪再现了一个农家三口人饶有趣味的生活情景：丈夫勤劳、本分、节俭，但有点大男子主义，对妻子关爱而体贴，对儿子则有点严厉、粗暴；妻子细心、温情、要强，在丈夫面前常耍点小性子，对儿子则溺爱、宠惯，是典型的贤妻良母；儿子聪明、胆小，有点恋母惧父……一家三口相处融融乐乐，但不时有点磕磕碰碰。在今天高速发展的现代社会的背景下，作者创造这样一幅古朴、和谐的农家生活图景是颇有深意的，它表现了作者对传统文明、民情风俗的怀恋和赞美，暗含了作者对现代社会和人际

①李美皆：《容易被搅混的是我们的心》，59 页，北京，人民文学出版社，2006。

关系的反思与批评，其情感体验、思想内涵是丰富而深远的，读来让人遐想不已。后篇以童年回忆的视角，以姐姐、弟弟两人为线索，再现过去农村端午节的盛况：父亲和母亲如何虔诚、细心地筹办节日，姐姐同弟弟怎样快乐、惊喜地欢度节日。浓浓的节日气氛，丝丝缕缕的艾草香气，天、地、人、神的同喜同乐……把传统的乡间节日写活了、写透了，其中同样蕴含了作者对民情风俗、传统文化的怀恋、赞颂之情。也许有人会说，两位作者都是在怀旧、向后看。其实，社会愈是现代化、全球化，愈是需要我们回到传统、回到自身，从民族历史的发展中寻找总根和资源，以校正现代化进程中的曲折，以壮大我们自己。两篇小说虽然写的是旧人旧事，但作者的视野是现代的、向前的。

我始终认为，短篇小说应当是直面现实、切入现实的。题材不一定取自眼下的生活，但它的思想、精神应当与现实紧密相关，就像如上所述的两篇小说。但如果题材是现实的，又有深刻、高远的思想内涵，这样的作品就更应该倡导。正是在这个意义上，我最推崇的是排行榜中范小青的《我就是我想象中的那个人》。作品刻画了农民工胡本来在城市环境的高压下总有一种"不做贼而心虚"的感觉，甚至疑神疑鬼，"引火烧身"，把自己想象成一个到处流窜的"杀人犯"，弄得精神失常。这是一个独特的农民工形象，但他的性格和心理具有很强的典型性，表现了农民工进城的艰难、心理的异变，乡村文化和城市文化的尖锐对立。其中蕴含着作者对农民工的深切同情与委婉讽刺以及对城乡二元状态的深长思索。作者2006年写了一系列反映城乡题材的短篇小说，还有一篇是《城乡简史》，写一个叫王才的普通农民，因一个极偶然的事情，使他下决心举家迁往陌生的城市，开始了堪称悲壮的人生之旅。我以为就故事的巧妙、内涵的幽深，超过了她的《我就是我想象中的那个人》。此外，迟子建的《野炊图》、李锐的《犁铧》、王祥夫的《端午》、郭雪波的《天音》等，都是现实题材，且情节新颖、构思巧妙、境界深广，都是 2006 年的短篇精品，但不知道为什么没有进入排行榜，让人产生遗珠之憾。

如果问我好的短篇小说的首要标准是什么，我的回答是：要有较强的现实性，能够切入当下生活或当下人们的精神世界，同时具有真诚的情感、深刻的思想和高远的审美境界。而这样的标准正是我们耳熟能详的那些经典作品的一种高度。

表现形式的新颖、独特是好小说的重要尺度

我说过，现在是短篇小说艺术形式最缺乏创新的时期。也许我们在具体的表现技巧上已相当成熟，但在基本的表现方法上却处于保守乃至停滞状态。回想新时期文学，短篇小说的艺术创新、实验是何等活跃，意识流、象征方法、荒诞手法、魔幻现实主义等，推波逐浪、遍地开花，有力地刺激、推动了小说文体的变革和发展，但今天我们已经很难看到小说家们的锐意探索了。现在短篇小说在整体上的疲软，不能不说与形式上的保守有关。而我们的文学评奖、作品排行也不大注重作品的艺术形式了，直接和间接地导致了作家们对表现形式的轻视。我们应当重新确立艺术标准，提倡艺术探索，推举创新作品，以激活当前的短篇小说创作。当然我也注意到，在当下形式创新相对沉闷的情势下，也有一些作家在默默地探索，创作出一些形式新颖、圆熟的作品，这是让人欣喜的。在短篇小说排行榜作品中，就有这样的作品，可惜为数不多。

叙事方法和叙事语言的探索，是 90 年代以来作家们借鉴西方文

学，自觉追求的创作潮流，它首先表现在短篇小说创作上，一直延续至今。文学理论界兴起的叙事学研究热，直接推动了作家们在叙述上的开拓。排行榜中王手的《软肋》，就是一篇在叙事角度和语言上独具特色的作品。小说的叙述者"我"，是一个曾经混迹"江湖"、称霸一方，而后金盆洗手，决心做一名老实工人的"问题青年"，选择这样一位视角人物来叙述，可谓匠心独运。而故事的主角龙海生，则是一个无赖式的普通工人，他以"我是流氓我怕谁"的姿态胡作非为，处处贪占公家的小便宜。"我"接受领导的"托付"，在治服、改造龙海生的过程中，发现了他的"软肋"——对既漂亮又学习好的独生女儿的疼爱。于是"我"运用"江湖手法"，借助龙的女儿的力量，使龙海生良知发现、重新做人。"我"的叙述语言洒脱、机智、幽默，读来如闻其声、如见其人。不足之处是叙述有点失度，显得琐碎、冗杂了一些，拉长了作品的篇幅。姚鄂梅的《黑眼睛》，写的是一个农村青年为妻子"报仇"的故事，叙事语言流畅、鲜活、抒情，把一个故事讲得一波三折、感人肺腑，显示了作者高超的驾驭语言的能力。

象征方法已不是什么新鲜的表现形式了，但运用得好可以达到很强的艺术效果。盛可以的《淡黄柳》写一个叫桑桑的女子的爱情、婚姻经历，作者同时写了窗外、河边的柳树作为对人物的暗喻。柳树春天淡黄、夏天翠绿、秋天凋零、冬天干枯，而新春一到又回黄转绿的生命景象，形象而诗意地象征了一个女人的生命与情感状态，象征方法运用得十分成功。"80后"作家的作品进入排行榜是令人喜悦的现象，苏瓷瓷的《李丽妮，快跑》也出色地使用了象征表现方法。这篇写精神病院的小说，具有整体象征的特征。更难能可贵的是，作者创作时就有自觉的理性认识，她说："这个短篇主要想表达的就是'反抗'，对体制、对环境、对权威、对规则，甚至是所谓的疯癫对正常人的反抗。一个护士长期陷入'正常生活'的困扰，一件荒诞却又在游戏规则下秩序井然地进行着的医疗事故，它制造出来的肯定是一个更为荒诞疯癫的结局——'正常人'背着'非正常人'逃离精神病院。"①外表井井有条而内里充满了人性的压抑和扭曲，一个良知未泯的年轻护士背着病人逃离了精神病院，它不仅是这一特殊医院的象征，也是整个社会的一种隐喻。这篇小说整体构思奇特，语言犀利有力，但情节铺排显得零乱，叙述技巧不够圆熟，显示了作者的稚嫩和浮躁。另一篇"80后"作家秋风的《洛城戏瘾》，写旅美华人痴迷京剧，在排戏演戏中的艰难和乐趣，生活气息很浓，但平铺直叙，缺乏思想内涵和艺术构思。

近年来，短篇小说创作出现了一种新的趋向，就是有一些功底深厚的作家，对古典小说进行发掘和借鉴，创作出一批具有传统风格和韵味的作品来。2006年引人注目的作品有王蒙《尴尬风流续编》、韩少功《山南北水》中的部分篇章，借鉴的是古代笔记小说的表现方法，形成一种新笔记体小说。谈歌的《穆桂英挂帅》《张子和》等取法的是古代话本小说的艺术手法，可称"新话本小说"，但没有进入2006年小说排行榜中。

短篇小说表现内容是千变万化的，而艺术形式则是相对稳定的，我们不能期望形式一天变一个花样。但是，当变化着的内容没有新颖、独特的形式去支撑和传达时，必然阻碍短篇小说的健康发展。因此，文学评奖、作品排行作为文学创作的引导力量必须重视小说形式的创造性、独特性，并把它作为一个重要的评选标准。

---

① 魏英杰、苏瓷瓷：《好小说是在人性内部拓展自己的疆域》，载《花城》，2006（2）。

小小说与短篇小说并无本质不同

从上世纪 80 年代末到现在的 20 余年间，小小说由小到大、由弱到强，大成气候，俨然成为文坛之外的"文学江湖""民间部落"。今年年初，我购得两本小小说年选，翻阅数篇，觉得虽有佳作，但整体质量参差不齐，让人有些失望。2006 年小说排行榜公布，我找到 12 篇入选作品，再次细读，不仅印证了我原初的印象，而且觉得这样的小小说排行存在着问题，入选的作品有多篇乏善可陈，一些真正的精品却被拒之榜外。

《小小说选刊》主编杨晓敏说："小小说作为一种文体创新，它不是小品，不是故事，不是短篇小说的缩写，而是具备独立品质和尊严的一种文学样式，自有其相对规范的字数限定（1500 字左右）、审美态势（质量精度）和结构特征（小说要素）等艺术规律上的界定。"[1]是的，作为一种相对独立的小说样式，小小说确有自己的艺术特征。但我认为，小小说在本质上与短篇小说并无什么不同。杨晓敏认为优秀小小说的标准是思想内涵、艺术品位和智慧含量的综合体现。而这三条同样也是优秀短篇小说的衡量标准。现在小小说存在的问题是，人们注重了它作为平民艺术的一面，而忽视了它的艺术品位和高度，虽然使它扎根在平民之中，让更多的人可以写、可以读，但也不可避免地使它滑向了"快餐化"和"低俗化"。这是当前小小说存在的严重危机。

名列排行榜首篇的安勇的《光头》，更似一个民间故事，而不像一

---

[1]杨晓敏：《2006,中国小小说盘点》，载《文艺报》，2007 年 1 月 4 日。

篇小小说。作品旨在表达一个人的一生不仅仅是为自己活着，更是为众多人活着这样一个哲理主题。但其中的主人公后来两次转世，也没有实现剃光头这样一个凤愿，不仅使故事显得荒诞不经，且立意也趋向无聊了。王奎山的《在亲爱的人与一头猪之间》写一个农民家庭对来自城里的新媳妇和即将出槽的大肥猪的不同态度，侯德云的《笨鸡》写一个寡妇养鸡的故事，蔡楠的《马涛鱼馆》写农村青年在城市学得技术而后回村开鱼馆的经历，秦德龙的《因为你瘦的像条狗》写一个农民工因长得瘦而被公安当作吸毒犯误抓的事件……虽然题材现实，生活气息浓厚，可读性较强，但内涵肤浅，写法简陋，意境稀薄，实在算不得优秀之作，但却进入了年度排行榜。还有不少排行榜之外的小小说，表现了底层民众原始状态的仇富仇官情绪、小农经济意识，乃至封建迷信观念等等，有着明显的"低俗化"倾向，这更是值得警觉的。

在入榜小小说中，自然有一些思想艺术俱佳的作品。如陈毓的《伊人寂寞》，那一具身怀六甲眼神吃惊的"永恒"的女尸，其中蕴含了作家对生命的多少感慨与顿悟呀！生命的鲜活、灿烂、美好以及生命的脆弱、短暂、凄凉，都定格在了这篇短短的小说中。如徐慧芬的《姐妹花》，通过一个哀怨的爱情故事，揭示了一个年轻女性的爱情"秘密"：她对一个男人的爱其实并不是对象本身乃至全部，而是这个男人的形象、风度，甚至是伴随着爱情的一种幻象。当这一幻象破碎后，爱情也就冰雪消融了。这是作者对女性爱情的一种深刻洞察和解读。如孙方友的《雷老昆》，以一个地主在"文革"批斗中的怪诞行为和心理为镜子，折射出了那场"革命"的残酷和荒谬，读来惊心动魄。在排行榜之外，还有一些值得称道的精品，如莫小米的《情窦初开》、王往的《活着的手艺》、周海亮的《刀马旦》、侯德云的《海神》、刘兆亮的《青岛啊，青岛》等等，题材新颖、构思巧妙、意蕴丰沛、语言娴熟，虽是小小说文体，但却达到了与优秀短篇小说同样的高度，不知为什么未能进入排行榜中。

其实真正能代表当前小小说艺术标高的，还是那些资深的优秀小说家的作品。他们也许无意于在小小说领域施展手脚，只是题材、构思相宜，便兴之所至，铺展成篇。他们大抵是一些出色的短篇小说作家，因此便用短篇小说的创作思维构筑小小说文体，使作品具有了丰富的思想内涵和独特的艺术形式。如王蒙《尴尬风流续编》中的《好日子》《故乡》《红花》，韩少功《乡土人物》中的《青龙偃月刀》《船老板》，刘心武的《夏威夷黑珍珠》《免费午餐》，聂鑫森的《大师》《暗记》等等。年轻的小小说作家们应好好读读这些作品，从中领悟小说艺术的真谛，进一步提高自己的创作表现能力。

尽管现在小小说创作存在着诸多问题，但我坚定地认为，它有广大的作者、读者参与，有深厚的社会、生活根基，又有那么多有识之士的耕耘、浇水，它必将长成一片茂盛的森林。

（原载 2007 年第 7 期《名作欣赏》）

重塑文学的独立品格

　　新时期文学走过了整整 30 年，中国当代文学即将迎来 60 年。今天的文学，表面上进入了一个过剩或者说繁荣的时代，但内里却透出一种枯竭抑或说空虚来。电视连续剧、网络文化以至手机文学等，以风起云涌之势侵占着每个人的观赏时间和空间。传统文学样式的生存环境越来越狭窄，有时不得不用"分身术"寄生在现代电子媒介和商业广告中，以泛化的形式延续生命。文学在思想内容和形式手法上花样翻新，几近山穷水尽，但挑剔而傲慢的读者总是不满意，甚至不理睬。文学在整个社会生活中的地位越来越低，作用越来越弱。文学"终结论""死亡论"和"垃圾论"，自然是一种片面、偏激之论，但文学从社会中心滑向边缘地带，正在渐渐衰退，这是有目共睹、毋庸置疑的。于是，在新的历史时期和文化语境中，文学能否置之死地而后生？文学的生路以及位置在哪里？怎样进行变革和创新？成为一系列迫切课题。

　　文学是干什么的或者说它有哪种基本功能？这是一个老而又老的常识问题，但人们却往往把握不好要犯低级错误。文学史上的每一次危机，都是违背了文学的客观规律，使它在歧路上越滑越远，终于物极必反。我们知道，现实社会是一个多领域、多层次的庞大系统，至少包括了政治生活、经济（物质）生活、文化生活、精神生活等几个层面。文学是一个无所不包的虚构世界，它当然可以反映现实的政治、社会、经济等内容。但它的特殊使命是表现悬浮在现实存在之上的社会的和民众的精神生活。或者说它的优势、强项在于揭示精神生活，它的作用也体现在精神生活领域。这就使它具有了既涵盖一切又超然在上的独立品格。文学的这一基本规律，许多理论家、作家都作过精辟论述。马克思主义经典作家很早就把文学家称为"人类灵魂的工程师"，这个崇高的称谓一直被人们沿用。鲁迅指出："文艺是国民精神所发的火光，同时也是引导国民精神的前途的灯火。"海德格尔则把诗意地栖居在大地上看作人类一种本真的生存方式。我国的一些当代文艺理论家，深刻地阐明了文学审美意识形态的基本理论。在这些耳熟能详的论述中，"灵魂""精神""诗意"和"审美"，都是指向精神生活和精神世界的，都深入到了文学的本质特征。其实，一个社会的政治、经济、文化、精神，都有自己的领地和规则，它们可以互相交叉和交融，但却不能随意僭越和侵略。文学的职责就是把握和表现好社会以及民众的精神生活，进而启迪和引领人们的精神走向，如此也就对政治、社会、经济产生了能动作用。但不安分的文学，常常要赤裸裸地"参与政治"或者"迎合市场"，其结果只能是砸了自己的脚。文学在坚守自己本性的时候是强大的，但在干涉其他的时候又往往是软弱的。

历史的经验（包括教训）值得借鉴。新时期以来的30年文学，多数学者都主张划分成两个时段。前一段是1978年至1989年的新时期文学，后一段是1990年至现在的多元化时期文学。洪子诚在《中国当代文学史》中这样概括："把'新时期文学'看作一种社会政治形态的文学，而 90 年代文学则是'商业社会'的写作形态。"①新时期文学是中国现当代文学史上的一个巅峰期，其成就可以与五四文学相媲美，它以现代启蒙为旗帜，确立了大写的"人"的主题，在文学的思想内容和表现形式上进行了多方位探索。但是它始终把自己捆绑在社会政治的马车上，从"伤痕""反思"到"改革"文学，充当着时代急先锋的角色，肩负了过分沉重的历史重担，实质上延续的是"十七年文学"的路径。于是在 80 年代中期出现危机，文学圈内圈外开始反思，传统现实主义主潮走向衰落，"寻根小说"和"先锋文学"异军崛起。90 年代之后文学进入了一个真正意义上的多元化时代，"新写实文学""新历史小说""都市文学""通俗小说""青春写作"等等都得到了长足发展，也有不少佳作出现。但从总体上看，在市场经济大潮的裹胁下，媚俗化、商业化写作成为文学的重要倾向。现代电子媒介蓬勃发展，而文学却陷入重重困境，文学的危机又一次爆发。从 30 年文学发展中，我们可以得出这样的结论：文学不管是依附于政治还是屈从于市场，都是违背文学的本性的，都不是文学的正道。尽管 30 年的文学波澜壮阔、成就煌煌，但教训也是沉重的，值得记取的。

诚然，我们指出新时期以来文学的历史局限和失误，绝不意味着低估整个文学的成就，更不意味着漠视大量的优秀作家作品。小说、诗歌、散文、报告（纪实）文学等各个文学门类都有丰硕的收获。譬如 80 年代贾平凹的《浮躁》、王蒙的《活动变人形》、张炜的《古船》，90 年代陈忠实的《白鹿原》、王安忆的《长恨歌》、阿来的《尘埃落定》等长篇小说，譬如汪曾祺、高晓声、林斤澜、史铁生、铁凝等的代表性中短篇小说，已历经时间的淘洗，进入经典文学的行列，留在几代

---

①洪子诚：《中国当代文学史》，387 页，北京，北京大学出版社，1999。

读者的记忆里。这些作品，不管写的是什么样的题材情节，塑造的是什么样的人物形象，运用的是什么样的表现形式和手法，他们共同的特征是：紧紧把握住了一个时期社会的精神生活的潮流和规律，并进而涵盖了包括政治、经济、文化等整个社会领域，深入到了各种人物的精神心理深处，同时融入了作家自己的思想判断和情感倾向。因此赢得了千千万万读者的心灵共鸣，并对他们的思想、情感和言行产生了潜移默化的影响。这就是文学的力量和价值所在。

当下文学要"死而复生"、走出困境，就是要从政治的、市场的、世俗的以及各种各样名缰利锁的诱惑中挣脱出来，坚定地回到社会的和人们的精神生活、精神世界中来，重新建构自己独立而自足的精神品格。像鲁迅、沈从文、赵树理等那样，把握时代的精神脉动，洞察民族的性格基因，探索人们的心灵轨迹；疗治国民痼疾，培植现代人格，提升审美素质。使文学真正成为精神的火炬、情感的雨露。我相信这样的文学才不会死去，这样的文学才能包容世界。这样的文学越来越多，形成主流，中国的文学就会化蛹为蝶，重获新生。当然，今天社会的精神生活和人们的精神世界已发生了重大、深刻而复杂的变化，用固有的思想理念已无法解读，浮光掠影的观察也很难深入，传统的表现形式和手法也不再适用。这样，就对作家的生活积累、思想眼光、文学修养、表现能力等提出了更高、更新的要求。这无疑是一个挑战！

（原载 2008 年 9 月 22 日《太原日报》）

关于青年作家创作个性的随想

    在一次面向青年作家的创作讲座上，湖北作家方方用她惯有的直率、坦诚态度，讲了自己城里待业、工厂做工、大学读书和走上文学道路的人生经历，接着话锋一转说道：上世纪50年代的作家，每个人都有自己独特的人生道路。他们在创作上深受传统文学的影响和政治意识形态的支配，但创作个性却不拘一格、多姿多彩。而现在的青年作家，特别是"80后"作家，生长在一个开放的、多元的社会环境中，在文学上竭力表现自我、追求个性，但他们的作品却呈现出一种单调、雷同的倾向，创作个性反而给丢失了。我对这种现象很不理解，请在座的青年作家思考，也请评论家们深入研究一下。

    方方的话让我的心里怦然一动，这种复杂而奇怪的文学现象，我也注意到了，但经她一点，我更感受到了这一现象或者说这一问题的普遍和突出。我从事文学评论多年，对新时期以来的几代作家都作过一些研究，但对70年代、特别是"80后"作家的作品，却涉猎甚少。我也曾力图走进青年作家的文学世界，读过一些代表性作品。但一是他们所描绘的生活与我的人生体验距离较远，让人感到隔膜；二是他们的叙事方式、创作个性，显得大同小异、形似孪生，让你没有耐心一个个作家、一篇篇作品读下去。我曾以为这是自己的偏见，但问过多位同行，他们也有这样的感受。方方的话让我意识到，在当前复杂的文学潮流中，存在着很多问题，而作家创作个性的衰退则是一种更为触目、更须关注的文学现象。不仅是"80后"作家缺乏鲜明的创作个性，比他们年龄大10岁、20岁的众多青年作家不也是如此吗？当下的文坛，青年作家一批批、一群群地破土而出，但真正具有独特的创作个性、让人难以忘记的又有几个呢？创作个性是文学风格的前提和基础，没有创作个性的作家注定难以形成自己独树一帜的文学风格，而没有风格的作家又注定是短命的。创作个性的普遍衰退，不仅会削弱、缩短青年作家的艺术生命，同时也会影响、制约整个文学的健康发展。

新时期以来的文学已走过了30年的历程。数代作家以他们特有的艺术个性和风格，为文坛奉献了一批又一批灿烂夺目的作品，构成了一段可以同五四文学相比肩的文学历史。十年树人，十年一代。以10年为单元划分作家群的方法未必科学，但也自有一定的道理，也显得简便可行。在这30年时间中，从20年代到50年代出生的几代作家都深受中国传统文化和主流政治思想的熏染，自觉地把个体的文学事业同时代、国家、民族等融为一体，竭力克服和摒弃着琐碎的个人欲望，完成着他们社会性的宏大叙事。但由于他们每个人人生经历的千差万别，审美追求的多种多样，形成了他们百花绽放一般的创作风景。20年代的汪曾祺、林斤澜、高晓声等，以他们深厚的文化底蕴和执著的艺术创造，成为新时期文学中的经典作家。三四十年代的作家王蒙、张贤亮、蒋子龙、刘心武等，深邃复杂的思想情感和大异其趣的风格追求，奠定了他们在文学上的坚实地位。50年代的作家是新时期文学中的实力派，他们亲历了从"文革"到新时期数十年的社会变迁，穿越了30年来一次次的文学演进，至今依然保持着旺盛的创作活力。他们从思想到创作的变化比前代作家更为突出，但有两点是基本没有改变的，一是他们作品的社会人生指向，二是他们的创作个性追求。譬如贾平凹的朴拙和神秘、莫言的斑斓和传奇、韩少功的深邃和高远、张炜的纯净和诗情、方方的率真和深厚……可以说各有千秋、姿态纷呈，把他们的姓名隐去，只读作品也大体可以辨别出是谁的作品来。

　　文学创作的个性化特征，从 60 年代作家之后开始退化。从 60 年代到 80 年代的几代作家，文坛称为"新生代"，他们生长在改革开放和市场经济的时代环境中，他们以"断裂"的姿态走上文坛，他们以寻找自我和张扬个性作为创作旗帜。但吊诡的是，越是追求创作个性，作品却越是没有个性。如果说 60 年代作家如余华、苏童、毕飞宇等还有一定的创作个性的话，那么在七八十年代作家身上，创作个性就像退潮的海水，渐渐波澜不兴、风平水静了。如今，"80 后"作家已成为文坛新星了，譬如韩寒、郭敬明、张悦然、李傻傻等，市场运作加上同龄人的追捧，使他们大红大紫。但正如评论家吴秉杰所说："在我看来，'80 后'的写作也许较之以往成人世界的作品更为坦诚、真率、直抵内心，没有那种模式化的倾向。但它却依然让人感觉到有一种单调、重复、精神肤浅的缺陷。"①正是这种普遍的单调、重复、肤浅现象，使他们的作品鱼龙混杂、浅尝辄止，使众多的如我这样的"老派读者"不愿去读，扭身而去，使他们自己用力过猛、有的半途而废。也许我的研究不深、判断有误，但我和很多人对他们的创作有点担忧。其实他们创作的单调和重复，不只表现在创作个性和风格上，同时也表现在作品中的思想情感和人生体验上。

　　文学史上所有伟大的、杰出的作家，都十分重视创作个性问题。屠格涅夫说过："在文学天才身上……重要的是我敢称之为自己的声

---

①吴秉杰：《"80 后"及其创作现象研究》，载《文艺报》，2007 年 11 月 10 日。

音的一种东西。是的，重要的是自己的声音。重要的是生动的、特殊的自己个人所有的音调，这些音调在其他每一个人的喉咙里是发不出来的……为了这样说话并取得恰恰正是这样的音调，必须恰恰具有这种特殊构造的喉咙。这正像禽鸟一样……一个有生命力的、富有独创精神的才能卓越之士，他所具有的主要的、显著的特征也就在这里。"①这段话揭示的，正是作家创作个性的极端重要性，只有这种"生动""特殊"的"自己的声音"，才能区别于他人的创作，才能显示出一个作家特有的生命力和独创精神。所谓创作个性，是指一个作家的思想感情、性格特点、天赋秉性、艺术修养、表现能力、审美趣味等诸多主观因素，融入作家的具体创作，进而在作品中作为一种鲜明的特色呈现出来的综合形态。创作个性自然是作家个性特征的一种体现，但创作个性又不完全是作家个性的完整复制。每个作家都会有自己的本色个性，但并不能保证他的作品都具有个性特征。从作家个性到创作个性，其实隔着万水千山。于是就出现了"文如其人"和"文非如人"的复杂现象。一般地讲，作家的本来个性是大于创作个性的，创作个性是被改造、净化了的作家个性。从理论上说，创作个性是一个作家的独有价值，是一个作家成熟的表现。一个作家就是要努力发掘和体现自己的个性，把本色个性升华为艺术个性。艺术个性的不断显示和强化，就形成了一个作家稳定的文学风格。其实现在的青年作家，比之 50 年代之前的几代作家，其个性无疑是更丰富、突出了，其艺术感觉是更纯粹、敏锐了，他们也在创作中自觉地追求和体现着一代人的青春和个性。应该说他们的作品在表现社会人生内容，揭示人的感性

---

① 转引自〔苏〕米·赫拉普钦科：《作家的创作个性和文学的发展》，70 页，上海，上海译文出版社，1982。

世界方面，显得更加自由、灵动、深切了。但遗憾的是，他们的作品尽管题材很丰富，不仅有反映社会人生、家庭校园的，还有表现历史、武侠、玄幻内容的，让读者很开眼界，但透过题材内容，却并没有凸现出一代作家那种丰富、独特、鲜明的创作个性，文学风格的形成似乎还很遥远。他们在世界观和人生观上的大同小异，造成了作品思想意蕴的雷同和肤浅；他们在个性和情趣表达上的互相效仿，形成了作品格调的单薄和重复；他们在叙事方法和语言上的追逐新潮，构成了作品形态上的散漫和粗糙。一个作家的作品，一部和一部没什么不同；这个作家和那个作家的作品，格调也没有多少区别。也就是说，现在的青年作家，同样陷入了一种模式化的潮流中。现代社会在思想方法和生活方式上的趋同性，把他们给格式化了。

创作个性虽然至为重要，但它并不是写作的最后目标。写作的最后目标，是努力形成独特而丰富的文学风格。创作个性是一个作家创作生命和艺术魅力的源头活水，但它不能止步不前和固步自封，它要不断地强化和拓展，以构成自己姿态纷呈的文学风格。我们知道，文学风格是一个作家在他的一系列作品里，在内容和形式的有机统一中显示出来的艺术风貌和格调。黑格尔说："风格就是人本身。"马克思讲：风格是"精神个体性"。一个作家在某一部作品中显示出一定的创作个性并不太难，但要在他所有的作品中表现出一种稳定而丰沛的文学风格却绝非易事。他要把自己的创作个性融入整个创作中，在主体（作家）与客体（表现内容）的双向建构中，实现物我合一，进而艺术地突显出作家的精神性格来。既要在他所有的作品中有一种统一的、稳定的风格特征，同时还要在他的每一部作品里有自己的个性色彩。好像一处南方园林，整体上秀丽而雅致，每一个景点与全园相呼相应而又别有洞天。就拿 20 世纪 50 年代的作家来说，他们在艺术风格的追求上，可谓孜孜不倦。如王安忆从写知青经历到写乡土生活、都市题材，忽而明净抒情，忽而平实琐碎，忽而荒诞幽深，是这一代作家中变化最多的一位，但却始终保持着一种质朴、沉静、深阔的艺术风格。如王祥夫的小说路子甚宽，农村、工矿、城市生活都有所涉猎，写实、古典、现代的各种方法都作过尝试，但作为知识分子的那种文人情怀和趣味，却始终贯穿在他所有的作品中，形成了一种凡俗、淡雅、悲悯的创作风貌和神韵。这一代作家的世界观和人生观，从总体上说没有摆脱政治意识形态的束缚。表现社会变迁、时代演进以及人生命运，始终是他们创作的圭臬。但由于他们人生经历的不同，生活积累的丰厚，审美追求的多样以及直面现实的写作态度，使他们常常突破了固有的思想框架和文学模式的制约，在创作思想和文学表现之间形成了一种张力，从而孕育了他们姿态各异、气象缤纷的创作个性和风格。这一代作家自然也有短处，譬如古典文化和文学的修养、思想体系的建构等方面，似不如前几代作家那样厚实，但在创作个性和文学风格的表现上，却显得十分突出。

　　青年作家创作个性的缺失现象，有着复杂的社会、文化和文学的原因。但从作家自身的角度看，我以为有两方面的因素：一是作家的生活积累和视野问题，二是作家的创作理念和实践问题。

　　生活是创作的源泉，是一个老掉牙的理论，但它确实是一个颠扑不破的普遍真理。这里的关键在于我们如何理解"生活"这一概念。急剧的时代变迁、琐碎的个人日子，眼前的世态人情、已逝的历史记忆，实在的物质生活、虚幻的精神世界……其实都是作家需要关注的生活，这里并没有高低轻重之别。不管是表现眼前的现实社会，还是探索飘渺的心灵景象，都可以写出好作品来。然而，对一个作家来说，走出个人的生活小圈子和自闭的心灵世界，体验、熟悉更广大的社会和人生，使他的生活积累和艺术视野变得深广一点，绝对是有益无害的。因为生活不仅可以提供创作素材，还可校正和丰富你的思想感情。生长在七八十年代的作家，大部分的人生阅历比较简单，甚至如出一辙。家庭—学校—工作岗位，构成了他们基本的人生轨迹。这就造成了他们同广阔的社会人生的隔膜。他们生活领域狭窄而简单，但精神世界却是复杂多变的。怀疑现实世界、轻视文化传统，反叛现存秩序、追求个性自由，热衷情感游戏、耽于梦想幻想……又构成了共同的人生方式和精神追求。这种人生有积极的一面，也有消极的一面。而当这种人生方式和精神追求成为他们创作的内容和主题的时候，单调、重复、雷同的现象就出现了。因为青年一代的这种人生状态，是西方版的现代文明的一种产物，是一种社会化、共性化的东西。但一些青年作家却把它当作了一种现代人的性格标志和文学中的创作个性。排斥或者逃避广大的社会民众生活，沉湎在个人的生活和精神的小圈子里，只能导致这样的创作结果。

　　文学创作其实是作家与生活，即主体与客体相互生成的过程。不仅是"我"在写"生活"，同时也是"生活"在写"我"。是"我"的个性特点与"生活"的本质特征的一种"打碎重建"。王国维在《人间词话》中论述艺术境界时说："有有我之境，有无我之境……有我之境，以我观物，故物皆著我之色彩。无我之境，以物观物，故不知何者为我，何者为物。"[1]如果再细一点划分的话，可以把艺术境界分成三种类型：一是情感比较直露、倾向比较鲜明的有我之境，二是作者退居后台、生活客观呈现的无我之境，三是物我水乳交融、意蕴浑然天成的化我之境。这第三种境界应该说是一种最高层次的至境，只有孙

---

①转引自郭绍虞主编：《中国历代文论选》，444页，上海，上海古籍出版社，1979。

犁、汪曾祺等达到了这样的境界。50 年代的作家到了这个境界的似乎不多。60 年代之后的几代作家，大抵追求的是一种有我之境，他们竭力地想在作品中张扬他们的思想、情感和性格，期望创造一种全新的、有别于传统的文学形态和叙事方式。这种追求自然无可厚非，他们的作品也确实打上了属于他们的印记。但问题是，一个作家的每一篇作品"皆著我之色彩"，必然会出现"千部一腔、千人一面"的现象。而众多同代作家相似相仿的精神个性又无疑会形成如出一辙、难分轩轾的结果。事实上，作家面对的每一种生活和每一个人物都蕴含着固有的本质和特征，需要作家深入探求、慧眼发现。作家当然可以有自己的独到解读，但你却不能违背或歪曲它的基本属性。作家在创作实践中就是要既忠实于生活，又能坚守自我，在主体与客体的碰撞、交融中，一方面充分展示出作家的思想和个性来，另一方面最大限度地凸现出生活的意蕴和特征来，达到一种物我化一的审美境界。这才是一种真正的创造性的写作。青年作家还处于一种探索、成长的过程中，我相信随着他们人生阅历的增加，随着理论和实践上的磨砺，他们一定会创造出属于他们的文学世界和艺术风格的。

（原载 2008 年第 8 期《天津文学》）

地域文化与文学的流变

三晋文化：山西文学之魂

打开山西现当代文学史，我们可以看到三座葱茏的山峰，这就是上世纪 40 年代的革命解放区文学、50 至 60 年代的"山药蛋派文学"、80 年代的"晋军崛起"。这是山西文学界引以为自豪的，也是中国文坛普遍认可的。90 年代末，有山西作家、评论家提出一个观点：认为以张平长篇小说《抉择》获茅盾文学奖为标志，山西文学进入第三次高潮，即当代以来"山药蛋派文学"和"晋军崛起"之后的又一次高潮。这一"高潮说"，山西作家中有的人认同，有的人怀疑，而在全国文学界似乎没有得到确认。

在文学史发展中，要形成一座划时代的高峰，需要多方面的环境和条件，譬如社会的、政治的、经济的、文化的、文学的等多种合力的催生。但还有一个因素往往是人们容易忽略的，那就是地域文化的影响和支配。这是一种看不见的力量，但它又深刻地制约着文学的演变乃至兴衰。三晋文化是一种古老而悠久的文化，它在现当代历史长河中几经变迁和沉浮，特别是在改革开放的 30 年间，经历了前所未有的社会变革和自身的痛苦蜕变，而每一次变迁又都直接作用于那根最敏感的神经——文学。可以说，它与文学的命运几乎是"一损俱损，一荣俱荣"。不用说解放区文学的突起、"山药蛋派文学"的兴盛是凭借了三晋文化的滋养和它在当时的"时来运转"，就是新时期文学中的"晋军崛起"，也是在三晋文化的内在裂变中激发和生成的。

关于地域文化与文学发展的密切关系，许多作家、理论家多有阐释。早在1923年，周作人就精辟地指出："风土与住民有密切的关系，大家都是知道的：所以各国文学各有特色，就是一国之中也可以因了地域显出一种不同的风格。"①他举例说："我们不能主张浙江的文艺应该怎样，但可以说他总应有一种独具的特质。我们说到地方，并不以籍贯为原则，只是说风土的影响，推重那培养个性的土之力。"②周作人在这里揭示的，就是一个地域的风土对作家的潜在影响，对文学特质和风格的深刻作用。1994年，严家炎主编了一套"20世纪中国文学与区域文化丛书"，他在"总序"里更深入地说道："对于20世纪中国文学来说，区域文化产生了有时隐蔽、有时显著然而总体上却非常深刻的影响，不仅影响了作家的性格气质、审美情趣、艺术思维方式和作品的人生内容、艺术风格、表现手法，而且还孕育出了一些特定的文学流派和作家群体。"③这是对地域文化与文学发展关系的一个总结性论述。"丛书"中的朱晓进专著《"山药蛋派"与三晋文化》，第一次全方位地论述了"山药蛋派文学"与三晋文化演变的内在联系，使我们从一个新的视角窥见了山西文学深层中的地域文化的律动与演变。

---

①②杨扬编：《周作人批评文集》，65、67页，珠海，珠海出版社，1998。

③严家炎：《"山药蛋派"与三晋文化·总序》，3页，长沙，湖南教育出版社，1995。

三晋文化究竟有哪些内涵和特征呢？这是一个庞大而复杂的课题，但有几个基本点却是可以概括出来的。从地理环境看，形似一片长叶的 15 万平方公里疆域，位居黄土高原东部，紧倚黄河中游，崇山峻岭，地形险要，关隘重重，山多川少，黄河、长城、太行山、五台山、盐湖、云冈、古战场……分布全境。历来被称为"表里河山""山川伟固"。独特而险峻的地形，使它成为从古代到现代的兵家必争之地，留下了数不胜数的战场遗迹。土地贫瘠、干旱少雨，再加上频仍的战乱，又使这里的民众形成了坚忍、质朴、务实的地域性格和俭啬、精细的民风。从文明发展讲，山西是原始人类繁衍生息的聚散之地，是中华文明的发祥地之一，被称为中华民族的"直根"，其历史可以上溯到炎帝、黄帝及至尧、舜、禹，农业文明与封建文化根深蒂固，被一些学者称为"五千年历史在山西"。文明煌煌，绵延不绝。从文化传统上说，三晋文化是以法家文化为主体，名家和纵横家为侧翼，再加上儒家和道家乃至佛家思想文化的不断渗透和强化，构成了三晋文化兼容并包的文化体系。为什么山西人"政治意识"浓郁？为什么外省人戏谑地称"不到山西不知道自己的马列水平低"？根源正在注重变革和法治的法家文化那里。法家文化推进了山西乃至中国的变革历史，使山西在历次政治改革和运动中往往处于前列，也使山西人在集体意识中形成了重政治轻经济的思想观念。山西自然有经商的文化传统，从明代之后涌现了众多的商业巨擘，但那只是在"学而优则仕"的路子断绝之后不得不弃政从商，艰难的生存空间迫使他们走向了全国市场。可以说这种商业文化意识是滋生在民间社会的。三晋文化历经百年来的政治激荡、文化冲突、世事沧桑，已然几经蜕变，走向式微，但它作为一种源于历史、文明、土地的精魂，并没有彻底瓦解和消失。它生生不息，积淀在社会生活和风俗习惯里，流贯在人们的日常行为和性格心理中，依然潜在地影响着山西社会和山西人，更直接地影响着山西文学的兴衰和流变。

文学总是深深植根于包括地域文化在内的传统文化的土壤之中，形成了自己悠久的历史、丰富的内涵和独特的风格。它是一个地区整个文化精神的形象而具体的展示。同时，它又把自己融入文化发展中，丰富和扩展着一个地区的文化内容和风貌。正如董国炎所说："质朴厚重是山西文学的基本特色。它作为一条主线，起伏显现，能够贯穿整个山西文学史。质朴更多体现在形式方面；厚重，更多体现在内容方面。"[1]在表现内容上，山西作家更注重较广阔的社会现实生活，特别是当下的农村生活和风俗民情；人物形象也多取普通民众，尤其是那些各种各样的底层农民。思想视角也往往是社会的、文化的乃至政治的，饱含着一种深切的时代使命感和责任感。创作方法更擅长现实主义，着力故事情节的铺陈和典型人物的塑造。在艺术表现方法和手法上，山西作家更青睐的是讲故事的叙事模式，环环相扣、严谨有序的结构营造，朴素而明朗的白话语言等等，这是秉承了山西一代一代作家的传统文化和审美追求的突出表现。

诚然，新时期以来的山西文学已发生了深刻而复杂的变化。它的表现领域扩展了，思想视角多样了，艺术手法开放了，已然走向了一个现代的、多元的、个性化的时代。但你透过姿态纷呈的文学表象，依然可以看到那种质朴、厚重的文化品格。而且，愈是创造性地继承了这种地域文化性格，其作品就愈具有艺术生命力。相反，愈是丢弃了地域文化传统的作品，就愈显得苍白无力而成为短命的文学。

---

[1]董国炎：《山西文学大系·导论》，第1卷，31页，太原，山西人民出版社，2005。

"晋军崛起"深层中的地域文化蜕变

1985 年,《当代》第 2 期推出了山西青年作家郑义等人的中篇小说专辑,"编者的话"中说:"近几年'晋军'的崛起,引人注目,这里选发的四篇,不仅题材各异,风格也迥然不同。"从此,"晋军崛起"的称谓广为流传,同时也成为山西文学史上的一个标志,又一座高峰。从狭义上讲,"晋军崛起"特指一批优秀的外来青年作家和部分本土青年作家构成的"井喷式"的创作景象;从广义上说,则指山西几代作家、诗人、评论家等以群体的形式创造的蓬蓬勃勃的文学局面。这一创作局面,自然是由时代的变革、思想的活跃、环境的宽松、各个作家的厚积薄发等多种因素所促成。但也与三晋地域文化在这一时期的独特境遇有关,甚至可以说关系更大。

上世纪 80 年代是一个大变革、大开放的时代。政治上要破除那种"乌托邦"式的社会构想,思想文化上要重续五四传统,倡导自由、民主和科学,经济体制要从计划经济逐渐向市场经济过渡。而山西的思想文化体系,不仅有古老的三晋文化积淀,更有很深的初期社会主义乃至"左"倾思想文化的残留。三晋文化遭遇这样的时代变革,它必然首当其冲地遭到反思、冲击和批判。但有意思的是,80 年代的改革开放是在原有的政治文化体制内展开的,因此三晋文化中的一些优秀传统,如法家的变革、法治思想,如山西民众的务实、勤俭、诚信等民风民性等等,依然是社会发展的需要。三晋思想文化一方面需要审视和改革,另一方面则需要继承和再造,处于一个推陈出新的蜕变时期。

山西作家是一个优秀的作家群体,承续了自古以来如王维、白居易、柳宗元、元好问、罗贯中、傅山、赵树理等名家一贯的现实主义文学传统。10年"文革"，老中青几代作家都沉在社会底层，亲身体验了社会的动荡和民生的疾苦，敏锐地意识到改革开放的非凡意义以及自己承担的使命，自觉不自觉地找到了对传统文化（包括地域文化）的表现者和批判者的角色。老一代作家如马烽、西戎、束为、孙谦、胡正等，重新焕发青春，再度把目光聚焦在他们熟悉的现实农村和普通农民身上，描绘时代变革、展示民情风俗，刻画农民在精神嬗变中那种真善美的地域文化性格。这一代的代表作家马烽，获全国优秀短篇小说奖的《结婚现场会》《葫芦沟今昔》，集中体现了这种创作倾向和风貌。第二代中年作家如韩文洲、田东照、义夫、杨茂林、谢俊杰等，基本上沿袭的是前一代作家的创作路子，也有大量佳作发表。"山药蛋文学流派"在80年代前中期出现了一个"夕阳无限好"的美妙景观，以后就渐渐走向衰退和消失。这两代作家深受三晋文化的熏陶，他们在有意无意中表现了三晋文化的无穷魅力和由盛到衰，他们也有所反思和批判，但更多的是发掘和表现。这里需要说到作家焦祖尧，他出生、就学于南方水乡，但从青年时期就落脚到山西的基层。他的创作起步于50年代，是山西的第二代作家。他的小说以煤矿题材为主，同时涉猎工厂、农村、城市领域，写出了《跋涉者》《故垒西边》《归去》等优秀长、中、短篇小说。马烽评价说："他的作品有塞北的刚健之气，又带着江南的明丽之情。"① 由此可见地域文化对一个作家的影响之深。

与山西老一代作家有着深厚交往的康濯，在谈到山西第三代作家群体时充满激情地说："新时期以来，山西的中、青年小说家更是澎

---

①马烽：《光的追求·序》，南京，江苏人民出版社，1981。

湃而出，并在旧有的基础上新潮迭起。如果说赵树理、马烽等开创的传统颇有点土气，即太行、汾水的黄土情浓；那么新时期山西的小说则是既葆有土气，又反映了经拨乱反正而为过去不可想象但却确凿无疑和眼目一新的生活以及改革开放和人们思想上的变革、解放，更在艺术上带有崭新的时代精神和现代意识，不断开启我国文学多年的封闭，而屡有使人震异的探索、创新和崛起。"①康濯在这里指出的就是这一代作家，既有对太行、汾水之土气的继承，又积极地吸纳了现代意识和现代艺术方法，实现了对传统文化、文学的突破与超越。山西第三代作家群，阵容整齐、学养较厚、思想活跃、个性鲜明。在思想解放大潮汹涌激荡、新时期文学日新月异的时代潮流中，他们迅速看准了各自的表现领域，找到了自己的思想文化坐标，因此出手不凡，短短数年即形成了一个"崛起"之势，共造了山西文学史上的一座高峰。在新时期文学的"伤痕文学""改革文学""寻根文学"等一次次浪潮中，我们都可以看到山西这一代作家矫健的身影。这一代作家与前两代作家不同的是，他们不再局限于单一的农村题材，而是把笔触伸向了城市、工矿、官场乃至金融、环保等领域。他们不再执著于现实主义那一套方法和手法，而是大胆地借鉴了现代主义方法中的象征、荒诞、意识流等多种表现方式。对于三晋地域文化，他们有的体验较深，继承得多一些；有的较为隔膜，多取批判态度。文学创作是一个自由的创造领域，不管表现哪一个题材领域，采取何种文化立场，都可以创作出优秀作品来，这是文学创作的一个规律。

山西的第三代作家是由两种类型的作家构成的。一类是土生土长的本土作家。他们在倾力表现现实社会时，较自觉地凸现了山西的地

---

①康濯：《山西作家群评传·序》，6页，北京，作家出版社，1990。

域风貌、民情风俗、民间生活以及这块土地上各种人物的精神和性格，同时又努力跳出传统思想文化的束缚，站在现代思想文化的高度去审视社会人生，使延续了数十年的山西现代文学传统获得了新的生机和生命。张石山的《镢柄韩宝山》《仇犹遗风录》、韩石山的《画虎的人》《别扭过脸去》、周宗奇的《新麦》、王东满的《大梦醒来迟》、燕治国的《农家闺女》、权文学的《在九曲十八弯的山凹里》等等，是这一类作家当时的代表作。张平早期的小说创作，基本上沿袭此风，如他的"家庭苦情"系列小说。但90年代之后他的创作出现转型，向社会纪实小说靠拢，《抉择》《国家干部》等以更写实的手法、更宏阔的视野，展示了中国全景式的底层社会和官场风云，塑造了时代呼唤的带有理想色彩的英雄人物，赢得了各个层面读者的欢迎。他淡化了地域色彩和地域文化，但却强化了"山药蛋派文学"的时代意识乃至政治意识，又借鉴了茅盾式的宏大叙事方式，使他的作品成为山西文学中的"黄钟大吕"。

　　另一类作家是山西的外来作家，他们或插队或分配来到山西，在社会底层摸爬滚打了十数年。他们深刻感受和体验了山西这方水土的时代变迁和民众生活，在"第二故乡"真正认识了中国的历史和现实。他们凭借自己原有的思想文化观念，谨慎地解读和审视着这方土地的文化、社会、人生，既看到了这里的善良、真诚、美好的东西，也窥见了这里落后、封闭、愚昧的存在，在他们的创作中融入了强烈的现代思想文化，譬如民主、自由思想，譬如人文关怀、生命意识等等。他们是直接承袭了五四的启蒙思想的一类作家。譬如成一的《顶凌下种》《陌生的夏天》，郑义的《老井》《远村》，李锐的《厚土》系列小说以及近期的《农具》系列小说，柯云路的《三千万》《新星》等等，题材的现实性、思想的现代性、手法的开放性等得到了有机的融合。山西文学从传统向现代的推进，是在他们手里完成的，他们的创作又直接刺激和影响了同代的山西本土作家。本土作家体验式的创作与外来作家审视式的创作，使山西文学进入一个现代的、多元的时代。

三晋地域文化经历了 20 世纪 80 年代的阵痛、蜕变之后，并没有真正实现现代性转型，随着 90 年代市场经济的逐渐形成，市场经济文化的强力蔓延，三晋文化变得六神无主，一蹶不振，渐渐走向衰落。山西作家再难以从本土文化中找到灵感和激情，甚至丧失了表现它和批判它的兴致。为什么那样谙熟山西社会和文化、在小说上潜力甚大的张石山中断了小说创作后来转向电视剧写作？为什么学养丰厚、技巧上驾轻就熟的韩石山过早地告别了小说，潜入了散文、传记文学文体？为什么一些作家不再热衷当下的生活现实，而转身走进历史题材领域？其中自然有作家个人的兴趣转移，但从文化的角度看，不正与三晋地域文化在 90 年代初中期的一度衰落有千丝万缕的联系吗？

地域文化的生命与山西文学的走向

山西地域文化在上世纪 80 年代初中期，在全国改革的浪潮中经历了一场躁动和裂变，但终于虎头蛇尾没有继续下去，现代性在这块顽固的土地上有点水土不服。90 年代初中期，面对市场经济及其文化的冲击，山西地域文化走向落潮期。文化的这种困境不仅制约着政治、经济，更波及了文学的发展。但 90 年代末期到新世纪初期，当人们认识到"西方式的现代化"道路也存在重重"陷阱"，中国并不能邯郸学步的时候，思想文化界又开始了对中国传统文化的发现、审视、继承、再造的艰难旅程。古老的三晋文化又一次遭遇"起死回生"的契机。遍布山西全境的古旧大院，成为全国的文化旅游重镇；独具山西特色的"黄河一方土"民间歌舞，走向全国舞台；晋北民间歌手阿宝的"原生态"山西民歌，唱红了南方北方；晋商的历史传奇和经营之道，使国人特别是商家，有如发现了新大陆；而山西历史名人于成龙、孙嘉淦、赵树理等，纷纷走进荧屏，让全国的观众深深感受到了山西人质朴、务实、诚信、刚直的文化性格。山西的地域文化显示出一种顽强生命和可贵价值。

山西文学在20世纪90年代初中期也经历了一个低潮期，这同全国文学的态势大体相似。但90年代后期以来又悄然兴起，出现了所谓的"第三次高潮"。在这一时期，中年作家执著耕耘，创作了他们各具个性的新作，一批青年作家陆续涌现，在创作上努力同全国文学接轨。诗歌、散文、报告（纪实）文学、文学评论等文体，佳作频出，态势活跃。从外在形态上看，它真不亚于前几次高潮。但人们又深切感到，在多样化的情势中，还缺少一种坚实有力的创作主潮，在个性化的创作流向里，还鲜有一种来自地域的、传统的文化品格和风骨。因此人们还难以把这一"高潮"想象成是一座名副其实的创作高峰。就像山花烂漫的原野，没有一种主要的色调；就像一个丰富多彩的人物，缺失一种主导的精神性格。当下山西文学匮乏的，正是那种对包括地域文化在内的传统文化的创造性继承。我们的不少作家还没有自觉地从周围环境和脚下的厚土中获得新的资源和动力，拥有表现它和批判它的思想、艺术能力。

这里我们要说到山西的第四代作家，这一代作家是"晋军"之后的又一茬作家，他们基本上是土生土长的山西人，创作于20世纪80年代中后期，成熟于90年代。他们主要继承了山西老一代作家的现实主义创作传统，表现的大抵是农村和农民生活。代表性作家有王祥夫、曹乃谦、吕新、谭文峰、张行健、常捍江、房光等。然而，他们的创作历程却是艰难而曲折的，或因生存问题中道辍笔，或因沉在底层难有新的超越，或因学养较浅而后劲不足。只有王祥夫、吕新、张行健等奋力突围，成了气候。这一代作家的衰退原因或许很多，但从文化的角度看，我以为就在他们在封闭的地域环境和板结的地域文化中沉浸太深，未能像"晋军"作家那样跳出本土，用新的思想文化视野去观照社会人生，完成自我的突破和超越，这是令人遗憾的。

当前，中国的思想文化是现代的、后现代的、意识形态的、民族的、民间的、地域的等多种文化兼容并蓄，而民族的、地域的思想文化又渐处主潮。这样，山西的地域文化就再一次受到关注和重视，再一次得到发掘和整合。于是 2003 年山西省适时地提出了"建设文化强省"的战略构想。这无疑激发了一些作家的思想和愿望，促使他们重新打量山西的地域文化，重新发现这一方水土。

优秀的作家往往是有丰富的创作准备的思想先行者，思想文化领域的一簇火花就足以点燃他的创作灵感和激情。譬如成一，20 世纪 90年代曾写过数部探索性的长篇小说，思想的艰深和艺术上的创新堪称独具一格，但没有获得文坛和读者的足够关注。2001 年他出版了长篇小说《白银谷》，以全景式的大叙事手笔展示了清朝末年山西票号业的盛极而衰，揭橥了西邦商人丰富多彩的人生命运和独特的精神性格，可以说是一部集大成式的"晋商文化史"，被评论家誉为"一部具有本土文化和民族化气魄的厚重之作"（雷达语）。譬如王祥夫，以淡雅、细腻的口语化语言，描绘了晋北的社会变迁、农民生存、风俗民情，熔现实品格、人文情怀、传统叙事为一炉，在创作道路上实现了一次飞跃。获得鲁迅文学奖全国优秀短篇小说奖的《上边》，代表了他创作上的新高度。譬如青年作家葛水平，在短短的二三年中，创作了《甩鞭》《地气》《喊山》等一系列令人瞩目的优秀中篇小说，其成功的主要奥秘，就在于她真正洞悉了晋东南那块土地，理解了那里的人们，特别是女性的命运、性格和心理，接通了她同地域文化的地气。譬如另一位青年作家李骏虎，他从乡村走进城市，近 10 年来创作了多部长、中、短篇小说，大都写的是以城市和情感为主题的作品。2005 年他以挂职的身份重返晋南故乡，重温自己熟悉的农村和农民，写出了面目一新的中篇小说《炊烟散了》，从中我们看到了一幅幅古朴、浓郁的农村日常生活图画，看到了几代女性相似而又相异的命运轨迹和情感心理，看到了赵树理那种朴素、绵长的遗风余韵。作者说：他的创作终于"从飘摇不定到渐渐落脚到写社会风气和风情画卷"了，他"真正在写作上有一点自己的主张"了。[1]山西作家终于从迷惘中回到了土地上，终于从三晋地域文化中又找到了自己的生长点。

美国作家赫姆林·加兰说："显然，艺术的地方色彩是文学的生命力的源泉。是文学一向独具的特点。地方色彩可以比作一个人无穷地、不断地涌现出来的魅力。"[2]"文变染乎世情，兴废系乎时序。"（刘勰语）中国社会正在现代化的路途上探索前行，中国的文化正在积极地整合西方现代文化和本土传统文化，重构自己现代的民族新文化。根深叶茂的三晋地域文化蕴藏着丰富的内涵和强劲的生机，只要山西作家脚踏实地、开放思想，不断从本土文化中汲取营养和精华，丢弃陈腐和糟粕，构筑自己与时俱进的思想文化体系和审美境界，山西文学真正的"高潮"终将会到来。

（原载 2007 年第 1 期《小说评论》）

---

[1] 参见李骏虎：《朴素的蓝本》，载《现代作家》，2006 年寒露卷。

[2] 〔美〕赫姆林·加兰：《破碎的偶像》，见《美国作家论文学》，85 页，北京，生活·读书·新知三联书店，1984。

打造自己的评论文体

1

文学评论应该怎样写？如何体现思想、倾注感情以及选择表现方式，以形成评论家自己的独特风格和文体？这一系列问题，对有些评论家来说也许觉得是形而下的技术问题，不值得提出来讨论。而我却从来不敢轻视，孜孜以求，坚持不懈，但总觉得距离很远，一辈子也难以抵达期望的境界。同时我以为，文学评论怎样写的问题，又是一个事关评论家，特别是青年评论家能否有所建树，文学评论事业可否健康发展的大问题。

对一个作家来说，在创作中形成自己独树一帜的文体，是一个高远的追求。对一个评论家来说，同样如此。文体，意味着评论家的成熟和境界。当年，有批评家称鲁迅为"stylist"，即"体裁家"或"文体家"。鲁迅似乎很满意这样一顶"帽子"，说"许多批评家之中，只有一个人看出来了"。鲁迅既是创作上的"文体家"，也是评论上的"文体家"，这是大家公认的。那么什么是文体呢？指的是个人作品的格调、气派、形态、风格等等，它是作家评论家个性、情感、思想以及审美趣味的综合体现，也是特定时代、社会、文化以及文学思潮的曲折反映。文学的文体问题是新时期文学理论研究的一门显学，也是作家评论家们追求的一种境界，但在今天市场化、数字化的时代中，已逐渐淡出文坛的视野。但正是在文体上，显示出当前文学评论的种种局限和病症。

我曾经在几篇文章中把现在的文学评论分成三种类型，以图揭示评论家的岗位和专业对他写作方式的深刻影响和这三种评论的内在缺失。有些同行较为认可，有的论者很不赞同。其实问题的根源就出在文学评论怎样写的环节上。学院派评论家追求的是学术思想和体系的严谨和完整，热衷的是写那种中规中矩、四平八稳的论文。这自然有积极的一面，有助于学科建设和学理的加深。但消极的一面也凸现出来了，大而无当、笨重僵化、脱离现实。这些评论家已经淡忘了他们研究的是鲜活的文学，他们所写的也该是一种"艺术品"。协会派（作协派）评论家与当下文学有一种天然的紧密联系，或者说关注研究的就是正在进行的文学，他们的文章自然会新一点、活一点。但迎合政治、文化和世俗的潮流，取悦文坛以及作家、读者的口味，使他们被左右掣肘，深陷困境，文章往往出现人云亦云、平庸浅薄，甚至粗制滥造的现象。他们忘却了评论是一种独立的文体，是需要深思熟虑、精心营造的。至于媒体派评论家，担负着促进文学发展、举荐优秀作家作品、疏导文学思潮的责任。近年来此类评论成长迅速。但这些评论家似乎把他们的文章只看作新闻，没有当成评论，追求的是快捷、新鲜、吸引人。至于这类评论应该怎样写，形成一种什么样的风格和文体，大约很少去考虑。这三类评论家的文章，构成了当前文学评论的主体，而文体意识淡薄已成为令人忧虑的通病。

长期以来，我们对文学评论特性的认识存在一种误区，导致了对文体建构的轻视。苏联美学家鲍列夫精辟指出："批评具有双重本质：从它的某些功能、特点和手段来看，它是文学；而从另一些功能、特点和手段来看，它又是科学。"①作为一种既是文学又是科学的特殊文体，文学评论较之文学创作难度更高。但我们或者只把它当作科学，或者只把它看作文学，在文体经营上总是漫不经心、马马虎虎，致使多年来文学评论表面上热闹繁荣，但缺乏扎实的推进；涌现了成百上千的评论家，而真正自成一体者寥寥无几；文学评论本应面向读者，却造成了"老死不相往来"的隔膜。现在，该是重视文学评论文体的时候了。

2

文学评论文体的创造和形成是一个十分复杂艰难的过程，需要多方面的准备和探索。我以为首先是评论家要有独立思想。独立思想似乎与文体形式关系不大，但其实休戚相关，因为一个评论家文章的高度和特色，首先体现在他的思想上。杰出或平庸、深邃或浅薄、新潮或保守、激进或稳健、洒脱或严谨、浪漫或现实……思想的特色决定着评论的境界和格调。一部专著和一篇论文，自然需要有评论家扎实、丰厚的思想功底，但更需要有独立思考后的真知灼见。独特的思想是文学评论的灵魂。

现在，有许多评论家批评当下的文学作品思想匮乏，言之有理。但反躬自问，文学评论不是更缺乏思想吗？如果说文学作品缺少思想尚可原谅的话，文学评论没有思想才是不可饶恕的。学院派、协会派和媒体派评论，要不受制于西方现代、后现代和中国传统的思想文化束缚，要不屈从于当下的思想潮流和市场经济规则，不要说自己去独立思想了，就是一般的思想认知也被冲淡了。特别是一些青年评论家

①转引自蔡赓生：《文学评论与鉴赏教程》，308 页，武汉，武汉大学出版社，2000。

的著述与文章，长篇大论、洋洋洒洒、概念成堆、晦涩难懂，一副"理论霸权"的面孔，但却很难看到论者的一点思想闪光。文学评论要有自己的独立思想，其实很难。夏志清的《中国现代小说史》被认为是一部宏大、扎实、富有创见的文学史专著，对中国现代文学的研究影响颇多。著者说："后来我见到更多来自大陆的学者、学生，他们尊重、喜爱我那本《小说史》，正因为我写了自己的评断，不像大陆原先所能看到的正统文学史著作，对所有现代作家的评断差不多都是一致的。""我坚信文学史家应凭自己的阅读经验去作研究，不允许事先形成的历史观决定自己对作品优劣的审查。"①这位汉学家的这种"力排众议"、坚持"我自己的评断"的治学精神，是值得我们效仿的。

文学评论家思想理论的匮乏，已成为一个不容忽视的问题。我们需要一种坐冷板凳的精神，认真、系统地读读中外古今的哲学、美学、文艺学等经典著作，并努力在实践中形成自己的思想体系。同时用自己独立的思想解读文学历史、文学现象、作家作品，得出自己的判断，形成自己的风格和文体。当下的文学评论，需要的不是文章数量的增加，需要的不是抄来抄去的"大路货"，而是具有思想根基和独到发现的创新之作，需要"几个坚实的、明白的、真懂得社会科学及其文艺理论的批评家"（鲁迅语）。只有这样，文学评论才能走出困境，发挥它在文学事业中的有力作用。

3

文学评论的科学性要求评论家赋予它独特的思想内涵。而这种思想内涵不是靠空中取水的方式获得的，是评论家全部感性体验后的自

①夏志清：《中国现代小说史》，1页，上海，复旦大学出版社，2005。

然生长、提炼升华。因此，打造自己的评论文体，一个极重要的过程就是感性体验。这也就是文学评论的文学性或艺术性吧？记得上世纪80年代在狂热的读书潮流中，有两本书大家都在读，感受强烈，至今记忆犹新。一本是李泽厚的《美的历程》，写中国从远古到明清数千年的美学历史，每个时代概括出一种美学精神特征，如"龙飞凤舞""青铜饕餮""魏晋风度""盛唐之音"……把一部美学史写得活活现、简约传神。另一本是美国苏珊·朗格的《艺术问题》，阐释艺术创造与人类情感的关系，把复杂的美学问题描述得声情并茂、深入浅出。两本书涉及的问题和领域那么宽泛，而篇幅只有十三四万字。其艺术魅力就来自论者充沛的情感体验和形象化的论述方式。这两本书给我这样的启迪：美学评论和文学评论，都应该倾注感情、营造形象，这样才能生动鲜活、打动读者。

在文学评论中，评论家的感觉、感情以及审美等全部感性体验，不仅贯穿在整个评论过程中，同时还要体现在最终的评论文本中。鲁迅说："诗歌不能凭仗了哲学和智力来认识，所以感情结冰的思想家，即对于诗人往往有谬误的判断和隔膜的揶揄。"[①]别林斯基讲："敏锐的诗意感觉，对美文学印象的强大感受力——这才应该是从事批评的首要条件，通过这些，才能够一眼就分清虚假的灵感和真正的灵感、雕琢的堆砌和真实情感的流露、墨守成规的形式之作和充满美学生命的结实之作，也只有在这样的条件下，强大的才智，渊博的学问，高度的教养才具有意义和重要性。"[②]这就是说，解读文学和作家作品，必须把自己的全部感情投入进去，凭仗它你才能走近和读懂对象，你才能

① 鲁迅：《诗歌之敌》，见《鲁迅全集》，第7卷，236页，北京，人民文学出版社，1981。
② 〔俄〕别林斯基：《别林斯基选集》，第1卷，224页，上海，上海译文出版社，1979。

分辨出优劣和高下，你的理性和修养才能发挥作用。譬如文学史，绝大多数著者都会写得高屋建瓴、纵横交错、井井有条。虽然让人赞叹，但总觉味同嚼蜡。而洪子诚的《中国当代文学史》也许不那么宏大、严密，但你能感觉到他是潜入文学史深处，用心灵、感情去写的，折射出著者敏锐的感觉、真诚的感情和超然的理性。特别是那种惜墨如金、灵动简练的论述，更让人深思不已。文学史尚可这样写，作家作品论就更应该写得感性、形象一些。

刘勰讲"情者文之经"，同样适用于文学评论，不过这种感性体验中已经融入了理性的参与。在阅读作家作品时用一颗平常心去感受和品味，在构思文章时以感性为先导、理性为统管去谋篇布局，在写作过程中凝神静气、情思自如地去调动笔墨，评论家的写作个性、格调等自然会呈现出来。

4

"文体"这一概念，既指一位评论家某一篇作品所显示出来的个人特色，也指他所有作品呈现出来的整体风格。称一位评论家为"文体家"，他就必定有广阔的评论思路、多样的表现模式和灵活的评论语言。所以，评论家要形成自己的文体，就要潜心探索各种各样的表现模式和样式，不断拓展自己的艺术风格。新时期文学以来，我们的评论模式和样式空前地丰富起来。譬如从表现模式上讲，不仅有传统的社会历史批评、道德文化批评以及马克思主义文学批评等，同时从西方借鉴的精神分析批评、女性主义批评、原型批评、新历史主义批评、文化学批评等也已"生根开花"。譬如从样式上看，有专著式、论文式、杂文式、评传式、对话式、访问式等等，可以说应有尽有。但对于评论家个人来说，评论的方式方法却显得简陋单一、路子狭窄。你很难说哪个人可以称为"文体家"？我们看到的满眼是学院派的长文呆论、毫无新意的应景之作。这种状况自然与学术体制、市场需要有关，但更与评论家探索、创新不够有关。

中国近百年的现当代文学史上涌现了许多杰出的评论家，他们往往既是作家也是评论家，或者说虽是评论家，但有很深的艺术造诣。因此在表现模式和样式上，就显得不拘一格、多姿多彩、自由自在，对文学创作和文学评论影响深远。譬如鲁迅，他在文学评论上的建树也是卓越的，他一生除了写过两本文学史之外，没有给我们留下系统的文学理论和批评专著，甚至没有写过那种"正儿八经"的作家作品论，但散见在他大量的散文、随感、杂文、讲演、序跋、书信中的文艺思想、文学论述、创作经验等，构成了他宏大而精深的文学思想体系，闪烁着独异的真理之光。他的评论模式是最丰富、最自由的。他的一个比喻、一段警句，就给人们无尽的启迪。再如茅盾，是杰出的小说家、散文家，同时也是杰出的评论家，他对文坛的谙熟和丰富的创作经验，使他的评论内涵广阔、眼光敏锐、针对性强、文体自由，对现当代文学的发展和几代作家的创作，贡献大焉。我们现在特别需要像鲁迅、茅盾这样全才式的、实践型的评论家。

对一个评论家来说，探索和拓展评论模式和样式是至为重要的。"一条胡同走到底"的做法是不可取的。只使用一种评论模式，你就很难领悟到文学世界的广大、深邃。从不同的方向、层面，譬如社会学的、心理学的、文化学的等，深入进去，你才会看到一种多样的、立体的文学景观，才能更深刻、全面地把握评论对象。同时，只使用一二种评论样式，譬如那种严密规范的学术论文、印象式的社会批评，而不去尝试那些散文类、杂感类乃至书信类式的写作，你不仅难以走近、亲近评论对象，而且久而久之会束缚你的思想、扼杀你的灵感。

多几种写作样式、多几副评论语言，你就会写得轻松、走得快捷，一步一步进入文学的自由王国。"路漫漫其修远兮，吾将上下而求索"，是评论家永远的座右铭。

（原载 2008 年 11 月 13 日《文艺报》）

第四辑　　对　话

作家、评论家之间的自由"对话"，最能看出一个人的思想和个性。这是一组关于乡村小说创作、文学评论现状、短篇小说艺术和"后赵树理写作"现象等方面的文学交流，从中可见作者独到的思想和观点。

新农村建设与乡村小说

——山西评论家四人谈

主　持：段崇轩　山西省作家协会副主席
参　加：杨　品　山西省作家协会副主席
　　　　傅书华　太原师范学院文学院院长、教授
　　　　王春林　山西大学文学院副教授

一　"新农村建设"与乡村小说

1.现实乡村对文学的意义

段崇轩：我先来个开场白吧。我们几位都是从农村走出来的，至今与农村有着千丝万缕的血肉联系，对农村和农民有很多了解。现在大家从事文学评论，对乡村小说的关注与评论自然而然成为我们的一个研究重点。因此，我们今天来谈"新农村建设与乡村小说"这个话题，想来都会有很多话说。

今年春节前我回原平老家呆了十几天时间，耳闻目睹了很多的事和人，真让人触目惊心、感慨万千。这些年农民的温饱问题基本解决了，绝大部分人有一种自满自足的心态，但背后隐藏的问题和危机非常严峻。我有这样几点最突出的感受。一是农村政治的散沙化，村委会、村支部这样的基层政权已基本丧失了它的领导力、号召力、凝聚力；二是农村经济困境化，农民主要靠种地和外出打工维持生计，勉强度日尚可，但一遇到婚丧、盖房、上学、看病等等大事，就一筹莫展；三是农民群体的边缘化，农民成为整个社会的弱势群体，一进入市场经济就处处碰壁吃亏，根本无法掌握自己的命运；四是农村文化的"殖民化"，农村社会经过几十年来的战争、革命、运动，固有的传统文化早已破碎和消失，即便有一点残存也已完全变味。而多年来的乡村城市化进程，城市文化蛮横入侵，无情地吞噬和异化着乡村文化。农民纷纷逃离农村，农村文化被弃之如敝屣，乡村成为一个个庞大的文化"空巢"。而这最后一点，是不能不让人感到痛惜和忧虑的。

喊了多年的"三农"问题直到今天"新农村建设"的提出，理论上已讲得很多很多，不别赘述。我自己的感受是，当前已得到全民共识的"新农村建设"是中国现代化进程中的战略调整，这个调整已经晚了、慢了一点，现在是刻不容缓。它的发展如何、成败与否，决定着中国现代化的成败得失。它是中华民族的命运所系，是全体国民的历史使命。这一战略目标的实现肯定是漫长的、艰难的。在这样一个背景下审视我们的乡村小说，我就觉得它太软弱无力、僵化落后、小打小闹了。当然我也承认当前还是有很多不错的乡村小说的。

杨 品：农村、农民、农业——即"三农"问题，确实是当前中国的一个最为突出的社会问题，并且已经成为影响未来现代化发展的主要问题之一，关系到我们整个国家的命运。农村与城市的差距在不断拉大，农民与城市人的生活水平不可同日而语，农业的效益与工业和服务业的效益难以相比。中国的改革本来是从农村开始的，可现在农民却陷入了艰难之中。特别是进入 20 世纪 90 年代，农村改革就基本停滞了。如何提高农民的收入、如何减轻农民的负担、如何改变农村的产业结构等等，成了社会话语中的关键词。如果解决不好"三农"问题，我们通过 20 多年努力奋斗，好不容易创造出的改革开放的成果，就有可能毁于一旦。在城市日新月异的今天，八九亿农民却过着艰难而沉重的日子，所有具备责任感的人都不能不作深刻的反思，作家当然也不能置之度外。因此，"新农村建设"为作家的小说创作提供了一个更大的舞台，为精彩作品的诞生创造了机遇。

2. 对"乡村小说"概念的理解

段崇轩：十几年前，我专门写过一篇探讨乡村小说概念的文章，当时没有引起评论家们的足够注意。写农村和农民的小说，在诸多概念中，"乡土小说"用得最多，但我觉得它着重强调的是地域特色、民情风俗等等，今天显然有点狭窄了。当然这个概念还是可以沿用的。"农村题材小说"是侧重题材范畴的一个概念，如工业的、城市的、军事的、知识分子的等等，有点行政化管理的味道，我觉得应该逐渐扬弃。"乡村小说"是一个站在城市与乡村这样一个大视野层面上的观照，涵盖力较强。而写乡村就要写历史、现状、文化，乃至与城市的比照和交融等等，又有一点文化意味。从作家的角度讲，"乡村"是我们的精神家园，是一个富有诗意的境界，因此又具有审美色彩。我注意到，现在已经有评论家在使用"乡村小说"这一概念了。随着"新农村建设"的推进和展开，乡村小说一定会有一系列的突破和新变，我觉得到时可以用"新乡村小说"来概括。

傅书华：乡村小说可以从两个层面来理解，当然这两个层面是相辅相成相互生发的。一个层面是事实层面，即曾经在事实上发生过的乡村小说的形态、属性是什么，就是刚才崇轩所说的 20 世纪 30 年代的乡土小说，20 世纪 50 年代的农村题材小说，今天的反映乡村生活的小说。我们谈乡村小说，不能凭空去谈，而要在已经提供给我们的文学创作的事实基础上去谈，然后，在这基础上，我们来探讨什么是乡村小说的基本属性，来探讨我们所面对或者说我们所期待的乡村小说的基本的属性、形态是什么。还有一个层面是价值层面，即我们依据什么标准、尺度，来界定乡村小说，来区分乡村小说的形态。我觉得，我们所面对的乡村有这样的几种类型，一个是客观存在的传统的充满宗法色彩的乡村，一个是文化形态的在传统文人想象中的乡村，一个是文化形态的与都市对立的在都市想象中的乡村，一个是政治观念观照下的乡村，一个是充满了独特风俗民情的乡村，一个是作为中国人存在之家的乡村。相应的，目下的乡村小说也有着这样的几种类型，或者是在一篇小说中，我刚才说的几种成分都有，是一种混合，但还是偏重于某一个方面。这些小说，咱们都比较熟悉，我就不一一列举了。譬如我们山西女作家葛水平的中篇小说《地气》，许多评论家都非常赞赏，觉得写出了乡村之美，我认为就是在文化形态对立的在都市想象中的乡村。

3. 乡村小说是中国文学中的一方重镇

王春林：我认为虽然自新时期文学尤其是上世纪90年代以来，中国文学逐渐进入了一个无主潮、多元化的发展时期，但乡村小说却依然是这多元化文学现实中的一方重镇。得出这一结论的根本原因有以下两个方面。第一，虽然当下中国的城市化进程已经有了一种迅猛长足的发展，虽然有人预计在未来的20年间，中国将有三亿至四亿的农民离开乡村融入城市，脱离他们的农民身份。但从本质上而言，中国依然会有广大的乡村世界存在，中国依然难以脱离农业国家的描述与定位。既然广大乡村世界的存在是一个不争的客观事实，那么以此为表现对象的乡村小说的长期存在便也是不言而喻的。第二，从中国当下文学创作的现实来看，一方面，我们固然应该承认，伴随着中国迅猛的城市化进程，以现代城市为主要表现对象的都市文学（小说）确实较前有了长足的发展。但同时却更应该看到，在当下文坛出现的那些真正堪称优秀的小说作品，其中绝大多数却仍然是乡村小说。这一点，在一些全国性奖项评选中的表现相当突出。所以会出现这样一种状况，一个根本的原因就是在我们的现代文学发展中存在着一种十分深厚的乡村小说传统，与之相对应的都市小说传统却相当薄弱。或者说，我们的小说家们更多地还不具备进入都市文化的能力。从以上两方面来看，在一个相当长的时期内，乡村小说作为中国文学中一方重镇的地位是难以被撼动的。

傅书华：我还是想从事实层面与价值层面来谈这个问题。从事实层面来说，乡村小说一向在中国现当代文学中占据着重要的位置，特别是在根据地文学及新中国成立至 20 世纪 80 年代，这没有什么好说的。即使在今天，在纯文学领域，乡村小说仍然占据着主要位置，你就看第三届鲁迅文学奖，乡村小说就占了很大比重。但是，今天提出乡村小说是中国文学中的一方重镇这样一个话题，是因为大家普遍感到，在文学市场领域，在大众阅读领域，乡村小说绝对不占重要位置。从价值层面说，传统中国是乡土中国，中国在何种程度上能成为现代中国，要看乡土中国的现代化程度，还有就是在这一过程中，乡土的现代性转换及其在现代中国中的位置、意义。这些都决定了乡村小说在中国文学中的极端重要性。现在的难题在于，怎样解释这一重要性与乡村小说事实上在文学市场及大众阅读中的失落。

二、反思乡村小说的创作传统

1. 从五四至"文革"乡村小说的经验与教训

杨　品：五四至"文革"期间，是中国乡村小说兴起与发展的阶段，在这期间，首先应当提到的是鲁迅先生，可以说，他是中国现代乡村小说的开拓者。鲁迅在乡村小说创作中特别注意描写底层农民的痛苦和当时当地的风土人情，而这也正是那个时代乡村小说作家的主要特点，它集中表达了知识分子作家探索与改造国民性的启蒙主义思想，崇尚原始、崇尚民间、崇尚自然的田园浪漫主义情怀。五六十年代乡村小说则有了明显的时代印记，许多作家的创作常常摇摆在政策宣传和艺术创作之间，而民间文化形态的因素往往成为决定作品是否具有艺术价值的关键，如周立波的《山乡巨变》、赵树理的《三里湾》和柳青的《创业史》等等就是。"民间"是一个有着丰富涵盖面的文化概念，在乡村小说传统里，它是与自然形态的中国农村社会及其文化观念联系在一起的，比较真实地表达了挣扎在社会底层的广大农民的生活态度和精神状态。五六十年代形成的以赵树理和孙犁为核心的"山药蛋派"和"荷花淀派"两个作家群体，呈现出乡村喜剧和田园牧歌等风格类型，真实地记录了当时农民的思想矛盾、心理状态和精神风貌。不过，这一时期乡村小说意识探索的空间又是逐渐萎缩的，其艺术创造的空间也是有限的，这也是不争的事实。

王春林：从五四至"文革"长达60年的文学发展中，乡村小说的面貌是格外丰富驳杂的，但从其大的脉络来看，实际上可以被划分为三种不同的存在方式。其一是以鲁迅先生为杰出代表的五四乡土小说，因为乡土小说很明显地是现代启蒙知识分子批判性地审视乡村世界的产物，所以我们可以将此类小说界定为一种"启蒙叙事"。其二则是以沈从文先生为杰出代表的一种带有明显的田园乌托邦色彩的乡村小说，在沈从文湘西小说的文化背景中，突出地存在着一种将乡村田园牧歌化以对抗批判现代都市罪恶的倾向，所以我们可以把此类小说界定为"田园叙事"。其三则是1949年之后，以赵树理、柳青、周立波、浩然等为主要代表的"阶级叙事"。其实，这类小说也是可以追溯至20世纪30年代的茅盾，乃至解放区文学中的赵树理等作家的。因为这些作家主要以一种政治化了的阶级视角表现乡村世界的缘故，所以我们便将之界定为"阶级叙事"。从以上简单的梳理可以看出，对于乡村小说而言，不同创作视角的存在是极为重要的。虽然是同样一个乡村世界，但因了不同切入视角的存在，呈现在我们面前的乡村世界景观却是因人而异大相径庭的。这一点，对于当下的乡村小说家们而言，是极富启示意义的。

2. 新时期乡村小说的成就和局限

　　段崇轩：我们是追随着新时期文学一路走过来的。从上世纪70年代末到80年代中后期，我认为是乡村小说最兴盛的一个时期，是当时整个文学大潮中的主流。一大批起点很高的作家带着他们厚积薄发的作品崛起于文坛，当时的一些优秀作家和作品至今我们还记忆犹新。乡村小说同农村改革同步前行，及时而敏锐地表现了变革运动中的矛盾和走向，刻画了走向觉醒和自主的农民形象。但今天看来，那时的乡村小说距离意识形态太近，有的直接图解农村的路线和政策，这是导致它在80年代后期衰落的主要原因。此外在艺术上还没有完全突破五六十年代的条条框框，如结构上的陈旧单调、叙事方式上的僵硬直露等等。这是值得我们研究和反思的。80年代末期到90年代初期，乡村小说有过一段沉寂期，但到90年代中后期之后，随着文学多元化时代的到来，乡村小说再度复兴并走向了多样化。但在都市小说热热闹闹的态势下，乡村小说虽然仍在倔强地坚持，但势头显然不如新时期那样富有生气和创造力了。

傅书华：崇轩多年来研究乡村小说，他对新时期乡村小说的梳理，我觉得是很清楚的。我想补充的是，借用陈思和的说法，20世纪80年代是一个共名的时代，20世纪90年代之后是一个无名的时代。在一个共名的时代，我们对乡村小说有着共同的追求、企盼、认可与实现，所以，我们会觉得，那个时代是一个乡村小说的辉煌时代，而在今天，因为处在无名时代，所以，我们对乡村小说的认识会有一种六神无主的感觉。我觉得，我们要避免站在20世纪80年代的价值立场上要求今天的乡村小说创作，而要站在今天的价值立场上，来判断今天乡村小说的得失与长短。

3. 现实主义表现方法的优势与难度

杨　品：从理论上理解，现实主义文学创作的本质问题就是价值问题，因为作家自身的观念必然会贯彻到其创作的文本之中。真正意义上的现实主义乡村小说作品，从来都是执著于对人的生存的揭示与探索：一是人的生存状态，怎样活法；二是人生存在的价值，即人的生命意义。二者缺失任何一面，文学境界与审美意境都会缺失。也就是说，现实主义乡村小说如果远离底层人的基本生存状态，不去探究人的存在价值，作品无疑就失掉了血脉。优秀的乡村小说作家，之所以能一直充满文学活力，正是来自于创作的这一可能性。在他们的作品中，我们不仅看到了凡俗生活隐藏下的悲剧，也看到了含泪微笑之下的希望。

现实主义虽然要求按照生活的本来面目描写生活，但真实性并不等于照抄现实，不等于对现实生活作简单、机械地记录。文学作品中反映的现实，实际上已经融合了作家的价值观念和审美理想，已经是比生活真实更高、更完善的艺术真实，是能够代表乡村社会某些本质方面和发展趋向的真实。无视生活的外在真实和事物内在本质的必然联系，单纯追求外在真实，将会导致创作上的自然主义；片面强调写本质，而离开对乡村生活现象的真实具体描绘，则会造成创作上的抽象化、概念化，这两种倾向都是背离现实主义乡村小说创作原则的。

傅书华：我记得西方一位叫做戈尔德曼的理论家说过，社会结构与文学结构有着严格的同一性。我是很认同他的这一说法的。由此，我也认可根据地与"十七年"的乡村小说都是属于红色古典主义的说法，他们都认可人的幸福是可以寄托在一个合理的社会结构中的，这就是古典主义的核心。但是，随着市场经济对传统价值体系的瓦解，随着现代性神话的破灭，个体与社会的冲突为大家所正视，以个体为本位的对社会的批判诉求，正在成为强烈的时代呼声，这就是现实主义的到来。我们看近来对文学关注底层民众的呼吁，看近来文学批评界对作家正义感、道德感、责任感的呼吁，看近来学界对左翼文学的重新认识，大致都可以看到现实主义这一潮头的正在到来。

三、当下乡村小说的状态与走向

1. 直面当下的乡村小说创作

王春林：以我看，当下乡村小说的创作是相当繁荣的，仅以长篇小说而言，在进入新世纪以来，就出现了这样一批值得注意的优秀作品。其中主要有贾平凹的《秦腔》、毕飞宇的《平原》、铁凝的《笨花》、刘醒龙的《圣天门口》、阿来的《空山》、杨争光的《从两个蛋开始》、莫言的《四十一炮》与《生死疲劳》、阎连科的《受活》与《丁庄梦》、张炜的《丑行或浪漫》、尤凤伟的《泥鳅》、李洱的《石榴树上结樱桃》、严歌苓的《第九位寡妇》等。在这些作品中，无论是对当下现实中的乡村生活，还是对既往历史中的乡村世界，作家们的观照与描写，都是极具艺术性、震撼力的。

段崇轩：刚才春林以长篇小说为例，认为当下乡村小说的创作是相当繁荣的。长篇小说我读得不多，不敢妄言。但如果以此证明乡村小说很繁荣、很发达了，我不敢苟同。我曾经集中看了第三届鲁迅文学奖获奖的全部中短篇小说，8 部中短篇小说其中有 6 部属于乡村小说，短篇小说如王祥夫的《上边》，魏微的《大老郑的女人》；中篇小说如毕飞宇的《玉米》，孙惠芬的《歇马山庄的两个女人》等，思想内涵丰富，艺术上也很纯熟，但我又深感其中有很多问题。一是这些作品虽然表现的是当下的农村生活，但与现实农村的那种复杂严峻似乎距离很远，没有表现出农村的典型矛盾和问题来。二是作家精神资源的贫乏，缺乏对农村现状宏观的理性把握，对乡村未来走向的探寻，对农民精神演变的发掘，对市场化、全球化下的农村、农民现状的鸟瞰，一味地同情、叹息和无奈。这种状况我看长篇小说中也是存在的。

傅书华：我的感觉，当下的乡村小说创作，写客观存在的传统的充满宗法色彩的乡村的小说，写充满了独特甚至奇特的风俗民情的乡村的小说，比较多。写文化形态的与都市对立的在都市想象中的乡村的小说，也有一些。其他类型的乡村小说，比较少。我还想说的是，写当下农村状态的乡村小说，极少。

2. 壮大乡村小说的作家队伍

杨　品：应当说，当代中国不少主流作家多数都以乡村叙事为主，比如莫言、李锐、毕飞宇、韩少功、阎连科、贾平凹等，他们的写作题材和经验都是乡土的。崇拜、敬意、怜悯，这些古典情怀，是这些作家们对待乡村的主要方式，他们借助文学家的创造性想象，从乡村丰富的意象群中获得了一种诗意。莫言的好几部重要作品，都是以他的老家高密东北乡为背景，虽然叙述角度不同，但总是比较真切地表现了那一方水土的历史与现实，其中对人性的挖掘还是很见功力的。毕飞宇的《玉米》《平原》等作品，对农村农民生存环境的逼真描写，都给读者留下比较深刻的印象。写出过《商州》系列、《浮躁》《高老庄》《怀念狼》等多部乡村小说的贾平凹，2005 年又推出了近 50 万字的《秦腔》。尽管文学界对贾平凹的作品一直有争议，但他毕竟是在乡村小说这块领地不断地耕耘，在读者中有着许多作家无法达到的号召力。阎连科是个关注底层民众生存状态的真诚作家，尤其对乡村生活现实有深刻的观察的反映，他曾写出过《黄金洞》《年月日》《耙楼天歌》《坚硬如水》和《受活》等不错的作品，其中近作《受活》最受到文学界和读者的关注。但是，真正的乡土在哪里？农民的欢笑在哪里？叹息在哪里？泪水在哪里？"三农"问题的真相远比想象惨烈得多，这些内容却在他们的作品中有些淡化。

不过，我们又不能不正视的一个事实是，青年作家中写乡村小说有成就者寥寥无几。现在七八十年代的作家大多来自城市，不熟悉也不屑于写乡村小说，写乡村生活的作家后继乏人——这倒真是一个比较严重的问题。

段崇轩：现在乡村小说的实力派作家大都出生在上世纪 50 年代前

后，现在这批作家的创作潜力也在逐渐衰减，而且他们最熟悉、感受最深切的是七八十年代的农村生活，与市场经济时代的农村有诸多隔膜。因此要振兴乡村小说创作，扶植年轻的乡村小说作家显得尤为重要。现在农村已基本没有了产生乡村小说作家的土壤和气候，但我注意到现在有些从农村走出来进入城市打工的青年，在艰苦的环境中探索着乡村小说的创作。譬如深圳的"打工文学"作家，现在已成气候。另外还有一些农村青年通过上大学的途径，然后就业在城市，开始了他们的乡村小说创作，近年来我们山西的几位新锐作家走的就是这样一条道路。我们要特别关注这两种青年作家，竭力扶助他们，壮大乡村小说的创作队伍。

3. 发现、塑造多样化的农民形象

段崇轩：乡村小说中的人物塑造问题，既是一个创作问题，也是一个理论问题。其实从上世纪 90 年代之后，整个小说创作中的人物形象就已处于一种"退隐"状态，人物作为小说中的主体，作为作家的创作目标，已经被淡化、被忽视了。这种现象的背后，有西方哲学思想、文学观念的影响，有人作为主体在现代化、市场化大潮中被淹没、被异化的现实的暗示；同时也与我们放弃了现实主义"典型观"的创作思潮有关。中国农民在近 30 年的变革潮流中，有的从传统农民蜕变为大有作为的现代农民，有的坚守农民的固有品格和美德在市场社会中成为成功者，有的则在时代的剧变中被扭曲了、异化了、变质了……当然还有众多的农民变化甚少依然是一个农业小生产者。这形形色色的农民众生相，已同过去的、历史的农民大不相同了。但我们的作家还不熟悉、不认识他们，迫切需要我们深入底层社会，去发现和塑造他们。乡村小说如果塑造不出更多、更新的典型农民，其突破

和超越就是一句空谈。

王春林：在乡村小说的人物塑造上，我倒不像崇轩讲得那样悲观。就我对当下乡村小说尤其是其中长篇小说的阅读与观察来看，应该说还是出现了一批极具人性内涵与思想力度的人物形象的。诸如《秦腔》中的夏天义、夏天智，《平原》中的端方、吴蔓玲，《笨花》中的向文成、小袄子，《从两个蛋开始》中的赵北存，《生死疲劳》中的蓝脸、洪泰岳，《受活》中的茅枝婆，《丑行或浪漫》中的刘蜜蜡，《圣天门口》中的亢九枫，等等，都给读者留下了难以磨灭的印象。尤为值得注意的是，其中一些人物形象还体现出了极明显的原创意义，从而显示出了作家对于乡村生活一种独到的发现与思考。这一方面，《生死疲劳》中的洪泰岳就是一个突出的例证。莫言在这一人物身上的独异发现主要体现在对其性格中某种悖论色彩的体悟与剖析。洪泰岳这样别具人性内涵与思想力度的人物形象，是以往乡村小说中没有出现过的。这一形象的诞生，充分地凸显出了莫言对乡村世界一种巨大的艺术发现能力。

4. 创新乡村小说的叙事方式

傅书华：乡村小说类型与乡村小说叙事模式之间，我想，可能是有着某种关联性的。譬如说，写客观存在的传统的充满宗法色彩的乡村的小说，往往形成家族小说的模式，情节啦、冲突啦，都与家族的设置分不开。写文化形态的在传统文人想象中的乡村小说，往往有着自然景色的优美啦、人与自然环境的和谐啦。写文化形态的与都市对立的在都市想象中的乡村小说，往往有着宁静的内心啦、人与人之间的无功利的温情啦。写政治观念观照下的乡村小说，往往有着乡村的新旧变化啦、用社会主流尺度所作的对乡村的社会分析啦，当然，这些社会分析，是通过人物的设计、行动完成的。写充满了独特风俗民情的乡村小说，选材、情节、景色描写往往有着奇异性。写作为中国人存在之家的乡村小说，往往会注重具象与抽象的结合，注重隐喻、符号化的设计等等。

王春林： 与中国现当代文学史上过去的乡村小说相比较，当下乡村小说创作在叙事方式上发生了很大的变化，体现出了若干叙事新质。这新质主要表现在以下三个方面。其一，如果说过去曾经先后出现过"启蒙叙事""田园叙事""阶级叙事"与"家族叙事"（我把新时期 80年代的乡村小说看作"家族叙事"的作品）这样几种叙事方式的话，那么在当下的乡村小说创作中，便出现了一种全新的"村落叙事"的叙事方式。所谓"村落叙事"，就是指作家更多地把某一村落作为自己的表现对象，对之进行全景式的描述与表现。无论是贾平凹笔下的"清风街"，还是毕飞宇笔下的"王家庄"；无论是阿来笔下的"机村"，还是铁凝笔下的"笨花"，这一点均表现得极为明显。其二则表现为对于日常生活细针密线式的绵密描写。如果说在"十七年"与"文革"的乡村小说中，甚至于在上世纪 80年代的乡村小说中，一种带有强烈政治色彩的意识形态写作一直都是创作主流的话，那么在当下的乡村小说中，一个十分突出的特点便是意识形态色彩的被明显剥离。而剥离意识形态色彩的一种有效手段，则正是作家们对于乡村日常生活的绵密书写。事实上，也正是依凭着这样一种叙事方式，作家们才极大程度地逼近了乡村世界的生存真实与人性真实。其三则体现为一种本土化叙事手段的普遍运用。可以发现，进入新世纪以来，在文化全球化日益咄咄逼人的背景下，中国作家们表现出了一种十分普遍的本土化艺术追求趋向，这一点在乡村小说创作上的表现同样十分突出。无论是贾平凹《秦腔》中那样一种"密实的流年式的叙事"方式，还是莫言《生死疲劳》中对于章回体形式的运用，对于轮回观念的表达，都可被看作是向中国本土化小说传统致敬的行为表现。

5. 乡村小说要走向市场

杨　品：乡村小说要让更多的读者接受，最根本的就是要进入市场，参与市场竞争，通过市场实现作品的价值。对于这样的看法，一些作家和评论家还不能认同。比如有人说：乡村小说与市场无关。这是不承认文学作品是一种特殊的商品，否认文学作品走向大众最直接、最便利和最重要的渠道是市场，也就是不承认大众是乡村小说的接受者和消费者。还有的人认为：进入市场的就不是乡村小说。这是对市场存在着片面化、简单化的理解，他们认为只有那些格调低下、海淫海盗的东西才能进入市场，只看到市场上有许多劣质的不好的甚至于坏的作品，却看不到市场竞争对提高作品品格和质量所产生的巨大推动作用。

傅书华：在今天这样的一个时代，相比较而言，乡村小说缺乏一种市场意识，不注重媒体的宣传，包装的方式，推向社会的手段，这些，都影响着读者对乡村小说的接受。应该说，根据地与"十七年"的乡村小说，在当时之所以有着巨大的阅读市场，也是与当时政治文化的强大力量的支持分不开的。总之，不论是何种宣传、包装、推行方式，但只管创作，不考虑传播、发行的方式、手段，肯定是不行的，而这却是今天乡村小说如何走向读者的一个弱项。

6. 我们心目中的乡村小说

杨　品：我认为，作家从事乡村小说创作，首先应当自觉地选择民间立场，以知识分子的现代意识和哲学眼光审视乡村人生，体现独特的价值判断；其次应当特别注重呈现乡土生活本色，即深入发掘和提炼那种体现出生活本质与生命韧性的乡土民间精神——那种体现在最普通的人群、最本真的现实人生、最具体的生活实践中的真性情、真精神；最后还应当体现出明确的责任感和使命感。此外，乡村小说创作非常需要作家坚持文化思考，包括对传统文化中封建部分的思考与解剖以及对市场经济条件下乡村人际关系和道德风气的变化，都应该纳入作家的视野。这样，乡村小说的经典之作才能真正脱颖而出。

王春林：在我看来，不管现实主义也好，现代主义也罢，无论欧化也好，本土化也罢，采取什么样的表现方式是作家的自由，只要能够充分地挖掘凸显出中国乡村的生存真实与人性真实来，那就是我心目中理想的乡村小说。

傅书华：我比较心仪的乡村小说，是一种在体现乡村方面形神兼备的小说。所谓形，是指有在具体时空下的栩栩如生的具体的乡村生活，因了这一具体时空，让我们看到历史流程中的变动着的乡村图景。所谓神，是指在这一乡村图景中蕴含着一种与都市相对应的乡村给人类提供的情感家园，这一情感家园中的旨趣、情调等等，因了乡村图景的变动不居，所以，也是流动的、变化的。当然了，这只是乡村小说之一种。

段崇轩：诸位谈了自己理想中的乡村小说，对我启发很多。我期待的乡村小说，就是在现有的多样化乡村小说模式的格局中发育出一种"新乡村小说"来，包括新的题材内容、人物形象、思想视野、精神品格等等。中国现代乡村小说已经走过了近 80 年的历程，它还不应该来一番"洗心革面"吗？

（原载 2006 年 5 月 18 日《文艺报》）

文学评论：版图的扩张和精神的涣散

——关于文学评论的对话

主　持：段崇轩　山西省作家协会副主席、评论家
参　加：杜学文　山西省委宣传部调研室主任、评论家
　　　　　傅书华　太原师范学院文学院院长、教授
　　　　　孙　钊　山西省文化厅《山西文化》副主编、编审
　　　　　李金山　山西省作家协会理论研究室研究人员
　　　　　杨　品　山西省作家协会副主席、评论家
　　　　　陈　坪　山西省社会科学院文学所研究员
　　　　　王　辉　山西文化厅戏剧研究所所长、编剧

一、独立自强中的多元分化

段崇轩：我先来个开场白吧。今天我们讨论的题目是"文学评论：版图的扩张和精神的涣散"。为什么要讨论这样一个题目呢？一是因为当下的文学评论已成为众矢之的，且偏激之论甚多。我们需要冷静下来，对文学评论的现状作一些实事求是的分析、评价，既要总结它的发展和成就，也要揭示它存在的主要症结。这样才能真正推动文学评论的健康发展。二是因为诸位都是搞文学评论的，对当下的文学评论状况较为了解，有许多感受和思考，通过我们的对话和探讨，对各自

的评论写作会有所助益。

尽管文坛上、社会上对当下的文学评论指责、批评很多，甚至说得"一钱不值"，但客观地讲，现在是文学评论半个多世纪以来发展最快、成果最多、作者队伍也最为庞大的一个时期。这一点我想大家都不会否认。人们很怀念上世纪80年代的文学评论，那确实是一个思想解放、充满激情的时代，但从学科建设、思想视野、学术深度上讲，是不能跟今天"同日而语"的。过去的文学评论重心在作家协会方面，最突出的成就主要在文学基本理论、文学思潮、作家作品等几个领域。90年代之后，文学评论的重心转向了高等院校。除如上讲的三个领域之外，还有现当代文学史、文学思潮、文献学的研究等，可谓成果累累。特别是"文化学"研究方法的运用，给文学评论注入了新的生机和活力，使文学评论的面貌焕然一新。可以说，文学评论的版图在扩张，文学评论的独立地位已经确立。但毋庸置疑的是，现在的文学评论存在很多问题，甚至是严重危机。它独立了、强大了，但也开始分化了、萎靡了。我以为最主要的症结就是精神涣散。

这几年我曾经写过两篇探讨文学评论现状的文章，着重阐述了文学评论的"三分天下"问题，受到一些关注。哪几派"三分天下"呢？一是"学院派"评论，这种评论追求的是思想体系、文化谱系、学术规范等等，它把文学引向一个新的高度和深度，功莫大焉。但正是这种体系的牢笼把鲜活的文学给肢解了，把作者的艺术感觉给扼杀了，背离了文学的真谛。二是"作协派"评论，这是一种传统的文学评论类型，它紧贴当下的文学创作和社会生活，对作家、读者起着某种引导作用。但它往往缺乏思想深度，缺乏独立品格，又有说不清道不明的人际关系纠缠其中，这些年来备受诟病，显出一种衰落趋势。三是"媒体派"评论，《中华读书报》《南方周末》等报刊上，我们常常可以看到记者撰写的文学综述、作家访谈之类的文章，就是典型的"媒体派"评论，它的宣传和造势作用很大，但总是流于浮泛。当然，我的分类也不尽科学，但至少说明了我们的文学评论在今天的多元化态势。下面请诸位就这些问题发表高见。

杜学文：刚才崇轩从批评家的身份以及批评特色出发把文学批评分为"学院派""作协派""媒体派"等三类，并对他们的批评进行了分析，指出了各自存在的局限，我以为是非常中肯的。这里我想补充的是，我以为这几种批评都存在着价值选择上的缺失或错位。以"学院派"而言，在价值选择中存的问题是，为了显示批评有学术价值而一味地展示自己所拥有的学识，以表示自己的学术水平。因而其文章多有晦涩难懂、不着边际的问题。"作协派"批评则更多地成为一种"造势"批评。出了什么作品，需要进行宣传，以扩大社会影响，于是需要请一些批评家写写文章、说说好话。这样的批评往往溢美之词过多，实事求是的精神较差。而"媒体派"批评的功利目的相比较而言，显得更大。其新闻色彩多于理性分析，追求轰动，吸引眼球以扩大媒体吸引力的意识大于学理性建设。当然，在这里并不是要否定他们存在的价值和意义，而是为了分析其中存在的问题，以增强批评的活力。总的来说，这几种批评都存在着背离批评本身的问题，比如为了完任务、评职称、送人情乃至报刊发行等等。批评的背后是非批评目的的考虑。

我以为还可以从批评所关注的问题这个角度来讨论，把批评分为对作品本身的批评和对作品表达的文化意义的批评两种。或者也可以称为文本批评和文化批评、向内的批评与向外的批评。从批评的品格而言我以为这样的划分具有相当的科学性。所谓文本批评，是只对作品自身的批评，它关注的是作品的艺术内涵，如人物形象的塑造、表达方式、艺术形式、语言特色等等，它解决的是作品的艺术问题。而文化批评则是把作品作为批评者关注社会文化支点的批评，它的重心不在作品本身。当然，我们不能否认这样的批评也要对作品产生作用。但是，作品只是批评者表达意见的一个出发点。批评者关注的内容主要不是作品，而是由作品延伸出来的思想，即对社会文化问题的思考。它解决的是价值问题。

傅书华：20 世纪 80 年代，那是一个文学批评、文学评论的时代，对那个时代，大家都还记忆犹新，文学批评、评论的活力、声誉，对文学批评、评论的重视，来自于当时的文学批评、评论自身的职责和需要，是对当时那个时代的"在场"性发言，或者说，当时的文学批评、评论，是站在那个时代的思想、精神的前沿位置的。90 年代之后，学界出现了明显的转型：对当下的文学现象、作家、作品进行评论的人少了，大部分人转而从事学术研究，在某一个学术领域，依循其学术体系，进行学术研究的建构，而且在进行这种学术研究时，又特别重视史料性。这时，谁如果还把自己的主要精力用在当下某种文学现象，或者某个具体的作家作品的评论上，如果这种评论再不能成为某种理论体系或者创作体系、作家体系研究的一部分，而是一种纯粹的对当下文学现象、作家作品的评论，那就往往会被讥笑为落伍了，没有与时俱进，或者是没有完成自身的学术转型，或者就是没有学术素质，没有学术水平，没有学术根基。在谈论鲁迅时，就会说，鲁迅是靠《中国小说史略》当教授的，不是靠杂文当教授的。鲁迅的学术功底体现在《中国小说史略》上，不体现在杂文上。在这样的大背景下，在这样的时代氛围中，再加上文学评论队伍中坚力量的大量转向学术研究领域，文学评论的不景气，文学评论缺少对社会的冲击力，就实在是一件再自然不过的事了。

我觉得，应该把学术论文与文学评论作一下区分，这是两种不同的文体。学术论文讲究对某一问题作历史、现状的全面把握，并在前人的研究基础上有所推进。文学评论则讲究指出所评论的对象的新的价值属性。二者各有侧重，并没有高下之分。但现在缺少的是对当下文学的真正的文学评论。

新世纪以来，文学评论将自己的版图扩展到文化批评领域，或者说，将文化批评引入文学评论，我觉得是对文学评论"问题意识""批判精神""现实关怀"的回归。

孙　钊：崇轩说的"三分天下"，不无道理。既是三种批评模式，也是三支批评队伍，长期以来文学批评格局确实如此。我在这里想把这个问题大而化之：两个批评群落——体制内的和体制外的。从体制的作用面来看，我们的文学评价体系目前依然是体制模式的，有些批评家经常介于计划性与自由性二者之间，呈现一种边际性或者交织性状态。今天的职业批评家主体，身处国家体制内，体制导致了文学批评的工作性、计划性，完全学术化的批评与研究常常缺席。这个职业群，其批评动力不自觉地转换成了为工作为身份为职称为薪资为荣誉。在体制外从事批评的批评家，即自由写作者，包括为纸质媒体与为电子媒体写稿两种形式。不过，为报刊写稿也很受限制，虽然不受体制化思想的束缚，但报刊的要求也是不带商量的，报刊属于国有，人在体制外而批评活动还在体制内。这部分自由撰稿人为数不很多,将来会不会更多，答案是肯定的，网络就是最好的土壤。

李金山：与现实中的萧条相反，网络上的文学评论可谓雨后春笋，大家一般把这些评论叫做"草根评论"。"草根"一词在网络上使用广泛，非常流行，它的含义一是与有权有势的人相对，有弱小而广泛的意思；一是与"精英"相对，有非专业的、水平一般般的意思，综合起来，大致可以解释为大众、民众，或者老百姓们。"草根评论"，顾名思义，它的作者不受雇于任何机构，通常也没有功利的目的，受到外界的干扰比较少，或者没有。"草根评论"大致相当于孙钊老师所说的体制外评论。算是对段崇轩老师所作分类的一个补充吧。

我们不能把"草根评论"简单理解为网民们的自娱自乐。网络写作很自由，只要你愿意写，发出来不是问题，普通读者写下自己的读后感，然后发到网上去，朋友们读着玩儿，这种情况不仅有，而且很多；但以我的阅读经历来看，其中不少评论相当专业，一看就知道作者受过一定的专业训练。这些评论者很可能就是"学院派"或者"作协派"中人，他们在现实中属于那两派，在网上一隐身，就成了"草根派"的了，这种情况完全可能。网上的评论通常是匿名的，就是说他不署自己的真实姓名，而是起一个网名，这样做有它的好处，可以摆脱许多世俗的纷扰。网络是虚拟的，但网络上的评论却可能更真实。"草根评论"可能更接近文学评论本身。

二、精神涣散：一个致命症结

傅书华：我承认 20 世纪 90 年代之后，在从事学术研究时，注重第一手的史料性，对矫治 80 年代文学评论的空疏之风、浮躁之弊有积极的作用。我也承认学术研究的成果给文学评论的深度提供了价值资源，最典型的例子就是洪子诚对"十七年文学"的研究。还有，文学评论不应该是平面的，而应该是有历史纵深感的，有学术深度的对当下文坛的发言，这才是真正有分量的文学评论。但十几年过去，现在似乎又出现了另一种偏差。而且，似乎 10 年就是一个阶段，一种学术时风，经过 10 年繁盛，似乎就有了出现偏差的可能。我所说的偏差，我想如果高度概括起来，有这样几点：第一，对当下社会、人生关注力度减弱，没有当下的问题意识。第二，思想、精神探索、批判的力度减弱。现在学界对实证性的史料非常重视，但对从理论上针对当下的问题所作的思想、精神探索、研究及其成果不够重视。觉得前者是推不倒的"真学问"，后者是可以不断变化的"靠不住"；前者是"苦功夫"，后者是"小聪明"；前者是有价值的"实"，后者是无价值的"虚"。第三，如此的结果就又导致老调重弹：作古典的最有学问，作现代的次之，作当代的再次之，作评论的没什么学问。恕我直言，清代考据学、文章学之风之所以非常地兴盛，是有值得我们今天警醒之处的。

我再补充一下，我觉得现在是不是到了否定之否定的时候了？既是对 20 世纪 80 年代空疏之风的否定，也是对 90 年代以来缺少当下批判精神的否定。我说不准。因为现在一方面是缺少问题意识、批判精神，放弃对当下的发言，另一方面却又是浮躁之风前所未有地盛行：从大学生入学开始，到研究生毕业作论文，到各种人员上职称，到各个部门申请课题，建研究生点，建研究基地，大多不读原著，抄袭、拼贴、组装，这是一种前所未有的论文、著作的"大跃进"。

我想说一下"十七年文学"研究中生命体验的差异性问题，思想资源缺乏的问题以及因之而出现的缺少相应的批判力度的问题。近些年来，由于新的经济力量的迅猛崛起以及由此产生的精神动荡，"十七年文学"成了一个热门话题。在我看来，一个是五四精神和"人"的主题还没过时；一个是"十七年文学"与"文革"之间的逻辑关联需要清理。因此，现在对"十七年文学"的当务之急，是应该作深层的清理与反思。但现在对"十七年文学"好评如潮。我感触最深的有四：第一，是我的同代人，而且是我素来极为敬重的学问好人品好的同代人，他们对"十七年文学"多有怀念赞美之情；第二，是对"十七年文学"缺乏亲身体会的青年一代，他们出于对今天精神动荡的警惕，从西方语境出发，对"十七年文学"多有赞美；第三，是社会大众，出于对今天贫富不均、腐败之风的痛恨，对"十七年文学"多加赞美；第四，是发达地区的人对新的经济力量的极度反感，这种反感，对我这样身处内地不发达地区的人来说，觉得有着相当的距离。我承认，对"十七年文学"作简单否定是不可取的，但现在，基于对今天精神动荡的不满，就简单地从刚刚过去的历史中寻求可资借鉴的价值资源，我以为也是不可取的。这里有两个误区，一是"错把杭州作汴州"，把西方语境当作了中国语境。一是把有毒的甜药当良药。但为什么会发生这种精神现象？我觉得，还没有足够的思想资源去给以说明，这就导致了在研究"十七年文学"中，有力度有说服力的批评声音的缺失。

杨 品：说到目前文学评论存在的缺憾，我觉得造成这种现象的出现，既有外在的因素，更有评论本身内在的责任，而这种责任的核心，是一些评论家缺乏真诚的感情。通常情况下，我们要评论的作品，肯定不是那些粗制滥造的低俗东西，绝大多数是作家通过对社会生活和各种人物的观察与理解，用真诚的感情表现出来的。面对真诚的作品，评论家也应当用真诚的感情去评论。没有付出真诚感情的评论家，其文章也只能是枯燥文字的堆积。评论家只有具备了真诚的感受，才能体验到作家的内心世界和读者的阅读需求。我以为，要重塑评论家崇高的精神境界，唯有确立真诚的心态不可。

陈 坪：说到文学批评的精神涣散问题，无非是说当前的文学批评缺乏思想资源和共同的目标，缺少献身事业的冲动和热忱；批评家分心旁骛、各行其是，已不足以产生曾给我们记忆留下过深刻印象的那种声势和影响力。说到批评的小圈子化问题，一是指利用同事关系或同学、师生关系等互相吹捧、自产自销，在一个小圈子里形成话语垄断的"学院派"或"作协派"批评现象；二是指文学理论批评刊物成为少数批评家的自留地，有的刊物已沦陷为"学院派"批评家为评职称的需要而发表论文的阵地——这种看似热闹的团队作战方式，实际上是文学批评乏力疲软的表现。网上有篇文章就很典型地表达了对文学批评已"失去了与大众对话的勇气和文化建设的功能"的忧虑。其实在我看，在精神涣散和小圈子化这两种现象之间有一个很明显的连带因果关系：因为（有）前者，所以（有）后者。

上世纪 90 年代之后，随着社会生产力的发展，消费社会开始崛起。生活已不再处于超越式的精神光辉的照耀下而回归于凡俗。市场经济体制目标的确立，使得启蒙话语或大叙事失去了生存的土壤，为人生意义及其价值观念提供大坐标系的历史背景发生了悄然的置换。浪漫主义的革命激情慢慢让位于实用主义的工具理性。生活节奏在加快，收入在提高，工作时间却在减少。革命的意识形态为享乐主义的意识形态所取代。一个经历了否定之否定的螺旋式发展过程的显得沉闷、缺乏生机、充满疲惫而无聊的世俗化进程开始了。消费社会中的人，为物质需求而沉溺，不再认真对待曾让他们的先辈焦虑的道德问题，而把注意力逐渐转向如何维护个人的健康和安全一类的生活问题。生活陷入了为满足自己各种细微的肉体需求而忙碌的经济世界中。换一个角度看，这是可以理解的，卑微生存目标的召唤是对宏大目标的隐退所造成的价值真空的替代性补偿。

在这样的时代背景下，文学也经历着一种由重而轻的变化。如同陈晓明所说，不再需要文学去表达激进的社会变革了，它的主要功能是娱乐和消费、抚慰个人，给个人提供想象，给个人情感提供一种安慰；文学日益成为对非常个人化的内在经验的一种表达。这种变化不能不连带地影响到文学批评的品质。

中国社会主义文学批评自上世纪 50 年代起一直延续到 80 年代中后期的中心地位，其实是依附于马克思大叙事理论的。是社会主流意识形态的权威，赋予了文学批评话语以振兴民族精神、拯救国家大业的重要性。事实上，文学批评长期以来也是为图解和印证历史目的论的政治理解框架服务的，它是理想信念支配下的社会主义批评写作实践的产物，并因此拥有了压倒性的话语霸权。即使是新时期的文学批评，在价值观上也还是停留在"拨乱反正"、回归正道的认识阶段，仍受着大叙事认知框架的影响，受到与历史发展必然趋势同步的困扰。

今天，正是因为预测经济和政治发展未来进程的历史大叙事的隐退以及消费社会的兴起，决定了文学批评这一小叙事无法摆脱必然萧条的命运：它不可能是非常重要的话语形式了，因为再没有一个如马克思那样伟大的预言家有能力为今天的世界提供一幅信誓旦旦的、远大而壮丽的人类解放蓝图，一个结构稳定的意义框架，从根本的信仰层面上为庸碌无为的人生拓展出崭新的视域——玻璃器皿虽说也能熠熠发亮，关键的问题是要借助那么一个足够亮的光源。当人文知识分子不再能以公理和正义的权威形象出现，已找不到能够代表曾被广泛认同的诸如人类、民族、人民或无产阶级这一类普遍主体的共有概念说话或发出号召时，文学批评也就因此失去了与大众交流互动的精神条件，它又怎么可能重整山河，找回独属于自己的"失落的世界"？文学批评向"小圈子化"方向发展，沦为"学院派""作协派"或其他任何分类所属的无足轻重的、自娱自乐的一种精神文体也是大势所趋。要知道，我们面对的，毕竟是一个已遭祛魅的世界。

段崇轩：陈坪对历史、哲学情有独钟，他的评论有一种思辨色彩。他刚才的话对我很有启发，但我同时觉得他的观点有点太悲观了。我们置身的确实是一个"宏大目标"隐退、"卑微生存"凸显的时代。五六十年代乃至80年代，人们的心里总有一种"乌托邦"的理想憧憬，有一种献身社会、事业的精神追求。现在，理想中的社会、人生破灭了，剩下的就只有形而下的物质欲望和世俗生活了。在这种时代背景、思想潮流下，文学以及文学评论的"宏大叙事"解构了，"个人叙事"泛滥了。这正是现在的文学和评论精神涣散的根本原因。

但我想说的是，文学应当是对现实生活的超越，而文学评论应当是对文学创作的超越。一个作家、一个评论家没有这种超越精神，在现实的社会人生中随波逐流，那是不是一种失职呢？世界上没有上帝，人类就造一个上帝；人生没有意义，人们就要寻找一种意义。创造上帝、寻找意义，大约就是哲学家、文学家们的使命吧？当下的文学创作鱼龙混杂、良莠不齐，但也有不少优秀之作，表现了广阔的生活、深刻的思想和一种超越精神。它与既往那种启蒙、说教式的"宏大叙事"迥然有别，但却是另一个层面上的"宏大叙事"。文学评论就是要通过这些优秀作品，发现社会、历史的发展规律，批判现实生活中的黑暗、腐败现象，彰显社会前行中的公平和正义，发掘人物身上的真善美品格，阐释文本蕴含的审美价值。这算不算文学评论中的"宏大叙事"呢？评论家要有一点"知其不可为而为之"的精神，他的写作才会显示出一种意义和价值来。

王　辉：上世纪80年代初期，也就是当时人们称之为思想解放运动的时期，从事文学批评的人很多，且富有激情。以山西为例，当时的两块经常性的阵地：省作协的《批评家》和《太原日报》的"双塔"副刊，不仅团结、培育了一批中青年的批评家，而且以其睿智、锋芒以及持久和集中而为包括作家在内的广大读者所称道。事实上，现在还在坚守这块阵地的中坚力量，其立足的思想脉络与批评方法，甚至使用的语言形态，仍是那个时期可贵精神的延续。如果拿那个时期与现在作一比较，我想这样概括那个时期：社会的开放度、深刻度超过现在，但社会呈现出的，仍不是多元化的状态。新闻媒体的平面化、单一化或者说单薄化使得文学评论常常担负起社会评论的职责。而由思想解放运动带来的民族精神的释放，社会上升期各种观念碰撞引发的激烈交锋，都要求理论家们发出自己的呐喊，作出独特而富有新意的阐释。幸运的是，由于文学创作（小说、诗歌、报告文学、戏剧）首先承担起了自己对于时代所应该承担的责任，所以那个时期的文学批评家也能够乘势而上，在更高的层面上传达更深刻的思想，以至到后来，在文学批评的基础上，在思想范畴内思考一些更为重大的现实问题，掀起一股又一股的文化热潮。因此可以说，从改革开放以来，文学批评的独立自强伴随着思想解放运动的整个进程。当然，它所走过的道路并不平坦，从被讥讽为"依附在作家身上的虱子"到逐步地确立理论的建构，一直在一种充满争议的环境中奋斗和挣扎。在这里，我要特别指出的是，文学批评的队伍与文学创作的队伍有很大的不同，这种不同在于身份的复杂，既有如李泽厚、高尔泰这样的美学家的短期介入，也有号称为"作协派"专业批评家的常年坚守；既有官员兼学者的宏观报告式评论，也有"学院派"术语堆砌般的微观研究；有鸿篇巨制，有微言大义，有社会预测，也有人生感悟，队伍杂而体例多，所以在社会的转型期分化瓦解得也最为严重。

2000 年之后，随着网络的兴起，全社会进入到了一个"媒体分化"的时期，一方面，一批严肃的报纸、刊物恢复了本来的面目，社会批评充当了"社会良知"的角色；另一方面，当网络以另类的形象出现的时候，一大批严肃的批评家又重新汇集到这块崭新的阵地上。不过，这一次的重新聚集，不是以阐释作品为前提了，而是以自己的思考直接说话，以文化而不是以文学为研究的前提，展现了网络时代的思想深度。与这种没有功利的研究相对照的是，"会议式批评"沉渣泛起，炒作成为了平面媒体文学评论的最重要的形式，一大批所谓的"文学批评家"在金钱和权力的诱惑面前，不得不低下自己高贵的头颅。这种局面实在有点可悲！

三、现实性：文学批评的灵魂

杨　品：关于文学评论的现实性或者说时代性，我想这应当是最能体现一个评论家价值的问题。就我个人的理解，并不是说创作和评论只有关注当下生活才是具有现实性的，而是说不管你是评论哪个时代的作家、什么样题材的作品，只要能用现在的思想观念、思维方式、艺术标准去评判，并且能得出独到的看法或结论来，有着鲜明的时代特征，就可以说是具有了现实性了。之所以说现实性是最能体现一个评论家价值的尺度，是因为如果你的评论还停留在以往评论的观念和思维方式上，得出的结论一定是不新鲜的。一种不新鲜的结论，自然是难有多少价值让人们接受的。

杜学文：我们常常强调的是作家和艺术家要深入生活，从生活中汲取主题、题材和有助于创作的一切营养。但是，切不可忽略的是批评家同样需要现实生活的滋养。没有现实生活对批评家的滋养，对批评家来说将面临更大的危机和困惑。他们将失去对生活的准确的判断，从而出现批评失语或缺位的现象。事实上，当我们对批评不满的时候，并不是说批评家不存在了，也不是说没有进行批评，而是说批评对社会的关注程度减弱了，或者说批评不再关注社会人生了。读者在批评当中读不到希望，看不到前行的道路，感受不到生活的激情，总的来说，批评不再关心读者所关心的东西，那我们还有什么理由让别人关注自己呢？从批评家自身来说，其成长、进步以及判断问题的深刻性、准确性也特别地需要从现实生活中汲取营养和激情。我们不能想象对现实生活没有感受和了解的批评家能够对生活说出鞭辟入里的真知灼见。那样的话，批评家要么是未卜先知的上帝，要么是胡言乱语的巫师。他将成为无根之树、无源之水、无影之踪，成为没有依凭的空中楼阁。

李金山：我想没有哪个评论家不愿意自己的评论一呼百应，可是现实情况是，你登高频呼，却应者寥寥。这不能怪别人，要怪，只能怪评论家自己。

文学评论的作用，大概说来，不外乎两个：一是引导读者，现在每天出版的文学书很多，读者站在书店里会很茫然，什么好什么不好，搞不清楚，这时候的读者对评论就有一种依赖，要得到评论家的引导；二是引导作者，当局者迷，旁观者清，一个文学作者总希望通过阅读别人的批评，来提高自己的创作水平。

现在大家对评论家都很失望，因为他们的期望常常落空。

我读过龙应台先生的小说批评，她的批评的现实性都非常强。那些批评基本都写于上世纪 80 年代，她的批评文字在当时引起很大的反响，当然那也可能跟当时的文学氛围有关。她的批评侧重于纯技术，就是说她不谈作者本人，也不谈小说的主旨或者主题，只谈小说的技术。她在报纸上开有批评专栏，在普通读者中间的影响，我们也可以大致想见。龙应台的做法值得我们借鉴。

段崇轩：文学评论的现实性是一个老话题，从字面上不难理解，但要真正体现出来很不容易。我写评论 20 多年了，可以说现在才对现实性有了一点感悟。那就是一个评论家面对的是具体的文学现象、作家作品，你的思想、感情、感觉不仅要与评论对象融为一体，而且要与当下的社会发展、文学的潮流，还有广大读者的心灵息息相通。你是置身在一个宏大的历史坐标中感受、解读、评判作品。所以刚才占平讲评论家要用现在的思想观念去评判作品，学文讲批评家需要现实生活的滋养，都很有道理。

王　辉：现实性是文学批评的灵魂，但当现实性很强的作品在社会上的影响越来越大的时候，我们看到，文学批评界却或多或少地进入了失语状态。这种现象，使我困惑不解。从文学作品的整体水准而言，以我所看到的作品，比当年轰动一时、受到文学批评界热评的诸多作品要好得多，但真正进行理论分析的文章却少得多。这使我产生了如下的思考：当学院派批评占据了文学批评舞台中央的时候，它养尊处优的封闭心态，使得它不可能将触角延伸到社会的底层，更不可能探测到社会的敏感地带。再进一步地说，由于它的职业定位，所以它无法担负起文学批评的先锋角色。而不幸的是，面对社会化批评的散兵游勇，学院派批评家稳定而专业的队伍却更像文学批评队伍的主力。

是的，既然我们说现实性是文学批评的灵魂，那么，这灵魂的缺失就使得当下的文学批评成为了没有灵魂的躯壳。一具没有灵魂的躯壳，不会对未来社会的主干——青年产生任何的吸引力。所以这又让我们看到，尽管它事实上是一支年轻队伍，却过早地显露了衰老的迹象，尚未成熟，就分化瓦解，令人感叹。

现实的责任感是与探究时代的本质过程相伴共生的，不知道历史的真实，就没有历史的责任感；不知道时代的真实，就没有时代的责任感；不知道人生的真实，就没有人生的责任感。在一个宗教缺失、理想崩溃、假冒伪劣畅通于市的社会里，只有清醒地把握社会的本质，才可能培育出对社会有利的责任感。为社会的正义和理想而挥锹填土，应该成为文学批评家的一个努力方向。

四、不断建构评论家的精神世界

杜学文：文学批评的责任是对社会现实和人的发展进步承担责任。文学作品或艺术作品只是批评家表达他对现实关注的平台，或者说支点，是表达他对社会责任的靶子。批评通过对作品文化内涵的阐释，揭示现实生活的意义、价值和趋向，引导人们的精神走向，使我们能够避免精神的陷阱，从而更加健康、积极、向上。但是对批评家来说，要承担这样的责任并不轻松。事实上这是一项非常艰巨的工作。批评家个人的修养和品格对作品以及通过作品所反映出来的思想有着至为重要的意义。批评家的价值选择在相当的程度上将影响人们的选择。因此，积极的有价值的思想和精神资源对批评家来说非常重要。

除从现实生活中汲取营养外，批评家还应该有比较坚实的理论背景。这是他走上批评之路的开山之斧。我们不能想象只有激情而没有武器的战士能够取得胜利。而这种武器正是我们所说的理论背景，它为批评家提供批评方法、艺术规范、思想资源和评判尺度。在批评领域存在着许许多多的批评理论，从本质来说，它们都是平等的。但从其影响力和对文学艺术的贡献而言，则又各不相同。批评家选择什么样的批评理论与个人的选择当然有莫大的关系，但与他先天的资质也有非常重要的联系。个人的兴趣、爱好、倾向将影响他对理论的选择。但是，我们要强调的是，这种选择不是唯一的绝对的，而是多变的。在某一理论中也可能融合了许多其他的理论。正是这样的综合、借鉴才保证了理论的发展创新。

傅书华：当前批评家被经济利益所推动形成的人格萎缩，大家谈得不少。我还想说的一个话题是批评家个体的真诚问题。你看，鲁迅是自身感受到了被压迫，所以，他总是站在被压迫者的弱势一方，对社会提出批判。胡适等人是站在上层人的立场上，站在英美文化立场上，要求人权、政治民主、理性、节制，反对暴力，反对下层人对既有社会秩序的变革。丁玲等左翼作家则站在政治革命立场上，鼓吹政治革命、阶级斗争等等。他们都有基于自身生存或与自身生存融为一体的价值指向。我们现在的文学评论家，他们在文学评论中所体现的价值指向，与他们自身生存的价值指向是否一致呢？我觉得十分可疑，起码不那么鲜明、纯粹，里面掺杂了许多别的因素，因之，这种评论文章，就因为缺乏个体真诚而缺乏鲜明的一贯的风格，缺乏打动人的力量。

李金山：我们最缺乏的，可能并不是高度的文学素养，而是高度的敬业精神，我们不敢说好，也不敢说不好，于是我们被抛弃了。中国人注重做人的温柔敦厚，而且往往把做人与做事等同起来，正所谓"文如其人"，所以文学批评也少锋芒。做人与做事其实应当分离开来。

孙　钊：当今的问题不是批评太有个性，相反，恰恰是太没有个性了。小说家中有那么多个性强烈而张扬的人，而批评界有个性的人太少了，难怪王朔等作家用那样的腔调叫板、挑衅批评界，可以说完全是批评家不自信，总是发出一些疲疲沓沓的声音造成的。批评家不一定要刻意表现个性，但是不能没有个性，批评的力量与生命恰恰蕴含在批评的个性之中。批评的风格不可能像小说、诗歌、散文等那样有无限种可能性，但是从具体的文本来看，风格的殊异也是显见的。有的人可能一出手就风格赢人，一直写下去，一直表现着属于他自己的文气与个性，一路上也会有发展有变化，不囿于一种定势，但基本格调气势不会有太大改变；有的人可能写一辈子都不在意风格，或者懒于计较风格，或者有意识地逃避风格，四平八稳，这种状貌也是一种风格，如同人一样，看似没有个性实质上也是一种个性、一种平庸的个性。

杨　品：我以为，建构评论家的精神世界，关键是要有个性意识。众所周知，文学评论是一种带有浓厚思想情感的认识活动，在这个活动过程中，如果评论家不是对所评对象进行简单的、浮泛的解说，那么，你就应当始终处在主导地位，按照自己的思维习惯、判断方式、理解程度，发现不同的文学现象之间的对立与统一，发现不同作家的共性与个性，发现一部作品的特色与缺陷、价值与失误等等。你还要将这些发现进行多层次、多角度的分类、综合、提升，然后注入自己的审美感受、道德规范和艺术倾向，借助语言文字或者话语表达出来。这中间的审美感受、道德规范和艺术倾向，其实就是作为一个评论家的个性意识的体现。通常情况下，一篇评论文章，或者一部研究专著的价值，很大程度上取决于评论家个性意识的表现水平。近年来，文学评论屡屡遭人诟病，读者不满意，作家更不买账，没有起到沟通作家与读者的作用，原因自然是多方面的，但评论家缺少个性意识不能不说是比较重要的一个方面。因此，评论家要建构自己的精神世界，一定要有强烈的个性意识，否则，精神世界就是空泛的。

王　辉：如果谈到批评家与作家的素质比较，我发现，就总体而言，批评家的素质高于作家的素质，批评家的认知水平高于作家的认知水平，批评家对社会本质的把握高于作家对社会本质的把握，批评家传达出的社会信息量多于作家传达出的社会信息量。而从这点上看，批评家的失语会造成庸俗作家的泛滥，使崇高感无法张扬，全社会人文精神领域丧失重要的阵地。

中国的媒体与外国的媒体有一重大的区别：除了极少数的报刊评论以外，基本不涉及与民众具有广泛联系的社会批评（尤其是影响最大的电视），这就使得浮泛而夸张的娱乐主题甚嚣尘上。此时此刻的文学批评应该挺身而出，勇敢填补这个空白，但却没有。虽然个别的报刊评论已经承继了思想解放运动时期的启蒙精神，但这种声音的发出，与市场和民众的需求不成比例，这也使得时下的文学批评有更深更广的空间发挥自己的能量。在这个"全民娱乐"实质是"全民愚昧"的时代，文学批评的缺席难道不是一种历史的耻辱吗？因此我们认为，真正的批评家的精神世界的建构，应该从这里入手和体现。

段崇轩：我觉得评论家精神世界的建构，是一个系统工程，包括思想理论的学习、专业知识的积累、审美能力的训练、艺术感觉的培养，同时还有道德品德的提升、人格境界的塑造等等。在这个系统工程中，我觉得现在艺术感觉、人格境界是两个更值得关注的方面。五四时代乃至五六十年代的评论家，你读他们的文章，总能感觉到他们对作家作品那种灵敏、鲜活的艺术感觉，他们对评论对象的直觉式把握。而现在的评论家，特别是年轻一点的评论家，满纸的理论术语、思想框架，搞专业的人读起来也觉得味同嚼蜡，更别说普通读者的阅读感受了。因此我觉得评论家首先要回到自己最真实的艺术感觉上来，在写作时保持一种纯净的审美心态。评论家写作，自然需要"技"，但更需要"道"，也就是你作为评论主体对社会人生的价值判断、感悟认知。没有较高的人格境界，你的理论运用得再熟练、技法再高超，文章也是没有高度和深度的。因此，塑造自己的人格境界，在评论中坚持真理，对评论家来说至关重要。现当代文学史上那些杰出的评论家，首先是人格境界的高洁，才打动和征服了作家以及众多读者的。譬如鲁迅、胡风。我们"虽不能至，心（要）向往之"。

今天的讨论比较集中、深入，诸位都发表了很好的意见。当下的文学评论，既有许多了不起的建树，也有许多亟待解决的问题。我们不必过分乐观，也不必过分悲观。我觉得文学评论的前景还是美好的。这有赖于广大评论家付出更多的汗水和努力。俗话说"打铁还须本身硬""千里之行，始于足下"，我们都是吃评论饭的，不能光批评别人，首先要从自己做起，努力读好社会、书本这两本书，潜心做学问，互相激励，为中国的文学评论添砖加瓦。（段崇轩整理）

（原载 2007 年第 11 期《黄河文学》）

三十年文学思辨录

主　持：段崇轩　山西省作家协会副主席、一级作家

参　加：陈　坪　山西省社会科学院文学所研究员

　　　　杜学文　山西省委宣传部调研室主任、评论家

　　　　傅书华　太原师范学院文学院院长、教授

　　　　杨士忠　《太原日报》社原副总编、评论家

　　　　苏春生　山西大学文学院新文学研究中心主任、教授

　　　　孙　钊　山西省文化厅原《山西文化》副主编、编审

　　　　李金山　山西省作家协会理论研究室研究人员

一、分期与命名

段崇轩：今年是改革开放 30 年，回顾、总结这一段不平凡的历史，展望、谋划未来的发展道路，是当前的一项重要任务。文学是整个社会历史，特别是文化发展中的重要组成部分，因此梳理、重审新时期以来 30 年的文学历程，也就显得格外必要。我们注意到，现在已有这样的文章陆续发表。总结 30 年的文学发展是一个大题目，可以从不同的侧面、层面、角度深入进去。我们今天从比较学的角度，着重研讨一下 80 年代文学和 90 年代后文学，看看两个时段的文学，有哪

些基本特征，怎样划分和命名，有什么相同和相异之处，经验和教训有哪些，未来文学的出路在哪里、前景如何。比较两个时段文学的目的，一方面是期望能够更深入、更客观地认识这两段文学的发展和规律，有比较才能有鉴别嘛，另一方面是为了总结经验和教训，对今后文学的发展有所参考和借鉴。

新时期以来的 30 年文学，学术界、文学界都赞成划分为两个时期，这两个时期确实有很大的不同。不仅文学的社会背景发生了重大变化，而且文学的内在因素也有了显著改变。我们现在讨论 80 年代文学和 90 年代后的文学，只是从时间的纬度粗略地割了一刀，表述起来方便，其实很不科学。对于前一段，大家已经习惯地称为"新时期文学"了，其实这是一个政治的、社会的概念，不是一个文学的概念，它的内涵十分模糊。但约定俗成，也就只能承认它，大家可以有不同的理解和阐释。但在时间的认定上是有分歧的。有人主张从 1977 年开始，因为这是打倒"四人帮"后的第一年，整个社会开始转型，文艺界召开了"批判文艺黑线专政论"。特别是刘心武的短篇小说《班主任》发表，轰动社会，成为新时期文学的发轫之作。但也有论者建议从 1978 年算起，因为这年召开了十一届三中全会，文学界开始全面复苏。但我是主张以 1977 年作为新时期文学的开端的。对于 30 年文学中的后一段文学，多数学者认为应当从 1989 年算起直到现在，有的称为"后新时期文学"，我觉得不够贴切；称"多元化时期文学"似乎更准确一些。为什么这样命名呢？因为从这个时期开始，文化形态上真正出现了多元共存的格局，即政治文化、精英文化和民间文化"三分天下"且相辅相成。特别是政治风波促使整个社会发生转型，计划经济体制开始向市场经济过渡。从文学上讲，这一年王蒙发表了短篇小说《坚硬的稀粥》，围绕这篇作品竟引发了整个文化界的一场大讨论。这次又是短篇小说起到了"引爆"文学的作用。在这篇作品和这场讨论中，携带了知识分子复杂的政治情结和思想情感。因此它是带有标志性的，又开启了一个文学的新时段。下面请诸位畅所欲言，发表高见。

陈　坪："新时期文学"已是一个历史概念，不宜再变动了。但崇轩把 90 年代之后的文学称为"多元化时期文学"，还值得推敲。对文学发展的过程进行分期要考虑它的衔接性和延续性。最好在历史给定的条件下思考。我的意思是说，两个相关时期的划分和命名最好是有相关性，命名要有前后的呼应。如与"新时期文学"相关的后一时期，就应该是"后新时期文学"。当然从细究的立场看，这是一个模糊的概念，可"新时期文学"的称呼不也是个笼而统之的概念么？其实概念未必一定要从表面上就能悟出其内涵，关键是解释或阐述。我觉得，"后新时期文学"的说法似乎更具有包容性和理论的张力。"多元化"的说法本身当然是对的，但考虑到前此的"新时期文学"的称谓已不能改动，作为 30 年来的文学分期的一个命名，"多元化"并非是最理想的。

杜学文：我觉得还是要把 30 年来的文学看作一个整体。改革开放 30 年的文学是一个与国家、民族的发展进步密不可分的新启蒙时代。之所以说是一个"新启蒙时代"，是因为在中国向现代化的转型中，走过了近两百年的历程，而且还没有最后完成。在这一漫长而艰难的转型中，中国至少经历了三次大的启蒙运动。一次是 1840 年之后至中日甲午战争期间，一次是五四运动，另一次就是上世纪 70 年代末 80 年代初改革开放以来。当然，我们也可以从历史发展的宏观角度来审视，把这几次启蒙运动统一视为中国从农耕社会走向工业化和现代化这一根本性文明形态转化的启蒙。这既是中国的独特国情所决定的，也是世界各国在工业化和现代化转换中的必然。在中国走向工业化和现代化的进程中，文学是最为活跃的方面军。第一次有魏源、黄遵宪等，第二次有陈独秀、胡适、鲁迅、周作人等。而进入新时期以来的文学，则成为新启蒙运动的主力或者之一。新启蒙运动的任务主要是，在政治上打破极左思潮极端意识形态的桎梏，恢复实事求是的精神；在社会发展上承认落后，推动改革开放；在价值观上承认个人的价值，恢复人的尊严；在文化的发展和进步上，恢复理性，既认识到自身文化中不适应时代要求的东西，又能够客观、平等、积极地看待和承认人类发展进步中积累的文化因素。而文学是推动启蒙最活跃、最有力、最具有先行者意义的思想力量。

以上世纪70年代末粉碎"四人帮"和十一届三中全会的召开为标志，中国的工业化和现代化进入了新的历史时期。这一历史时期到现在仍未结束，并且还将继续进行下去。与此相应，中国当代文学也进入了新的历史发展时期。更多的人把这一时期，特别是前半期的文学称为"新时期文学"。我以为，所谓新时期文学就是中国工业化和现代化进程进入新的历史时期的文学。在这一历史没有最后完成的时期内，我们的文学都应该称为"新时期文学"或"新启蒙文学"。它与中国的发展是同步的。至于它所表现出的所谓的后现代等倾向，也只是一种分支或现象，而不是它的全部和本质。从这样的角度来看，我们就可以明确，中国的新时期文学还没有结束，它正随着中国工业化和现代化的脚步运行着。

傅书华：我对这个问题的看法是：多谈些问题，少谈些主义。我觉得重要的是，找出这两个时代不同的属性、特征、形态来讨论似乎更好。我举三点：第一，如果说80年代是新启蒙，那么，启蒙的这个"蒙"是什么？这个"蒙"形成的历史的必然原因是什么？刚才学文作了概括，我想，是不是还可以更深入一些？现在学界在谈论重返80年代，我觉得，这是重返 80 年代的主要任务之一。第二，如果说 90 年代是多元时期，那么有哪些元？崇轩说三分天下，这是陈思和的文学史思路，是不是有些粗？我觉得，对抗新的资本力量的延续"十七年文学"的红色古典主义文学仍然有强劲的势头，试图延续 30 年代左翼文学的文学创作也开始形成潮流，现代都市文学及其变体，通俗文学也方兴未艾，我们如果能对此进行比较细致的区分研究，可能更实际些。第三，长篇小说是 90 年代最重要的收获，但这些长篇小说，大多仍是 80 年代文学形态、成就、能量的集中展示或者释放，在这个意义上，我们怎么将八九十年代分为两个文学时代？

杨士忠：我的看法与诸位不同。30 年文学可以划为辉煌期、多元期、分化期三个阶段，大体上是 10 年一段。80 年代是文学的辉煌时期，那是一个相对解放与自由的时代，那时的文学应该说比较纯，那些心灵的呼喊，赢得了全社会的共鸣。90 年代是一个多元、转型期，文学开始失去轰动效应，从曾经是社会的中心，逐渐走向边缘。还有是流派多、手法新。但总的看起来，还是比较纯正与真诚的，是关乎心灵的。而如今进入了分化期，少部分人在坚守经典意义上的文学，他们是文学的守望者，值得尊敬。但也有不少人叛离了，他们虽然还打着文学的旗号，但实际从事的是商业活动，文学成为经济的分支。他们不是文学工作者，而是商业工作者。有一些人尽管写得很多，但他们只是从市场的需要出发，制造一些名为文学的文字，他们是写家，或者叫商家，而不是作家。文学是审美的，但现时的文学却缺少了审美情趣、精神引领，艺术创造力匮乏，没有了艺术品位。新新人类、后新时期，后先锋、后解构，戏说、搞笑、无厘头、隐私秀，身体写作、窥秘主义，解构文学、解构语言，文学被猎奇化、戏谑化、庸俗化、青皮化，低俗低智，整体滑坡。这些杂七杂八的东西只求感官的刺激与实用，谈不上是文学，真正的文学确实是式微了。但是文学不会消亡，不会匍匐在现实之下，它仍具有超越的力量。

苏春生：我历来认为文学史的分期应该以历史朝代或社会性质划分为好。我主张一般意义上的"中国现代文学"叫"中华民国文学"，"中国当代文学"叫"中华人民共和国文学"。"中华人民共和国文学"中又分为"社会主义时期文学"（即社会主义革命和建设时期文学）和"中国特色社会主义时期文学"（即新时期文学）。前者包括新中国成立后的"十七年文学"和"文化大革命"文学，后者也可分为两个阶段，从粉碎"四人帮"到1992年左右为第一阶段，叫做"拨乱反正期的文学"，从邓小平1991年和1992年的"南方谈话"到现在为第二阶段，叫做"社会转型期文学"。

二、相同与相异

苏春生：新时期以来30年的文学既有相同的一面也有相异的一面，共同的特征其一是书写改革开放进程，关注社会发展与人的生存；其二是文学意识的繁复多变，审美范式的多样与多型。从拨乱反正时期的文学和社会转型期的文学都可以得到佐证。拨乱反正时期的文学以粉碎"四人帮"后，拨乱反正、正本清源为目标的新启蒙主义文学为主，有三个特点：一、回归理性，二、呼唤人性，三、社会叙事。社会转型期的文学是由计划经济向市场经济转型，形成以商品经济为中心的世俗主义文学，精英文学大都世俗化，通俗文学汹涌澎湃。它的特点，我也对应归结了三点：一是表达欲望，二是凸现娱乐，三是消费叙事。可以看出新时期文学从主导方面说，是由新启蒙主义文学转向世俗主义文学。这两个时期文学尽管前后相联，前者中有后者的萌芽，后者中有前者的延续，但两者的相异之处非常明显。究其原因有政治、经济、社会和文化等多方面，粉碎"四人帮"，结束"文化大革命"，拨乱反正，改革开放，是"伤痕文学""反思文学""改革文学""寻根文学""朦胧诗""先锋小说"等新启蒙主义文学发生的根本原因。而社会转型期的文学发生的直接原因是20世纪90年代初邓小平"南方谈话"后，中国开始由计划经济向市场经济转型，商业化大潮逐渐席卷中国大地。由此文坛大兴"新写实主义文学""新历史小说""新生代文学""反腐文学""女性文学"等。也由此"通俗文学"盛行，占据文坛半壁江山。

杜学文：80年代文学和90年代文学在思想情感的倾向上有着很大的不同。在80年代文学中，人们的总体精神状态是激越的，昂扬向上的。不论是对旧的社会体制和文化形态的批判控诉，还是对解决当下的现实问题，抑或是对未来的信心都是十分明确的。即使是新时期文学初期对旧的体制的揭露和批判，虽然充满了血泪、痛苦，但是人们很清楚，一个新的时代来临了，大家对新生活充满了期待和向往，相信一个崭新的时代将给我们带来充满希望的崭新的生活。那一时期的人们相信一个新的时代来临了，到处都是一种对未来充满希望的情调。虽然其中不乏控诉中的痛苦和前行中的艰难，但从总体来看，人们的精神状态是向上的、积极的。最初的"伤痕文学"，其主旨在于对极左路线及其对人性的戕害的控诉。"反思文学"则力图揭示出之所以如此的原因。而稍后的"改革文学"企图告诉我们，新的生活必将通过改革来开创。在新时期文学的这几个阶段，今天看来基本上都局限在政治的层面。而之后出现的"寻根文学"则使我们进入到文化的领域，也就是从文化的角度来思考和表达我们民族的生活方式和价值遵循，企图从中寻找前行的道路。它突破了此前文学仅仅在政治层面发言的局限，从更加深刻的层次来表达对民族发展进步的思考。总的来看，80年代的文学是充满了激情的文学。不论是对旧体制的批判或者是对新的发展道路的思考，都呈现出一种目标明确、激扬向上的状态。而进入90年代后，这样的激情在不断消解。其根本的原因在于社会所发生的深刻的变化，这就是从计划体制向市场体制的过渡和转化。这一转化带来了整个民族从价值观到生活方式、从社会结构到家庭构成、从利益分配到生产组织诸多领域的改变。在这样的带有根本性的变化中，迷茫与彷徨成为人们内心世界最突出的状态。过去曾经得到肯定的东西，现在必须改变，原来被抵制和反对的事物现在必须接受。而这样的变化根本不管作为个体的人是否愿意。即使你想抵制也不可能改变。事实上在80年代文学中的先锋文学已经表现出了这样的端倪。先锋文学既是对既有文学样式的反叛，也是时代心理的折射。从文学的角度来看，它不能满足已有的表达方式，是对过去模式的革命，或者用更加温和的说法来说，是一种丰富和拓展。从其所传达的内容来看，则表现出了时代的迷茫。它反映的是在一个社会生活正在发生剧烈的甚至是带有根本性的变革的时代，人们在情感与价值选择上的无所适从。这之后的文学呈现出两极状态。一方面是对现实生活的密切关注，出现了新写实小说、主旋律小说；另一方面是对人自身的关注，出现了极端个人化的写作。以张平、陆天明、周梅森等人为代表的创作继续关注社会现实的重大事件、重要主题，承续了宏大叙事的风格。由于与现实生活关系密切，在社会上产生了较大的反响。而刘震云、方方、池莉等人的创作则更加突出地关注普通人的生活状态。他们的作品表现了个人在强大的社会压力下的生存。虽然也突出了人的意义和价值，但在这里，个人是软弱的、被动的，甚至是无奈的。他们虽然心存希望，并且也感受到了生活的温馨，但总的来说这些作品表现的是个人在社会变革中的被动适应而不是积极的主动选择。个人无法与社会抗争，在那些个人化的写作中，更加充分地流露出价值选择的混乱、个人情感的焦虑以及对现状的无奈和反叛。自恋、自我中心、物质主义、享乐主义、低俗情结等充斥其间，责任感、希望等美好的事物淡出。这些作品反映出在社会变革的大潮中人的价值观的迷失以及由此而出现的痛苦。

陈　坪：在我看，"新时期文学"与"后新时期文学"的一个最重要的不同，是前者尚有明确的社会改造目标的引导而后者已趋向于没有。这个话题容我稍微扯远一点。意识形态意义上的积极的主题，自马克思主义传入后，随着阶级斗争的思想和苏联经验在中国的逐渐普及，就已逐渐渗透了中国的文学。在宏大叙事的理论感召下，左翼文学家的政治使命感日益强烈。到了解放区文学时期，文学成为宣传群众、发动群众，为实现宏大社会改造目的服务的工具。作为解放区文学精神特征的延续，新中国成立后"十七年文学"——以农村题材小说为例，是被要求反映农村现实和体现改造农村社会的政治热望的，它是理想信念支配下的社会主义写作实践的产物。这就决定了这种小说样式所反映的农村社会的现状和变化是以宏大叙事的框架来理解和把握的，在本质上要受到历史大叙事理解框架的制约和引导。换言之，是一种先知式的文学把握方式。文学要为也必须为政治服务。观察和编织生活素材要有政治意识形态的高度自觉。而当时最大的政治，就是要证明农村集体化、农业合作化道路的必然性和光明前途；这从《创业史》《山乡巨变》《太阳刚刚出山》《艳阳天》等具有代表性的小说标题即可看出。对宏大叙事的信仰者来说，不确定的历史迷雾已被驱散，未来尽入囊中。凡无法纳入此理解框架的人生情感和生活画面，都是目的论文学所要排斥、否定和回避的。于是，人文关怀的目光从作品中消失了。凡不能与宏大叙事的历史理解保持一致的人和事，都是落后的甚或是反动的。文学创作紧跟路线、方针、政策，是因为认为后者是对历史发展必然进程的深刻洞察和科学把握。小说家的任务，就是充满信心地描写奔向幸福世界的必然历程。

"新时期文学"虽冠之以"新"字，但仍没有走出"十七年文学"的投影。当时涉及"伤痕"和"反思"的经典作品，如《李大顺造屋》《犯人李铜钟的故事》《被爱情遗忘的角落》《乡场上》《芙蓉镇》等，在价值观上还是停留在"拨乱反正"、回归正道的认识阶段，仍受着宏大叙事认知框架的影响。真可谓虽悲情难抑却信念犹在。对历史的过去痛心疾首的批判和反思是为了揭示道路曲折而前途光明，是为了振作精神更好地朝着理想的目标前行。廓清阻障、求索前行之路的"改革文学"自不必说，就是面向更为遥远的过去作发掘状的"寻根文学"，也是为了理清一个民族的脉系，再度找到前进的方向。

到上个世纪80年代末，情况开始发生变化。由"新写实小说"的开端而引发的文学写作开始偏离主流的轨道。这些小说以平实的低姿态开始着力描写人的生存主题，展现普通人在食物、居所的匮乏中的挣扎和焦虑。池莉有篇小说名为《烦恼人生》，可以视为这类小说的破题之作。小说中的主人公已不复有理想的激情，只是在日常生活的困顿中"讨生活"。有研究者指出，"新写实小说"中的贫困"不再预示着解脱的希望"，而是表现出一种对国家现代化的企盼失望的、持文化悲观主义的倾向。这是有道理的。到了90年代，读者已很难看到前一时期的文学中由于明确的社会改造前景的引导而导致的"积极主题"。在《分享艰难》《挑担茶叶上北京》《年前年后》《扶贫纪事》《九月还乡》等一系列触及现实的乡土小说作品中，上至乡镇领导，下至村干部和村民，都忙于应对现在那令人焦头烂额、捉襟见肘的困局；他们得过且过，而且也只对解决当前工作或生活的燃眉之急感兴趣。读者再也看不到、感觉不到原先必然会悬置于小说远景中的那个曾让人空泛地激动了 20 多年的明确而鼓舞人心的社会改造目标了。在这些小说里，我们再也难见小说中由宏大叙事许诺给读者的所谓"远大前程"的半点踪迹，面对的只是"一地鸡毛"的、不如意的现实。文学以这样的方式向"人学"回归，不再唱颂高调，而是致力于揭示人生世相的复杂，展现尘世烦恼和人生挣扎的画卷，人性的剖析和人情的抒写也有了用武之地；还有一些小说的描写中甚至展示出了越来越多的、被称为精神"狂欢"和"沉沦"的末世景象。由此可见，自上世纪 90 年代以来，文学中意识形态意义上的积极的主题由于社会改造目标之远景的淡出而日益削弱的趋势是越来越明显。重新寻找和构建社会改造目标和不再执著于、也没有了这种目标，是"新时期文学"与"后新时期文学"分野的一个重要的标志。这也是我对于"新时期文学"与"后新时期文学"的总体认识。

孙　钶：90 年代以后的文学确实和 80 年代拉开了一个不小的距离。一方面是品种与数量的突飞猛进，另一方面是文学的重心在转移，在逐渐地转移到商品属性上。文学与市场互动，很自然地形成新的文学机制，这就是最大的不同。正统的文学价值观在滑坡，文学所担当的对理想的、人性的、命运的、真理正义的重视在逐渐淡漠，作家在动笔之前首先要考虑的似乎是有没有卖点、有没有市场份额，这与出版社能不能接受是一个概念。正统的作家可能并不想媚俗，也不想迁就市场，但因好多原因，只能屈从；于是一年几千部长篇的问世，加上兴奋而驳杂的网络文学一直在发展，形成无法掌控的局面；90 年代以后文学有它进步的一面，越来越百花齐放了，越来越自由了，它的政治意义与文学意义不言而喻，这种环境使作家们进行商业写作更心安理得。这是中国进步的一个侧面，但是就文学而言，它的商品属性不应该把它的理想性和崇高性遮蔽掉，它可以放弃商品性，但它不能放弃理想与未来，不能放弃文学的良知。尽管它并不完全是作家的问题。

杨士忠：90年代之后的文学比之80年代的文学，其最大的变化是从自身滑行到了文学之外，文学价值变为商业价值。以前的写作是一种心灵的诉求，大家都比较真诚。即使是朦胧诗，也是关乎心灵、为了人的净化。在文学理论方面，80年代的哲学热，引进与借鉴西方文学理论与思潮，虽然有点生吞活剥，但那是在真诚地吸收，没有今天的浅薄、实用与骄横。而今不同了，着眼点成了权势与金钱。从关注人性、人类到只关注实际利益。谁权势大、谁来钱多，谁就是大爷。文学从对人生的凝视变为对生活的戏弄，从对文学的真诚变为对文学的背叛。文学变成了工具，变为权势、金钱的奴仆。消费主义泛滥，在欲望的放任中，文学越来越低俗化。形式上浮华炫目，手段上嬉戏热闹，只管眼球，不问头脑，更别说心灵了。写作的人忘记了责任，消弭了信念，文化品位降低，人文精神消解，只是追求经济利益的最大化。有人把文学当商品包装出卖，都是在下赌注、做生意，不是在做文学。比如评论也随着变为广告，谁有权势、有钞票，就给谁宣传。有的评论不是沉下来研究一些问题，而是成为事端制造者，只追求新闻效应，挑起事来，就能轰动，就能著名，就能名利双收。从文学的内涵到文学的使命，文学都变得不成其为文学了。

傅书华：现在大家比较怀念80年代，我的感受略略有些不同。我觉得，之所以怀念80年代，是因为我们在90年代没有看到我们心目中理想的文学，或者说，面对市场物欲浪潮，我们没有精神对抗的能力，而之所以失去这种能力，不能说与80年代我们的精神结构无关，或者说，80年代没有能够给我们提供足够的对抗今日物欲浪潮的精神资源。所以，我觉得，对80年代，我们似乎更应该多一些反思。

我举一个例子，五七族作家与知青族作家是80年代文学创作的两大主力，五七族作家在抒写自身的苦难时，将苦难中的生命、精神神圣化，知青族作家将自身造反、插队青春浪漫化，都曾是他们最动人的精神特征，也曾是80年代最动人的精神光环，但在这其中，唯独缺少了在苦难中生命、激情、情感无意义的荒诞与破碎。这种精神"黑洞"与我们在90年代所感受到的精神失落，不能说是没有关系的。

马克思的辩证法认为：革命者在革命成功之后，总是惊异地发现，这成功了的革命根本不是他们原来所设想的样子。所以，革命者在革命成功之后，反而会因自己所营造的革命而退出历史舞台。80年代的文学理想在90年代之后可能面临的就是这样的一种命运。

段崇轩：大家从不同的视角切入，比较了80年代和90年代文学的相同、相异。但谈论较多的是相异的一面。看得出大家对80年代的文学肯定、赞扬较多，而对90年代后的文学否定、批评较多。我以为，两个时期的文学还是有一以贯之或者说十分相同的东西的。一是知识分子的精英立场和思想。现在文坛上的实力派作家，尽管他们的思想感情十分复杂、各不相同，但坚持知识分子的启蒙思想还是始终不渝的。二是现实主义文学的基本精神。新时期文学的现实主义特征就不必说了，"多元化时期"的文学景观眼花缭乱，变幻莫测，但主体依然是现实主义的。应该说这是新时期以来一脉相承的文学主潮。

现在学界在重评80年代文学，认为是一种政治意识形态指导下的文学，文学承载了太多的"政治使命"，所以才有后来的"向内转"、"回到文学"等文学思潮。我认同这一判断。文学当然不能脱离政治，但也不能依附于政治，文学应该有它自己的独立品格。而90年代之后的文学又变成了另一种形态，它屈从、取悦于市场经济，充满了一种铜臭味。我不否认市场经济带给文学的积极效果，但我们更要看到它的消极作用，大家刚才已经历数了许多。文学还是没有获得真正的自由。文学不管依附于政治，还是屈从于市场，都是一条歧路，值得我们认真反思。

三、传统与现代

段崇轩：反思新时期以来 30 年的文学，有许多重要课题都值得探讨，我觉得现代性与民族性问题就是一个绕不开的基本课题。甚至可以说，追求现代性和体现民族性，就是 30 年来文学的一个核心问题。二者处于有时此起彼伏，有时相互冲突，有时又交融俱进的复杂状态。80 年代的文学努力接续五四文学精神，倡导启蒙思想，重新发现人的地位和价值，在艺术上积极引进西方的观念和方法，表现了一种迫切的对西方现代性的追求。譬如"朦胧诗""意识流小说""现代派文学"等，都是这种文学思潮的体现。但 90 年代以后的文学"风水轮流转"了。政治上、经济上努力向现代性靠拢，而在文化、文学上却逐渐向民族性回归。其实这种趋势在 80 年代中期的"寻根文学"中就已露端倪，而到 90 年代后渐成主潮。"新写实""新体验""新历史"等虽冠以一个"新"字，但关键是回到现实、本土、传统。此后众多的"先锋派""现代派"作家"弃洋归土"，向现实主义靠拢，反映了民族性思潮的大势所趋。中国文学就是在现代性与民族性之间不断地摇摆、探索，不断地成熟、前进的。近年来有些作家从中国博大精深的古典小说中汲纳营养，创作出一批具有民族风格和神韵的作品，如王蒙的《尴尬风流》、韩少功的《山南水北》系列小说，聂鑫森、孙方友的古城系列小说，创造性地继承了笔记小说、话本小说的诸多叙事方法和手法，显示了传统小说的神奇魅力，是值得充分肯定的。我以为对当下文学来说，它的探索和追求应该是双向的。一方面要继续解放思想，面向世界文学，更自觉、主动地融合西方文化和文学中有普世价值的东西。另一方面要坚定地探索、拓展文学的民族性道路，回归传统文化和文学，促使传统向现代的转换，实现民族文化和西方文化的交融互补，用中国的文化和文学丰富世界的文化和文学。文学就像一棵大树，以民族性为深厚根基，以现代性为发展目标，它才会根深叶茂、茁壮成长。

苏春生：我想新时期文学的经验主要有文学理念相对开放，审美空间相对自由，形式表达相对多样。由于文坛的相对开放、自由和多样，作家创作思接古今文同中外，学习西方，发掘传统，面向民间，创作空前活跃，成就有目共睹。当然30年文学也有值得反思的几个倾向：第一是由学习西方导致的文化殖民化倾向。从"朦胧诗"和"伪现代派"开始就有人提出质疑。西方各种思想文化的普泛影响，带来价值观念的偏颇也是事实。虽然有些批评观点未必准确，然而新时期文学在西学东渐的潮流中，确实存在崇洋媚外和食洋不化的殖民化倾向。第二是由继承传统导致的民粹化倾向。文坛学界消解五四以来中国对现代性的追求，掀起复古主义浪潮。一些作家的创作过分迷恋倾心于儒、道、释文化，并以此作为救治某些弊端的灵丹妙药。"寻根文学""新历史小说"等都存在这种倾向。第三是由面向民间而导致的媚俗化倾向。社会转型期带来的市场化商品化，使文学不可抗拒地走向媚俗化，通俗文学显而易见，就是精英文学比如余秋雨的文化散文也逃不脱媚俗的指责。

傅书华：民族性的被提出我想有两个原因：一是在全球化语境中

对被殖民的恐惧，一是看到了西方现代化进程中的失误，试图用民族性来作弥补。在这其中，我想是不是存在着这样的一个误区，即误将民族传统的价值体系作为对抗今日资本力量的积极的价值资源，其失误在于，我们民族的传统的价值体系，对当今急需面对的个体生命及其物质、精神、日常生活，无论从历史上还是在现实中，均缺乏必要的价值认知，而这些，反而迫切需要在西方传统人文中个体生命及其物质、精神、日常生活中的价值资源中去汲取。

还有，马克思说过：工人无祖国。民族是一个集体概念。马克思以对个人的个性和独立性的是否认可和成全为价值标准，将集体分为"真实的集体"与"虚幻的集体"，与之相应的则是"有个性的个人""偶然的个人"。我们在强调民族性与现代性时，关键是要看其是否对人的个性与独立性构成价值认可，警惕"虚幻的集体"假民族性使"有个性的个人"沦为"偶然的个人"。

李金山：关于现代性和民族性的讨论，其实在上世纪初的那场新文化运动中，甚至更远一些的大清帝国内部自发的"洋务运动"中已有不少。置身一个国际性的大背景下，才会有这样的讨论；如果只是中国文学自身，不可能有这样的讨论。在坚持民族性上，张承志是一个极端的例子，他基本可以说是一个民粹主义者。在日本，他不客气地拒绝了一个个电话，并且公开申明自己不愿意与日本的文学界，特别是他们的中国文学界接触。同时他拒斥一切与他的理想不相容的文明形态。在德国，"原野上的绿树"让他感到"不祥"，因为"它们之间有一种健壮而邪怪的类属"；在美国，那些树倒是"长得挺正常"，"但这种乐观很快又被粉碎了"，"美国人在炎热的夏天只剩下裤衩大的礼仪"，使他尤其感到不快，让他觉得"绅士风度根本不属于美国"。这样的极端思想和行为自然容易在持民族主义者态度的读者中间获得追捧，但对于文学来说这种态度是有害的，因为它拒绝借鉴，拒绝交流，当然也就没有融合，而文学往往要在融合中取得进步。

"寻根文学"对传统文化的开掘是有意义的。从一个更高的角度观察，"寻根文学"实际是庞大的"文化寻根"思潮的一个支流。"寻根文学"可以说是文学向本民族文化的回溯，是文学与民族文化源头相衔接的一种努力，它实质上是文学向民族文化寻找前进的资源。虽然"寻根派"作家对传统文化的态度不尽相同，或批判或迷恋或二者杂糅，但他们对民族文化的开掘有其特殊的意义，它使民族文化的传统在"文革"的真空之后，继续得到传承。"先锋""实验"文学的意义主要在方法论，可以看做中国文学向西方文学寻求前进资源的一种努力。"先锋派"作家们试图用西方的方法来文学地表现中国的现实；它们的作品，形式上是西方的，或者说是现代的，但内容却是传统的和民族的。"先锋派"文学虽然早已退潮，但"先锋派"的创作方法却保留了下来。

四、"死亡"与新生

杜学文：现在每个人都有一种强烈的感受，就是一个崭新而陌生的时代已经越来越接近了我们。这种新不仅是政治意义上的新，而且是来自社会结构、文化形态和经济构成的新，这是中国从农业文明逐步走向工业文明和现代化的历史必然。与此相应，社会成员参与文化活动的可能性大大提高，人们表达自己的而不是规定的意见的权益逐步实现。文学不再是少数人的事，而是变成了大家的事。只要你愿意，就可以把自己写出来的东西发表出来。文学活动的大众化、即时性、参与性成为这一时期的主要特征。从事写作的人可以是任何一个人，而不必是作家；发表作品不需要经过编辑的把关，而是很方便地贴在网上。阅读者、欣赏者和写作者的身份在模糊，失去了过去曾经非常明显的界限。作家的社会地位随着这样的改变而改变。他们的社会影响力在弱化，荣誉感和受尊重的程度在降低。可以说我们进入了一个真正大众化的时代。对于文学来说，这是一把双刃剑。一方面，文学被边缘化了。在话语嘈杂、泥沙俱下的情况下，文学不再神圣。更何况人们还有许多更加急迫的事情要办。在这种边缘化的状态下，文学的品格受到了挑战。是坚持精英创作，还是向大众妥协？是坚持文学对意义和价值的追求，还是向功利性工具转化？这是一个严肃的问题，是一个时代的问题。妥协了的文学将更加受到轻视，因为它已经不能解决文学应该解决的问题。而坚持则需要大智慧、大勇气和大气魄。这对一般人来说又很难做到。另一方面，在文学成为大家的事以后，我们也应该看到，过去曾经没有参与文学写作的更多的人有了表现自己才情的可能，有了实现自己文化权益的机会。更多的人参与到写作中来是社会的一大进步。写作的人越来越多，社会整体的文化氛围将进一步浓厚，人们对文化的认同感将大大提高。民情民意表达渠道的顺畅将提高社会的有序程度，同时也将培养更多的文学爱好者。这对文学来说又是一件非常好的事情，文学将借此得以发展进步。

杨士忠：学文讲的这一点很有意思。人们说文学"边缘"了"死亡"了，其实是衍化了、泛化了。文学的发展与变化是一条自然规律，它的衍化、泛化是必然的。昨天还不是文学的东西，今天很可能就是了；今天很可能不被承认，明天就可能走红。面对这种情势，需要顺应，需要宽容与理解，但也需要理性的判别，需要有守望意识。

文学的泛化，使其内涵缩小、外延扩大，好多不是文学的东西成了文学。但并不能一直泛化下去，一切都成了文学。任何事物都有其本质的规定，离开这个规定，就会变得不知为何物。比如文学，肯定是关乎心灵的，是对生活的感悟，是真情的流露，是人类智慧之花、美好心灵之果。是对人性的发掘与揭示，应该深入到人的内心深处，进入到一个民族的灵魂。因此，文学是精神的、纯洁的、神圣的、崇高的，如同宗教，对文学要有敬畏感。真正的文学作品又是有深度的、有意义的，不能只在生活的表面滑行，它要对历史、现实进行整体把握、深入揭示，要对生活现实保持反思的能力和直面的勇气。文学又是一种美的创造，它需要静心营构，需要有独创精神，不能玩噱头、不能复制他人。作家从事的是精神创造，需要确认精神价值的优先地位。作家应该用生命、用灵魂写作，要守护好这块心灵的园地、这块圣洁的土地。文学的泛化是一种必然，但保卫文学的神圣与纯洁更是一种责任。

孙　钊：说到文学的死亡与新生这个话题，把问题提到这个高度并非耸人听闻，我赞同这样思考中国文学当下的发展态势。我们是一个历来都崇尚大的国家，追求大，追求宏大，而不追求力量，不追求创造力。特别在文学的新的时期，看不到新的创造，只看到轰轰烈烈热热闹闹，数量惊人地成长，在膨胀，而有生命力的文学少而又少。非常简单的一个道理是，文学的生命在于艺术的力量，而不在于数量的众多。当然，价值与品质的标准也并没有一个绝对数据，只是有一个公共的公众的基本概念。这个无需争论。我们现在讨论的是今天我们的文学处在一种什么样的处境，发展到一种什么样的阶段。我个人以为，前景堪忧，即使现在还不能说明死亡，但也已经到了临界，患了重病，它的标志便是许多看上去很成功的作家不是以媚俗投靠了商业，背叛了文学，便是夜郎自大，只用狂妄表达自己文学的雄心，除了狂妄自大，看不到他们的创造力，因而即使是在全国获了大奖的作品，有几个能保持 5 年以上的生命力的？极少，传之后世的更是没有。我们的国家级文学奖项，评选出几十部长篇，能有几部在今后的历史上保留下来成为经典，令人怀疑，令人担忧。当然我不否认这些作品在某个阶段所应有的地位，它们有一定成功之处，但我怀疑他们在历史上能留下什么样的痕迹。同时我们也应该看到，这期间存在着严重的理论与批评的失语，有时也有人为的误导，有对文化垃圾推波助澜的一些人，形成这样的误区或者说文学的堕落，也是从事研究与批评的人群的悲哀——理论与批评的功能，都丧失殆尽。

哈金的观点我很赞成，中国需要伟大的小说。伟大的小说是什么，一下子说不清楚，但至少有一点，它不是热闹一阵就烟消云散的，不是获完奖就稍纵即逝的，不是只有靠炒作才能有读者的，它的生命是永久的，它将给后人以启示，它的生命也是鲜活的，不断被人们发现它的新的魅力。

傅书华：文学的失落感是大家都能感受到的，这种失落是原有文学的失落，其实在某种程度上也是原有精神形态的某种失落。许多文学形态在最初出现的时候，是以非文学的形式出现的，譬如词、话本，最初都是不入当时文学之眼的。赵树理的小说《小二黑结婚》初版本就只能叫"通俗故事"。所以，对现在的许多的新的文艺形式，我们不要过于轻视，如通俗歌曲、网络文学、不在正式刊物上发表的文字等等。

还有，怎么看待文学中的精神性、思想性，也值得我们重新给以认定。对个体的日常生活、物质生活、身体欲望，我们一向将之视为对思想深度的远离，正因此，才导致我们在今天的物欲浪潮面前的精神失范。所以，重建精神世界与重建文学世界是同步的。现在，五花八门的文学作品太多太多了，对文本的具体评论、研究远远跟不上，我觉得，还是先从微观评论、研究入手，获得扎实的研究资料更有利于我们对文学现状、前景的发言。

李金山：如果就影响力来说，纯文学毫无疑问是"死了"。这种"死了"其实也是一种必然，因为纯文学在上世纪80年代类似魔咒的影响力，根本上就是畸形的。我们都知道，酒精的纯度很高，喝多了会要人命，但如果把它勾兑，就成了许多人的一种享受。纯文学类似纯酒精。纯文学的"死了"并非消失了，而是化整为零了，以其他的形式，在许多的地方存在。纯文学虽然"死了"，但它又获得了"新生"。这种现象可以称作"文学的泛化"。在我们的生活中，文学的泛化还要走得更远，它可能是电视剧中的对话，或者纪录片中的解说词，甚至优美的广告。文学的泛化就像发达的公共设施一样，让我们绝大多数人可以方便地受益于文学的好处。从这个角度讲，文学的泛化可谓功莫大焉。这是泛化的积极意义。事物总有两面。文学泛化的前提是大众文化的盛行，泛化的无限化可能使文学变得越来越不重要，甚至沦为大众文化的附庸，这是我们应当警惕的。

苏春生：各位是不是有点太悲观了！我认为，文学的"边缘化"促使文学从非正常的意识形态化向文学的正常本体归位，文学并非"边缘化"，而是确立了文学的自主自立自尊的地位。文学的"死亡"促使文学从小众文学走向大众文学，从小众文化走向大众文化。文学的泛化带来的是文学的繁荣。人人都是作家，人人都是读者；人人都是制作者，人人都是消费者。文学成为大众的多样多型的精神享受与文化消费，文学已进入一个全新的时代。我对未来文学抱有积极乐观的态度。我想中国未来的文学应该是：在中国特色的现代文化的主导下，以读者为本，以民族、民生、民权为要义，以创新为基点，汲纳古今文化文学要旨，融通中外审美艺术质素，创作多元、多样、多型的文学成果。

段崇轩：文学究竟有没有"死亡"？文学的新生之路在哪里？这些问题确实值得我们进一步研讨。前一段看到陈晓明的一篇文章，题目是《过剩与枯竭：文学向死而生》，现在评论家和作家们都深切感受到了文学面临的困境，文学必须突围。那么路在何方呢？我想就在 30 年文学的经验与教训里，就在我们对未来文学的构想和实践中。听了各位评论家的发言，我有一种预感，中国文学不仅不会衰亡，而是要绝处逢生、凤凰涅槃，在不久的将来"重振河山"。因为我们正处在一个前所未有的大变革时代，因为 30 年文学的经验教训在滋养、鞭策着我们，因为中国有一支庞大的、优秀的作家队伍，我想未来的文学应该是一种具有独立的审美品格和自足的艺术规律的文学，它不拒绝政治、不排斥市场，但却要超越它们；它要关注现实、跟踪时代，但又要透过现象，直抵人的民族的精神情感世界。它的终极目的，就是要启蒙、丰富、塑造人的灵魂。这也正是 30 年文学告诉我们的。（段崇轩整理）

（原载 2008 年第 3 期《芳草》）

透视文学评论界的潜规则

　　可以说，文学评论（文学批评）在文学的园地里是一棵独特而挺拔的"树木"。但是，近些年来，由于商品经济等的冲击，文学逐渐边缘化起来，相应的，文学评论也逐渐地尴尬起来。尤其对一些所谓的"批评家"来说，他们的骨子里面其实就是赞美家，他们既是看客，也是过客，"有的忙于给喜好风花雪月的女文学爱好者讲课；有的则是只要红包一来，根本不用看原著，便可以短时间内滔滔不绝地炮制出一篇耸人听闻的赞歌来"。

　　"真正的批评家，是心灵和历史的博物爱好者。"我们呼唤健康的文学，我们同样呼唤真正的、富有正义感的批评家；我们热切地希望，所有的批评家都能够亮出自己独立的人格来，面对作品，都能够客观、犀利、毫无顾忌地发表出自己的看法来。

——编者

策划／采访：关海山　《山西日报》文化部
嘉　宾：董大中　资深评论家
　　　　　蔡润田　资深评论家
　　　　　段崇轩　山西省作家协会副主席，著名评论家
　　　　　杨　品　山西省作家协会副主席，理论研究室主任

关键词：文学独立；人格批评；红包；解剖知识结构

关海山：自从有了文学，文学评论便随之产生，它通过对作家与作品的解剖、分析、判断，通过对与作家、作品有关的社会环境、文化背景的研究和探讨，参加到整体的文学秩序中，并构成强有力的一环。请问：你对目前我们的文学评论有什么具体的看法？

董大中：近年来的文学批评确实令人感到失望。现在的文学批评，扩而大之，所有的文学艺术批评都呈现出"三无"：无思想，无目标，无精神。20年前我曾提出，搞创作一定要做有思想的作家，搞批评一定要做有思想的批评家。有思想，就是要在自己的文学活动中寄寓某种理想、某种社会终极关怀、某种你对客观世界的认知，并且能够使人从你的文章中、作品中感知出来。目标是什么？这就归结到你所从事的专业上，即你对文学或整个文学艺术的发展方向应有明确的认识和把握，然后通过自己的批评活动，把人们吸引到这一方面。说精神，涉及批评家个人的文化心理、人文理想、政治品质和道德伦理。批评家要有自己的职业操守，要坚持自己的价值评价标准，要有学术担承，不能随风倒，不能搞投机，不能媚人、媚权、媚势。思想、目标、精神是批评家最基本的从业条件。可是，我读时下的批评文章，总找不到这三样东西。因为无思想，批评文章成了空壳；因为无目标，批评文章成了大海里的一只帆船，摇来摆去；因为无精神，批评的权威性和批评家个人的威信受到人们的怀疑。前不久有人说到文学批评的"失语"，我以为就是由"三无"造成的。偶有好的文学批评，却很少有人看到，使那朵鲜花也慢慢凋谢了。批评虽参加到了整体的文学秩序中，却不能构成强有力的一环，反而影响到文学的整体声誉。想起20年前《批评家》初创时代，那时的文学批评，可真是意气风发、斗志昂扬，显出勃勃的生机。现在，这种令人难忘的文学景观已不复存在。

蔡润田：目前我国的文学评论或评论界有几点是值得一提的，为了表述的方便，我姑且谓之批评话语的独立性、主流批评的学子化、学理资源的多元化。独立性是批评的根本，它得以彰显，不消说，与宽松的大气候有关，当然也是文学批评的自觉与回归。正是这种独立的精神与自由的心灵，才使理论批评界显得活跃而富于生气。所谓主流批评的学子化，我想说的是，在目前理论批评界深有影响并从很大程度上影响了文学评论趋向的多是一些文学博士、硕士出身的中青年学子。广博的知识、理论素养和锐气，当然，还有敏锐的艺术鉴赏能力，使他们活跃于文坛，大有领一代风骚的气概。称其为主流话语或许过当，但他们与权威话语、媒体话语相颉颃的能力不容置疑，更不必说商业背景下的大众话语了。有专业功力的批评成为强势话语，毕竟是进步，值得欢迎；学理资源的多元化，是就批评的理论视野背景说的，中外古今，主义多多、学说多多。理论依托的开放、多元化，形成多学派、多视角文学阐释的众声喧哗，对开阔视野、拓宽批评路径是有积极意义的。但利弊往往相因相随，真理超越一步就会成为谬误。目前看，独立性有了，但随意性、情绪化的东西也不少。游戏要有规则。以文本为本还是以我为本，我注作品还是作品注我，是文学阐释还是张扬自我……这些方面是有所偏颇的。其次，有的学子很有锐气，但也流露些许霸气，不太珍惜已有的名望，有越学理而任性情的自恋倾向，过刻薄，有失公允。复次，理论依托的多元固然不错，但对同一对象的言说，有时竟各说各话，互不搭界。有的对一些舶来品应用也生硬勉强。总之，理论虽多，但标准缺席，文学评论要不要大体公认的一些框架，恐怕是不会有人断然否认的。因此，要有所遵循，就必须对目前较混乱的理论学说加以有效的抉剔、整合。现在界内已有此呼声，不过，这工作说来容易做起来是颇繁难的。以上种种，说到底，还是文学圈子之内的事，当今有多少人关注文学评论？恐怕是内热外冷，文学已边缘化，甚至有"消亡""终结"的说法，"皮之不存，毛将焉附"———文学评论更少有人问津了。即使评论圈内人，也有不少想突围到"城外"、到文学的其他领地，或离评论更远的学术园地了。当然，这些人多是年岁较高、知识结构偏旧，对现代、后现代及种种主义之类感到迷茫，也不想费力接受的同志。不过，也应看到，还有一些新锐学子正在以其特有的姿态闯入圈子，这就造成目前评论界一种"围城"情势。

段崇轩：前不久，鲁迅文学院举办了一期为时两个月的中青年理论评论家研讨班，我也去当了一回小学生。学员们在研讨、对话中感受最强烈的就是：当前问题多多、积重难返的就是文学评论。现在，文学评论作为一门学科，包括文学史、文学原理和文学批评，前两个学科的分支发展得还比较好，颇有建树，而文学批评的分支不仅没有进步，甚至有退步。因为文学批评距离现实、距离文学最近，很容易受现实环境和现实问题的影响和左右。近十多年来，文学批评经受着外在压力和内在焦虑的双重困扰，越来越失去了自己独立坚贞的品格，放弃了自己的思想能力和批评权力，越来越变成了小圈子里的自说自话。应该说，进入21世纪的中国文学，依然保持着旺盛的、多元的发展势态，当然，呈现出来的问题也很多。但关注当下文学的文学批评，却显得疲软无力，无法担当解读、引领、促进文学的神圣职责，因此，它引起全社会的不满和指责，也实在是"罪有应得"。

杨　品：我认为，目前的文学评论，经过20多年的演变，已经趋向多元化。文学评论作为文学这个整体的一个组成部分，会随着文学的发展不断变化；而文学是社会生活的一种反映方式，与社会的联系是非常密切的。20多年来，中国社会从计划经济时代逐渐转变到了市场经济时代，政治、经济、文化等等体制都发生了根本性的变革，人们的生活方式、思想观念、价值体系、文化素养也随之发生了遽变，文学创作所反映的内容更加丰富多彩，同时，创作本身也越来越多样化。这样，文学评论自然不能仍旧固守陈规，在评判作品的价值时、在分析作家的艺术风格时、在研究创作倾向时，都不再像以往那样单一了；另一方面，文学评论家自身的理论基础、观察问题的角度、写作的方式等等，也发生了很大变化，看待作家、作品的尺度越来越宽泛。应当说，文学评论总体上是进入了比较成熟的阶段了。

关海山：在目前的评论界，媒体批评以生动、尖锐、犀利而见长，但不太注重学理的严密；而学院派批评则建立在专业的基础上，谈论问题具备一定的理论深度，却又比较沉闷，对读者缺乏吸引力。请问：你心中理想的文学批评该是什么样子？

蔡润田：媒体的强项是传播功能，因此，媒体批评覆盖面大、影响力强。但影响与价值是两码事。叫卖的声音很高的不一定都是好货。我一般的并不否定媒体批评，但确有一些媒体批评表现了较大的随意性，生动、尖锐处恰恰透露出浮薄与张狂；至于学院派批评，一般说来不会游谈无根，有理有据者居多，但有的主义、学说叠床架屋、旁征博引，确实让人感到繁琐、沉闷。当然，如果我们耐着沉闷，最终还能从中领悟到一些新鲜有益的东西，也不枉这番苦读。最怕的是不唯沉闷，亦复纳闷：读完之后如坠五里雾中，不知所云。这里，可能有我们接受者自身知识结构不对称的问题，但这些学院派的表达能力也值得怀疑。我们看上世纪30年代通晓西学的学人的理论批评文章，读来很亲切，并不感到费解。融会贯通与生吞活剥不一样，国语驾驭能力有高下。当然，时代不同了，在全球化语境下，不妨"洋"一些，但应该晓得，我们所面对的大多数读者毕竟是中国人，"洋"而不"化"就很难被接受了。明白了以上两种批评的流弊，我所希望的批评就是避免两者的弊端，汲取两者的长处，互补而不对峙。当年梁宗岱先生曾把文学批评分为内线与外线，外线为考据、分析的功夫，内线是以文论文的鉴赏。在西方，有称鉴赏的、审美的批评为感受理论，分析的、非审美的批评为意动理论。我想，批评的这两条线、两种理论的有机结合，几乎就是较完美的批评了。

段崇轩：从 30 年代的左翼文学到 80 年代的新时期文学，整整半个世纪的中国文学批评始终有强大的意识形态作为精神支撑和思想资源，形成了一统天下的批评话语霸权。这种左翼批评思想，既对中国文学起了积极的推动作用，也起了消极的误导和伤害作用。特别是"文革"时期的文学批评，质变为极左政治思想中的一把利器和重要组成部分，把文学推向了黑暗的深渊，这是文学史上的一个沉痛教训。

上世纪 90 年代之后，随着市场经济社会的逐渐展开，随着文化、文学的多元化发展，文学批评再不能把"大一统"的意识形态作为自己的安身立命之本了，"树倒猢狲散"，于是，文学批评经受了一次空前的分化。我认为，文学批评现在已经分化成三种批评类型，各自沿着自己的路径艰难地向前摸索，可以称之为"三分天下"。一种就是你所说的学院派批评——其中包括专门的文学研究部门的批评，这种批评有较深广的理论基础、有较严格的批评尺度，受到的外在干扰比较少，因此，近十多年来的发展是有目共睹的，事实上它已变成了一种文学研究。但这类批评总是理性、概念太多，感性、形象太少，作家作品和文学现象在这种批评中变成了一个个孤立的文学例证，是为了证明其思想而存在的，同复杂鲜活的当下文学隔着一条鸿沟，对当下文学的影响甚小；另一类批评是媒体批评，这是上世纪90年代以来出现的一种新型的批评，作者大抵是一些文学编辑和记者，他们用综述、访谈、对话等文体，不断地制造着一些文学的热门话题，给文坛平添了许许多多鲜活的气息，文学的一道道风景很大程度上依赖这种批评而产生。但毋庸置疑的是，这类批评带有很大的广告、宣传、炒作味道，缺乏严肃的批评标准和深入的理性分析，有时难免误导作家和读者，甚至搅乱文坛；还有一类批评你没有说到，那就是作协派批评。过去若干年，它曾经是文学批评的主体，拥有话语霸权。但现在这种批评的命运最惨、境地最尴尬。市场经济的冲击、意识形态的制约、人际关系的困扰等等，使这一派的批评雪上加霜，于是，他们不得不说一些大话、空话、假话，这也是人们对当下文学批评诟病的主要根源。这类批评家普遍存在着文化修养不足、思想体系薄弱的问题，就难免使他们的批评出现思想匮乏、浅尝辄止、粗制滥造等现象。反思我自己，就存在这些问题。现在，作家协会的批评家纷纷流向高等院校，年轻的作协派批评家越来越少，正说明了这类批评的严重困境。

我也算一个作家协会的评论作者，我对以上三种批评都不能说满意，它们都有各自的局限和缺陷。我理想的文学批评应该是：它既渗透着感性、感情和审美体验，同时又灌注着清晰而深厚的理性逻辑；它既有对当下文学举重若轻的把握和体察，同时又有坚实的文化、文学理论修养为根基，它是一种对话式的、建设性的批评，而不是一种对抗式的或者依附式的批评。我在努力向这样的境界靠近，但要真正做到深感很难。

杨　品：理想的文学批评当然是既要有媒体批评的生动活泼和尖锐犀利，又要有学院派批评的理论深度。但是，正如任何事物都不可能十全十美一样，文学批评也难以达到这种理想化程度。我以为，每一种形式的批评都有自身的优势，同时，也有不同程度的缺憾，关键是要充分发挥优势、减少缺憾，切实做到有理有据，把握住所评作家或作品的核心问题，真正起到指导创作的作用，评论的价值也就体现出来了。不管是媒体批评，还是学院派批评，或者别的什么批评，都没有孰优孰劣之分，只不过是形式差别而已。其实，这些批评方式都有着一种互补的成分。评价一个作家的创作成败，或者一部作品的水平高低，既需要媒体批评的生动活泼和尖锐犀利，也需要学院派批评的理论深度，还需要别的批评从另外的角度透视。这样，对于所评作家或作品，都是有益的。

董大中："媒体批评"这个概念，我以为不妥。所有传播的介质，都可称之为媒体。电影等艺术品是媒体，古人留下来的文字、图书是媒体，每天看到的报纸、杂志也是媒体。后边一种叫平面媒体。凡是批评，都发表在平面媒体上，正是这一发表过程使它成为现实的批评、成为公共精神产品。媒体批评和学院派批评并不是同一标准下的分类，而且犯有概念含混不清和外延交错的毛病。说"'媒体批评'以生动、尖锐、犀利而见长"，我想指的是发表在报纸、杂志上类似时评的批评文字，这类文字确实有很多读者，我也喜欢这类批评。我把这类批评称作随感式批评，它没有框框，因时而发，随情而写，主要谈印象，看不到或明或暗的三段式论述，文字简短、活泼而生动，其价值评价标准隐含在生动的叙述之中。李国涛过去所写批评文字大都属于这一类，所以很受欢迎。他现在写随笔，是一路发展下来的。与之相对的另一种批评，我不同意"学院派批评"这个说法，我以为叫"学理式批评"要好一些。这种批评讲究逻辑推理，思维严密，或明或暗的"因为""所以"以及"由此看来"之类的语句比较多。我自己的批评似乎偏于这一种。偶尔会有这种情况：我有时感到应该予以肯定的东西，但推理下来或从全篇的逻辑结构来看，却不能不予以否定，或者相反，只好情服从理。这乃是这种批评的一种必然会有的现象，不足为奇。我很想写李国涛那种随感式的批评，思维惯性使然，总办不到，这话我多次跟李国涛说过。我以为这两种批评都是需要的，不可偏废。报纸上应该多发随感式批评，这也是给普通读者看的；而学报之类的刊物应该多发学理式批评。后者对提高批评本身的素质、理论水平，建立、完善我们的批评学科体系和促进艺术理论的发展，都极为重要，虽然显得沉闷，也还必须大力提倡、努力发展。另外，时下报纸、刊物上发表的随感式批评具有生动、尖锐、犀利的特点，跟作者的年龄和思维方式有很大关系。这类批评多是年轻人写的，年轻人思维敏捷，接受新东西快，思想上没有条条框框，最易于写这种东西。这也是我们的批评还有一股活力的表现和象征。年纪一大，有了暮气，就不再适于写这种东西了。我自己总有思想赶不上时代的感觉。

关海山：商业无孔不入的渗透，文学评论界也难以幸免。于是，近几年又出现了众所周知的"红包批评"，不少批评家拿上红包，然后就对作品发表一些广告性的赞美之词。这是一种在市场经济条件下合理的行为，还是批评家独立人格的失落？

段崇轩："红包批评""报答批评""人情批评"等等，在今天的市场经济社会中很难避免，它是一把"软刀子"，正在阉割着、消解着批评家的道德原则和批评标准。但批评家也是人，他不必那样不近人情地拒绝一切世俗利益，只是，当你"拿"了"吃"了人家，心里一定要清醒，不可因小失大、不可失掉自己的"贞洁"，一定要像鲁迅那样"吃了也不嘴软"。好处自然要说好，坏处也一定要说坏，要在内心筑起一道批评的底线。对于一个批评家来说，恪守独立精神是最最宝贵的。

杨　品：所谓"红包批评"，其实是社会体制从计划经济向市场经济转变的产物之一，我们不能简单地对这种现象作出对还是不对的结论。众所周知，市场经济的特点是付出劳动就应当获得报酬。评论家为了评论一部作品，必须阅读数十万字的作品，还得查阅许多相关资料，耗费很多精力和时间，最后写出几千字的文章来，所获稿费只有几十元到一二百元，与他们所付出劳动应得的报酬差距太大，因此，得一点所谓"红包"也并不见得就是错误；而且，据我所知，这些"红包"的数量是很小的，在发达地区不超过千元，在一般地区例如我们山西，多数不存在"红包"情况，偶然有也是一二百元。因此，把"红包批评"理解为市场经济条件下的合理行为也未尝不可，还没有到了"批评家独立人格的失落"地步。从另一个角度看，评论家拿了"红包"，就有了一种压力，会采取更认真的态度去研究所评作家或作品。

蔡润田："红包批评"，乍听，几近腐败！但当想到评论人为发表见解须细读数万、数十万字的文本时，这份报酬与这份辛苦就该算是相当了。当然，这里要有个度，同时，评论人也应珍惜自己的名声，不至于敷衍塞责。如果只凭了声名，不读作品就高谈阔论，那就不管指瑕还是溢美，都无足道。而作品如果确有某些长处，赞美之词也是免不了的。问题在于批评家是否真有所发现，赞美是否符合作品实际，阐释是否具有说服力。无论如何，只要批评家阅读了作品，并经过一番思索，发表的任何见解都应视为一种劳动产品，其品牌不管是批评还是赞美，都是投入了资本的。有投入，就应有回报，合理回报维护了批评家的独立人格，无回报的劳动倒可能伤害批评家的人格尊严。批评家要有独立人格，却也要独立生活。

董大中：据我所知，"红包批评"在十多年前就有了，近年愈演愈烈。说它是"商业无孔不入的渗透"的结果，似无不可，说它是"在市场经济条件下合理的行为"就不对了。"合理的行为"应该就是正确的行为，既遭人唾弃，何合理之有？"红包批评"也怨不得批评者，只能由那些发"红包"者负责。发"红包"者大都不是正牌作家，而是另一类人。一种是官员，一种是企业家，还有一种是以上两种人请出来的人。所要"研讨"的作品或著作，往往是写那些人事迹的，既无艺术价值，也无学术价值，更无美感可言。真正的好货色，是不会有人拿钱去买批评的；如若这样去做，那也是他缺乏自信的表现。"研讨会"之后，常常会在报纸上看到整版整版的发言摘要，那是用金钱买来的"版面"，犹如用"红包"请来的批评，这是学术垃圾、批评垃圾，我至今还未享受到参加这种批评的"荣幸"，但了解批评家同仁的苦衷。那些人请批评家出来捧场、叫好，批评家常处于两难地位。不去吧，交代不了朋友、上级；去吧，交代不了自己。这确是一件苦差事。批评家失去了独立的人格，无论拿到的"红包"有多大，都是得不偿失的。

关海山：就你所知，你所认识的作家对批评家一般是什么态度？

杨 品：我所接触的作家，绝大多数对批评家是友善、尊重和理解的，他们认为，批评和创作是相互联系的，都是文学的组成部分，没有批评的创作是不完善的。对于批评家关于创作的看法，有些作家确实受到了启示，即使有些看法不一定符合作家的创作意愿，也能够理解，因为从评论家的角度看作品，总是与作家有一定的不同。当然，也有少数作家认为批评家是依附于作家才能生存的，所以，看不起批评家。这只能说这些作家还没有真正理解了批评的意义和作用，随着他们的成熟，他们会逐渐改变这种态度的。

段崇轩：我从事文学评论多年，批评或说评论过的作家很多，有全国的，也有山西的；有著名的，也有普通的；有老年和中年的，也有很年轻的，他们对我的批评都抱着理解、宽容的态度，我也努力用真诚的心贴近他们的作品和他们的精神世界，我在批评实践中获得了很多启迪和提高。我前面说过，批评家和作家的关系应当是一种对话的关系，正如法国茨维坦·托多洛夫在《批评的批评》中说的："批评是对话，是关系平等的作家与批评家两种声音的相汇。"[1]"文学与批评无所谓优越，都在寻找真理。"[2]作品一旦出世，它就属于社会，已成为一种客观存在，作家的创作初衷自然是很珍贵的，是解读作品的一条路径，但绝对不是唯一的。批评家就是要深入作家的心灵和精神世界中，站在自己的立脚点上，用自己的思想和智慧对作品作出全新的阐释来、探索出一种新的真理来。这一真理也许已不属于作家，也不属于批评家了，因此，人们常常把文学批评说成是对"心灵的探险"。我也见过一些固执己见的作家，他们认为自己的创作思想是唯一准确和正确的，批评家的批评说不到他们的心上，就认为你没有读懂他的作品。对这样的作家，我们只能敬而远之，或者干脆不读他们的作品。

董大中：我设想，不是我知道，真正的杰出作家写出杰出作品，是不会"请"人批评的，他们欢迎真正或说无私的批评家和有真知灼见的批评。对来自不相识的批评家的文章，他们会格外看重。我站在学术写作的立场上，既欢迎熟人、朋友撰写批评，同样看重来自不相识者的批评。我的《鲁迅与高长虹》出版后，有多一半的书评文章是不相识者写的，那些人写了文章或我看到那些人的文章后，经多方打

---

①②〔法〕茨维坦·托多洛夫：《批评的批评》，王东亮、王晨阳译，175、94页，北京，生活·读书·新知三联书店，1998。

听，互相才有了联系。一位鲁迅研究专家在他的书中用了一万多字的篇幅对我的作品进行了细致的分析，我以为是最认真也最客观的，这也正是不相识者的批评的可贵之处——相互之间只有批评和被批评的关系，没有任何超出批评以外的关系。我作为文学批评者，最希望达到的境界是批评什么和不批评什么都由我自己决定。我在看到一部好作品之后，首先考虑的是这本书或这篇作品该不该批评，凡是应该的，你不请我我也要写。收到朋友赠书也是这样，不考虑作者能否接受，有什么想法都说出来。对见到否定性批评就火冒三丈、声言要上法庭告状的作家，我既怕之，又不大看得起他，今后只能远远离开。既尊重批评家又不怕说难听的话的作家，才是批评家的好朋友。

蔡润田：作家对批评家的态度一般说来是友善的。我想，批评家不必太在意作家的态度。创作—文本—接受，各个环节都是相对独立的。批评家对作家作品的阐释与作家创作初衷有差异，是批评的应有之义。当然，批评家对作家个人情况的了解，会有助于对文本的把握，古人就讲究知人论世的批评。所以，批评家应熟悉作家，甚至与作家交朋友。不过，友情有时也会遮蔽批评理性，徇情顾面，捧场溢美，降低批评品位的情况每每有之。因此，我觉得，就批评家与作家的关系而言，成为密友、畏友或许不难，难能可贵的是做诤友。

关海山：由于近几年社会思潮的演变，文学的边缘化已是不争的事实，许多文学批评家因此也不约而同地转向了文化批评。请问：文化批评要求批评者具备什么样的素质、什么样的知识结构？他们是否能胜任这样的工作？

杨 品：我以为，文化批评其实是文学批评的拓展，不是"转向"。事实上，从事文学评论的批评家，往往要求有较高的文学、哲学、社会学、语言学等等相关学科的知识积累，同时要具备观察问题、理解问题、归纳问题的能力。因此，文学批评家拓展到文化批评，只是所评论的对象有所变化，他们的基本素质和知识结构，完全可以胜任这样的工作。

董大中：许多批评家也不约而同地转向了"文化批评"，既跟文学的边缘化有关，也是文化批评本身所要求的，从某种程度上说，后一个原因更其重要。我自己正是这些"转向者"中的一个。我从上世纪90年代初开始向文化批评方面转移。有两个动因促使我这样做：一、那个时候突然从一些大学的课堂上、研究所的书斋里涌现出一批"新儒家"，提出的主张是要小学生就开始"读经"。海外"新儒家"的著作也陆续介绍进来。广泛吸取各种知识是完全必要的，介绍"新儒家"的学说，对发展我们的学术事业既有必要也有好处，在我们的学术园地里出那么几个或一批"读经救国"论者，既为法律所许可，也为他人所理解，甚至还是"百家争鸣"所不可或缺的。问题在那些人高叫什么只有东方文化才能够救世界，这就值得关注和研究了。二、我在研究五四以来我国学术的发展中常常碰到的一个问题，就是如何看待中西文化大论战，特别是如何看待胡适等人提出的"全盘西化"的问题。这两个现实课题摆在面前，于是我开始搜集这方面的著作，从过去到现在、从国外到国内。十几年来，我的主要精力都用在这个方面，文学几乎已成身外之物，只是作为精神调剂品才涉猎。将近10年前我写过一篇《如何看待五四的反传统》的文章，说出了一些基本看法；后来写《鲁迅与林语堂》，实际是演绎这篇文章的；接着写《李敖评传》，原因之一，是要对1962年台湾的中西文化大论战作一番探讨；又写《台湾狂人李敖》，决定性的原因是突然想好了用"文化圈层论"几个字来表现我所探讨的问题最为恰当，需要及时把这几个字亮出来。文化批评是一门范围非常广泛，从高深的学理到具体繁琐的日常生活无不涉及的学问，又是跟人们关系非常密切的一个学术领域。报纸、刊物上的许多时评，即属于文化批评。文化批评在对批评者素质和知识结构的要求上，跟对其他社会科学研究者的要求大体相同，并无特别之处，只要懂得文化哲学，只要具有文化批评基本知识，只要对自己涉猎的方面比较熟悉，就完全可以在文化批评上从事活动并作出自己的贡献。这不是什么神秘的东西。

蔡润田：的确，随着电子技术、图像文化的汹涌发展，直观的、享乐性消费文化无所不在。便捷的感官享受取代心灵的审美趣味，奔竞于势利中的芸芸众生，能有几人还愿去啃文学读本呢？西方有"文学终结说"，或许过头，但社会上文学神经是麻痹了、文学水土流失了。物质世界的进步往往伴随着部分精神家园的丧失。在如今日常生活审美化、审美日常生活化、消费文化大众化潮流的洪波巨浪中，纯文学王国的若干遗民要挽狂澜于既倒，谈何容易！于是乎，要么持节守贞、退守家园，要么改换门庭、混迹潮头，随流从俗。文学至尊既然已是明日黄花，那就投奔成为时代新宠的感官文化、消费文化吧。于是，先前搞文学评论的人，也便操起了影像批评、媒体批评或其他种种非文学的批评。这一方面是因为客观世界的变化，文化结构、文化样式的拓展，批评武器必须因之调整、增益；一方面也是生存本能的顺应与谋生手段的变化。这种由文学而泛文化的批评转型无可厚非，在转化过程初始阶段的纰漏也应该得到宽容、理解，但这并不意味着批评的降格，并不是说可以允许不着边际、言不及义的胡侃（而这种现象并不少见，尤其在影视媒体上），它同样要求批评家对批评对象即新的文化样式、体裁的内在规律的掌握。如果对新的批评对象和方法还不很谙练，就不如暂且缺席。另一种所谓文化批评，我想是指批评对象并未改变的对文学文本的跨学科批评，与前者不同的不只是批评的落脚点不同，出发点、着眼点也往往不同，它不是或不完全是对批评文本的批评，更多的是彰显主体的批评视角，这种批评就意义的阐释说，可能开拓多方面、深层次的东西，要求精深的多学科的知识素养，而不只是皮相的罗列一系列主义、名称。因此，我觉得，对这些文化批评者来说，多学科文化素养固然重要，诉诸心灵的文学鉴赏力的训练、培养更显得必要。否则，是很难做好他们所谓的"文化批评"的。

段崇轩：你提的问题有两个含意：第一是有些文学批评家离开了文学，去搞大文化范畴的文化批评；第二个含意可以理解为有些文学批评家不再单纯地从文学的角度去解读文学，而是从文化的角度去探索文学，文学批评成为一种文化学批评。文化学批评有些学者也称之为"文化诗学"，上世纪 80 年代介绍到中国来的美国格林布拉特的"新历史主义"就是一种典型的文化诗学。20 多年来，文化学批评在国内很热，改变了许多批评家的思想和方法，但在我们这些边缘省份的文学圈子里，大家对文化学批评所知甚少，更不要说运用这种方法了。其实，文化学批评说白了就是从文化的视野去观照文学，或者从文学的内部去反观文化。文化是一个庞大的母系统，而文学是其中的一个子系统，它们之间有一种天然的、必然的联系，从文化的角度逼近文学，自然是一条宽阔而自由的通道，有利于我们更本质地去把握和解读文学，它肯定比我们从政治的、社会的角度，或者单纯地从文学教条的角度去阐释文学，视野要开阔得多、方法要先进得多。但是，文化是一个大而无当的东西，批评家要具有深广的文化修养，谈何容易？而文学中的文化又是看不见摸不着的一种很虚的东西，你要把握它、弄清它，也是十分困难的。因此，要真正建构自己的文化学批评方法，实在不是一朝一夕、三年五载的事情，但它确实是我们应当努力学习的一种批评思想和批评方法。

近来我正在琢磨写一本《民间赵树理》的评传，就是想从民间社会和民间文化（包括民间文艺）的视野，重新解读和塑造赵树理这样一个独一无二的作家。要写好这样一本书，就要真正了解民间社会和民间文化，了解民间的东西是怎样转化成赵树理的小说世界的。这对我的写作是一个严峻的挑战，我希望用二三年的时间完成这部书，当这部书写出来之后，我也许才会跨入文化学批评的门槛吧。

（原载 2005 年 5 月 31 日《山西日报》）

"后赵树理写作" 现象瞩目
——山西文学评论家对话录

"后赵树理写作" 口号的提出及其背景

杨占平(山西省作家协会党组副书记、副主席、评论家):山西有着厚重的文学传统,自古以来就才彦辈出。进入 20 世纪以后,随着新文学运动的发展,山西作家中佳作迭出。尤其是 20 世纪五六十年代,以赵树理为首,包括马烽、西戎、束为、孙谦、胡正等为代表的作家群,被誉为"山药蛋派"。20 世纪 80 年代又出现了"晋军崛起"现象,再次在全国引起关注。

近期,一批中青年作家,又让山西文学创作逐步进入了第三次高潮。这批作家以蒋韵、王祥夫、葛水平、王保忠等人为代表,以北岳文艺出版社社近期出版的"麦地丛书"为实绩。他们写作的视角大体上是:站在民间立场,关注普通人的生存与命运,表达对社会、人生的独到思考,在一定意义上延续了赵树理等前辈作家的文学观念。因此,将这种现象称为"后赵树理写作",是有一定道理的,也是能够让作家、评论家、文学组织者接受的。

王春林 (山西大学文学院副教授、评论家):如果只从区域文学的角度看,在中国现当代文学史上,山西籍作家中影响最大的莫过于赵树理。在某种意义上说，赵树理其实已经成了山西文学一个不可或缺的象征性人物。只要提到山西文学，大家马上就会想起赵树理，想起赵树理所充分体现着的那样一种相当可贵的现实主义文学精神。近百年的山西文学史，虽然有过具有明显现代主义倾向的作家，但其主流始终是通过小说创作体现出来的现实主义文学，这一点无可置疑。

山西的现实主义文学传统与赵树理的巨大影响显然有极为紧密的联系。对后来者而言，如何更好地学习传承赵树理的文学经验，并实现超越，是无法回避的一个重要问题。"后赵树理写作"这样一个说法的郑重提出，体现出的其实也正是后来者面对赵树理这样一个巨大存在，所必然表现出的期盼和焦虑。

杜学文（中共山西省委宣传部副部长、评论家）：赵树理是从山西这块黄土地走向全国、走向世界的，作为"山药蛋派"的标志性人物，他对山西几代作家有着深刻影响。收入"麦地丛书"的这批作家，他们在创作中所表现出来的那种现实主义的精神、对普通人生存状态的思考、对小人物人性中的那种高贵的表现，都与赵树理的文学精髓一脉相承。这批小说我过去已读过一些，但再读时仍然还是被感动，如蒋韵的小说中，有时一句话就能让人落泪。虽然作品写的都是普通人、普通事，不是英雄，也没有什么大事业和大成就，却可以提升人的思想境界、净化人的情感、给人以温暖和激励。小说能感染人的是那种高尚的、纯净的、有着普适价值的东西，是一种人文关怀，这就是现实主义的力量。

段崇轩（山西省作家协会副主席、评论家）：近年来，文坛上一直在谈论"底层文学"，这确是当前文学发展中的一种态势。山西作家也加入了这一"合唱"，其底层特色甚至更为明显。"麦地丛书"中，葛水平的小说着力展示底层农民，特别是女人的命运和人情人性，写得深刻感人；王保忠的小说集中发掘普通农民身上那种真善美的品格，给人以温暖和希望；王祥夫的小说写时代变革中，下层社会中的农民、工人、小市民的悲剧人生以及他们的奋斗和抗争，寄寓一种人文情怀。山西文学走到今天，有一种新的变化和走向，即更全面、更有力地向底层社会和民众深入。"山药蛋派"作家和"晋军"作家，都奉行和恪守了现实主义传统，这正是赵树理文学精神在今天的一种体现。

我认为，说我们承传弘扬了赵树理的文学精神，这没有问题，但如果说我们又进入了"后赵树理写作"时代，恐怕不大妥当。"赵树理"这个帽子很崇高，我们今天的文学其实与他倡导的文学有云泥之别，戴上它显得名实不符。我们不要滥用"赵树理"。当然这只是我的个人看法。

李建华（北岳文艺出版社编审、山西省女作家协会副主席）：收入"麦地丛书"的几位作家如王祥夫、蒋韵、葛水平、王保忠等人，他们的作品不浮躁、不媚俗，充满了人间烟火和悲悯仁爱，这种现实主义品格相当可贵，他们用文学作品在对赵树理精神做着新的阐释，既有传承又有超越，用"后赵树理写作"来命名这批作家的写作，我认为有相当的合理性。

傅书华（太原师范学院文学院院长、教授、文学博士）：我觉得"后赵树理写作"这一口号可以成立。第一个理由，自"晋军崛起"之后，山西确实存在着一种有相当创作实力与创作实绩的小说形态，需要有一个口号、概念对之给以鲜明的命名，以提升我们对这一小说形态的认识，没有这样一个命名，就使这样一种小说形态流于涣散。第二个理由，对赵树理需要重新认识。赵树理本身的写作方式、文本意义，与庙堂、广场赋予他的写作方式、文本意义是不一样的，我们往往把二者混同，总是把赵树理局限于农村题材、农民生活、农民语言、通俗易懂、大众化、启蒙形态、与政治的关系等等。第三个理由，在对前述两个方面给以重新认识的过程中，我们可能会发现赵树理的创作精髓与刚才我们提到的山西小说创作的两个群体之间的承传关系，关键是对赵树理的小说创作要从"神"来作新的理解，而不仅仅止于表层"形"的判断。

"后赵树理写作"口号的内涵

王春林：我个人的理解，"后赵树理写作"其实与文坛上流行的"后现代"有同样的构词原理。"后现代"意味着与"现代"的不同，也意味着对"现代"的传承和超越。我们首先得弄明白赵树理现实主义文学精神的多元内涵。其中最可贵的一点，就是放低写作姿态，以一种尽可能接近底层民众日常生存状态的方式去表现老百姓的喜怒哀乐，去探究表现中国基层民众人性的基本构成。我想，这对于山西文坛的后来者，应该具有极大的启示意义。因为，一部文学史早已充分证明了只有如同赵树理这样去切入生活，方才可能创作出真正优秀的文学作品来。

杨占平：以赵树理为首的"山药蛋派"的本质特征，就在于它是真正的人民大众的文学。它的所有特色，都是由这个本质派生出来的。比如直面现实、努力揭示生活矛盾的精神追求，比如致力于通俗化、大众化、民族化的艺术表现形式等等。以蒋韵和王祥夫为首的这批作家，都有着积极入世的人生态度，有着强烈的悲悯意识与人文关怀精神，尤其关注小人物的命运，他们的写作，是对赵树理文学观念的深化与拓展。

今天，人们的生活方式与面临的问题较之赵树理当年所处的时代都发生了极大变化，但是，那种关注现实的态度和关注普通人生存的意识却是一脉相承的。在今天这个转型期的社会，有着比赵树理时代更复杂更多元的问题需要作家去真实反映，深刻挖掘。"后赵树理写作"能在一定意义上承担起这个责任，也就使他们的作品更富有了时代价值。

傅书华：赵树理创作的精髓我以为体现在这样几个方面：第一，坚持、固执地写自己所看到的人生实际，而不是用任何前沿的观念去改写实际。这初看起来笨、土、老实，似乎没有想象力和深度，但却能够去除所有观念对生活、人生的遮蔽，将所有的价值判断置于直观事物本身。第二，这种生活与人生实际，是写乡村个体实际的生存形态，特别是物质生存形态，然后是建筑在这一形态基础上的情感形态、文化形态、生命形态、存在形态。赵树理"问题小说"中的"问题"是乡村个体在实际生存中所遇到的"问题"，不是如他所说的在农村工作中遇到的"问题"。或者说，他在农村工作中遇到的"问题"，是他建立在对乡村个体实际生存关怀上的"问题"，与作为国家意识形态作用于农村工作中的"问题"，与作为精英知识分子在农村感受到的"问题"有时是一回事，有重合之处，但从根本上不是一回事。第三，他的语言是经过精心过滤、选择的白话语言，采用了老百姓喜闻乐见的表现形式。

"后赵树理写作"正是在这几方面与赵树理写作有精血气韵上的承传关系。譬如说，写作时都少有追新潮的躁气，这点有时会被文坛所忽视和看不起，有点像赵树理最初不为文坛重视的状态。还有一点值得我们研究，赵树理写作与"后赵树理写作"，都是在与社会政治、经济、文化、文学中心有一个适度的时空距离状态下的写作。赵树理写作的时代，五四文学思潮与根据地文学思潮的冲突、碰撞是集中在延安的，今天这个时代，中西、传统、现代的冲突是集中在现代大都市的。这样的一种距离，可以使写作很快地汲取新知、新的观念，又能有一个时空距离将这些新知过滤、沉淀、融化、扎根于自己所实际生存的大地上，真正成为本土的。

段崇轩：赵树理有句概括他创作目的的名言："政治上起作用，老百姓喜欢看。"这句话很朴素，表明了赵树理的一种政治雄心和对农民的深情。事实上他对当时农村的那一套绝不盲从，总是通过实践去检验是否正确。这就必然同那套极左的东西发生冲突。可以说他是一位乡村政治家，更是一位农民利益的代言人。他既是国家意志的执行者又是农村农民的代表者，在二者发生矛盾的时候便坚定地站在农民一边去呼吁、抗争，这正是他的伟大、崇高之处，也是他的悲剧根源。但今天的文学，既缺乏赵树理那种高远的社会思想，又鲜有赵树理那种深切的农民观念，大多充满了小知识分子的思想和情趣，距离农村和农民很远，我对这样的文学不大乐观。

李建华：赵树理始终扎根在百姓当中，从未将自己当成一个居高临下的精英知识分子，他自己就是农民中的一员，蹲在树下吃饭，操起唢呐吹曲，他关心农民的命运就像关心自己的父母和兄弟姐妹一样，即使是某些"问题小说"，也是为百姓而焦虑，是草根的立场与视角；他的那种通俗、纯净、朴素而又简洁优美的白话语言，更是让普通老百姓都能看懂。"后赵树理写作"的这批中青年作家，长期沉潜于生活深处，显然承接了赵树理写作的精神内涵，是底层百姓的代言人。作品中那种对卑微小人物的尊重和关切，与"底层文学"有相通之处。

杜学文："后赵树理写作"和"底层文学"还是有着质的不同。"底层文学"虽然也触及现实，揭示社会矛盾，但停留在较浅层次，缺乏思想深度，更欠缺人文关怀。如有些直接写社会问题的作品，过一段时间以后，社会进步了，矛盾解决了，感染力就没有了。而"后赵树理写作"的这批作家，他们的思想着力点和文化品格远远高于"底层文学"，他们并非写重大主题，也不去表现大的社会矛盾和惊心动魄的事件，更没有写如何斗志昂扬去战胜困难。他们讲述的就是普通小人物的日常生活。但这样的作品为何一读再读还能感动人？因为只要人的情感还在，人的向往和追求还在，那种高贵、干净的精神就会有恒久的感染力和震撼力。这就是精神的力量。

"后赵树理写作"呈现的历史与现实意义

王春林：进入市场经济时代，文坛变得越来越浮躁和功利了。已经很少有作家能够潜下心来，认真地触摸生活的体温，感受和表达来自基层百姓的声音。在这样一种大背景下，在山西这样一个远离文化中心的边缘省份，甚至于在远离省城太原的基层地市，却涌现出来了一批相当优秀的小说作家。他们生活在基层，亲身体验着老百姓日常生活中的喜怒哀乐与悲欢离合，并以小说的形式呈现出来。从他们的作品中，我们不仅能够触摸到毛茸茸的生活本身，更能感觉到作家内心深处一种堪称高贵的悲悯情怀。说实在话，这种建立于普遍的人道主义精神之上的悲悯情怀在赵树理的小说中还是有欠缺的。从收入北岳文艺出版社"麦地丛书"的作品中我们可以深刻地感受到这一点，这也许可以被看作是对赵树理某一侧面的艺术超越。

杨占平：如今中国文坛上有些作家，居住在繁华都市舒适的寓所，身着名牌服饰，出入于灯红酒绿的场所，吃完鲍鱼，喝够洋酒，然后坐到电脑前蔵出一部又一部表现当代人孤独感、性苦闷的小说，或痴男怨女的情爱纠葛故事，还有的靠想象去编造历史逸事，去赚取可观的版税。至于普通百姓活得好不好、大众的利益是否受到侵犯、社会生活中有何重大问题，他们并不过问或关心。这种贵族化倾向，导致虚假的作品太多，也使大众疏远了文学。

而"后赵树理写作"的作家们，在努力用既有艺术特色又有精神品质的作品，表明了作家对当今社会的不缺席与不回避。他们用实际的创作行动表明，作家仍然在承担着反映社会现实与历史的责任。

李建华：在文学走向边缘化、快餐文化大行其道的今天，功利而浅薄的精神世界更需要有新特质的文学来净化灵魂。"后赵树理写作"为我们提供了有崭新精神品质的文学，其意义不言而喻。

傅书华："后赵树理写作"是可以与宏大叙事、私人写作、青春写作、大众写作等等鼎足而立的。成为今天多元化文学格局中的一元，或者说，作为边缘写作，构成与中心写作之间的张力关系。

"后赵树理写作"的表现形态与创作实绩

杜学文："麦地丛书"中，塑造了不少小人物，一个农民工，或是一个乞丐，也许地位很卑微、生理有缺陷，但人格很高贵。这传达出作者对人的尊重。作者没有将其看作另类，没有居高临下的鄙视，而是平等地尊重其人格，挖掘其人性中最美好的东西。这就给读者一种启示：无论何人，只要有一颗高贵的心，就能拯救自己。这恰恰是当今社会最欠缺的东西。如葛水平《喊山》中的农民韩冲，那种溢自心底的善良、淳朴、不求功利的价值选择，完全是非理性的，是天性中的美好本能，是古老的中华民族文化中长期积淀下来的。在自身面临危险也没有钱的情况下，他却选择了助人、利他、奉献。王保忠的《前夫》写了微妙的人际关系：一个曾被贩卖而出逃的女人，一个富了仍牵挂着并来看望她的煤老板，他们的牵挂是无关利益和功利并充满了对人的尊重的，表现出人性中温暖高贵可爱的一面。联想到生活中，当我们追求某种目的时，恰恰因手段的复杂而忘记了本真的东西。其实每个人内心都潜藏着高贵和温情，不过是被繁忙的世俗生活压抑了、淡漠了、疏忽了，却被"后赵树理写作"的作家们唤醒了。还有王祥夫的《上边》，也写出了人在现实中的灵魂处境。尽管作家们艺术表现手法各有不同，但切入点都是人的精神层面，本质上都是一种人文关怀，对人的情感是一种净化，这一点是有共性的。

段崇轩：总结近期山西小说的创作态势，一是向下沉潜。现在整个文学的风向是写都市、写上层、写个体欲望，反映商业社会的骄奢淫逸。但山西的作家依然直面现实、直面人生，保持了强劲的现实主义传统。王祥夫、葛水平现在还沉在地市，更易把握底层社会的变迁。二是平视角度。"山药蛋派"作家写农民多取仰视角度，农民大都是高大完美的。"晋军"作家写农民，多用俯视角度，带着启蒙意识刻画人物。现在的青年作家，跟他笔下的人物则是一种平起平坐的姿态，应该说这是一种进步，当然也有局限。三是追求个性化写作。他们在继承的基础上，借鉴了古典的、外国的东西，形成了非模式化的富有个人风格的表现形式，这是一种进步。

傅书华：现在的主要问题是对"后赵树理写作"还缺乏理论上的真正认识，还存在着种种误读，譬如对葛水平的小说，就仅仅是从文化形态上谈其对现代文明的对话意义，这种意义，又往往是以现代都市文明为其视角、中心、价值本位的。

杨占平：我特别注意到，这些"后赵树理写作"的作家，在艺术表现方式上并不能用某一种概念综合他们。他们都有自己的个性化艺术追求，比如蒋韵在语言叙述上表现出一种纯粹、精确和韵味无穷的境界，每一句话，甚至于每个词，都让人感觉到有一种艺术的张力，使人真切地体会小说是语言艺术。而葛水平善于构筑故事情节的能力，是一般作家难以达到的，她能把一个普通的故事讲述得那样有味、那样生动、那样深刻。王保忠作品中所写的人物与故事，则有一种真实到让人惊诧的程度，王保忠是靠细节而成功的。正印证了当今流行的那句话：细节决定成败。

李建华：确实，蒋韵语言的精致、细腻和华美令人赞叹；葛水平善讲故事的本领让人惊异；而王祥夫的尖锐，常使人惊心而泪下；王保忠的温情又总是让人感动和思索……"后赵树理写作"的这批作家，他们的作品不仅得到了业内专家认可，获得了鲁迅文学奖和赵树理文学奖，多次登上全国年度小说排行榜并被权威刊物转载，同时还被包括打工者、农民工在内的普通读者所喜爱，这很不容易，恰恰印证了赵树理的某些创作理念和追求。他们都像赵树理一样，深爱着脚下的土地，对草根阶层感同身受，充满了悲悯和关切，他们是含着眼泪在看、在写身边的人物，因而我们有理由相信，"后赵树理写作"一定会有更多的佳作不断问世。　（珍尔整理）

（原载 2009 年 2 月 2 日《山西日报》）

把短篇小说的写作进行到底
—— 与王祥夫的小说对话

鲁迅文学奖与当前的短篇小说创作

段崇轩（以下简称"段"）：祥夫，你的短篇小说《上边》荣获第三届鲁迅文学奖，而且名列榜首，作为老朋友，我很为你高兴，真诚地表示祝贺！鲁迅文学奖是国家级大奖，代表了一个国家文学创作的水准。它是从 1995 年开始起评的，至今已有 10 年时间。就短篇小说讲，第一届（1995—1996）获奖作品有 6 篇，第二届（1997—2000）获奖作品有 5 篇，第三届（2001—2003）据说参评作品多达 189 篇，而获奖作品只有 4 篇。前后共 9 年时间评出 15 篇作品，一年平均不到两篇作品，真是沙里淘金呀！这也说明鲁迅文学奖是极为严肃的。但是，如此严肃、严格、认真的评奖，读者、文坛、媒体却不大买账，反映平平，而且这种"冷漠"似乎一届比一届更甚。这就提出了一系列的问题：我们曾经风光无限的短篇小说究竟怎么了？是读者、作家、评论家的审美趣味出了问题，还是短篇小说这种文体真的衰落了，抑或致力于短篇小说的作家创作上滑入了"误区"？第三届的 4 个获奖短篇和部分入围作品我都读过了，我觉得绝大部分确实不错呀，达到了一个很高的境界，比起新时期文学的短篇小说并不逊色。这些作品给我最深的感受是，它们有了一种开阔、深厚的文化内涵，在艺术表现上也显得很纯熟、很自然。特别是你的《上边》，这种艺术特色表现得更明显。但为什么这样的作品得不到更多读者的喜爱和认同呢？我想听听你的看法。

王祥夫（以下简称"王"）：阅读与欣赏从来也都是呈宝塔状的，你不能期待短篇小说会有更多的读者，如果短篇小说的读者要比金庸、琼瑶的武侠情爱小说的读者还要多那就是怪事。作家在写作的时候一般会有两种考虑，一是没动笔之前考虑的是这篇小说会有多少读者，另一种考虑是这篇小说应该写到什么高度，我可能属于后一种，写作的时候很少考虑到作品会有多少读者这个问题。但我会考虑我的小说的读者群体应该是哪些人。就艺术这个层面讲，现在的短篇小说不是"比起新时期的短篇小说并不逊色"，而是要成熟得多、好得多。因为毕竟经过了很长一段时间的摸索，在艺术表现手法上也更加成熟，新时期好的短篇相对要少一些，中篇好像要多一些。短篇小说需要的是极其敏锐的艺术感觉，而中篇则需要更多的内心感受和生活积累。你说得对，现在的短篇小说得不到更多的读者的喜爱，因为短篇小说真正是高屋建瓴的文学式样，也许可以说，读者相对减少倒是好事，是因为短篇小说越来越纯粹了。

段：鲁迅文学奖获奖短篇小说的遭遇，实际上反映出的是当前整个短篇小说的生存状态，它的衰落已成为不争的事实。20世纪的中国现当代文学史，短篇小说可谓一方重镇，可谓文学的排头兵，每个历史时期都会涌现一批杰出的短篇小说作家，诞生一批优秀的短篇小说作品，这种盛况一直延续到"文革"爆发的60年代中期。短篇小说已成为一个经典文学谱系，载入文学史册，并成为我们每个人的文学积淀和精神财富。70年代末到80年代的新时期文学，从"伤痕"到"反思"，从"改革"到"寻根"，从"实验"到"现实主义回归"，短篇小说始终承担着思想启蒙和艺术创新的重要使命，与社会的推进和文学的发展一路同行。但从90年代的市场经济时代开始，短篇小说突然落伍了、失语了，在读者的视野中渐行渐远了，成为一种落寞的文体。为什么呢？因为对大众启蒙的使命让思想文化读物、各种媒体给抢走了，它们比短篇小说更快捷、有力。而从反映现实生活和现实问题的角度看，短篇小说的优势又明显弱于纪实文学、报告文学。90年代之后是一个艺术回归的时代，回到文化传统、现实主义、本土经验成为一种潮流，这样艺术创新的使命也不需要短篇小说来承担了。在这样的社会、文化、文学背景下，短篇小说就有点"穷途末路"了。不过，当我回顾了90年代以来的短篇小说轨迹时，我惊喜地发现，它又逐渐找到了自己的优势和位置。那就是表现对象上的底层性，思想内涵上的文化性，艺术品格上的严肃性。它依然坚守的是精英知识分子的立场。当然不是每个短篇小说都具有这种特色，但它确实是短篇小说的一种基本趋向。现在长篇小说、中篇小说、纪实文学、散文随笔等等，都有点禁不住诱惑，同世俗合流了，唯有短篇小说贫贱不移，坚贞如故。它反映现实、提出问题的优势也许有所丢失，但在表现生活的纵深、人物精神的高远、审美境界的精湛方面，它又向前拓展了一大步。譬如从第一届到第三届的鲁迅文学奖获奖短篇小说中，我们都可以感受到短篇小说在文化精神层面上的强化和扩展，这是90年代以来短篇小说的一个新变化。

王：阅读其实很简单，一般读者希望在小说里看到更多的东西，现在的人们好像一般都不喜欢在艺术上动脑子，希望直接或者是希望来得更直接一些，昆曲和其他剧种受冷落与这也分不开，快餐在街市上大行其道，快餐文学也不示弱，就是这么个道理。有一个很奇怪的现象，如郭敬明和韩寒，二位的读者可以说是红男绿女满坑满谷，但这种现象并不能说明他们的东西就很好。我认为用某种文学现象并不能真正评判一部文学作品的优劣。你说的精英知识分子立场真是很对，可以说，好的短篇小说就是这么个立场，要是某个短篇小说一下子拥有了一两亿读者那就是怪事了。短篇小说不是那回事。长篇中篇与世俗同流合污这句话我认为只说对了一半儿，小说就是要通俗，就是要努力入俗，就是要与世俗一起江河俱下。这里要谈到的是文体的品格，好像是，短篇不能这个样子，一是容积，二是由容积带来的种种限制。如果说长篇和中篇是让人们来看，而短篇却是让人们来想，问题是现在的人们不怎么爱想，不怎么爱思考。短篇和中长篇最大的区别我认为是在这里。当然还有另一种形态的短篇，比如希区柯克的悬念小说。但我说的不是这类短篇。说一下刘庆邦，庆邦的短篇成就有目共睹，但他的短篇你要是让一般读者来读，他们会不会喜欢？会不会掩卷深思？我想不会，但我会，我算不算读者一分子，当然算，我代表了哪些读者？问题是，你面对一个短篇，一是不要希望它给你更稠密的故事，二是短篇要是写到三四万字它还会不会是短篇。短篇小说的形态太像是一颗手榴弹，看上去是小小的一颗，炸开来却是一大片，烟雾腾腾鬼哭狼嚎的。但一般读者更希望看到一个弹药库在那里，有琳琅满目的内容，这一点，短篇小说永远也办不到。短篇小说恐怕难以以宽广取胜，但可以深，是一眼细细的深井，让人一下子看不出有多深。

短篇小说的困境及其原因

段：短篇小说走到今天这样的境地，实在是有着复杂的外部原因和内部原因的。也就是说，短篇小说是在外患内忧的夹击下才开始衰落的。从外部原因看，短篇小说的生态环境发生了巨大而深刻的变化。新时期文学阶段，国家还是计划经济体制，那是一个崇尚精神的时代，文学有主流意识形态支撑，文学也靠国家养活。90年代之后，市场经济社会逐渐展开和确立，经济、文化、思想走向多元化，追求利益的最大化的经济规律成为人们所有行为的主导观念。文学作品的全部生产机制——如出版社、杂志社和报纸等，首先考虑的是有没有读者、能不能赚钱。长篇小说、纪实文学有利润，就拼命地出。短篇小说要赔钱，对不起，靠边站。大小书店的长篇小说快要"泛滥成灾"了，但你能看到纯粹的短篇小说集吗？别说是一般作家的短篇集，那些著名作家的短篇集也不敢贸然去出。出版社是这样，报纸副刊则几乎取消了短篇小说栏目。文学刊物（特别是月刊）过去是以发表短篇小说为主的一块园地，现在也逐渐在变，有的发开了长篇或长篇节选，有的则以中篇小说为主了。《人民文学》《小说选刊》《小说月报》等权威刊物，现在中篇小说把短篇小说挤得越来越没有立足之地了。发表园地的大量流失，怎么会有短篇小说的振兴呢？从短篇小说的阅读市场来看也不容乐观。现在人们的阅读趣味越来越向通俗、休闲、纪实几个方面分流，而短篇小说很难提供这样的东西。有人说短篇小说是一种"不走运"的文体，这话有道理。

王：这真正是一件让人悲伤的事情，去一趟书店还真是有这种感受，短篇小说集子越来越少，出版社向钱看这谁也没有办法，你总不能让他们朝短篇小说看齐。这就更需要作家坚守，这是对作家的一种考验，主要问题是，读者还是想在小说里看到更多的东西，就像是饿汉要吃大量的东西，这说明我们的读者还处在相对低级的阶段，还不会精挑细选。另一个原因还在于，现在的书籍和出版物定价太高，一本纯文学杂志的价格是火车上卖的车厢本的五六倍，一般人读书并不是为了受教育和接受艺术培训，而是为了消遣，一本书看过就扔，从这一点出发，他们更可能选择车厢本，便宜热闹，打动他们的是故事和情节。可以说这是短篇小说不景气的外部原因。

段：从短篇小说的内部层面看，我想问题主要在作家身上。据一份文学调查报告说，现在的读者还是喜欢读短篇小说的，但好的短篇小说却日见稀少，因此使读者冷落了短篇小说。而作家不能提供更多的优秀短篇小说，原因又是多方面的。首先是经济原因，我们的稿费制度始终是以字数计算，写一个短篇小说并不容易，但稿费只有几百元，且基本没有如长篇小说那样的后续利益（如再版费，改编影视剧费等）。这大大挫伤了作家写短篇小说的积极性，而我们现在的作家是很看重稿费的，有些作家要靠稿费生存的。因此，我对那些坚持写短篇小说的作家始终怀有敬意！其次是作家在短篇小说上创新不够。短篇小说无论是思想还是艺术，对作家的要求很高。在时代发生巨大变化的今天，短篇小说如何与时俱进，如何适应读者的审美需求，对作家又是一个新挑战，这就使短篇小说的创作难上加难。面对这种种考验，我们的不少作家放弃了在思想艺术上的艰苦探索和执著追求，使短篇小说难能有大的突破和超越。因此，短篇小说今天的不景气，作家是难辞其咎的。

王：首先要说的一点是，短篇小说很难给一个作家带来大收入。这一点简直是要命，比如说，你有一片地，你要考虑种什么，是种能赖以度日的庄稼还是种株能看几眼的牡丹？可能许多作家都基于这种考虑，短篇的产量小这可能是一个主要原因，中篇就要好得多。但最最根本的问题我认为还是短篇小说在写作上要求太苛刻，是可遇而不可求，就好像雨后你到林子里采蘑菇的那么个意思，东找西找，找老半天没有，不想再找了，却突然发现前边有一个大蘑菇在等着你。说到短篇,手头技术是一个大问题,你可以在冰场上滑冰滑得很好,但你很难在桌面那么大一块冰上千姿百态。说到家,小说的长度不同,对语言和叙述的要求就有所不同,长篇的开头可以一下子就来三四千字,而一个短篇也许全篇才只有三四千字。

短篇在写作上让作家感到尴尬的是,你写了一个短篇,又写了一个短篇,你写了 10 个短篇,跟着又写了 10 个,问题就来了,看一看自己的短篇小说,你有种感觉,就仿佛自己站在波斯菊的花圃旁,你会发现所有的波斯菊的花朵都是那个样子!让你感到不安的是,你的短篇在手法上竟然差不多,一个作家,要摆脱自己很不容易,中篇可以由故事来让这一篇和那一篇有明显的不同,而短篇却是太困难了。一个优秀的作家,我个人认为,他始终是在寻找着以前没有用过的一种结构,以前从来都没有用过的手法。你说得对,短篇今天的不景气,作家难辞其咎,短篇这种形式太难把握了,你把一种结构方法把握得纯熟了,也就说你已经死亡了,你要再生,必须再把握新的方法。一句话,我同意你的说法:短篇小说无论是思想还是艺术,对作家的要求都很高。所以,这就要求作家一次次潜到深水里去,你感到你快要憋死了,你也许才会发现有一个珍珠蚌在你的眼前。

短篇小说的"写什么"和"怎样写"

段:文学创作的全部问题可以归纳为两个方面,一个是写什么,另一个是怎样写。我觉得中国作家经过 20 多年的探索和操练,在短篇小说的艺术表现上,怎样写的问题不能说完全解决,也可以说障碍不大了。而在写什么的问题上却常常显得很不自觉。因为表现的对象或者说内容是随着时代的变化而变化的,而表现方式方法具有相对稳定性。回顾十多年来的短篇小说创作，我们会发现一些优秀作品的表现内容，正在发生一种微妙的、深刻的变化。如史铁生的《老屋小记》写的是"文革"时期一个小小的街道工厂几个普通人的生存状况，他们黯淡的人生和不息的追求。迟子建的《雾月牛栏》写的是一个入赘女方的老农民失手打傻了养子，他一辈子的悔恨和赎罪。如刘庆邦的《鞋》表现了"文革"年代一个农村姑娘淳朴美好的人性和她对爱情的忠贞、神往。如温亚军的《驮水的日子》写一个上等兵与驴的有趣故事，营造了一个"天人合一"的美妙境界。你的《上边》，用你的话说写的是人情温暖，养父母与养子之间那种浓郁的亲情。但其背景是农业文明的衰落与现代文明的取而代之，小小的事件背后有一个宽广的文化背景。这几篇小说都是鲁迅文学奖的代表性作品。这就给我们一个启发，90年代以后的短篇小说，不再黏滞于现实生活的具体事件和具体问题上了，而是把笔触指向一个更深广的社会、人生、文化、哲理层面，努力强化小说的纵深度，创造一个丰富而幽深的形而上的精神天地，让读者自由地去想象、去思索、去审美。扩展小说的纵深度，这自然属于写什么的范畴。

王：崇轩老兄，我不太同意你的说法，我觉得摆在面前的问题应该是怎样写。因为一个听起来不怎么样的故事却往往可以写成一篇特别好的短篇，而恰恰是一个听上去十分好的故事却有时候无法写成一个好短篇。王安忆的那个短篇《羊》，要是给一般人绝对是无法写成一个短篇的，而王安忆写了，而且很好，这里就有一个写的问题。还有就是贾平凹最近的一个短篇，说来巧，题目是"羊事"，也写得十分漂亮，平平地写起，平平地叙述下去，到了结尾让人吃一惊。老贾的这篇小说要是让一般人写也是无法写好，或者是根本就无法写成一个短篇，但老贾做到了。这里也要说到一个怎么写的问题。中篇小说确实是要考虑写什么，当然也一定会考虑怎么写？但更重要的是写什么。而短篇更重要的是怎么写。还有就是刘庆邦的《梅妞放羊》，给一般人也是无法成篇的，但刘庆邦把这个短篇写得有多么动人。所以说，短篇小说写作存在的一个大问题是怎么写。这要看一个作家的本事如何，所以说短篇小说的写作写什么倒不是很重要。

段：许多短篇小说作家说过：短篇小说是一种可遇而不可求的艺术。记得王蒙讲过：短篇小说的最大特征是机智巧妙。短篇小说必须有一个自然天成而又妙不可言的故事情节，这样的故事情节是很难想象出来的，要靠你在生活中的发现，要靠你的灵感闪现。过去有这样一个故事情节，经过作家的精心编织、简练叙述，就有可能创造出一篇好短篇来。但现在短篇小说对作家的要求就不那么简单了，它不仅要求有一个好的故事情节，同时需要作家把全部的感性、思想、个性、境界等渗透在作品的字里行间，形成一个独特的文本。这里关键在于你的生活阅历的广度和深度，你的感性体验和审美体验的广度和深度，你的文化修养和思想境界的广度和深度等等。没有作家主体的广度和深度，自然就不会有短篇小说的纵深度。我在给你写的作家论中，特别阐释了你创作中表现的人文关怀精神：你对底层民众那种悲天悯人的情怀，你总是站在文化的角度去观照乡村和城市，你的小说浸润了一种古典文化的底蕴。正是这种人文的、文化的东西使你的短篇别具一格，脱颖而出。这跟当前短篇小说的文化走向是不谋而合的。

王：那妙不可言的东西往往是隐藏在大家都能看到的事情里边，要靠慧眼去发现，我常说作家要有"白日见鬼"的本领，也就是这个意思。一个作家，他的思维要与众不同，只有有与众不同的思维才可能有与众不同的表现。令人激赏的那些短篇之作往往是让人看了之后会吃一惊，会让人想，这几乎无法写成小说的东西怎么会让这位作家写得这样动人？好的短篇往往不是那种千奇百怪的东西，好的短篇常常是从平平常常的事件里生发出来的一种不平常，千奇百怪是侦破小说的事。说到文化，文化是个好东西，文化可以是一个潜水装置，有了它，你可以深入到水底，水底世界有许多好看的东西，你深入不到那水底你就看不到那些东西。我更注意情感的深度和广度，这个深度和广度有时候要比生活和阅历的深度和广度还重要。这也许就是你说的作家主体的深度和广度，我认为是这样的。不知对否？说到人文关怀，还是那句老话，一个作家要有同情心，要有正义感，要有斗争性。古往今来的好作家大都如此，你说《西游记》没有这三点吗？《红楼梦》就更不用说。我不敢说我的小说别具一格，但我愿继续努力，争取写得更好一些。

为什么要把短篇小说的写作进行下去

段：小说是一个成员较多的大家族，但现在的发展是不平衡的，这种不平衡影响了整个小说质量的提升。长篇小说最热闹，可以说进入了一个繁荣期，但虚肿现象严重。中篇小说稳步发展，有质量的作品时有涌现。小小说（亦称"微型小说"）近年来很是活跃，赢得了越来越多的读者。唯有短篇小说，不仅数量在减少，高质量的作品也越来越难产。它是最恪守小说的本质精神的，但它的处境最尴尬。

认真读一读近年来的短篇小说，你会觉得它现在成熟多了、厚实多了，而且依然有许多实力派作家，对短篇写作痴情不改，孜孜坚持。譬如王安忆、铁凝、苏童、迟子建、刘庆邦、阿成、聂鑫森等等。这是可以让人感到安慰和自信的。但我们又不能不承认，短篇小说现在处于一种困难时期。就它的本身看，我以为主要有三个方面的问题。

一是与现实生活的关系问题。我并不主张短篇小说都去零距离地反映现实，但它也不应该一味地去回避现实生活。既要敏锐地贴近现实而又能透过现实表现出更深广的世界来，这大约是应当把握的一个理想距离。二是它的思想探索。短篇小说坚持探索一些社会、人生中的严肃问题、深层问题，这是它的价值所在。但是这些问题一定要能够同广大读者沟通和共鸣，这样才能走向社会、走向人心。三是艺术创新问题。现在作家的艺术技巧熟练多了，但越是熟练就越要警惕它的模式化、机械化。我觉得目前作家在短篇小说的艺术探索上，存在着动力不足、目标不高的倾向。

王：短篇小说和其他文学形式都不应该回避现实，就好像生命不应该回避血液和呼吸一样重要，小小说的活跃是正常的，所谓的车厢文学就是要以小小说为主力军，人们的时间很有限，在厕所里，在枕头上，在车上和飞机上人们不可能读大部头小说。时至今日，读大部头小说是一种奢侈，是一种令人向往的事情，我不是说读大部头不好，是现在的人们很少有那种时间，但读小小说还是可行的。仔细想一想，我倒有些憎恨电视和电脑，它们使文学萎缩，我小的时候想看一回电影都不很容易，关在家里没事想看也是书不想看也是书，这倒从某种意义上成就了我。现在的年轻的一代正受着各种媒体的迫害，脑子越来越被动，一双眼随着电视屏幕活动的时候脑子其实也被牵了鼻子走。这很可怕，一个人的聪明才智是与动脑子分不开的，我小时候想要让父亲买一把玩具手枪，父亲不给买，我就自己做一把玩儿，做的过程就是创造的过程。上小学三四年级的时候吧，看《说唐》与《瓦岗寨》看到李元霸那一节，他手里的锤让我激动不已。我在心里想象那个锤会是什么样，想来想去，想去想来，这也是一种创造。而我们现在的孩子们是通过电视看，不用想象，我们这一代和现在的孩子们的最大区别之一我认为还是想象与不用想象之间。想象是一种创造。你说的短篇小说存在的三个问题很重要：反映现实，思想深度，艺术探索。尤其是艺术探索，短篇小说在这方面存在的问题更加突出，众多的作家在那里探索，其实就是要自己不要模式化、机械化，不要自己抄袭自己，这是很重要的一个问题。短篇小说是一种很容易让一个作家不断重复自己的文学形式，中篇和长篇在这方面存在的问题就不多。短篇小说会把一个作家写死了，这很可怕。所以说，短篇作家在写写短篇之后一定要写写中长篇，让自己摆脱一下，也是一种调整。目前写短篇，不是目标不高，而是没有目标，不知道目标在什么地方，不知该往什么地方发力。

段：雷达先生不久前在一篇文章中说过："无论从哪方面说，我们都应该提倡短篇小说，鼓励短篇创作。"这是明智之言。从短篇小说的社会价值看，它所探索和表现的往往是一种有关社会、人生的深度思想，而市场经济社会所流行的是一种功利主义式的浅度思维，这对于抵抗庸俗、维护思想的尊严是一剂良药。从短篇小说的文体价值看，它不仅是一个作家写作训练的最佳途径。同时它在整个小说家族中，有点像足球场上的前锋队员，肩负着引领、突破、压阵的作用，它在思想上的探索和艺术上的创新，对长篇小说、中篇小说乃至小小说创作，都有重要的启迪和借鉴作用。目前整个小说创作中的媚俗、虚肿、粗糙等现象，无疑跟短篇小说的疲软有关。因此我们期待着短篇小说的重振雄风。你作为一个有志于短篇小说的作家，也期待着你写出更多更好的精品来。

王：我认为为了和这个时代合拍，也应该提倡短篇小说，鼓励短篇小说的创作，但最最要命的是功利主义在现在大行其道，我们知道短篇不可能给作家带来更多的金钱，所以媚俗、虚肿、粗糙会纷至沓来，沙子从来都多于金子，要是中国一下子出现 100 个优秀短篇小说家那倒是一种怪事，宝塔的顶部永远只是那么一点点，坚持者自在坚持，不坚持者且让他们流向他方，这不是能够强求的事，世事如此，何况文学？何况短篇小说？真正的艺术家的创作行为是一次次生命的焕发，作家也是如此，是生命的必然而不是技巧的演出，他必须从生命深处喜欢这件事，我唯愿我的生命和情感还能够让我开放出更好的短篇之花。

（原载 2005 年第 12 期《山花》）

重视人文教育 提高写作能力

——访文学评论家、山西省作协副主席段崇轩先生

桑　哲（以下简称"桑"）：文学创作和语文教学有密切联系，您认为中学语文教师应该如何引导学生正确处理文学创作和语文学习之间的关系？

段崇轩（以下简称"段"）：考试制度、课本的选择和老师的教学方法都有很大的导向性，学生没有自由选择的余地。学生现在对语文这门课普遍有一种厌倦感，因为学业负担太重、要学的东西太多、教学方法落后、课堂缺少情趣。语文知识仅仅依靠教师课堂传授和课内自习是远远不够的，课外学习不可忽视。怎样融洽师生关系，老师怎样向学生传授知识，如何给他们一种真正的启发和教育，不能只靠课堂教学和课本学习。师生课后交流、学生课外阅读更重要。我写过一篇文章，建议语文老师关注当代文学，关注新的作家作品，试着自己去写一点东西。如果教师有这种积极性，对语文教学会有很大帮助。

中学生搞文学创作，可以有这种兴趣爱好，但是不能投入太多的时间和精力。因为搞文学创作需要大量的阅读积累和人生感悟，需要花费很多时间和精力。中学生要面临高考，面临许多现实问题，如果年轻人因为偏爱文学而对自己的人生产生负面影响，是得不偿失的。从长远看，文学将逐渐边缘化，不会再像过去那样凌驾于整个社会生活之上，这也是正常的。但是目前整个文学界很浮躁，明显是功利主

义创作。真正表现民族精神、弘扬民族文化的作品越来越少。文学被世俗化、庸俗化。当前有些作品，比如反映官场生活的《国家利益》，虽然弘扬了正气，也有一定的读者，但总的来说，在艺术上没有进步，甚至有退步，我觉得不太正常。语文教师对当代文学思潮应该有清醒的认识，以便给学生的语文学习和文学创作提供正确导向。

桑：有些知名作家没有接受系统的高等教育，靠平时的知识积累和独特的人生体验写出了有影响力的作品。近年来有些青少年放弃学业，回家从事专业写作，您认为他们离真正的作家还有多远？

段：中小学生放弃学业搞创作是新闻媒体和出版社炒作起来的，这是极为有害的。商品引导百姓的消费，书籍引导学生的学习兴趣。出版社能营造读书氛围，也能制造混乱。为了自身利益而炒作少年作家，这是误导读者向不健康的方向发展。如果完全从经济效益出发来策划出版是很不负责任的。目前所谓的少年作家，将来不一定有前途。有的写出几部书之后，过几年却就写不出来了，况且他们大多数人的写作动机不是出于对文学的爱好，也不是出于对人生的感悟。他们的人生体验肤浅，该学的文化课没有学。这批少年出书者，将来能有 1/10 成为作家就很不错了，有些甚至连不入流的作家也成不了。

我们知道，中国科技大学少年班的大学生入校时很风光，毕业参加工作以后却很平庸，为什么呢？因为他们上大学之前没有学好语文，理解能力达不到，表达能力也欠缺。从事自然科学研究也离不开人文科学基础，没有这个基础，研究自然科学也难以取得成果。当今这些少年作家，也可能会步他们的后尘。没有扎实的文化功底，缺乏丰富的人生体验，在文学创作的道路上是走不远的。

桑：写作课是语文教学的重点和难点，您认为应该如何通过高考试卷来考查学生的语文水平？

段：高考语文应该着重考查考生的写作能力。学生的语文水平主要体现在写作能力上，当然，语文基础知识考查也必不可少。通过一篇文章基本上就能看出考生的知识水平、思想深度和文化功底。高考语文试卷以写作为主也不必局限于写一篇文章，比如说，让考生分析课文里的一个人物，能不能分析到位，能不能提出自己的观点，这也可以纳入考试范围当中。现在语文考卷基础知识题占的比例太大，但从另一方面看，要是侧重于考查写作，评分标准难以掌握，《中华读书报》曾经讨论过这个问题。高考阅卷如果没有统一标准，评卷老师完全凭个人好恶，优秀的作文不一定得高分。南京有个考生曾经参加世界华文作文比赛获了一等奖，高考作文实际上写得很好，但阅卷老师不喜欢，认为她的文章有问题，结果高考作文不及格。

桑：传统的语文教学忽视人文教育，背离了语文教育的根本，您认为出现这种不正常现象的主要原因是什么？应该如何纠正？

段：语文教学要返璞归真。一段时间以来，中学语文教学出现一种很混乱、很复杂、很虚假的状态。我爱人是搞语文教学的，每天忙忙碌碌，忙什么呢？她现在参编了好几套语文读本，很多出版社为此推波助澜，以至于有些学校把它列入教材计划当中，作为正式课本使用。目前很多教材和课外读本编排的内容都是在不断地重复，少数有新意的内容则充斥着快餐文化，追求的是阅读中的快感。中考的、高考的教辅和寒暑假作业把整个语文教育界搅得乌烟瘴气，实际上，这些东西是没有多大意义的。

有许多中学语文教师是不合格的，他们文化功底浅、教学能力差，却疲于应付检查考核，没有时间读书，没有机会深造，只好按照教参备课，按照教辅指导学习，这就为非正规出版物提供了市场。

新中国成立初期，我国的语文教育取得了一定的成绩，20 世纪 60

年代中期和"文革"时期遭遇挫折，80年代开始探索，逐渐走上正轨，但直到现在语文教育也没有走出困境。要改变当前语文教学现状，实施新课程改革，提高中学语文教师的素质是极为关键的。语文教学应该通过人文教育为学生打下牢固的文化基础。要打好这个基础，一要回到中国的传统文化上来，二要有世界文化的眼光。传统的诸子百家的思想文化精粹需要学习继承，先进的西方文化也应该吸收借鉴，这两方面是必不可少的。引导学生在阅读经典作品中积累知识提高能力，是语文教学的重要任务。

桑：人文教育思想在经典篇章中有着很好的体现，您和傅书华老师策划的《作家读课文》对解读经典篇章有哪些启示？

段：我和傅老师策划的《作家读课文》解读的都是经典作品，如古典文学作品，如五四以来鲁迅、茅盾和沈从文的作品。我们发现，过去老师在课堂上按照传统的教学方法和思维模式来解读文章，学生往往采取抵制的态度，这说明老师的教和学生的学之间没有找到契合点。比如《七根火柴》体现的是革命英雄主义，学生很难与这种主题思想产生共鸣。后来傅老师写了篇文章，从生命的角度来解读《七根火柴》；我则把人的理想和信念在生命当中的支撑作为解读这篇文章的切入点，这样就在学生和文本之间架起了桥梁。

目前教师手中的一些教学用书，对一些经典篇章还是传统的解读方法，脱离了教学实际。老师们没有一个新的参照标准，不知道怎么解读。《作家读课文》中的60篇文章，多数是从心理角度和人生体验的角度进行解读，把文章换一个角度分析，学生马上就接受了。现在商业文化对人们的影响很大，许多中学生沉迷于流行文化、快餐文学，主流文学进不了校园，经典篇章遭受冷落，这究竟是因为学生拒绝接受还是我们引导不够？人文教育对塑造学生的人格至关重要，它是学生未来人生的基础和起点。阅读经典篇章是学生接受人文教育的重要途径。

桑：新编中学语文教材中，文言文的比例占 50%左右，这对学生接受中国传统文化教育是很有价值的，但学生接触国外文化的渠道相对来说很狭窄，我们可否认为这是人文教育不全面的表现？

段：中国古代文化的精华是用文言文的形式记载的。继承中国传统文化，借鉴国外优秀文化，这是做人的根本。五四时期那一代人的学习经验值得我们借鉴，那时候人们很重视学习四书五经。鲁迅和胡适等人小时候都对文言文不感兴趣，但如果没有少年时代艰苦的学习经历，没有那段时间的知识积累，也就没有他们后来的成就。对于世界文化遗产，西方一些著名思想家的代表西方文化的作品，比如柏拉图、叔本华和尼采等的作品现在翻译引进得很多，但是在语文课本里却看不到。还有哲学家黑格尔，他的美学思想博大精深，中学生不一定能理解，但通过阅读他的散文、随笔，大致了解一下是很有必要的。中学时期如果不读的话，可能一生都不会再去读了，这对人生不能不说是一个缺憾。

桑：当代作家的作品入选中学语文教材，多年来一直存在争议，请您谈谈个人的看法。

段：在中国几千年的文学史上，当代文学只有短暂的 50 年。学生要想了解当代文学，不必局限于课本，可以通过课外阅读了解它。有兴趣可以看，没有兴趣也可以不看。选入教材却很麻烦，该选谁不该选谁、选多选少这都是问题。现代文学史虽然只有 30 年，但是它取得的成就不容忽视。鲁迅、巴金、老舍、沈从文、胡适、林语堂、朱自清、钱锺书、孙犁……他们的作品入选语文教材是无可争议的。如果通过初高中 12 本必修教材，能够把中国文学的发展脉络，把中国文学的经典作品体现出来的话，是很有意义的。现在的历史课基本上是传授单一的历史知识，思想品德课基本上是政治说教课，没有把民族文化传承和人文教育的功能有机融合，于是传承民族文化和人文教育的任务只好在语文课中体现。语文课既是一种文化积累，又是一种审美教育，也是一种写作的法宝，它负担太重、承载的东西太多。语文教学要返璞归真，教材选文必须客观公正。

桑：山西作家群在中国文学史上占有非常重要的地位，您对他们的整体印象和评价是怎样的？

段：称山西为文学大省，我觉得并不夸张，山西有一批实力雄厚的作家，也写出了不少优秀作品。赵树理和马烽的作品选入中学课文的非常多。赵树理的作品，从表现乡村生活方面来说，恐怕在中国现当代文学里，没有人能比得上，比如《小二黑结婚》《田寡妇看瓜》等都是传统名篇。马烽的作品通俗易懂、篇幅短小，像《韩梅梅》《饲养员赵大叔》，读起来感觉很亲切。过去我们解读马烽的小说主要从政治视角切入，实际上他作品中地域文化、民情风俗的内容也不少。马烽的小说依靠政治性影响全国，但是他的小说的主题是对地域文化的表现，如果没有地域文化的表现，政治性的东西就站不住脚。对农民生活的了解，对民情风俗的把握，对地域文化的熟悉，这是他的作品中最重要的内容。

山西文学在20世纪80年代的新时期文学大潮中称为"晋军崛起"，近10年来，山西文学在全国的影响开始缩小，有些成名作家、中年作家创作的旺盛期已经过去了，而有活力、有冲击力的年轻作家比较少。现在的山西文学进入一个个性化、多元化的时代。比起过去，无论题材上还是表现手法上都要丰富得多、开放得多，这是一个进步。从另一个方面来说，在原来现实主义传统的基础上，我们没有超越自己。现实主义文学还是有生命力的，但我们没有把前人的经验进行很好的总结，没有在这个基础上迈上更高的台阶。山西好多坚持现实主义创作的作家进步不大，虽然说他们的作品在全国也有影响，但是从写作视角、表现形式方面没有新的突破。山西作家在所谓的创作方法多元化方面，也没有走在全国的前列。对现代派文艺思想、现代派表现手法和写作技巧也没有很好地借鉴，因而没有迈出全新的步伐。现在，山西文学面临一个新的突破，山西作家在全国特别活跃的、40岁以下的很少，即便有几个，在全国影响也不是太大，可以说山西文学进入了转型期，进入了相对沉寂期。

桑：在您成长为作家的过程中，客观条件比现在要差得多，是一种什么力量支撑着您的主观努力？

段：实际上，我们这一代人的知识积累是不健全的。五四时期先进的文艺思潮，鲁迅、茅盾的小说，对我的影响非常深。我们那一代人有一种理想，尽管这种理想好像是乌托邦式的，比如在共产党的领导下建立人民民主的国家，要实现人民的共同富裕，实现现代化，把自己的人生目标跟社会理想紧密地联系在一起。为了自己的理想而写作，为了理想探索一条民主化的创作道路，为了理想到农村……作品中闪耀着理想的光芒。虽然这一代人的创作有历史局限性，但作者对未来的向往，作品中体现出来的理想，是不可磨灭的，是很有价值的。现在的年轻人很聪明，很会做人，甚至少年老成，但缺少理想和抱负，他们的学习和生活首先考虑的是眼前利益，为了自己的生存。一个人如果只有个人目标，没有正确的思想指导，没有理想支撑，他在得意的时候会觉得踌躇满志，失意的时候就会烦恼痛苦得无法忍受。我们那一代人尽管知识积累残缺不全，创作上也不能说成就很大，但那一代人最可贵的一点就是有理想，有社会责任感、使命感，这一点是值得肯定的。现在的青年作家也罢，中学生也罢，树立人生的理想，有比较高的目标追求还是很重要的。

桑：作者发表文章最关心刊物的级别，读者阅读更看重的是文章的外在语言和内在思想。您的文学作品，尤其是文学评论在全国产生了很大反响，您认为应该如何衡量一篇文章的质量和社会影响？

段：这种衡量标准实际上很难把握。通常经国家一级刊物出版的就是国家级，在省里主办的刊物上发表的文章就被定为省级，这是不够科学的。山西大学有我的一位老师，他的教学和科研水平都很高，就因为没有国家级论文，直到退休都没有被评上教授，非常可惜，大家都为他抱不平。为此我写了两篇文章，在山东一家报纸和《读书》上发表后，网上到处转载，人大复印资料也复印了。

我对作家作品的把握比较深入一些，因此适合写作家论。我不是学院派，但希望自己的评论有学术的深度和高度。写过王安忆、刘玉堂、马烽等几十篇作家论，好多都在人大复印资料上转载了，写这些文章我觉得自己还是下了些苦功的。

我认为搞文学评论的人应该搞一点文学创作，要有一种艺术感觉，现在有些年轻人写的批评文章，只有感觉没有思想，洋洋洒洒写上一两万字，作者自我感觉很好，但读者看完以后马上就忘掉了。像我们50来岁的这一代人，理性思维多一些，理性化的语言也多一些。这种理性化也有弊端，缺少激情、语言生涩，让人读不下去。我觉得理性的语言也罢，感性的语言也罢，都不是搞文学批评最好的语言。最好的语言应该是一种智慧的语言，是一种充满智慧、灵性的语言。比如鲁迅的文学评论、季羡林的文章、钱理群的文章、童庆炳的文章，这些学者的文章既有人生体验，也有理性思考，文章平易近人但有哲理，这是一种很高的境界，这种境界值得我们去追求。

（原载 2005 年第 12 期《现代语文》）

后　记

　　2010年的春天，显得格外寒冷而漫长。家属楼前几株不大的桃树和杏树，强努出几粒花骨朵，在寒流中迟迟难得"绽放"。市郊外的麦田，筷子高的苗子，在冷风中颤抖着不肯"拔节"。街上的人们裹着厚厚的羽绒衣、皮夹克行色匆匆。电视上说这是22年来最冷的一个春天。天气是这个样子，现实社会也频出事端。山西矿难还没有了结，青海玉树地震又死伤那么多同胞，福建、广东和江苏又接连发生成人杀童事件……而古玛雅人的世界"末日"预言则在网上、民间悄悄流传……

　　都说中国成为了现代化强国，已然进入小康社会，有媒体不时地用"盛世"二字来"标榜"。但每个时代都会有它的"难题"和"危机"。"天灾"和"人祸"在今天显得格外频繁、突出。每个人都感受到了一种沉重的人生压力和社会忧患。

　　我依然固守在清冷的书房读书、写作。作为一个专业写作者，这是我的本分和工作。窗外的喧嚣和世间的"不幸"却时时压抑、困扰着我的心灵。我能为社会、民生做点什么呢？在这个寒冷的春季，山西人民出版社总编打来电话告诉我：评论随笔集《边缘的求索——文坛的态势及走向》以"正式出书"的形式纳入出版计划。让我感受到了一缕温暖和慰藉。虽然现在出书已泛滥成灾，在浩如烟海的图书市场增添一本有关文学的评论书籍，不啻是沧海一粟，但我依然觉得欣慰和感奋。因为在这本书中，有我对当下文坛和文学的一点思考和看法，发出了属于我自己的声音。因为目前的文坛和文学，潜藏着种种问题、弊端乃至危机，圈内圈外都感到迷惘。如果有读者——哪怕很少——读了我的书，能给他们一点启迪、思考和警醒，我愿足矣！也不枉写了这大半辈子评论。我能给予社会和读者的，不就是这些吗？

仔细想来，我从事文学评论已有 30 余年。前 20 年先后在《五台山》《山西文学》杂志做编辑。边当编辑边写评论，写得不算多。后面 10 年，进入专业写作，孜孜矻矻写了几百篇文章。有文友戏称，是评论写作的"劳动模范"！我的写作，日积月累，评论领域在逐渐扩展，涉及山西文学及作家作品、当下乡村小说创作、当代短篇小说发展、文学批评问题、经典作品解读和鉴赏，还有大量的文坛、文学现状评论等。虽然领域较宽，但都属于当代文学评论。如果从写作形态上看，则可分成文学研究和文学评论两部分。关于当代文学作家作品以及短篇小说艺术的探索，可以算作学术研究。这些文章大都发表在全国一些专业性刊物上，读者面其实很窄。关于当下文坛、文学以至文化现象的及时评论，则可称为文学批评。这些文章大抵刊登在全国的文化类报刊上，读者似乎多一点，也有一些社会反响。我的这本小书，收集的主要是后一类批评文章。它们不那么严谨、规范，但对文坛、读者，或许还有一点裨益。

当前，文学评论同文学创作以及广大读者的隔膜、脱离，已成为十分严重的现象和问题。原因比较复杂，但一个重要原因我以为出在评论自身的文体上。一篇评论文章，概念名词横冲直撞，章法写法四平八稳，评述语言枯燥晦涩，没一点感觉、感情和形象，不要说普通读者，就连专门搞评论的同行也望而却步，读来味同嚼蜡。如此评论对文学、对读者又有什么意义呢？但现在大多数学院派评论家都惯于炮制这样一种文体。而现行的学术体制要求的又恰恰是这样一种"八股文"。我在作家协会较为宽松、自由的文化环境中，就有可能不受学术体制的诸多钳制，就有可能去"打造"自己的评论文体。在长期的评论写作中，我一面写那种中规中矩的学术文章，投给《文学评论》《文艺研究》《南方文坛》等刊物去发表。一面写一些直面文坛、实话实说、投入感情、短小好读的随感式评论，寄到《中华读书报》《文学自由谈》《读书》《山花》等报刊上去刊登。两班武器，轮流使用，感觉很好！收在这本书中的文章，大都属于后一种随感式评论。它体现了我在评论文体上的一种努力与追求。当然，书中也收入了一些学术性较强的文章。这就形成了本书文体上的有长有短、有雅有俗、有重有轻，参差不齐、搅为一锅。这是需要特别说明的，成败得失，请读者明鉴。

　　如今出书，已成稀松平常之事。但出一本评论集却格外困难。书稿去年秋天就编齐了，把选题、目录和样稿寄给几家大出版社，编辑看了，都很客气地打电话或回信说：书稿有质量、有价值，但担心没有多少订数，出版社规定出评论集须有经费资助，表示遗憾和抱歉！转了一圈回到山西。无奈之下拿给山西省出版局副局长、老朋友张明旺，他认真看了说："很好。没问题！"随即推荐给人民社的李广洁总编，很快得到回复："纳入'正常出书'选题，但要力争靠拢市场。"如是才促成了这本小书的出版。我知道出这样的书是要赔钱的，但愿它能有一点"市场"。因此我特别地感谢张、李二位的鼎力扶持！此外，山西省副省长、山西省作协主席张平，在百忙中为我写序，鼓励多多，是令我感激的！

　　还须说明的是，这些十多年来的新作、旧作，最初发表时由于报刊版面等原因，有少数篇章作了修改、删节，此次出书做了一些复原和修订工作。"对话"一辑中的文章，是集成体成果，有的是我主持、整理的，有的是他人组织、整理的，因有我的观点、声音以及劳动，故一并选入，还请"对话"的评论家、作家朋友们理解、见谅！

    2010年的夏天骤然到来了。前天还是春寒料峭的季节，今天已是热浪滚滚的夏天。太原的气温三天之间从摄氏15度一下升到了31度。桃花、杏花竞相开放，迟钝的槐树一身新绿。街上的人们终于脱去了冬衣，女孩子们已是短裙、背心了。书房里依然寒气未退，我得到街上感受一下春光，哦，是夏景！再过三天就是"立夏"了。

2010年5月2日于太原